KB126246

카라마조프가의 형제들 3

카라마조프가의 형제들 3

표도르 도스토옙스키 지음 | 장한 옮김

더클래식

차례

제3부

제7편 | 알료샤

1. 시체 썩는 냄새

고인 조시마 장로의 유해는 정해진 의식에 따라 매장할 준비를 했다. 모두 알고 있듯이, 수도사나 고행자의 유해는 물로 씻을 수 없도록 되어있다. 교회 의식 규범에도 '수도사가 하느님의 부름을 받으면, 지명을 받은 수도사(즉 의식을 행하도록 지목된 사람)가 뜨거운 물에 적신 해면으로 죽은 사람의 이마부터 가슴, 손, 발, 무릎에 성호를 그으면서 몸을 닦아야 하며, 그 외에는 아무것도 하면 안 된다'라고 되어 있다.

이런 모든 일을 집행하는 사람은 파이시 신부였다. 그는 뜨거운 물로 몸을 씻은 뒤, 수도원의 법의를 입히고 다시 망토 같은 겉옷으로 감쌌는데, 규정대로 십자형으로 감으려고 그것을 여기저기 가위로 조금 잘랐다. 그리고 머리에는 그리스 십자가가 달린 두건을 씌웠다. 두건은 단추를 채우지 않은 채 열어 두었고, 장로의 얼굴은 검은 천으로 덮은 뒤, 구세주의 성상을 손에 쥐어 주었다. 새벽에 이런 형상을 한 유해는 이미 오래전부터 준비해 둔 관에 넣었다. 이 관은 장로가 살아생전에 수도승들과 일반 방문객들을 만나던 수도실 안의 큰방에 하루 동안 안치하기로 결정했다.

고인인 장로는 엄격한 의미로는 성직자이면서 수도사(주교)였기 때문에 빈소를 지키는 수도사들은 〈시편〉이 아닌 복음서를 낭독해야 했다. 고인을 위한 진혼미소를 마치자 이오시프 신부가 낭독을 시작했다.

파이시 신부도 밤낮없이 고인을 위해 하루 종일 복음서를 낭독하고 싶었지만, 암자 책임자인 신부와 함께 정신없이 바빠서 다른 일에 신경을 쓰고 있었다. 왜냐하면 수도원 안의 수도사들을 포함해서 수도원에 달린 숙박소와 읍내에서 온 수많은 사람들에게서 뭔가 심상치 않은 전대미문의 흥분과 기대가 갑자기 생기고, 시간이 흐르면서 더욱 분명해졌기 때문이다. 그래서 파이시 신부와 수도실 책임자는 이런 흥분과 동요를 가라앉히려고 총력을 기울였다.

날이 완전히 밝자 이번에는 병자들, 특히 읍내 쪽에서 병든 아이들을 데리고 오는 사람들이 모여들었다. 그들은 분명히 이제 신비스러운 치유의 기적이 일어날 것이라고 믿고 예전부터 이 순간을 기다려 온 것 같았다. 읍내의 모든 사람들이 조시마 장로를 얼마나 위대한 성자로 믿었는지, 장로가 살면서 얼마나 존경받았는지 비로소 분명하게 알 수 있었다. 군중들 중에는 평민 계급과 거리가 먼 사람도 있었다.

이렇게 지나칠 정도로 노골적이고 급하게 드러난 신자들의 열광적인 기대, 아니 고집에 가까운 불안한 희망은 파이시 신부에게는 선을 넘는 것으로 여겨졌다. 그는 오래전부터 예감하긴 했지만, 결과는 그의 예상을 훨씬 뛰어넘는 것이었다. 수도사들 중에서 흥분에 들뜬 자들을 만날 때마다 파이시 신부는 그들을 이렇게 타일렀다.

"그렇게 섣부르게 위대한 기적을 바라는 건 속세의 경박한 사람들이나 하는 거라오. 아무쪼록 우리는 경거망동하지 말아야 합니다."

그러나 그의 말을 귀담아듣는 사람은 아무도 없었다.

파이시 신부는 이 사실을 주목하며 꽤 불안을 느껴야 했다. 그러나 솔직히 그조차도 주변 사람들이 지나치게 섣부른 기대를 가진 것에 분노하면서도(경거망동이라고 생각하면서도) 마음속으로는 흥분한 사람들과 비슷한 기대에 젖어 있었다. 이것은 스스로도 어쩔 수 없는 사실이었다. 그러나 그는 특히나 몇몇 얼굴을 대할 때마다 몹시 언짢아지고는 했다. 그것은 그들이 그에게 직관적으로 큰 의혹을 주었기 때문이다.

파이시 신부는 장로의 암자에 모여든 군중 중에서 여전히 이 수도원에 머무는 오브도르스크에서 온 수도사나 라키친을 발견하고 혐오감을 억누를 수 없었다. 그는 물론 곧 자신의 그러한 생각을 책망했지만, 갑자기 그 두 사람이 어딘지 수상하다는 느낌이 들었다. 그러나 실은, 그런 의미에서 수상한 사람은 그들뿐인 것이 아니었다.

오브도르스크에서 온 수도사는 흥분한 사람들 중에서도 가장 야단법석이었다. 그는 여기저기에서 눈에 띄었다. 그는 어디서나 질문을 퍼붓고, 어디서나 귀를 기울이며, 어디서나 무슨 비밀을 가진 듯한 얼굴로 사람들과 수군댔다. 그의 얼굴을 굉장히 초조해 보였고, 자신의 기대가 빨리 나타나지 않는 것에 대해 안절부절 하는 것 같았다. 반면에 라키친은, 나중에 알았지만 호흘라코바 부인의 특별한 부탁으로 일찍 암자에 나타났다고 한다. 호흘라코바 부인은 마음씨는 착했지만 주책스러워서, 아침에 조시마 장로가 죽었다는 소식을 듣자마자 굉장한 호기심을 느끼고 라키친을 재빨리 수도실로 보내서 그곳에서 벌어지는 '모든 일'을 세세하게 관찰하여 30분마다 편지를 보내도록 했던 것이다. 물론 부인이 수도원에 직접 못 가는 사정이 있기도 했지만, 라키친을 청렴하고 신앙심이 깊은 청년으로 믿고 있었기 때문이었다. 라키친은 그 정도로 주변 사람들의 마음을 능수능란하게 맞추었고, 자신에게 조금이라도 유리하다고 판단하면 상대의 마음에 드는 인간으로 변하는 재주가 있었다.

맑게 갠 하늘에는 태양이 눈부시게 반짝였다. 참배자들은 거의 대부분 수도실 부근의 무덤 주변에 몰려 있었다. 주로 무덤은 성당 주변에 있었지만, 수도실 주변 곳곳에 흩어져 있기도 했다. 파이시 신부는 수도실 근처를 돌아보다가 문득 알료샤를 생각했다. 날이 밝아오기 전부터 꽤 오랫동안 알료샤가 보이지 않았기 때문이다. 여기까지 생각했을 때, 수도실 뜰의 구석진 울타리 옆에 있는 알료샤가 눈에 들어왔다. 알료샤는 오래전에 세상을 떠난, 수많은 고행으로 유명해진 어떤 수도사의 묘석 위에 앉아 있었다. 그는 수도실에 등을 돌리고 울타리를 향해 앉아 있어서 마치 묘비 뒤에 몸을 숨긴 것처럼 보였다.

파이시 신부는 그 옆으로 가까이 다가가서 그가 얼굴을 두 손으로 감싸고 소리를 죽여, 하지만 온몸을 떨며 슬프게 우는 것을 알았다. 파이시 신부는 잠깐 그 곁에 서 있었다.

"자, 알료샤, 이제 그만해라. 그만 울어." 그는 마침내 감격에 겨운 목소리로 말했다. "왜 우는 거니? 슬퍼하지 말고 기뻐해야 한다. 넌 오늘이 그분의 가장 거룩한 날이라는 것을 알지 않느냐? 그분께서 지금 이 순간에 어디에 계실지 생각해 보거라."

알료샤는 아이처럼 울어서 퉁퉁 부은 얼굴을 들고 파이시 신부를 살짝 바라보았지만, 곧 말없이 얼굴을 돌리고 다시 두 손으로 얼굴을 감쌌다.

"그래, 실컷 우는 게 더 좋을지도 몰라." 파이시 신부는 생각에 잠겨 말했다. "어쩌면 우는 게 더 나을지도 몰라. 그리스도께서 그 눈물을 너에게 보내 주신 거니까."

파이시 신부는 알료샤의 곁을 떠났지만 애정이 담긴 마음으로 알료샤를 생각하며 마음속으로 중얼거렸다.

'너의 그 슬픈 눈물은 비록 영혼의 휴식일지라도 그래도 너의 사랑스러운 마음을 위로해 줄 거다.' 그는 알료샤를 바라보면 자신도 눈물이 흐를 것 같아서 서둘러 자리를 떴던 것이다. 그러는 동안에 시간은 흘러서 고인을 위한 수도원의 의식과 미사는 순서대로 진행되었다. 파이시 신부는 이오시프 신부와 교대해서 관 옆에서 복음서 낭독을 했다.

그러나 오후 3시가 되기 전, 이미 '제6편'의 끝에서 잠시 말했던 사건이 발생했다. 어느 누구도 예상하지 못했던 이 사건은, 사람들의 기대와 반대되는 것이어서, 거듭 반복해서 말하지만 이것에 대한 어리석고 자질구레한 이야기가 지금도 읍내와 이 지방 일대까지 퍼져서 마치 어제 일어났던 일처럼 생생하게 회자되고 있다.

이쯤에서 나는 다시 한 번 나의 개인적 의견을 덧붙인다. 나는 이 어이없고 사람을 미혹시키는 사건을 상기할 때마다 혐오스러움을 느낀다. 게다가 이 사건은 사실은 의미가 없는 지나치게 자연스러운 현상이었다. 그래서 이것이 이 소설의 주인공-미래의 주인공이지만- 알료샤의 영혼과 마음에 이처럼 큰 영향을 주지 않았다면 물론 나도 이런 사건에 대해서는 언급할 필요가 없었을 것이다. 그러나 이 사건은 사실 그의 영혼에 전환점이 되어서, 그의 일생 동안 어떤 목적 위에 그 이성을 확고하게 형성해 주었던 것이다.

다시 하던 이야기를 계속하겠다. 날이 밝기 전, 매장 준비를 끝낸 장로의 유해는 관에 들어갔다. 방문객을 위해 응접실로 썼던 옆방으로 그 관을 옮겼을 때, 관 옆에 선 사람들 사이에 창문을 열어 두어야 하는지에 대한 의문이 생겼다. 그런데 누군가가 우연하게 생각한 이 질문에 대답하는 사람이 없었고, 또 누구도 주의하지 않았다.

그들 중에서 몇몇이 이 질문에 귀를 기울였다고 해도 거룩한 성자의 유해가 썩어서 악취가 난다고 생각하는 것은 도무지 있을 수 없는 일이었다. 그런 질문을 한 사람은 조롱을 당하지는 않았지만, 신앙심이 약하고 천박하다고 동정심이 생길 정도였다. 그럴 만한 것이 사람들은 그와는 정반대의 것을 기대했기 때문이었다.

정오가 지나고 얼마 되지 않아서 이상한 기미가 나타나기 시작했다. 관이 안치된 방에 드나들던 사람들은 자신들의 마음속에서 생긴 의혹을 처음에는 조용히 가슴속에 감춘 채 누구에게 발설하는 것을 몹시 두려워하는 듯했다. 그러나 오후 3시가 되어 가자 이제는 부인하기 힘들 정도로 냄새는 뚜렷해졌고, 이 소식은 곧 수도실에 알려져 참배자들 사이에 알려졌다. 수도원에도 빠르게 전해져서 수도사들은 전부 놀랐고, 마침내 순식간에 읍내에도 퍼져서 신앙을 가진 사람이든 신앙이 없는 사람이든 간에 모든 사람들을 흥분시켰다.

신앙이 없는 자들은 기뻐했지만, 신앙을 가진 자들 중에서도 도리어 그들보다 더 기뻐한 사람도 있었다. 이미 고인이 된 장로가 가르친 대로 '사람은 올바른 자의 타락과 치욕을 기뻐하기 마련'이어서였다.

처음에는 관 속에서 조금씩 풍기던 시체 썩는 냄새가 시간이 지나면서 점점 심해져서, 오후 3시가 되자 의심할 여지없이 분명해진 것이었다. 이렇게 되자 사람들 사이에, 수도사들 사이에서까지 즉시 생긴 무례한 소동과 추태는 이 수도원의 과거를 살펴보아도 전무후무한, 도저히 상상도 해보지 못했던 것이었다. 아마도 다른 사람이었다면 절대로 이런 일은 벌어지지 않았을 것이다.

몇 해가 흐르고 난 다음에 몇몇의 지각 있는 수도사들은 그날의 사건을 상기하면 어떻게 그런 치욕적인 일이 생길 수 있었는지 새삼 놀라고 공포에 빠졌다. 물론 전에도 엄한 계율이 있었고 경건하게 생활했기 때문에 모든 이로부터 인정받은 수도사나 신앙심이 깊은 장로가 죽으면, 그 거룩한 관에서도 모든 시체에서 그러하듯이 매우 자연스럽게 썩는 냄새가 난 적은 종종 있었지만 이번처럼 수치스러운 소동이 일어나지는 않았다. 소동은커녕 어떤 동요도 일어나지 않았던 것이다.

이 수도원에도 물론, 옛날에 세상을 떠난 성인들 중에서는 시신에서 아무런 냄새가 나지 않았다는 전설이 전해지는 사람이 있기도 했다. 그런 성인에 대한 기억은 아직도 수도원에 생생하게 남겨져서, 감동적이고 신비한 기적처럼 수도사들의 마음에 새겨져 있었다. 때가 되면 그들은 하느님의 은총을 받아서 더 거룩한 영광이 기필코 그들의 무덤에서 일어날 것이라는 걸 약속처럼 기다렸다.

그런 사람들 중에서 특히 기억에 남는 수도사는 백다섯 살까지 산 장로 욥이었다. 이름난 고행자, 거룩한 정진자, 침묵수행자였던 그는 1801년 즈음에 세상을 떠났다. 이 수도원을 처음 방문하는 순례자들은 누구나 그의 무덤으로 안내를 받았다. 안내자는 그 무덤에 특별한 경의를 표시하고, 어떤 위대한 기억이 기대된다는 신비한 암시를 건넸다(그 무덤은 그날 아침 알료샤가 앉았다가 파이시 신부에게 발견된 그 무덤이다).

이 외에도 조시마 장로에게 장로직을 넘기고 최근에 세상을 떠난 바르소노피 장로에 대한 기억도 수도원에서는 생생하게 전해졌다. 그는 생전에 수도원을 찾는 모든 순례자들에게 유로지비로 존경을 받았다. 이 두 사람에 대해서는 이렇게 전해진다. 그들은 관 속에 있을 때도 마치 살아 있는 것처럼 얼굴이 환히 빛났고, 장례를 치를 때도 전혀 부패하지 않았다고 한다. 더욱이 몇몇은 그들의 시신에서 은은한 향기까지 풍겼다고 말했다.

이렇게 감동적인 추억이 많지만, 조시마 장로의 관 옆에서 생긴 그렇게 경솔하고 어리석으며 악의 가득한 소동의 직접적인 원인을 설명하는 것은 어렵다. 개인적인 의견으로는, 이 사건에는 각기 다른 여러 가지 원인이 뭉쳐서 한꺼번에 작용했다고 생각한다.

예를 들어 그런 이유 중의 한 가지로 장로 제도를 유해한 새 제도라고 생각하는 오래된 적대감을 꼽을 수 있다. 이것은 뜻밖에도 많은 수도사들의 마음속에 깊이 감춰져 있었다. 그리고 더욱 중요한 요인들 중의 한 가지는, 성자로서 고인의 거룩한 지위에 대한 질투였다. 이 거룩함은 장로가 살아 있었을 때는 지나치게 확고해서 누구도 반박을 할 수 없었다.

고인이 된 조시마 장로는, 기적보다 사랑의 힘으로 사람들의 마음을 이끌어서, 자신을 사랑하는 사람들로 자신의 주변에 어떤 세계를 만들었다. 그렇지만, 오히려 그것 때문에 시기하는 자들과 적을 만들게 되었다. 그런 사람들 중에는 대놓고 반감을 드러내는 사람도 있었고, 몰래 뒤에서 수군대는 사람도 있었다. 그런데 이런 반대파들은 수도원뿐만 아니라 상류층 사람들 중에도 있었다. 장로는 누구에게도 해를 입히지 않았지만, '왜 사람들은 그에게 성인 대접을 하지?'라는 의문은 늘 그의 주변을 떠돌았다. 그런 의문이 자꾸 반복되면서 결국 엄청난 증오가 만들어진 것이었다. 내가 생각하기에는 바로 이런 이유들 때문에 많은 사람들이, 그렇게 빨리, 만 하루가 되기 전에 장로의 시신에서 썩는 냄새가 나는 것이 좋아서 법석을 떤 것 같다. 이와 마찬가지로, 지금껏 장로에게 헌신적인 사랑을 바친 사람들 중에서도 이 사건 때문에 자신이 모욕을 당한 것처럼 상처받은 사람들도 있었다. 그 사건은 다음과 같았다.

　시신이 썩어가는 것이 확실해지자, 고인이 된 장로의 수도실에 들어오는 수도사들을 보면 그들이 왜 들어왔는지 대번에 알 수 있었다. 그들은 들어왔지만 잠시 머물다가, 무리를 지어 밖에서 기다리는 군중에게 소문이 사실임을 알리려고 서둘러 나가 버렸다. 밖에서 기다리는 사람들 중에는 슬프게 고개를 흔드는 사람도 있었지만, 그 밖의 사람들은 악의에 찬 시선으로 기쁜 기색을 대놓고 드러내기도 했다. 그리고 아무도 그들을 비난하지 않고, 그것을 감싸는 사람도 없었다. 참 이상한 일이었다. 수도사들의 대부분은 죽은 장로를 깊이 존경했던 사람들이었다. 그러나 이번에는 하느님 께서 순간이나마 소수파가 승리하게 허락하신 것이 분명했다.

얼마 뒤, 수도사가 아닌 상류 계급 사람들도 상황을 확인하기 위해 수도실에 들어왔는데 그들은 주로 교양 있는 조문객들이었다. 평민들은 수도실 입구에 모여 있었으나 안까지 들어오는 사람은 많지 않았다. 오후 3시가 지나자 참배자들이 많이 몰려와서 엄청난 무리를 이루었는데 이것이 그 소문 때문이라는 건 분명한 사실이었다. 다른 때였으면 이런 날에 수도원을 찾을 리가 없는 사람들, 그런 생각도 하지 않을 사람들까지 일부러 마차를 몰고 오고 있었다. 그중에는 지체 높은 귀부인도 몇몇 있었다.

그래도 겉으로 지켜야 할 예의는 여전히 지켜졌다. 엄숙한 표정의 파이시 신부는 분명하게 한 마디 한 마디 또박또박하게, 주변의 일에는 무관심하다는 듯이 여전히 큰 소리로 복음서를 낭독했다. 그는 이미 어떤 예사롭지 않은 일이 일어난 것을 알고 있었다. 하지만 마침내 처음에는 속삭임이었던 사람들의 목소리도 점점 커져서 그도 들을 수 있게 되었다.

"하느님의 심판은 인간의 판단과는 다른 것 같아!"

갑자기 파이시 신부의 귀에 이런 말이 들렸다. 이 말을 처음 한 사람은 나이가 지긋한 읍내의 관리였는데 신앙심이 매우 깊은 것으로 알려져 있었다. 그는 수도사들이 속삭이던 말을 큰 목소리로 반복했던 것뿐이었다. 이미 수도사들은 절망적인 말을 하고 있었다. 무엇보다 나쁜 것은 이런 말을 할 때마다 의기양양한 만족감이 얼굴에 드러나서 시시각각으로 더 분명해졌다는 것이다. 마침내 그들은 형식상의 예의도 무시했다. 사람들은 자신에게 무시할 권리가 주어지리라도 한 것처럼 생각하는 것 같았다.

"어떻게 이런 일이 일어날 수 있을까?"

수도사들 중에는 동정하듯이 이렇게 말하는 사람도 있었다.

"작은 몸에는 뼈와 가죽만 남았는데, 도대체 어디서 썩는 냄새가 나는 걸까?"

"하느님께서 일부러 우리에게 보여 주시는 게 분명해."

다른 수도사가 말을 이었다. 그리고 이 의견은 아무런 반박 없이 그 자리에서 수긍되었다. 왜냐하면 썩는 냄새는 자연스러운 현상이지만, 죄를 많이 지은 사람의 시체라고 해도 분명히 이보다는 늦게, 적어도 24시간이 지난 뒤에 썩는 냄새가 났기 때문이다. 그러나 이번처럼 빠른 부패는 '자연을 넘어선 것'이니 만큼 하느님의 위대한 손이 하신 일이라고 해석해야 한다는 게 그들의 생각이었다. 이 의견은 부정할 수 없는 힘으로 사람들에게 충격을 주었다.

도서 담당자 이오시프 신부는 고인이 된 장로의 각별한 사랑을 받아왔고, 평소에는 온화한 성격이었지만, 이런 독설가들을 향해서 꼭 그런 것은 아니라고 반박했다. 성자의 유해가 썩지 않는 것은 러시아 정교의 교의가 아니고 하나의 견해일 뿐이라는 것이었다. 예를 들어 정교가 가장 널리 전파된 아토스에서도 시체 썩는 냄새가 난다고 이렇게 혼란에 빠지지는 않는다, 하느님이 구원한 자에 대한 축복의 증거는 그 시체가 썩지 않는 것이 아니고 시체를 땅에 묻은 뒤 몇 년이 지나서 부패했을 때 나타나는 뼈의 색깔이라고 주장했다.

"만일 밀랍처럼 뼈가 노랗게 변해 있으면, 이것은 하느님께서 고인을 성자로 축복하셨다는 가장 큰 증거이고, 만일 뼈가 거무죽죽하게 변해 있으면, 하느님께서 그 사람에게 영광을 베풀지 않았다는 것이다. 예전부터 빛과 순결 속에서 분명하게 정교를 지켜온 위대한 성지 아토스 사람들은 이런 신조를 가지고 있다."

이오시프 신부는 이런 결론으로 끝맺었다.

그러나 이오시프 신부의 신중한 말은 효과가 없었고, 비웃음을 얻었다.

"새로운 것이라면 무작정 따르는 엉망진창 학자의 헛소리니까 귀담아들을 필요가 없다."

수도사들은 이렇게 결론을 내렸다.

"우리는 예전부터 내려오는 교의를 따르면 돼. 요즘은 해괴한 새로운 주장이 다 나타나니까 그것을 전부 따를 수는 없지 않나."

"아토스처럼 러시아에도 훌륭한 성인들이 많았어. 아토스는 터키인의 지배를 받으면서 전부 다 잊어버린 거야. 거기서는 벌써 예전부터 정교의 순수성이 흐려져 버렸지. 그들에게는 종(鐘)도 없지 않은가."

비웃는 것을 즐기는 사람들은 이렇게 말했다.

이오시프 신부는 시름에 잠겨 그 자리를 떠났다. 그에게는 자신이 내세운 의견에 자신이 없어 보였고, 스스로도 의심하는 것 같았다. 그는 마음속에 혼란을 느끼면서 바야흐로 온당하지 못한 일이 일어난 것을 직감했다. 이미 반항의 기운이 공공연하게 드러나고 있었다. 이오시프 신부가 반박을 시도한 뒤, 일부 수도사들의 신중론도 사라져 버렸다. 그렇게 되면서 조시마 장로를 사랑했고, 장로 제도를 순종적으로 따르던 사람들까지 갑자기 주눅이 들어서, 시선이 마주치기라도 하면 겁에 질려서 상대의 눈치만 살피게 된 것이다.

그와는 반대로 장로 제도가 실정에 맞지 않는 새로운 제도라며 반대한 사람들은 만족스러운 표정이었다.

"바르소노피 장로의 시체에서는 썩은 냄새가 나지않고 그윽한 향내만 풍겼었지."

그들은 악의에 차서 이렇게 말했다.

"그분은 장로여서가 아니라, 스스로 올바르게 행동했기 때문에 그런 영광을 얻게 된 거야."

이런 말이 잇따르자 이번에는 조시마 장로를 비난하고 비판하는 의견이 뒤를 이었다.

"그의 가르침은 옳지 않았어. 그의 가르침은, 인생은 눈물겨운 인종(忍從)의 의무가 아니고 위대한 기쁨이지."

그중 가장 분별력이 없는 사람들은 이렇게 말했다.

"그의 신앙은 요즘 유행을 따랐기 때문에, 물질적인 지옥의 불을 인정하지 않았어."

이런 말이 나오면 그들과 같은 지각없는 사람들도 맞장구를 쳤다.

"단식도 엄격하게 지키지 않았어. 단 음식도 주저하지 않고 먹었고, 차를 마시며 버찌 잼도 먹었는데, 특히나 그걸 좋아해서 귀부인들이 늘 보내주었지. 고행하는 수도사가 차를 마시다니, 가당키나 한 일인가."

장로를 시기했던 사람들은 이런 비난도 했다.

"거만하게 앉아서 말이야." 가장 악의에 찬 사람들은 냉혹하게 말했다. "자신이 성인인 것처럼 사람들이 무릎 꿇는 것을 아주 당연하게 대했지."

"그 사람은 고해의 비밀을 함부로 했어."

장로 제도를 심하게 반대한 사람들은 이렇게 빈정댔다. 게다가 이런 말을 하는 사람들은 수도사들 중에서도 가장 나이가 많은 편이었으며 신앙적인 면으로도 매우 엄격해서 진정한 의미의 금욕과 침묵의 고행자라고 할 수 있었다. 그들은 조시마 장로가 살아 있을 때는 계속 입을 다물고 있다가 이제야 말문을 연 것이다. 이 자체만으로도 무서운 일이었다. 왜냐하면 그들이 하는 말은 아직 신념이 확고하지 않은 젊은 수도사들에게 큰 영향을 주었기 때문이다.

오브도르스크의 성(聖) 실리베스트르 수도원에서 온 수도사는 이런 말을 모두 열심히 들었다. 그는 계속 한숨을 내쉬고 고개를 가로저으며 마음속으로 이런 생각을 했다.

'그래, 어제 페라폰트 신부님이 하신 말씀이 옳은 거였어.'

바로 그때 때마침, 페라폰트 신부가 들어왔다. 페라폰트 신부의

23

등장은 마치 사람들의 동요를 더욱 부추기려고 일부러 나타난 것처럼 여겨졌다.

앞에서도 밝힌 것처럼, 페라폰트 신부는 양봉장 옆에 있는 나무로 된 수도실에서 밖으로 거의 나오지 않았다. 그는 성당에도 거의 나오지 않았는데, 수도원 측에서는 그를 '유로지비'라고 여겨서 수도사들에 대한 일반적인 규칙을 그에게만은 강요하지 않고 관대하게 대해 주었다.

그러나 사실은, 수도원 측에서는 그에게 관대하게 대할 수밖에 없었다. 왜냐하면 밤낮없이 기도만 드리는(그는 잠을 잘 때도 무릎을 꿇은 채였다) 거룩한 금욕과 침묵의 고행자인 그에게 스스로 복종을 원하지 않는데 일반적인 규칙을 요구하는 것은 오히려 수치스러웠기 때문이었다. 만약 수도원 측에서 일반적인 규칙만은 지켜야 한다고 강요한다면 수도사들은 이런 말을 할 것이다.

"우리 수도원에서 가장 신앙심이 강한 분이 바로 그분이다. 우리가 규칙을 따르는 것보다 그분은 몇 배나 더 어려운 고행을 하고 있다. 그분이 성당에 나오지 않는 것은 자신이 성당에 나와야 할 때를 잘 알기 때문이다. 그분에게는 그분만의 규칙이 존재한다."

수도원 측에서는 이런 불평이나 항의를 생각해서 페라폰트 신부에게 관대하게 대했던 것이다.

모두 다 알고 있듯이 페라폰트 신부는 조시마 장로를 매우 싫어했다. 그런데 갑자기 그의 수도실에 '하느님의 심판은 인간의 심판과는 다르다', '자연을 초월한 것'이라는 소식이 들렸다. 그에게 처음으로 이런 소식을 전해 준 사람들 중에는 그 전날에 그를 찾아왔다가 큰 충격을 받아서 그의 수도실에서 나온 오브도르스크의 수도사도 있었음은 당연하다.

그러나 앞서 밝혔듯이 꿋꿋하게 관 앞에서 복음서를 낭독하던 파이시 신부는 수도실 밖에서 벌어지는 일에 대해서는 알 수 없었지만, 그래도 중요한 점은 모두 마음속으로 정확히 꿰뚫고 있었다. 그는 자신을 둘러싼 주위 사람들을 너무 잘 알고 있었던지라 조금도 흔들리지 않고 두려움도 없이 다음에 생길 일을 기다리면서, 이미 자신의 마음속에 비치는 이 소동의 귀추를 예리한 통찰력으로 바라보았다.

바로 그때, 입구 쪽에서 이곳의 예의를 무너뜨리는 요란하고 시끄러운 소리가 문득 그에게 들렸다. 그리고 문이 열리고 페라폰트 신부가 나타났다. 뒤를 이어서 읍내에서 온 많은 사람들과 함께 수도사 여러 명이 현관의 층계 밑으로 몰려드는 것이 암자 안에서도 분명하게 보였다. 그러나 그들은 암자 안에는 들어오지 못한 채, 층계 밑에서 페라폰트 신부가 어떤 말을 하고, 어떻게 행동할 것인지 잔뜩 긴장한 채 기다렸다. 그들은 스스로가 무례하다는 것을 알고 있었지만, 페라폰트 신부가 이곳으로 왔기 때문에 분명히 무슨 일이 일어날 것이라고 상상하고 공포를 느끼고 있었다.

페라폰트 신부는 문턱에서 두 팔을 위로 올렸다. 그리고 그의 오른팔 밑으로 오브도르스크에서 온 수도사의 예리한 작은 눈이 반짝였다. 그는 결국 호기심을 억누를 수 없어서 홀로 신부를 따라서 층계를 올라왔던 것이다. 그를 제외한 다른 사람들은 큰 소리가 나며 문이 열린 순간, 예기치 못한 겁에 질려서 서로 밀치며 뒷걸음질을 쳤다. 그러자 페라폰트 신부는 두 팔을 높이 들더니 큰 소리로 말했다.

"내가 사탄을 쫓으리라!" 그리고는 방을 한 바퀴 돌면서 벽과 구석진 곳을 향해서 성호를 그었다. 그를 따라온 사람들은 이런 행동이 어떤 의미인지 알 수 있었다. 그가 어느 곳에 들어가면, 반드시 이런 동작으로 악마를 쫓기 전에는 앉지도, 말하지도 않는다는 것을 알고 있었기 때문이다.

"사탄아, 물러가라! 사탄아 물러가라!" 그는 성호를 그을 때마다 반복해서 이렇게 말했다. "내가 너를 쫓고 또 쫓아내리라!"

그는 평소처럼 허름한 법의를 입고 새끼줄로 허리를 동여맨 차림이었다. 삼베로 만든 속옷 밑으로는 회색 털이 난 가슴이 드러나 있었다. 신발도 신지 않은 맨발 차림이었다. 그가 두 손을 흔들자, 법의 밑에 달린 고행용 쇠사슬이 요란한 소리를 냈다.

파이시 신부는 복음서 낭독을 중단하고 그에게 한 걸음 다가가 무언가를 기다리는 것처럼 멈춰 섰다.

"신부님, 무슨 일이십니까? 왜 질서를 어지럽히시는 겁니까? 무슨 일로 온순한 양 떼의 마음을 흐려놓으십니까?"

결국 그는 엄격한 시선으로 바라보며 이렇게 말했다.

"무슨 일이냐고? 무슨 용건이냐고 묻는 건가?" 페라폰트 신부는 신들린 듯이 외쳤다. "이곳에 있는 손님들, 부정한 악마를 쫓으려고 왔네. 내가 없는 동안 얼마나 그들이 모여들었는지 볼까? 모두 자작나무 빗자루로 쓸어버려야겠어."

"마귀를 쫓겠다고 하지만 신부님이야말로 마귀에게 봉사하고 있을지 모릅니다." 파이시 신부는 두려워하지 않고 계속 말했다. "또 '나는 성자다'라고 말할 수 있는 자가 어디 있을까요? 신부님께시는 그런 분이십니까?"

"나는 성자가 아니야. 더러운 인간이지. 그래서 나는 안락의자에 앉지 않고 우상이 되어 절을 받지도 않지!" 페라폰트 신부는 벼락이 치는 것처럼 소리를 질렀다. "요즘 사람들은 진정한 신앙을 망가뜨리고 있어. 고인이 된 그대들의 성인 말이야." 그는 관을 손가락질하며 사람들에게 외쳤다. "악마를 물리치기 위해서 귀신을 쫓는 약을 사람들에게 먹였어. 그래서 방에 거미 새끼 같은 악마들이 들끓게 된 거야. 그리고 이번에는 스스로 냄새를 피우는군. 하느님의 위대한 계시를 우리는 여기에서 볼 수 있어."

페라폰트 신부는 다음과 같이 지적했다. 조시마 장로가 고인이 되기 전의 일이었다. 수도사 한 명이 밤마다 악마에게 시달리는 꿈을 꾸다가 마침내 잠을 자지 않을 때도 악마를 보게 되었다. 그가 극한의 공포에 둘러싸여 조시마 장로에게 이 일을 고백하자, 장로는 기도를 쉬지 말고 열심히 하라고 권유했다. 그러나 기도도 효과가 없자, 장로는 기도와 정진을 계속하면서 약을 먹어보라고 했다. 그때 많은 사람들이 이 일에 의문을 가지고 고개를 저으며 수군댔는데, 페라폰트 신부는 그중에서도 심한 편이었다. 그때 장로를 비난하던 몇몇이 페라폰트 신부에게 달려가서 장로의 '유례없는 권유'를 알려주었기 때문이었다.

"신부님, 나가시오!" 파이시 신부가 명령했다. "심판은 하느님이 하시는 것이지 인간이 하는 것이 아닙니다. 지금 이곳에서 우리가 보는 '계시'는 신부님이나 나, 그리고 그 밖의 어떤 사람도 이해할 수 없을 것입니다. 나가세요, 그리고 양 떼를 혼란에 빠뜨리지 마세요."

파이시 신부는 강경하게 반복해서 말했다.

"그 사람은 수도사로서 지켜야 할 재계를 지키지 않았기 때문에 이런 계시가 나온 거야. 지나칠 정도로 분명하니까 숨기려 하지 말게." 하지만 이성을 잃고 흥분한 광신자는 도무지 진정할 기미가 보이지 않았다. "달콤한 과자에 빠져서 부인들을 시켜서 몰래 주머니에 과자를 넣어오게 하고, 차도 마셨지. 그리고 뱃속은 달콤한 것으로, 머리는 교만한 생각으로 가득 차올랐지. 바로 그렇기 때문에 이런 수치를 당한 거야."

"신부님, 말씀이 경솔하십니다." 파이시 신부가 언성을 높여 말했다. "당신의 엄격한 재계와 고행은 존경스럽지만, 그 경솔한 말씀은 속세의 철없는 젊은이와 다를 게 없군요! 자, 이제 나가 주세요. 신부님, 이건 명령이오!"

파이시 신부도 말을 끝마칠 무렵에는 거의 소리 지르다시피 했다.

"나간다. 나가!" 페라폰트 신부는 조금 물러서는 듯싶었지만, 여전히 적의를 품은 채 말했다. "당신들은 대단한 학자들이니까! 지식을 가졌다고 나 같은 인간을 무시하는 거야. 나는 무식함에도 불구하고 여기까지 왔는데, 이곳에 와보니까 과거에 내가 알던 것까지 모두 잊어버렸어. 하지만 하느님께서 이 하찮은 나를 그대들의 대단한 학문에서 지켜 주셨어."

파이시 신부는 상대를 내려다보며 꿋꿋하게 기다렸다. 페라폰트 신부는 잠시 입을 다물었다가 갑자기 침울해져서 오른손을 턱에 괴고, 장로의 관을 바라보며 노래를 부르듯이 말했다.

"내일은 모두 이 사람을 위해 〈우리를 도우시는 보호자〉(사제의 장례식에 부르는 성가)를 부르겠지. 참 대단한 찬송가야. 하지만 내가 죽으면 〈지상의 기쁨〉(수도사의 장례식에 부르는 성가)이나 부르겠지."

그는 울먹이며 한탄했다.

"그렇게 잘난 척을 하더니……. 이곳은 참 허황되구나!"

그는 미치광이처럼 외치고 손을 휘두르더니 돌아서서 재빨리 층계를 내려갔다. 밑에서 기다리던 사람들이 웅성거렸다. 어떤 이는 그의 뒤를 따랐지만, 어떤 이들은 그 자리에서 그대로 서성였다. 암자의 문이 아직 열려 있었고, 페라폰트 신부를 뒤쫓아 나온 파이시 신부가 현관 앞에서 그를 지켜보았기 때문이다. 그러나 지나치게 흥분한 이 늙은 신부는 아직 토해낼 울분이 남아 있는 것 같았다. 페라폰트 신부는 수도실에서 약 스무 걸음쯤 이동하더니 문득 지는 태양을 향해서 걸음을 멈추고 두 팔을 높이 올린 채, 누가 다리라도 걸어 넘어뜨린 것처럼 엄청난 소리를 외치며 쓰러졌다.

"주님께서 이기셨도다! 그리스도께서 지는 태양을 이기셨도다!"

그는 태양을 향해 두 손을 뻗으면서 미치광이처럼 소리치고, 얼굴을 땅에 묻은 채 온몸을 떨며 흐느꼈다. 그리고 두 팔을 벌려 아이처럼 소리를 내어 통곡했다. 모든 사람들이 그에게 달려갔고, 기쁨에 겨운 아우성과 울음소리가 널리 울려 퍼졌다. 모든 사람들이 광적인 흥분 상태에 빠진 것이다.

"이 분은 성인이시다! 이 분은 올바른 분이시다!"

사람들은 주저하지 않고 환호성을 질렀다.

"이분이야말로 장로의 자리에 앉아야 할 분이다."

누군가 증오에 찬 목소리로 이렇게 덧붙였다.

"이 분은 장로를 하지는 않으실 거야. 먼저 거절하실걸. 그런 저 주받을 새 제도에 봉사하시지 않을 거야. 어리석은 자들의 흉내를 내실 리가 없어."

누군가 이렇게 맞장구를 쳤다.

그들을 내버려 두면 어떤 말이 나올지 예측하기 힘든 상황 중에 때마침 저녁 기도를 알리는 종소리가 들렸다. 모두 빠르게 성호를 그었다. 페라폰트 신부도 일어나서 연이어 성호를 그으며 뒤도 돌지 않고 자신의 수도실을 향해 걸었다. 그는 여전히 알 수 없는 말을 하고 있었다. 몇몇이 그의 뒤를 따랐을 뿐, 대부분의 사람들은 저녁 미사에 참석하기 위해서 서둘러 흩어졌다.

파이시 신부는 복음서 낭독을 이오시프 신부에게 부탁하고 아래층으로 내려왔다. 늙은 미치광이의 흥분된 괴성으로 신념이 흔들릴 그는 아니었지만, 웬일인지 마음이 몹시 서글프고 뭔가 다른 생각에 괴로웠다. 파이시 신부도 그것을 느꼈다. 그는 조용히 걸음을 멈춘 채, 자문해 보았다.

'나는 왜 이토록 서글플까?'

그때 그는 이렇게 갑작스러운 슬픔을 느끼는 이유가 아주 하찮고 특수한 사실 때문임을 깨닫고 놀라워했다. 다름이 아닌 암자 수도실 입구에 몰려온 사람들 사이에서 흥분한 알료샤를 보았는데, 그는 이 청년을 발견하고 어떤 아픔을 느꼈던 것이 떠올랐다.

'대체 어떻게 이 젊은이가 지금 내 마음에 이렇게 큰 의미란 말인가?'

그는 더욱 놀라며 자문했다. 바로 그때 그의 곁을 알료샤가 스쳐 갔다. 어디론가 몹시 서두르며 가는 것처럼 보였지만, 성당을 향하고 있지는 않았다. 두 사람의 눈이 마주쳤다. 알료샤는 얼른 시선을 피하고 아래를 보았다. 파이시 신부는 그가 보이는 이런 태도만으로, 지금 이 순간, 이 젊은이가 급격한 변화를 겪고 있다는 것을 알 수 있었다.

"알료샤, 너도 시험에 든 건 아니지?" 파이시 신부는 갑자기 그렇게 물었다. "그래, 너마저 신앙이 부족한 사람들과 같은 건 아니겠지?"

파이시 신부는 슬픈 목소리로 말했다.

알료샤는 걸음을 멈추고 파이시 신부를 우두커니 바라보다가,

다시 시선을 돌리고 눈을 아래로 피했다. 그는 옆으로 돌아서서 자신에게 묻는 상대의 얼굴을 마주하지 않았다. 신부는 그를 주의 깊게 관찰했다.

"어딜 가는 데 그리 급한 거냐? 저녁 미사 종소리를 못 들었느냐?" 그는 다시 한 번 물었다. 그러나 알료샤는 여전히 대답하지 않았다. "혹시 암자를 떠나려고 하느냐? 설마 허락도 받지 않고, 축복도 받지 않고 나가려고 하는 건 아니지?"

문득 알료샤는 일그러진 웃음을 보이며, 자신의 마음과 지혜를 지배했던 장로가 죽기 직전에 자신의 장래를 부탁한 파이시 신부를 이상한 눈빛으로 바라보았다. 그리고 여전히 아무런 말도 없이 갑자기 경의를 표하는 것조차 잊은 듯이 한 손을 내젓더니 빠르게 암자에서 바깥으로 통하는 문 쪽으로 걸었다.

"다시 돌아올 거야!"

파이시 신부는 슬픔과 놀라움에 휩싸인 채 알료샤의 뒷모습을 보면서 중얼거렸다.

2. 그런 기회

파이시 신부가 '귀여운 소년'이 다시 돌아올 것이라고 생각한 것은 물론 잘못된 것이 아니었다. 어쩌면 알료샤의 심리 상태를 참되고(완전하지는 않지만) 예리하게 통찰한 것일 수도 있다. 그러나 솔직히 말하자면, 내가 진심으로 사랑하는 이 젊은 주인공의 일생에서 이런 기이하고 모호한 순간의 의미를 지금 정확하게 전달하는 것은 매우 어렵다. 알료샤에게 던진 질문 –'너마저 신앙이 부족한 사람들과 같은 건 아니겠지?'– 파이시 신부의 슬픈 질문은, 나는 알료샤를 대신해서 결코 그는 신앙이 부족한 사람들과 다르다고 자신 있게 대답할 수 있을 것이다. 더불어 이것에 대해서는 정반대로 해석하는 것이 더 옳다. 즉 그의 모든 동요는 지나칠 정도로 두터운 신앙심에서 기인한 것이다.

그러나 그에게 동요가 일어난 것은 사실이었고, 그것은 꽤 오랜 시일이 흐른 뒤에도 알료샤 스스로도 이 슬픈 하루를 자신의 인생에서 가장 괴로웠던 운명적인 날로 기억할 정도로 가슴 아픈 날이기도 했다.

그러나 만약 어떤 사람이 '그에게 이런 슬픔과 불안이 생긴 것은, 장로의 시신이 곧 중병 환자를 고치는 기적을 나타내는 대신, 반대로 너무 일찍 부패한 것이 아닌가?'라고 솔직하게 묻는다면, 나는 주저하지 않고 '맞다, 그것은 사실이다'라고 대답할 것이다. 다만 나는 독자들에게 너무 섣불리 젊은 주인공의 순진한 마음을 비웃지 말라고 부탁하고 싶을 뿐이다. 물론 나도 그를 위해 용서를 구하고 싶지 않고 그의 단순하고 소박한 신앙을 아직 나이가 어리다던가, 또는 이전에 배운 학문이 부족해서라고 변명하고 싶지 않다. 오히려 반대로 그의 천성을 진심으로 존경한다는 것을 분명히 밝혀두고 싶다.

물론 세상의 젊은이들 중에는 마음의 여러 가지 인상을 신중히 받아들이고, 불타지 않고 온화하게 사랑하는 방법을 알고 그 지성도 정확하지만, 나이에 견주면 사려와 분별이 지나쳐서 반대로 값싸게 여겨지는 사람도 있다. 나의 주인공의 마음에 생겼던 일을 이런 젊은이들이 겪으면 피하려고 노력했을 것이 분명하다. 그러나 그것이 분별없을지라도 위대한 사랑에서 생기는 것이라면 이런 감격에 몰입하는 것이 피하는 것보다 훨씬 훌륭하다. 특히 젊은 시절에는 더욱 그렇다. 나는 언제나 지나칠 정도로 사려와 분별을 따

지는 젊은이는 믿음이 없어 보이고, 그래서 처음부터 인간으로서
도 천박하다고 생각한다.

　이런 내 생각에 대해 사려와 분별이 있는 사람들은 이렇게 따질
것이다.

　'세상의 모든 청년들이 다 그런 편견을 믿을 리가 없고, 또 당신
의 젊은 주인공이 다른 모든 청년들의 모범이 될 수도 없는 일 아
닌가?'

　나는 이렇게 대답하고 싶다.

　'맞다, 나의 주인공은 그런 편견을 믿었고, 거룩하고 굳건한 신앙
이 있었지만, 그래도 나는 역시 그를 위해서 변명하고 싶지 않다.'

　이미 나는 주인공을 위해서 용서를 구하거나 변명을 하지 않겠
다고 섣불리 언명했지만 앞으로 이야기를 이해하는 데 도움을 주
려면 어느 정도는 설명이 필요할 것이다. 그래서 나는 이렇게 말한
다. 기적은 문제가 아니다. 그는 마음속으로 성급하고 경솔한 기대
로 기적을 바라지 않았다. 그리고 그 시절 알료샤에게는 신념의 승
리를 위해서 기적이 필요하지 않았다. 그럴 필요가 전혀 없었던 것
이다. 또 전부터 마음속의 이념이 한순간에 다른 이념을 압도하기
를 원한 것 때문도 아니었다.

　아, 절대로, 분명히 그런 것은 아니었다. 이 일에서 그의 마음을
차지했던 것은 어떤 얼굴, 오직 한 개의 얼굴뿐이었다. *그*가 사랑
했던 장로의 얼굴, 그가 숭배했던 의로운 사람의 얼굴이었다. 그의
젊고 순수한 마음에 깃든 '모든 인간과 모든 사물'에 대한 사랑은

1년 전부터 그날에 이르도록 계속 오직 그가 사랑하던 장로에게 만 집중되었다. 그 사랑은 비정상적이었거나 적어도 격정적인 것 이었는지 모르지만 어쨌든 지금은 고인이 된 조시마 장로에게만 집중되었었다. 사실 조시마 장로는 오랜 세월 동안 의심할 필요 없 이 하나의 이상이 되어 그의 눈앞에 서 있었기 때문에 그의 젊은 힘과 노력은 온통 이상을 향할 수밖에 없었다. 그래서 이따금 '모 든 사람, 모든 사물'을 까맣게 잊어버리기도 했다(스스로도 시간이 흐른 뒤에 비로소 생각났지만, 바로 그 전날 자신을 걱정시키고 괴롭 힌 형 드미트리도 그는 까맣게 잊었다. 그리고 그 전날 밤 그렇게 열 심히 생각했던 일류샤의 아버지에게 2백 루블을 전달하는 것도 완전 히 잊어버리고 있었다).

거듭 말하지만 그에게 필요했던 것은 새로운 기적이 아닌 '최고 의 정의'였다. 그런데 그의 신념에 따라 무참히 짓밟혔기 때문에 그의 마음은 참혹했던 것이다. 이 '정의'가 알료샤의 마음속에서 진전하고, 기적이 일어나 자신이 존경하던 스승의 시신에서 당장 나타나 줄 것이라고 믿었던 것도 결코 무리한 것은 아닐 것이다. 게다가 수도원 안의 모든 사람들, 알료샤도 높은 지성을 지닌 수 도사로서 숭배하던 파이시 신부까지 그렇게 생각하고 또 기대했 다. 알료샤는 전혀 의혹을 갖지 않고 모든 사람들과 마찬가지로 자 신의 꿈에 기적을 입혔던 것이다. 그가 만 1년 동안 수도원 생활을 하면서 이 꿈은 마음속에 더 확실하게 만들어져서 이런 기대는 거 의 습관처럼 되었다.

그러나 그가 열망하는 것은 정의, 정의일 뿐이었고 단순한 기적은 아니었다!

그런데 세상에서 누구보다 가장 추앙받아야 할 그분이 당연히 받을 영광은 받지 못한 채 모욕과 수치를 당하고 있는 것이다.

무엇 때문에 그렇게 된 걸까? 누가 심판하는 것일까? 도대체 누가 이런 심판을 내릴 수 있을까? 아직 경험이 없는 순진한 그의 마음을 괴롭힌 의문은 이것이었다. 그가 진정으로 분노와 모욕을 느꼈던 것은 그 의로운 사람들 중에서도 가장 의로운 자인 장로가 자신보다 훨씬 낮은 위치에 있는 천박한 군중으로부터 대놓고 증오와 조롱을 당한 것이었다.

기적이 일어나지 않아도 상관없었다. 기적이 전혀 나타나지 않고, 그의 기대를 충족시키지 않아도 좋다. 그렇지만 이 불명예와 치욕은 무엇 때문이란 말인가? 그리고 저 악의로 가득한 수도사들의 말처럼 '자연을 초월한' 급속한 시신의 부패는 무엇 때문인가? 또 지금 그들이 페라폰트 신부와 한편이 되어 당당하게 외치는 '하늘의 계시'란 무엇이며, 그들이 그런 말을 할 권리는 어디 있는가? 하느님께서는 왜 '가장 필요한 순간'(알료샤는 이렇게 생각했다)에, 자신의 손을 뒤로 감추고, 눈에 보이지 않고 말도 하지 못하는 냉혹한 자연의 법칙에 모든 것을 맡긴 것일까?

알료샤는 바로 이런 이유 때문에 마음속으로 피를 흘려야만 했다. 앞에서도 말한 것처럼 그의 눈앞에 가장 먼저 떠오른 것은 세상에서 가장 사랑하는 얼굴이었다. 그런데 바로 그 얼굴이 모욕당하고 명예가 땅에 떨어진 것이다. 주인공의 이런 불만 어린 생각은 경솔하고 지각없는 것이라고 여겨질 수도 있다. 그러나 나는, 벌써 세 번이나 반복하자면(이것 또한 역시 경솔하다는 비난을 받을 수 있지만, 그 점은 스스로 미리 시인한다) 나는 젊은 주인공이 이런 순간에 신중하지 못한 것을 오히려 기쁘게 여긴다. 왜냐하면 바보가 아니라면 분별심은 언제든 생기지만, 사랑은 이런 뜻밖의 순간에 젊은이의 마음속에서 샘솟지 않으면 결코 솟아나지 않기 때문이다.

하지만 나는 어떤 기이한 현상에 대해 말해 두려고 한다. 그것은 알료샤에게 운명적이고 절망적인 순간에 그의 마음속에 갑자기 떠오른 생각이다. 그의 마음속에 떠오른 현상은, 어제 이반 형과의 대화에서 받은 어떤 괴로운 인상이었다. 그의 마음속에 지금 이 순간에 그것이 떠올랐던 것이다.

하지만 그의 영혼 속에서 근본적이고 자연발생적인 신앙이 움직였다는 것은 아니다. 그는 자신의 하느님을 사랑했고, 비록 지금 갑작스레 하느님에 대해 불만이 생길 뻔했지만, 그의 신앙은 굳건했다. 그러나, 어제 이반 형과 나눈 대화에서 참을 수 없이 불길한 인상을 받은 것이 막연하지만 지금 문득 그의 마음속에 되살아나서 점점 영혼의 수면으로 떠오르고 있었다.

이미 주변에는 황혼이 물들고 있었다. 라키친은 암자를 나와 소나무밭을 지나서 수도원 쪽으로 걸어가다가 나무 밑에 엎드린 알료샤를 발견했다. 그는 깊이 잠든 것처럼 움직이지 않았다. 라키친은 가까이 가서 말했다.

"알렉세이, 여기 있었군. 자네도 정말⋯⋯."

라키친은 여기까지 말하고 어이가 없어서 입을 다물었다.

그는 '자네도 그 지경까지 간 거야?'라고 물으려고 했다. 알료샤는 라키친을 바라보지 않았지만, 그가 몸을 움직이는 걸 본 라키친은 자신의 말을 듣고 그 말의 뜻을 이해했다는 것을 알아챘다.

"대체 왜 그러는 거야?" 그는 내심 놀란 것처럼 계속 물었지만, 얼굴에는 이미 미소를 띠고 있었고 그 미소는 점점 조롱 섞인 것으로 변했다.

"자네, 듣고 있나? 난 두 시간도 넘게 자넬 찾아다녔어. 갑자기 자네가 사라져 버렸잖은가. 대체 여기서 뭘 하는 건가? 심각하게 왜 그러는 거야. 날 좀 잠깐 보게!"

알료샤는 고개를 들고 일어나 앉은 뒤, 등을 나무에 기댔다. 그는 울지 않았지만 얼굴에는 고통과 불안한 기운이 감돌았다. 알료샤는 라키친을 외면한 채 다른 곳을 보고 있었다.

"자네는 잘 모르겠지만 얼굴이 엉망이네. 호감을 주던 온화한 표정은 남아 있지가 않아. 누구에게 화가 난 건가? 누가 자네에게 무례한 말을 했나?"

"제발 저리 가!"

알료샤는 갑자기 이렇게 말했지만, 여전히 라키친을 외면하고 손을 내저으며 피곤한 표정이었다.

"아니, 이런 일이 생기다니! 죄가 많은 세속의 사람들처럼 말하는군. 천사 같은 자네가 말이야. 사람을 너무 놀라게 하지 말게나.

이건 진심이야. 이곳에 온 뒤로는 웬만한 일에는 놀라지 않는데. 난 자네가 교양 있는 사람이라고 생각했는데……."

알료샤는 마침내 그를 바라보았다. 그러나 여전히 방심한 듯한 표정이었고, 라키친이 무슨 말을 하는지 이해하지 못한 얼굴이었다.

"그래, 자네는 그 늙은이가 썩는 냄새를 풍겼다고 이렇게 풀이 죽은 건가? 설마 그 늙은이가 기적을 만들 거라고 믿었던 거야?"

라키친은 굉장히 진지한 얼굴로 다시 물었다.

"믿었어. 지금도 믿는다고. 난 그렇게 믿고 싶었어. 앞으로도 믿을 거고. 또 묻고 싶은 게 남았나?"

알료샤는 흥분해서 외쳤다.

"없네. 더는 아무것도 묻지 않겠네. 젠장, 요즘은 열세 살 먹은 초등학생도 그런 말은 안 믿는다고. 하지만 그런 건 어쨌든 상관없어. 자네는 지금 하느님께 화가 나서 반항하고 있는 거군. 하느님께서 계급도 올려 주시지 않았고, 경축일에 주는 훈장도 주지 않았다는 거지! 자네도 참 어이없네!"

알료샤는 눈을 가늘게 뜨고 한동안 라키친을 바라보았다. 그러자 그의 눈 속에서 갑자기 빛줄기가 보였다. 그러나 그것은 라키친을 향한 분노는 아니었다.

"나는 하느님에게 반항하는 게 아니야. 단지 '하느님이 만드신 세계를 인정하지 않는 것'뿐이지."

알료샤는 갑자기 일그러진 미소를 지었다.

"무슨 말인가? 세계를 인정하지 않는다고?" 라키친은 알료샤의 대답을 듣고 잠깐 고개를 갸웃했다. "자네 잠꼬대하나?"

알료샤는 아무런 대답이 없었다.

"그런 시시한 이야기는 이제 그만하세. 이제부터 실질적인 문제를 이야기하지. 어떤가, 자네 오늘 식사는 한 건가?"

"글쎄…… 아마 먹었을 거야."

"얼굴을 보니 뭘 좀 먹고 체력을 보충해야겠군. 자네 얼굴을 보자니 측은해질 정도야. 어젯밤에 한숨도 못 잤지? 암자에서 모임이 있었다는 건 나도 들었네. 그리고 곧 그 소동이 일어났으니, 아마 먹은 건 성찬식의 얇은 빵 한 조각뿐일 거야. 지금 내 주머니에 소시지가 몇 개 있다네. 만일을 생각해서 아까 읍내에서 나올 때 몇 개 가져왔네. 하지만, 자네는 소시지를……."

"좀 주게."

"저런, 저런! 어떻게 된 거야! 아주 방어벽을 쌓고 완벽하게 반역을 할 셈이로군! 알료샤, 그걸 경멸할 이유는 없어. 그럼, 내 집으로 가자고. 나도 보드카 한 잔이 간절하니까. 내가 피곤해서 말이야. 설마 보드카까지 달라고는 못하겠지만, 혹시 자네도 한 잔 하겠나?"

"보드카도 좋고 다 좋아."

"뭐라고? 별소리를 다 듣는군." 라키친은 깜짝 놀라서 알료샤를 보았다. "소시지나 보드카도 다 괜찮긴 하지. 이런 좋은 기회를 놓치면 안 되겠군. 자 어서 가자고."

알료샤는 조용히 라키친의 뒤를 따랐다.

"만일 자네 형 이반이 이런 모습을 본다면 굉장히 놀랄걸. 그나저나 자네 형 이반이 오늘 아침 모스크바로 떠났다고 하던데, 알고 있는가?"

"알아."

알료샤는 귀찮은 듯이 대답했다. 그러자 갑자기 형 드미트리가 머릿속에 떠올랐다. 그러나 한순간일 뿐이었다. 이 순간에 무언가 급박한 일을, 잠시도 머무를 수 없는 일종의 의무, 무서운 의무를 생각했지만 그런 생각도 그의 마음속 깊이는 파고들지 못하고 어떤 인상도 남기지 못하고 곧 머릿속에서 까마득하게 잊혀졌다. 그런데도 이때의 일은 시간이 흐른 뒤에도 알료샤의 기억 속에 남았다.

라키친은 이렇게 속삭였다.

"자네 형 이반은 언젠가 나를 '자유주의자를 흉내 내는 무능한 멍청이'라고 평가했고 자네도 언젠가 홧김에 '뻔뻔한 인간'이라고 한 적이 있었지. 어쨌든 이제부터 나는 자네들의 재능과 양심이 어떤 도움이 되는지 지켜보려고 하네."

그는 다시 크게 말했다. "이봐! 수도원 옆으로 빠져 나가서 샛길을 통해서 읍내로 가자고. 앗! 난 잠시 호흘라코바 부인에게 들러야겠네. 그런데, 내가 오늘 일어난 일을 전부 부인에게 적어서 보냈는데, 부인이 연필로 회답을 써서 당장 보냈다네. 그 부인은 편지를 쓰는 걸 매우 좋아해. 그런데 뭐라고 편지가 왔을 것 같나?

'나는 조시마 장로처럼 위대한 분이 '그런 꼴'이 될 거라고는 꿈에도 몰랐어요!' 이런 내용이야. 정말 그렇게 씌어 있었어! '그런 꼴'이라고 말이야. 부인도 역시 화가 난 거야. 정말 전부 다! 아니, 잠시만."

그는 갑자기 이렇게 말하고 걸음을 멈추더니 알료샤의 어깨를 잡아서 멈추게 했다.

"알료샤." 라키친은 갑자기 마음속에 떠오른 새로운 생각에 사로잡혀서 알료샤의 눈을 바라보았다. 그는 겉으로는 웃었지만 새로운 생각을 말하는 것이 두려운 것처럼 보였다. 라키친도 알료샤에게 일어난 너무 기묘하고 갑작스러운 변화를 좀처럼 믿기 힘들었던 것이다. "알료샤, 자네는 어디로 가는 게 좋은가?" 마침내 라키친이 알료샤의 비위를 맞추려는 듯 조심스럽게 물었다.

"어디든 좋아. 자네 좋을 대로 하게나."

"그럼 그루셴카에게 갈까? 어떤가, 가겠나?"

라키친은 불안한 기대감으로 몸을 떨어가며 결국 이렇게 물었다.

"좋아, 그루셴카에게 가자."

알료샤는 침착하게 대답했다. 라키친에게는 너무나 뜻밖의 일이었다. 알료샤가 조금도 망설이지 않고 침착하게 자신의 제안에 동의할 것이라고는 꿈에도 생각하지 않았기 때문에 하마터면 뒤로 물러설 뻔했다.

"뭐, 뭐, 뭐라고! 이건 정말!"

그는 크게 놀라서 이렇게 외치더니, 재빨리 알료샤의 팔을 잡고,

혹시 알료샤의 마음이 변하지 않을까 걱정되어서 샛길로 끌고 들어갔다. 두 사람은 조용히 걷기만 했다. 라키친은 말을 하는 것조차 조심스러웠다.

"그녀는 무척 기뻐할 거야. 무척……."

그는 그렇게 중얼거리다가 다시 침묵했다.

그러나 라키친이 알료샤를 끌고 가는 것은 그루센카를 기쁘게 해주려는 것이 아니었다. 치밀한 그는 조금이라도 자신에게 이익이 되지 않으면 어떤 일도 하지 않았다. 이때에도 그는 두 가지의 목적이 있었다. 첫 번째 목적은 올바른 사람의 치욕을 보고 싶다는 복수의 의미가 있었고 어쩌면 알료샤가 '성인에서 죄인'으로 분명하게 타락하는 것을 볼 수 있을 수도 있었다. 두 번째 목적은 그에게 매우 유리한 물질적인 목적이었는데 여기에 대해서는 뒤에서 다루기로 하겠다.

'결국 기회가 왔어.' 그는 심술궂은 기쁨을 느끼며 이런 생각을 했다. '이런 기막힌 기회를 놓치면 안 돼. 좀처럼 오지 않는 기회니까.'

3. 파 한 뿌리

그루센카는 소보르나야 광장에서 가깝고 읍내에서도 가장 번잡한 곳에서 살았다. 모로조바 부인의 집 마당에 있는 별채였고, 그리 크지 않은 목조 건물에 세 들어 있었다. 모로조바의 집은 큰 2층 석조 건물이었지만 몹시 낡아서 흉해 보였다. 부인은 나이가 많지만 아직 결혼하지 않은 두 조카딸과 함께 조용히 살았다. 그녀가 굳이 이 별채를 빌려 줄 필요는 없었지만, 누구나 다 아는 그루센카의 보호자인 동시에 부인의 친척이기도 한 상인 삼소노프의 심기를 건드리고 싶지 않아서 4년 전 그루센카를 자신의 집에 들였다. 이것은 모두 아는 사실이었지만 들리는 소문에 따르면, 질투심이 강한 삼소노프가 처음에 자신의 '애인'을 모로조바 부인의 집에 맡긴 것은 노파가 자신의 집에 세 든 젊은 여자의 생활을 날카

45

롭게 감시해 줄 것이라는 속셈 때문이라고 했다. 그러나 곧 이 예리한 눈도 소용이 없음을 알게 되어 마침내 부인도 그루셴카와 자주 부딪히지 않게 되었고 그녀의 행동을 성가시게 감시하지도 않게 되었다.

4년 전, 삼소노프가 여윈 체격에 겁먹은 것처럼 수줍어하고 늘 슬픈 표정으로 생각에 잠긴 열여덟의 소녀를 현청 소재지에서 이 집으로 데리고 온 후로 참 여러 가지 일들이 일어났다.

그러나 이 소녀의 과거를 아는 이 고장 사람들은 많지 않았고, 알고 있다고 해도 믿을 만한 것은 아니었다. 요즘 들어서 많은 사람들이 이 '뛰어난 미인'(그루셴카는 4년 동안 이렇게 변했다)에게 흥미를 가졌지만 그녀에 대해 자세히 아는 사람은 거의 없었다.

다만 그루셴카가 열일곱 살 때 어떤 장교에게 유혹 당했지만 이내 버림받았고, 그 장교는 다른 지방으로 떠나서 다른 여자와 결혼했고, 그루셴카는 그동안 가난과 치욕 속에서 지내게 되었다는 소문이 떠돌 뿐이었다. 그때 그루셴카가 가난의 구렁텅이에서 삼소노프 노인에게 구원받은 것은 사실이었지만 소문에 의하면 그녀가 성직자 집안에서 태어났다는 얘기도 있었다. 다시 말하면 일정한 교회가 없는 어떤 보제(補祭)나 또는 그와 비슷한 신분의 사람의 딸이었다고 한다.

4년 동안 감수성이 풍부하고 상처를 입은 고아 같은 이 소녀는, 혈색이 좋고 탐스러운 러시아 미인으로 변했다. 더불어 대담하고 결단력이 있었고 오만했고 자존심도 강했다. 이재에 밝아서 사업가 같은 장사 수완도 지녔다. 또 인색하고 신중해서, 들리는 소문에 따르면 어떻게 모았는지는 알 수 없지만 이미 엄청난 재산을 모았다고 했다.

그러나 단 한 가지, 절벽 위의 꽃처럼 지난 4년 동안 그 후견인인 노인 외에는 그루셴카의 사랑을 얻은 사람이 아무도 없다는 건 누구나 굳게 믿는 사실이었다. 이것은 분명한 사실이었다. 왜냐하면 그루셴카의 사랑을 얻으려는 사람은 많았지만(특히 지난 2년간), 그들이 한 모든 노력은 허사였기 때문이다. 그중에는 기가 센 젊은 이 여인에게서 조롱과 함께 거절을 당하고 우스꽝스러운 추태까지 보이며 참혹하게 물러섰던 사람들도 몇이나 되었다.

또 이런 일도 잘 알려져 있었다. 이 젊은 여인이 특히 1년 전부터는 '투기'에 빠져서 이 분야에서도 굉장한 재능을 보였기 때문에 나중에는 사람들에게 '유대인보다 더한 여자'라는 말까지 듣게되었다.

하지만 그녀는 비싼 이자를 받으며 돈놀이를 하지는 않았다. 예를 들어 표도르 카라마조프와 한패가 되어서 실제의 10분의 1도 안 되는 헐값에 어음을 전부 사들인 것은 세상이 전부 아는 사실이었는데, 그중에는 열 배가 넘는 이익을 얻은 것도 있었다.

늙은 홀아비인 삼소노프는 1년 전부터 두 다리가 부어서 제대로 걷지 못한 채 누워 있었다. 그는 백만장자의 홀아비였지만 몹시 인색해서 다 큰 자식들에게는 마치 폭군처럼 군림하면서도, 자신의 보호가 필요한 사람들에게는 꽤 부드럽게 굴었다. 그도 처음에

는 이 여자를 가혹하게 대했다. 이에 대해 '단식일 음식만 먹는다'
고 뒷담화를 하는 사람도 있었지만 그루셴카는 일단 자신의 정절
에 대한 절대적인 믿음을 노인에게 줌으로써 교묘히 자신의 해방
을 이뤄냈던 것이다. 이제는 이미 고인이 된 지 오래된, 대단한 수
완가였던 이 노인도 성격이 유별나서 굉장히 인색하고 돌 같은 완
고함이 있는 사내였다. 그래서 그루셴카에게 혼이 빠질 정도로 반
해서 그녀 없이는 살 수 없었지만(마지막 2년 동안은 특히 더 심했
다), 큰돈은 나눠 주려고 하지 않았다. 그는 아마 그루셴카가 헤어
지자고 위협을 해도 끝까지 고집을 부렸을 것이다.

적은 돈이긴 하지만 얼마쯤은 나누어 주긴 했는데, 이런 사실이
세상에 알려지자 모두 깜짝 놀랐다.

"네가 여자지만 빈틈이 없으니." 그는 8천 루블 정도를 그루셴
카에게 주면서 말했다. "네가 잘 굴려 봐. 하지만 지금껏 해왔던
것처럼 해마다 주는 생활비 외에는 내가 죽을 때까지 더는 한 푼
도 못 받을 줄 알아야 돼. 네 앞으로는 유언장에도 아무것도 남기
지 않을 거야."

그리고 그는 정말 말한 대로 했다. 그는 임종을 맞으며 자신의
전 재산을 평생 하인처럼 부려먹은 아들들과 며느리, 손자들에게
모두 나눠 주고 그루셴카에 대해서는 유언장에 한 마디도 언급하
지 않았다. 물론 이런 사실은 나중에 알려진 것이었다. 그는 다만
자본을 어떻게 굴려야 하는지에 대해서만 그루셴카에게 도움을
주었고, 사업을 어떻게 해야 하는지 가르쳐 주었을 뿐이었다.

표도르 카라마조프는 처음에는 투자 관계로 그루센카를 만나게 되었지만, 마침내 자신도 모르는 사이에 미쳐 버릴 만큼 그녀에게 빠지고 말았다. 삼소노프는 그 당시 이미 중태였는데도 이 말을 듣고 재미있다는 듯이 크게 웃었다고 한다. 여기서 주의해야 할 것은, 그루센카가 노인에게는 아무것도 숨기지 않고 진심으로 대했다는 것이다. 그녀가 이 세상에서 그렇게 대한 사람은 아마 그 노인뿐이었을 것이다. 그러나 노인은 최근 들어서 드미트리 표도르비치가 나타나서 그루센카에게 사랑을 고백했을 때는 지난번처럼 웃지 않았다. 오히려 그와는 반대로 엄숙하고 진지하게 그루센카에게 이런 충고를 했다.

"만약 네가 그 부자 중에서 한 사람을 선택해야 한다면 그 늙은 이를 선택하는 게 좋아. 하지만 그 늙은 호색한이 분명히 너와 결혼을 하고, 미리 어느 정도 재산을 네 앞으로 해준다는 조건이 있어야만 해. 그리고 그 대위와는 만나지 마라. 득이 될 게 없으니까."

이미 자신의 죽음이 가까워짐을 느꼈던 늙은 호색한은 그루센카에게 이렇게 충고했는데, 그는 이 충고를 하고 다섯 달이 흐른 뒤, 죽었다.

참고로 그루센카를 사이에 둔 카라마조프 부자의 어리석고 추잡한 경쟁은 그 당시 읍내 사람들 중에는 모르는 사람이 없었지만, 이 부자에 대해 그루센카가 보인 태도의 진실이 무엇이었는지 아는 사람은 별로 없었다.

그루센카의 두 하녀까지 그 비극적인 대사건(이 사건에 대해서

는 뒤에 언급하기로 하겠다)이 벌어진 뒤 법정에 불려갔을 때, 그루
센카는 단지 드미트리가 죽이겠다고 협박하는 바람에 무서워서
그를 상대한 것이라고 증언했다. 그루센카가 데리고 있는 하녀는
두 명뿐이었다. 한 명은 그녀의 생가에서 데려온 허약하고 귀머거
리인 나이 든 식모였고, 또 한 명은 이 노파의 손녀딸로 그루센카
의 잔시중을 드는 스무 살의 건강한 처녀였다.

그루센카는 아주 검소하게 살았기 때문에 방안의 치장도 초라
한 편이었다. 그녀가 살던 별채에는 세 개의 방이 있었지만 방 안
에는 주인의 소유물인 20년대에 유행했던 마호가니 의자와 테이
블만 있었다.

이미 주위가 어두워졌을 때, 라키친과 알료샤가 그루센카의 방
에 들어섰지만 방에는 불이 켜져 있지 않았다. 그루센카는 응접실
의 크고 딱딱한 마호가니 소파에 누워 있었는데 그 소파는 구멍투
성이였고, 등받이에 낡은 가죽이 씌워져서 흉물스러웠다. 그녀의
머리 밑에는 침대에서 가져온 두 개의 하얀 닭털 베개가 놓여 있
었다. 그루센카는 두 손을 머리 밑에 받치고 몸을 쭉 뻗은 채 가만
히 누워 있었다. 누구를 기다리는지 검은 비단옷을 정갈하게 입고
머리에는 엷은 레이스 장식을 했는데, 그녀에게는 썩 잘 어울리는
차림이었다. 어깨에는 역시 레이스로 만든 숄을 걸치고 순금으로
만든 큰 브로치로 앞자락을 여미고 있었다.

그루센카는 누군가를 기다리는 중이었다. 그녀는 우울하게 소
파에 누워 있었고, 얼굴은 약간 핼쑥해 보였다. 그녀는 초조감으로

입술과 눈이 뜨겁게 달아오르는 것을 느끼며 오른쪽 발끝으로 계속 소파의 팔걸이를 차고 있었다.

라키친과 알료샤가 나타났을 때 조금은 소란스러웠다. 그들은 홀에 들어서자 그루셴카가 소파에서 일어나서 겁에 질린 채 외치는 소리를 들었다.

"누가 온 거야?"

손님을 맞으러 나온 하녀가 방 안을 향해 외쳤다.

"그분이 아니에요. 다른 분들이에요. 그분과는 상관없는 손님들이에요."

"무슨 일이지?"

라키친은 알료샤를 응접실로 안내하며 중얼거렸다.

그루셴카는 여전히 놀라움이 가시지 않은 채 소파 옆에 서 있었다. 길게 드리운 밤색 머리카락이 레이스 장식 아래로 내려와서 어깨를 덮었지만, 그녀는 머리카락이 흘러내린 것을 모르고 손님들을 자세히 살피며 누군지 확인할 때까지 머리를 올리려고 하지 않았다.

"어머, 라키트카, 당신이군요! 난 또 누구라고, 정말 깜짝 놀랐어요. 그런데 누구와 온 거지요? 같이 온 분은 누구세요? 맙소사, 이게 누구야!"

그루셴카는 그제야 알료샤를 알아보고 호들갑을 떨었다.

"어서 촛불을 가져와요."

라키친은 이 집에서는 무엇이든 명령할 수 있을 정도로 가까운 사이라는 것을 보여주듯이 거리낌 없이 말했다.

"촛불, 그래, 촛불을 가져와. 페냐, 촛불을 가져오너라. 그런데 왜 이런 때 저분을 데려온 거예요!"

그루셴카는 턱으로 알료샤를 가리키며 다시 한 번 외쳤다. 그리고는 거울 쪽으로 돌아서서 두 손으로 흐트러진 머리를 재빨리 다듬었다. 그녀는 어쩐지 약간 불만족스러워 보였다.

"내가 잘못 왔나요?"

라키친은 금세 화난 듯이 물었다.

"사람을 깜짝 놀라게 하니까 그렇죠, 라키트카." 그루셴카는 미소를 지으며 알료샤 쪽을 바라보았다. "알료샤, 무서워하지 말아요. 난 당신이 여기 와줘서 정말 기뻐요. 정말 예상치 못한 손님이에요. 그런데 라키트카, 아까는 정말 많이 놀랐어요. 난 또 미차가 온 줄 알았어요. 사실은 아까 내가 그를 속였거든요. 항상 내가 그에게 내 말을 믿겠다는 다짐을 받아놓고는 거짓말을 했어요. 오늘 저녁은 삼소노프 영감님에게 가서 늦게까지 돈 계산을 해야 한다고 했거든요. 사실 난 일주일에 한 번씩 항상 영감님에게 가서 밤늦게까지 계산을 하고 있어요. 방문을 잠그고, 그가 주판으로 계산을 하면 난 옆에서 장부에 기록을 해요. 그는 나만 빼고 아무도 믿지 않아요. 아마 미차는 내가 그곳에 간 줄 알 거예요. 하지만 난 집에서 이렇게 홀로 좋은 소식을 기다리고 있어요. 그런데 페냐가 왜 당신들을 들어오게 한 걸까? 페냐, 페냐, 빨리 밖에 나가서 대문을 열고 대위님이 근처에 계신지 보고 와, 혹시 숨어서 지켜보고 있을 수도 있으니까. 정말 무서워 죽겠어!"

"아무도 없어요, 아그라페나 님. 방금 살펴봤어요. 또 계속 문틈으로 밖을 보고 있어요. 저도 무서워서 이렇게 떨리는걸요."

"덧문은 모두 닫았니? 커튼도 내려야 할 것 같아, 이렇게!" 그루센카는 직접 두꺼운 커튼을 내렸다. "이렇게 안 하면 그가 불빛을 보고 곧장 올 거야. 알료샤, 오늘은 당신의 형 미차가 정말 무서워요."

그루센카는 큰 목소리로 떠들었다. 크게 걱정하는 것 같았지만 한편으로는 무척 행복해 보였다.

"왜 오늘따라 미차가 그렇게 무서운 거예요?" 라키친이 물었다. "다른 때는 그리 무서워하지 않았는데. 오히려 미차를 마음대로 하지 않았나요?"

"아까 말했잖아요, 좋은 소식을 기다리고 있었다고. 그래서 지금 미차가 나타나면 아주 난처해요. 하지만, 그는 내가 영감님에게 갔을 거라고 믿지 않을 거예요. 그냥 그런 느낌이 들어요. 아마도 자신의 아버지 집 뒤뜰에 숨어서 내가 나타나는지 지켜보고 있을 거예요. 만일 그렇다면 그가 여기에는 오지 않을 테니까, 오히려 잘 됐어요! 하지만 난 정말 영감님 집에 다녀왔어요. 미차가 그곳까지 데려다줬어요. 그때 나는 늦게까지 그곳에 있을 테니까 12시가 되면 꼭 와서 집에 데려다 달라고 말했어요. 그래서 그는 돌아갔지요. 난 영감님과 10분 정도 앉아 있다가 다시 집으로 왔는데, 얼마나 무서웠는지, 혹시 미차를 만나지 않을까 해서 막 뛰어왔어요. 그를 만나면 큰일이거든요."

"그런데 어디를 가려고 그렇게 치장을 한 거예요? 참 이상한 머리 장식이군!"

"라키친, 당신이 더 이상해요. 난 좋은 소식을 기다린다고 했잖아요. 소식이 오면 곧장 달려가야죠. 그렇게 되면 다시는 날 만나지 못할 거예요. 그래서 언제든지 나가려고 이렇게 차려입었어요."

"그럼, 어디로 간다는 거예요?"

"지나치게 많이 알면 빨리 늙는 법이에요."

"하지만 그렇게 들뜬 걸 보니 굉장히 기쁜 것 같은데. 당신의 그런 모습은 지금까지 본 적이 없어요. 무도회에라도 가는 것처럼 차려입었군."

라키친은 그렇게 말하며 그녀를 훑어보았다.

"무도회에 대해서는 잘 알지도 못하면서."

"그럼 당신은 아나요?"

"무도회를 본 적은 있지요. 재작년에 삼소노프 영감님의 아들 결혼식 때 합창대석에서 봤어요. 하지만 라키트카, 이렇게 귀하신 분이 서 계시는데 당신을 상대하고 있을 수는 없지 않아요? 진짜 손님은 이분이잖아요. 알료샤, 난 이렇게 당신을 보면서도 내 눈을 믿을 수가 없어요. 아, 당신이 직접 나를 찾아오다니, 난 정말 당신이 이렇게 올 거라는 생각도 못했어요. 어떻게 당신이 여길 다 왔을까! 안타깝게도 지금은 시기가 좋은 건 아니지만 그래도 정말 기뻐요. 자, 여기 소파에 앉으세요. 맞아요, 그렇게요. 당신은 나의

젊은 달이에요. 그런데 난 아직도 도무지 모르겠어. 이봐요, 라키
트카, 어제나 그제께 이분을 데려왔더라면 좋았잖아요! 하지만 어
쨌든 난 기뻐요. 그저께가 아니라 지금 바로 데려온 게 차라리 잘
된 걸지도 몰라."

그루센카는 가볍게 알료샤와 나란히 소파에 앉더니 기뻐서 어
쩔 줄 모르는 듯이 알료샤를 바라보았다. 사실 그녀는 진심으로 기
뻤고, 거짓말이 아니었다. 그녀의 두 눈은 뜨겁게 반짝이고 입술에
는 미소를 짓고 있었는데, 그것은 소박하고 즐거운 미소였다. 알료
샤는 그녀가 이렇게 선량한 표정을 지으며 자신을 맞아 줄 거라고
는 예상하지 못했다. 그는 어제만 해도 거의 그녀와 만난 적이 없
어서 그녀에 대해 무서운 여자라는 선입견이 있었다. 더불어 바로
어제 카체리나에게 한 독살스럽고 교활한 행동을 보고 큰 충격을
받아서 지금 그녀에게서 전혀 다른 사람 같은 예상 밖의 인상을
받고 몹시 놀란 터였다. 알료샤는 지금 슬픔에 빠져 있긴 했지만
그의 눈은 자신도 모르게 그루센카의 얼굴을 자세히 관찰하고 있
었다.

그녀의 행동도 어제와는 다르게 무척 호감을 샀다. 어제의 그 역
겨울 만큼 달콤한 어투나 거들먹거리는 요염한 몸짓은 거의 찾아
볼 수 없고 모든 것이 수수하고 솔직하게 느껴졌다. 몸짓도 크고
유쾌하며 믿을 수 있었다. 그러나 그녀는 몹시 흥분한 상태였다.

"아, 오늘은 어떻게 모든 일이 이렇게 척척 맞을까요!" 그루센카
는 다시 중얼거렸다. "그런데 알료샤, 난 당신이 온 게 왜 이렇게

기쁜지 모르겠어요. 당신이 물어도 난 대답하지 못할 거예요."

"설마! 왜 기쁜지 모른다고?" 라키친이 비웃었다. "이 친구를 데려오라고 나를 못살게 군 게 누군데, 목적이 있었던 거 아닌가?"

"전에는 목적이 있었지만, 지금은 다 지나간 일이에요. 지금은 그렇지 않아요. 어쨌든 당신들에게 뭘 좀 대접해야겠어요. 라키트카, 이제 나도 착한 사람이 되었어요. 자, 당신도 앉아요. 왜 그렇게 서 있는 거예요? 아니, 벌써 앉아 있었네요. 라키트카는 자신에 대해서 잊지 않으니까 걱정할 필요가 없지. 알료샤, 보세요, 잔뜩 화가 나서 우리 앞에 앉아 있는 걸. 아마 내가 자신한테 먼저 앉으라고 권하지 않아서 화가 난 것 같아요. 아, 라키트카는 우리 집에 오면 저렇게 화를 자주 낸다니까." 그루센카는 이렇게 말하고 소리 내서 웃었다. "라키트카, 화내지 말아요. 나는 지금 기분이 엄청 좋답니다. 그런데 알료샤, 당신은 왜 슬픈 얼굴이지요? 내가 무섭나요?"

그녀는 반은 놀리는 듯이 미소를 지은 채 알료샤의 눈을 들여다보았다.

"이 친구야말로 슬픈 일이 있어요. 승진을 못했으니까."

라키친은 낮은 목소리로 말했다.

"승진이라고요?"

"이 친구의 장로님이 썩는 냄새를 풍기기 시작했어요."

"썩는 냄새? 그런 헛소리는 그만둬요. 또 무슨 더러운 얘길 하려고요? 그럼 멍청이 같은 소리는 그만둬요! 그런데 알료샤, 당신 무릎에 나를 앉혀 줘요, 이렇게!" 그루센카는 갑자기 일어나더니 애

56

교를 부리는 고양이처럼 알료샤의 무릎에 앉아서 오른팔을 부드
럽게 그의 목에 휘감았다. "기분을 좋게 해드리는 거예요. 신앙심
이 깊은 귀여운 도련님! 하지만 이렇게 무릎에 앉아도 정말 괜찮
을까요? 화내지 않겠지요? 안 된다면 하면 빨리 내릴게요."

알료샤는 침묵했다. 그는 몸을 움직이는 것조차 두려워서 움직
이지 않았다. '안된다고 하면 빨리 내릴게요'라는 말을 들었지만,
온몸이 마비가 된 것처럼 아무런 말을 하지 못했다. 그러나 이때
그의 마음속에서 휘몰아치던 것은 맞은편에서 혐오스럽다는 듯이
자신을 보는 라키친이 기대하거나 상상하는 것과는 전혀 다른 것
이었다. 지금 그의 마음에 가능성을 모든 감각이 통째로 삼켜 버려
서 지나치게 큰 영혼의 슬픔이, 만일 그가 이 순간에 자신을 충분
히 바라볼 수 있다면 지금 자신이 모든 유혹과 시련으로부터 자신
을 방어할 수 있는 매우 굳건한 무장을 하고 있음을 스스로 알 수
있었을 것이다. 그러나 그는 형언할 수 없는 모호한 정신과 그의
가슴을 짓누르는 슬픔이 있음에도, 갑자기 마음속에 생긴 새롭고
이상한 감각에 놀랐다.

다름이 아니라 이 여자, 이 '무서운' 여자는 지금까지 여자에 대
한 생각이 그의 마음에 떠오를 때마다 늘 경험했던 공포 때문에
자신을 겁먹게 하지 않았고, 또 반대로 지금까지 가장 두려워하던
여자, 지금 자신의 무릎에 앉아서 자신을 안고 있는 이 여자가 지
금까지 전혀 예측하지 못했던 어떤 이상한 감각을 그의 마음속에
생기게 한 것이다. 그것은 이상하고 어처구니없이 큰 호기심, 작은

두려움이나 공포도 섞이지 않은 순수한 호기심이었다. 그것이 가장 중요했고, 그를 놀라게 한 큰 이유였다.

"그런 헛소리는 이제 집어 쳐요." 라키친이 외쳤다. "빨리 샴페인이나 줘요. 샴페인을 대접할 의무가 있다는 건 당신이 더 잘 알지 않소!"

"맞아요. 이봐요 알료샤, 이 사람에게 당신을 나에게 데려오면 내가 샴페인을 대접한다고 약속했어요. 이제 샴페인을 마십시다. 나도 마시고 싶어요. 페냐, 페냐, 샴페인을 가져와. 미차가 두고 간 것 있잖아. 빨리 가서 가지고 와! 나는 구두쇠지만 한 병은 대접하겠어요. 하지만 라키친, 당신을 위해서 대접하는 게 아니에요. 당신은 독버섯이지만 이분은 귀공자거든요! 지금 내 마음은 다른 일로 가득하지만 어쨌든 좋아요. 당신들과 함께 마시고, 실컷 떠들면서 우울함을 떨쳐내고 싶어요."

"그런데, 지금이라고, 그게 무슨 뜻이오? 어떤 소식이라는 건 뭐예요? 물어봐도 되지요? 아니면 비밀인가요?"

라키친은 자신에게 하는 모욕적인 말은 계속 못 들은 척하면서 대놓고 호기심을 드러내고 다시 말했다.

"전혀, 비밀이라니. 당신도 아는 일인데."

그루센카는 갑자기 걱정되는 것처럼 말하며 알료샤에게서 몸을 약간 젖혀서 라키친 쪽으로 얼굴을 돌렸지만 그의 무릎에 여전히 앉은 채였고 한쪽 팔로 그의 목을 휘감고 있었다.

"다른 게 아니라, 장교님이 와요, 라키친, 나의 장교님 말이에요."

"아, 그 얘기는 들었지, 그런데 벌써 온다는 거요?"

"지금 모크로예에 와 있어요. 나에게 사람을 보내겠다고 연락이 왔어요. 바로 아까 그가 직접 보낸 편지를 받았는데 그렇게 쓰여 있었어요. 그래서 그 심부름꾼을 기다리고 있었어요."

"그래요? 그런데 왜 모크로예에 왔어요?"

"그 얘기는 길어요. 그리고 이제 당신과는 그만 말하고 싶어요."

"그럼 미차는 지금…… 일이 재미있게 되어 가는군. 미차는 아는 거요, 모르는 거요?"

"그가 뭘 알겠어요! 전혀 모르고 있어요! 만약 그가 안다면 날 죽으려고 할 거예요. 하지만 난 지금 그런 건 두렵지 않아요. 그가 휘두르는 칼도 무섭지 않단 말이에요. 라키트카, 그러니까 입 다물어요. 내 앞에서 드미트리 씨 얘기하지 말아달라고 부탁할게요. 그는 나에게 가슴 아픈 상처만 주었으니까요. 지금은 그런 생각을 정말 하고 싶지 않아요. 하지만 알료샤를 생각하는 건 좋아요. 알료샤의 얼굴을 자꾸만 들여다보고 싶어요. 자, 나를 보고 웃어요, 귀여운 도련님! 기운을 내요. 그리고 바보 같은 나에게 웃어 주세요. 아, 웃었다. 정말 웃었어요! 어쩜 이렇게 눈길이 부드러울까! 알료샤, 난 당신이 그저께 일 때문에, 그 젊은 아가씨 때문에 나에게 화가 난 건 아닐까 걱정했답니다. 그날 나는 정말 개였으니까! 정말 나는 개나 마찬가지였어요. 하지만 그렇게 한 건 잘했어, 물론 좋은 일은 아니었지만 그래도 잘한 일이라고 생각해요."

그루센카는 뭔가가 떠오른 듯이 미소를 지었다. 그러나 그 미소에는 잔인한 그림자가 스쳤다.

"미차가 그러는데 그 여자가 나더러 채찍으로 때려야 할 여자라고 그랬다더군요. 정말 내가 심하게 굴었던 것 같아요. 하지만 그 여자는 달콤한 엿으로 날 꾀려고 일부러 사람을 보내서 불렀어요. 그러니까 그렇게 한 건 잘한 것 같아요." 그녀는 다시 미소지었다. "그렇지만 난 그 일 때문에 당신이 화가 났을 거라고 내내 걱정했어요."

"이번엔 정말 솔직하군." 라키친이 진심으로 놀란 것처럼 참견했다. "알료샤, 정말 이 사람은 자네를 두려워한다네. 햇병아리 같은 자네를 말이야."

"라키친, 물론 당신 눈에는 이분이 햇병아리로 보이겠죠. 당신에게는 양심이 없으니까요. 알겠어요? 하지만 상관없어요, 나는, 나는 이분을 진심으로 사랑하니까요. 믿어주시겠죠, 알료샤! 내가 당신을 진심으로 사랑한다는 것을."

"정말 뻔뻔해! 알료샤, 이 여자는 지금 자네에게 사랑 고백을 하는 거야!"

"그게 어때서요? 이 분을 사랑하는 게 잘못인가요?"

"그 장교는 어떻게 할 건데? 모크로예에서 온다던 좋은 소식은."

"그건 이것과 다른 문제예요."

"거참, 여자들은 다 이런 식인가 봐?"

"라키친, 제발 신경 건드리지 말아요." 그루센카는 화를 내며 외쳤다. "이건 전혀 다른 문제예요. 알료샤를 사랑하는 건 다른 방식이란 말이에요. 알료샤, 물론 나도 얼마 전까지 당신에게 짓궂은 마음을 가졌던 게 맞아요. 나는, 심보가 사납고 더러운 여자이지만, 그래도 간혹 당신을 내 양심의 거울처럼 생각했어요. '이제는 나를 더러운 여자라고 경멸할 거야' 항상 이렇게 생각했어요. 그저께 그 아가씨 집에서 뛰쳐나와서 돌아올 때도 그렇게 생각했어요. 알료샤, 오래전부터 난 당신에 대해 이렇게 생각했어요. 미차는 그걸 알아요. 내가 말했으니까. 미차도 역시 나와 같은 생각이에요. 당신은 믿지 않을지 모르지만, 당신을 보면 나는 가끔 부끄러워져요. 내 모든 것이 부끄러워서 견딜 수 없어져요. 왜 그런지, 언제부터 내가 그런 생각을 하게 되었는지 모르겠어요. 기억이 나질 않아요."

페냐가 테이블 위에 쟁반을 놓았다. 쟁반에는 마개가 열린 술병과 술이 담겨진 세 개의 잔이 있었다.

"샴페인이군." 라키친이 말했다. "아그라페나 씨, 좀 흥분하신 것 같은데 샴페인 한 잔 마셔요. 마시면 흥겹게 춤추고 싶어질 거예요. 이런 것도 제대로 못해서야." 그는 술병을 들여다보며 이렇게 말했다. "노파가 부엌에서 미리 잔에 따라서 보냈군. 게다가 병은 마개도 막지 않아서 미지근하잖아! 어쩔 수 없지! 이거라도 마셔야지."

그는 테이블로 다가가 술잔을 한 번에 들이켜고, 직접 한 잔 따랐다.

"샴페인은 웬만해서는 구경하기 어렵거든." 그는 혀로 입술을 핥으며 말했다. "알료샤, 어서 남자답게 마시게. 그런데 뭘 위해 건배하지? 천국의 문? 그루셴카, 당신도 잔을 들고 천국의 문을 위해서 건배합시다."

"천국의 문이라니 그건 무슨 뜻인가요?"

그녀는 잔을 들었고, 알료샤도 자신 앞의 잔을 들어서 한 모금 마신 뒤 그대로 다시 내려놓았다.

"역시 마시지 않는 게 나을 것 같아."

그는 조용하게 미소를 지었다.

"아까는 허풍을 떤 거였군."

라키친이 말했다.

"그럼 나도 마시지 않겠어요." 그루셴카가 말을 받았다. "사실은 나도 마시고 싶지 않아요. 라키트카, 당신이나 마셔요. 알료샤가 마신다고 하면 나도 마시겠지만요."

"꽤나 조신하시군." 라키친이 비아냥댔다. "더구나 남자의 무릎에 앉아서 말이야! 이 친구는 슬픈 일이 있어서 안 마신다지만, 당신은 왜 그러는 거지? 이 친구는 자신의 하느님에게 반항하려고 소시지를 먹겠다고 한 거야."

"그게 무슨 말이에요?"

"이 친구의 스승인 장로님이 오늘 돌아가셨어. 위대한 성인 조시마 장로님."

"조시마 장로님이 돌아가셨어요?" 그루셴카가 소리쳤다. "어머, 어쩌나, 난 몰랐어요!" 그녀는 신성하게 성호를 그었다. "아, 내가 무슨 짓을 한 거야, 이분의 무릎에 앉아 있었다니!" 그루센카는 재빨리 알료샤의 무릎에서 내려와 소파로 옮겨 앉았다.

알료샤는 놀라서 한동안 그루센카를 바라보았다. 그의 얼굴에는 천천히 밝은 빛이 비추는 것 같았다.

"라키친." 그는 갑자기 단호하게 소리 높여 말했다. "내가 하느님께 반항을 한다는 둥 하면서 놀리지 말게. 난 자네에게 나쁜 감정을 갖고 싶지 않아. 그러니 자네도 착하게 나를 대해 주면 안 되나? 난 자네가 지금껏 갖지 못한 소중한 보물을 잃었어. 그러니까 자네는 지금 이러쿵저러쿵 할 자격이 없어. 여기 이분을 봐. 이분이 날 동정하는 건 자네도 보았지? 내가 여기 온 건 인간의 사악한 마음을 보기 위해서였네. 스스로 그렇게 생각한 건 무엇보다 내가 비열하고 사악하기 때문이야. 그런데 난 뜻밖에도 여기서 진실한 누님을 발견했어. 사랑이 가득한 영혼을, 소중한 보물을 발견한 거야. 이분은 날 가엾게 생각해 주었어. 아그라페나 씨, 지금 나는 당신과 얘기를 하는 거예요. 당신은 내 영혼을 수렁에서 건져주셨어요."

알료샤의 입술이 떨리고 숨이 가빠졌다. 그는 말을 멈추었다.

"마치 그루센카가 구세주라도 된 것처럼 말하는군." 라키친은 독기 어리게 웃으며 말했다. "하지만 이 여자는 자넬 잡아먹으려고 했어, 대체 그런 줄은 알고 그런 말을 하는건가?"

"그만해요, 라키트카." 그루센카가 일어났다. "두 분 모두 가만히 계세요. 이제 모든 걸 말할 테니까. 알료샤, 당신에게 가만히 있으라고 한 건, 당신의 말을 들으니 부끄러워서 참을 수가 없어서예요. 난 당신의 말처럼 그렇게 착한 여자가 아니라 못된 여자예요. 나쁜 여자란 말이에요. 그렇지만 라키트카, 당신에게 그만하라고 한 건 당신이 거짓말만 하니까 그런 거예요. 분명히 한때는 이분을 잡아먹으려는 비열한 생각을 한 것도 맞지만, 지금은 아니에요. 당신이 지금 말한 것은 거짓이에요. 지금은 전혀 달라요. 그리고 이제는 당신이 하는 말은 듣기 싫어요, 라키트카!"

그루센카는 기이한 흥분에 휩싸여 외쳤다.

"둘 다 미쳐 가는군, 미쳤어!" 라키친은 두 사람을 바라보며 어이없다는 듯이 중얼거렸다. "여기 정신 병원인가? 왜들 이러나? 모범생 같은 얼굴에는 금세 눈물이라도 날 것 같군."

"진짜 울 거예요, 울고말고요." 그루센카가 단호하게 말했다. "이분은 나를 누님이라고 불렀어요. 난 죽을 때까지 절대 잊지 않을 거예요. 라키트카, 물론 나는 못된 여자이지만, 그래도 남에게 파 한 뿌리를 주었다는 것을 알아야 해요."

"파 한 뿌리? 쳇, 정말 돌아버린 것 같군."

라키친은 두 사람의 감격에 겨운 모습을 보고 놀라움과 모욕을 당한 듯한 분노를 느꼈다. 그러나 그가 만약 차분하게 생각했다면 어떤 깨달음을 얻었을 것이다. 평생 그리 쉽게 생기지 않는, 인간의 마음에 깊은 감동을 주는 움직임이 지금 두 사람에게 동시에 일어났다는 것을 말이다. 그러나 자신과 관련된 모든 일에 대해 매우 예민한 직감력을 가진 라키친도, 다른 사람의 기분이나 감정을 이해하는 것에는 매우 무딘 편이었다. 나이가 어리고 경험이 미숙

해서였기도 했지만, 무엇보다 그가 가진 지나친 이기주의 때문이었다.

"그런데 알료샤." 그루셴카는 알료샤를 돌아보며 갑자기 발작하듯이 웃었다. "금방 내가 파 한 뿌리를 주었다고 한 말은 라키트카에게 으스대느라고 한 말이지 당신에게 한 말은 아니었어요. 당신에게는 다른 뜻으로 얘기한 거예요. 비유일 뿐이지만, 비유치고는 꽤 멋진 얘기이죠. 내가 어렸을 때, 마트료나—지금도 우리 집의 식모인 노파에게 들은 이야기인데 한번 들어봐요. 아주 옛날에, 어떤 곳에 마음씨가 고약한 할머니가 있었어요. 그런데 그 할머니가 죽자 좋은 일은 한 게 없어서, 악마가 할머니를 불바다 속에 던졌어요. 그 할머니를 지키는 천사는, 하느님께 말씀드릴 좋은 일이 없었는지 고민한 끝에 겨우 한 가지를 생각해 내고 하느님께 말했대요. '살아 있을 때 이 노파는 자신의 밭에서 파 한 뿌리를 뽑아서 구걸하는 여자에게 주었습니다.' 그러자 하느님께서 이렇게 말씀하셨대요. '그럼 네가 그 파를 불바다 속의 노파에게 내밀어서, 그걸 붙잡고 나오라고 하거라. 만일 밖으로 나오는데 성공하면 그 노파를 천국에 보내겠지만, 그 파가 끊어지면 노파는 불바다 속에 있어야 한다.' 그래서 천사는 노파에게 달려가서 그 파를 내밀었어요. '자, 이 파를 꼭 붙드세요. 내가 잡아당길 테니까.' 그리고 조심스럽게 끌어당기기 시작했어요. 그런데 천사가 거의 다 끌어올렸을 즈음, 불바다에 있던 다른 죄인들이 노파가 파를 잡고 올라가는 것을 보고 함께 나오려고 모두 그 파에 매달리기 시작했어요. 마음씨가 고약한 노파는 죄인들을 발로 차면서 외쳤어요. '나를 올려 주는 것이지, 너희가 아니야. 이건 내 파고, 너희 것이 아니야.' 그런데 노파가 그렇게 말하자 그 파가 끊어져 버렸어요. 결국 노파는 다시 불바다에 떨어져 아직도 그 속에서 타고 있다고 해요. 그래서 천사는 어쩔 수 없이 울면서 그곳을 떠났다고 해요.

비유를 이렇게 한 건데, 알료샤, 나는 이걸 전부 외웠어요. 왜냐하면 나도 그 노파처럼 심술궂으니까요. 라키트카에게는 나도 파를 준 일이 있다고 자랑했지만, 알료샤, 당신에게는 이렇게 말하고 싶어요. '난 평생 파 한 뿌리만 주었을 뿐이에요. 착한 일은 그것뿐이에요.' 그러니까 알료샤, 날 칭찬하지 말고 착한 여자라고 생각하지 말아 줘요. 나는 마음씨가 고약한 여자니까 당신에게 칭찬을 들으면 부끄러워서 견딜 수가 없어요. 이제 전부 다 털어놓아야겠어요. 잘 들어봐요, 알료샤, 나는 당신을 이 집으로 오게 하려고, 만일 당신을 우리 집까지 데려오면 25루블을 준다고 약속하고 부탁했어요. 잠깐, 라키트카, 잠시 기다려요!"

그루셴카는 테이블 쪽으로 종종걸음으로 다가가 서랍을 열고 지갑을 꺼내어 25루블짜리 지폐를 뽑았다.

"아니, 이건 무슨 말도 안 되는 소리야!"

라키친은 몹시 당황해서 이렇게 소리쳤다.

"받아요, 라키트카, 약속했잖아요. 스스로 요구했던 것이니 거절하지 말아요."

그녀는 그에게 돈을 던졌다.

"물론 거절할 이유는 없어."

라키친은 몹시 난감한 듯이 보였지만 그래도 겉으로는 태연한 척하며 말했다.

"멍청한 인간들 덕분에 현명한 사람이 이익을 보는 건 당연하지."

"이제 그 입 다물어요, 라키트카! 이제부터 내가 말하는 건 당신들이라는 게 아니에요. 어서 저쪽에 가서 조용히 앉아 있어요. 당신은 우리를 좋아하지 않으니까 가만히 있으면 되는 거예요."

"내가 왜 당신들을 좋아해야 하는 거요?"

라키친은 불쾌함을 드러내며 화를 냈다. 그는 25루블짜리 지폐를 호주머니에 넣었지만, 알료샤를 보는 것이 몹시 부끄러웠다. 사실은 알료샤가 모르게 나중에 그 돈을 받으려고 했는데 이렇게 수치를 당하니 화가 났던 것이다. 지금까지는 그루셴카가 핀잔을 해도 비위를 거스르지 않는 것이 현명하다고 생각했다. 그녀가 자신에게 어떤 권력을 가진 것처럼 생각했기 때문이었다. 그러나 그도 이번에는 참지 못하고 그만 화를 내고 말았다.

"인간이 인간을 사랑하는 데 무슨 이유가 있어야 할 거 아니오. 그런데 나를 위해서 당신들이 해 준 게 있나?"

"이유가 없어도 사랑해야죠, 알료샤처럼."

"대체 어딜 봐서 이 친구가 당신을 사랑한다고 확신하는 거요? 이 친구가 당신에게 보여 준 게 뭐가 있다고 이렇게 법석을 떠는 거요?"

그루셴카는 방 가운데에서 흥분해서 말했다. 그 말투에는 히스테릭한 기운이 맴돌았다.

"그만해요, 라키트카. 당신이 우리에 대해 아는 게 뭐가 있다고! 그리고 날 당신이라고 다시는 부르지 말아요. 감히 당신이 어떻게 그런 말을 할 수 있나요? 어디서 그런 뻔뻔함이 생겼는지 모르겠다니까. 빨리 구석에 앉아서 하인처럼 가만히 있어요!

알료샤, 하지만 당신에게는 전부 숨기지 않고 말하겠어요. 내가 얼마나 못된 여자인지 당신이 알 수 있도록. 라키트카가 아니라 당신에게 하는 말이에요. 난 당신을 파멸시키려고 했어요. 알료샤, 이건 한 치의 거짓도 없는 사실이에요. 당신을 데려오면 돈을 준다고 라키트카를 매수했으니까요.

그런데, 내가 왜 그런 짓을 했는지 아시나요, 알료샤? 당신은 아무것도 모른채 항상 외면하며 눈을 아래로 깔고 내 곁을 지나쳤어요. 나는 지금까지 백 번도 넘게 당신을 보았고 만나는 사람마다 당신에 대해서 물었어요. 당신의 얼굴이 내 마음에 붙어서 떠나지 않았어요. '날 무시하는구나. 그래서 나를 쳐다보지도 않는구나.' 이렇게 생각했어요. 그러자 마침내 '내가 무엇 때문에 그런 애송이를 두려워할까?' 스스로 어이가 없을 지경에 이르렀어요. '그래, 어디 보자. 언제든 움직이지도 못하게 사로잡아서 마음껏 비웃어 줄 거니까.' 나는 앙심을 품고 기회가 오기만 기다렸어요. 당신은 믿지 않겠지만, 이 고장에 사는 사람 중에서 야비한 목적을 품고 내 집에 접근하거나 그런 말을 하는 사람은 이제는 아무도 없어요. 나를 마음대로 할 수 있는 사람은 저 늙은 영감님 한 명뿐이죠. 악

68

마의 장난으로 인연이 생겨서 그 늙은이에게 팔려왔지만 다른 남자는 한 명도 없어요.

그런데 당신을 한 번 본 그때, 나는 저 애송이를 한 번에 잡아먹고 마음껏 웃어야겠다고 생각했어요. 내가 얼마나 천박하고 개 같은 여자인지 알겠죠? 그런데 당신은 나를 누님이라고 부르는군요.

그런데 예전에 나를 버렸던 남자가 이번에 돌아와요. 그래서 나는 지금 이렇게 앉아서 그 사람에게 올 연락을 기다리고 있어요.

나를 배신했던 그 남자가 내게 어떤 의미인지 아세요? 5년 전 삼소노프 영감님이 나를 이곳으로 데려왔을 때, 나는 문을 닫고 방 안에 틀어박혀서 누구도 나를 보거나 내 목소리를 못 듣게 했어요. 나도 꽤 어리석었지요. 여기에 앉아서 흐느끼면서 밤새도록 자지 않고 누워 있었으니까요. 그리고 '나를 배신한 그 사람은 지금 어디에 있을까? 아마 다른 여자와 나를 비웃겠지. 어디 두고 보자. 언제든 만나면, 만나기만 한다면 반드시 갚아 줄 테다!' 라고 생각했어요. 한밤중에 어둠 속에서 베개에 얼굴을 묻고 그 생각을 반복하면서 흐느꼈답니다. 일부러 가슴을 쥐어뜯으며 불타는 증오심으로 마음을 달랬어요. '갚아 줘야지, 꼭 갚아 줄 거야.' 이렇게 어둠 속에서 혼자 외쳤어요.

그러다가 갑자기 정신을 차리고 생각했어요. '지금의 나에게는 복수할 방법이 없지 않은가? 지금 그는 나를 비웃겠지. 아니, 나는 벌써 잊어버렸을 거야.' 이런 생각을 하면, 침대에서 일어나 바닥에 몸을 던지고 끝없이 눈물을 흘리며 날이 밝을 때까지 몸부림치곤 했어요. 그렇게 한 뒤 다음날 아침에 일어날 때는 나는 개보다 못한 여자가 되어 온 세상을 집어삼킬 것 같은 악독한 기분이었지요.

그래서 어떻게 했는지 아세요? 그때부터 난 돈을 모았어요. 의리도 없고, 정도 없는 여자가 되어서, 몸은 점점 살찌기 시작했어요. 조금 영리해졌을 거라고, 당신은 생각하지요? 그런데 그렇지 않았어요. 이 넓은 세상에서 누구도 알지 못하지만, 밤이 되어 주위가 어두워지면, 지금도 가끔 5년 전의 소녀로 돌아가서 이를 악물고 밤새도록 울곤 해요. 그러고는 '어디 두고 보자, 기필코 갚아 줄 거야!' 이렇게 다짐해요. 알료샤, 내 말을 듣고 있나요? 내가 어떤 여자인지 이제 분명히 알았을 거예요!

그런데 한 달 전, 뜻밖의 편지를 받았어요. 그가 곧 오겠다고, 얼마 전에 홀아비가 되었는데 나를 보고 싶다고 했어요. 아, 그때는 정말 숨이 막힐 것 같았어요. 어떡해야 좋을지 생각하는데, 갑자기 이런 생각이 들었어요. '만일 그가 와서 휘파람을 불면서 나를 찾으면, 나는 무슨 잘못을 하고 혼이 난 개처럼 그 사람 곁으로 가지 않을까?' 이렇게 생각하니, 나를 믿을 수가 없었어요. '내가 그렇게 어리석은 여자인가? 나는 과연 그 사람에게 달려갈 것인가?' 이런 생각을 하니 지난 한 달 간 나에게 화가 나서 참을 수 없었어요. 5년 전보다 더 화가 났어요.

알료샤, 이제 당신도 알았지요? 내가 얼마나 거칠고 포악한지 나는 전부 사실 그대로 말했어요. 미챠를 희롱한 것도, 사실은 그에게 달려가려는 나를 막으려고 그런 거예요. 그대로 있어요, 라키친. 당신은 나에 대해 어떤 말도 할 권리가 없어요. 당신에게 한 말이 아니니까요. 나는 당신들이 오기 전에, 누워서 기다리면서 생각했어요. 앞으로 일어날 내 운명을 결정하려고 했어요. 당신들은 지금 내가 무슨 생각을 하는지 모르겠지요. 그리고 알료샤, 그 아가씨에게 그저께 일 때문에 내게 너무 화내지 말라고 전해 주세요. 아, 지금 내 마음이 어떤지 이 세상에 아는 사람은 없어요. 어떻게 알겠어요. 난 오늘 칼을 가지고 그곳에 갈 수도 있어요. 아직 결심한 건 아니지만……."

그루센카는 이렇게 '애처로운 말'을 한 뒤, 더 이상 견디지 못하고 두 손으로 얼굴을 감싼 채 소파에 있는 베개에 몸을 던지고 아이처럼 흐느꼈다. 알료샤는 일어나서 라키친에게 다가갔다.

"라치킨, 화내지 말게. 그녀에게 화가 나겠지만 나쁘게 생각하지 말게. 자네도 지금 이야기 들었지? 인간에게 그렇게 많은 것을 기대할 수는 없어. 무엇보다 연민을……."

알료샤는 억누를 수 없는 충동에 휩싸여서 말했다. 그는 자신의 마음에 끓어오르는 것을 말하지 않고는 참을 수가 없어서, 라키친에게 말한 것뿐이었다. 만일 라키친이 없었으면 그는 허공을 향해 말했을 것이다. 그러나 라키친이 냉소적으로 바라봤기 때문에 알료샤는 말을 멈췄다.

"이보게, 하느님의 사도, 알렉세이, 자네는 어젯밤에 가득 채워 둔 장로의 설교라는 탄환을 지금 나에게 쏘는군."

카친은 증오로 가득한 미소를 지으며 이렇게 말했다.

"라키친, 비웃지 말게나. 조롱은 하지 마. 돌아가신 그분을 그렇게 이야기하지 말아 주게. 그분은 이 세상의 누구보다 훌륭하셨어!" 알료샤가 울먹이며 소리쳤다. "나는 심판자로서 이렇게 말하는 게 아니야. 내가 가장 나쁜 피고 중의 한 사람이니까. 그분이 느낀 고통과 비교하면 나는 정말 아무것도 아니야. 내가 여기 온 것은 스스로를 파멸시키고, 그래도 '괜찮아, 아무렇지도 않아'라고 말하려고 그랬던 거야. 모두 내가 마음이 약해서 그런 거였지. 그런데 여기 이분은 5년 동안 무서운 고통을 겪고, 가장 소중한 사람이 찾아와서 진심으로 말 한 마디를 던지자, 이미 모든 걸 잊고, 모든 것을 용서하고 이렇게 울고 있잖아! 자신을 버린 남자가 돌아와서 자신을 부르니까 이분은 모든 것을 용서하고 흔쾌하게 그 남자를 만나러 가려고 하잖아! 아마 칼은 가져가지 않을 거야. 분명히 가져가지 않을 거라고. 하지만 나라면 그렇게 못할 거야. 자네는 혹시 어떨지 모르겠지만, 나는 그렇게 못할 거야. 나는 오늘, 아니 지금 이 순간 좋은 교훈을 얻었어. 사랑에 관해선 이분이 우리보다 훨씬 더 훌륭해. 자네는 지금 이 분이 얘기한 걸 전에도 들은 적이 있었나? 없었지? 듣지 못했을 거야. 들었다면 자네도 벌써 오래전에 모든 걸 알았을 테니까. 그리고 또 한 명, 그저께 이분에게 모욕을 당한 그 아가씨도 이분을 용서할 거야. 상황을 알면 용서할 걸세. 상황을 알면 말이야. 이분의 영혼은 아직 평안을 찾지 못했으니, 우리가 이분을 위로해야만 해. 그 영혼에는 혹시 소중한 보물이 숨어 있을 수도 있어."

알료샤는 거기까지 말하고 침묵했다. 숨이 막히는 것 같았다. 라키친은 증오로 불타고 있었지만 놀라서 알료샤를 바라보았다. 조용하던 알료샤가 이런 웅변을 늘어놓았다는 것은 정말 예상 밖의 일이었다.

"굉장한 변호사가 되셨군! 혹시 자네 이 여자에게 반했나? 아그라페나 씨, 우리의 자랑스러운 고행자께서 당신에게 반한 것 같소. 당신은 결국 이 사람을 정복했군!"

라키친이 뻔뻔하게 웃으면서 외쳤다.

그루센카는 베개에 묻었던 머리를 들고 알료샤를 보았다. 울어서 부은 얼굴에는 감동한 미소가 맴돌았다.

"알료샤, 나의 천사여, 저런 사람은 그냥 둬요. 당신에게 그런 소릴 하다니 어떻게 그럴 수 있어요!" 그녀는 몸을 돌려서 라키친을 보았다. "아까 당신에게 무례하게 말한 걸 사과하려고 했지만, 이제는 그러고 싶지 않아요. 알료샤, 이리 와서 내 옆에 앉아요." 그녀는 기쁘게 미소를 보이며 알료샤에게 손짓했다. "그래요, 여기 앉아서, 말해 봐요." 그녀는 알료샤의 손을 잡고 상냥하게 웃으면서 그를 바라보았다. "대답해 봐요, 나는 정말 그를 사랑하는 걸까요? 나를 배신했던 그 사람을 사랑하는 걸까요? 아까 당신들이 오기 전까지 나는 이 어둠 속에 누워서 과연 내가 그를 사랑하는지 아닌지 나에게 물었어요. 알료샤, 나를 위해서 내 마음을 정해 주지 않을래요? 이제 시간이 얼마 없어요. 난 당신이 정해 주는 대로 따르겠어요. 그 사람을 용서할까요, 용서하지 말까요?"

"하지만 당신은 이미 용서하신 것 아닙니까?"

알료샤가 웃으며 말했다.

"맞아요, 난 이미 용서한 거나 마찬가지예요." 그루센카는 생각에 잠겨서 중얼거렸다. "아, 얼마나 비굴할까요! 자, 그러면 내 비굴한 마음을 위하여!"

그녀는 테이블에서 샴페인 잔을 들어서 한 번에 마시더니 잔을 위로 들어서 힘껏 바닥에 던졌다. 술잔은 큰 소리를 내며 깨졌다. 그러자 한 줄기의 잔인함이 그루센카의 미소에 스쳤다.

"하지만 용서하지 않았을 수도 있어요." 그녀는 눈을 아래로 깔고 마치 스스로에게 말하는 것처럼 어딘가 모르게 위협하듯이 말했다. "어쩌면 나는 그 사람을 용서하려고 할 뿐인가 봐요. 내 마음과 더 싸워야 할 것 같아요. 알료샤, 나는 5년 동안 내 눈물을 정말 많이 좋아했어요. 나는 내가 받은 모욕을 사랑했던 것이지, 그를 조금도 사랑하지 않았던 것일 수도 있어요!"

"그 사람도 부러워할 건 아니군."

라키친이 비아냥댔다.

"라키트카, 걱정하지 말아요, 당신은 그렇게 되고 싶어도 그럴 수 없으니까. 당신은 내 신발이나 닦아요, 그게 당신에게는 제격이에요. 내게 당신이 필요하다면 그런 일뿐이에요. 당신은 나 같은 여자 곁에는 평생 가까이 가지도 못할 거예요. 하긴 그도 그렇게 될 수도 있지만……."

"그도? 그럼 왜 옷을 차려입은 거요?"

라키친이 약 올리며 말했다.

"옷차림으로 놀리는 건 그만해요. 라키트카, 당신은 내 마음을 아무것도 모르잖아요! 마음만 먹으면 이런 옷은 금세 찢어버릴 수 있어요." 그녀는 과장된 목소리로 소리쳤다. "당신은 내가 왜 이렇게 차려입었는지 모를 거예요. 그 사람에게 가서 '당신은 내가 이런 옷을 입은 걸 본 적이 있나요?' 이렇게 말하려고 그런 것인지도 모르지요. 그가 날 버렸을 때, 난 열일곱 살 먹은 깡마른 울보였어요. 나는 그의 곁에 앉아서 실컷 유혹하고 이렇게 말하는 거예요. '자, 내가 이제 얼마나 매력적인지 알았죠? 하지만 맛있는 국물은 수염에 묻고 흐를 뿐, 그 입으로는 들어가지 않아요.' 내 옷차림에는 그러니까 이런 목적이 있을 수도 있잖아요, 라키트카." 그루셴카는 악의를 담고 미소 지으며 말했다.

"알료샤, 난 이렇게 난폭하고 독해요. 이런 옷쯤은 얼마든지 찢고, 스스로 얼굴을 지지거나 상처를 내서 아름다움을 망치고 거지가 되어서 구걸을 할 수도 있어요. 내가 결심하면 누구와도 결혼하지 않을지도 모르죠. 또 내일이라도 삼소노프에게 받은 돈과 물건 등을 모두 돌려주고 남은 인생은 가정부로 살 수도 있어요. 라키트카, 내가 그렇게 못할 것 같아요? 내가 그만한 용기도 없을 것처럼 보여요? 전혀요, 지금이라도 당장 그렇게 할 수 있어요. 그러니까 제발 나를 건드리지 말아 주세요. 그런 사내를 거절하는 건 일도 아니니까요. 얼굴에 침을 뱉고 다시는 내 앞에 나타나지 못하게 할 거예요."

그녀는 이 마지막 말을 하고 비명을 지르다시피 했으나, 또 자신을 억누르지 못하고 두 손으로 얼굴을 감싼 채 배게 위로 쓰러져 흐느끼며 몸부림쳤다. 라키친이 일어나며 말했다.

"가봐야겠어. 너무 늦었네, 꾸물대다가 수도원 문이 닫힐지도 몰라."

그루셴카는 이 말을 듣고 자리에서 일어났다.

"알료샤, 설마 이대로 돌아가는 건 아니지요?" 그녀는 놀란 것처럼 슬프게 외쳤다. "그럼 나는 어떡하라고요! 내 마음을 이렇게 흔들어서 찢어버리고 당신은 이 괴로운 밤에 나를 혼자 남겨둘 건가요?"

"하지만 이 친구가 당신 집에서 계속 있을 수는 없지 않소? 하지만 본인이 원한다면 그럴 수도 있지! 나는 혼자서 돌아가야겠어."

라키친은 독기 서린 웃음을 웃었다.

"입 다물어요! 악당아!" 그루셴카는 화를 내며 외쳤다. "당신은 이분이 오늘 내게 해준 것 같은 말을 해본 적이 있기라도 하난 말이에요."

"이 친구가 오늘 무슨 말을 했기에?"

"이분이 어떤 말을 했는지는 외울 수도 없고, 알 수도 없어요. 하지만 나는 느꼈어요. 이분은 내 마음을 통째로 뒤집었어요, 나를 동정한 사람은 이분이 처음이에요. 그리고 이분뿐이에요. 정말이에요. 오 알료샤, 나의 천사, 당신은 왜 더 빨리 내게 오지 않았어요?" 그녀는 미친 듯이 흥분해서 문득 그에게 무릎을 꿇었다. "나는 지금껏 당신 같은 사람을 기다렸어요. 난 당신 같은 사람이 분명히 나타나서 나를 용서해 줄 거라고 믿었어요. 나처럼 더러워도 비열한 욕망을 갖지 않고, 진심으로 사랑해 줄 사람이 있을 거라고 믿었지요."

"내가 당신에게 뭘 했다는 건지요?" 알료샤는 그녀에게 몸을 굽혀서 그녀의 손을 따스하게 잡고 감동어린 표정으로 미소를 지으며 말했다. "나는 당신에게 파 한 뿌리를 주었을 따름입니다. 작은 파 한 뿌리만 드렸습니다. 단지 그뿐이에요!"

그도 이렇게 말한 뒤 눈물을 흘렸다. 바로 그때, 현관에서 갑자기 소란스러운 소리가 들리더니, 누군가가 현관으로 들어왔다. 그루센카는 소스라치게 놀라서 소파에서 일어났다. 폐냐가 야단을 떨며 방으로 들어왔다.

"아씨, 아씨, 마차를 타고 사람이 왔어요." 폐냐는 숨을 몰아쉬며 기쁜 듯이 말했다. "모크로예에서 아씨를 데리러 방금 삼두마차가 도착했어요. 치모페이라는 마부가 지금 다른 말들로 바꾸고 있어요. 그리고 편지가, 아씨, 편지가 왔어요!"

폐냐는 손에 편지 한 통을 들고 있었다. 그녀는 말하는 동안 계속 편지를 허공에 흔들고 있었다. 그루센카는 폐냐에게서 그 편지를 낚아채 촛불 옆으로 가져갔다. 편지는 두세 줄 남짓한 짧은 내용이었다. 그루센카는 단숨에 그것을 읽었다.

"나를 부르는군요!" 그녀는 일그러진 얼굴에 병적인 미소를 지으며 창백한 안색으로 외쳤다. "휘파람 소리가 들려요! '자, 강아지야. 이리 와라. 꼬리를 흔들면서' 하는 소리요."

그녀는 결심을 하지 못하는 듯 잠시 그 자리에 서 있었지만, 한순간일 뿐이었다. 그녀는 바로 온몸의 피가 얼굴로 솟구쳐서 뺨이 붉게 상기되었다.

"가야겠어요!" 그녀가 소리쳤다. "아, 지난 5년간의 생활도 이젠 작별이군요! 알료샤, 당신과도 헤어지네요. 내 운명은 이렇게 결정되었어요, 자 어서 돌아가세요, 돌아가 주세요. 그리고 다시는 내 앞에 나타나지 마세요. 그루센카는 새 삶을 향해 떠나요. 그리고 라키트카! 당신도 이제는 날 꾸짖지 말아요. 어쩌면 난 죽으러 가는 걸 수도 있으니까! 아, 마치 술에 취한 것 같아요!"

그녀는 갑자기 두 사람을 남겨두고 침실로 들어갔다.

"결국 우리도 쓸모가 없어진 모양이야!" 라키친이 불평했다. "자, 가자고. 꾸물대다가 또 히스테릭한 소리를 들어야 하니까. 눈물을 보이며 말하는 건 이제 지긋지긋해."

알료샤는 라키친에게 이끌려서 집 밖으로 나왔다. 들에는 포장을 씌운 여행용 마차가 서 있었고 말을 갈고 있었다. 어떤 사람이 등불을 들고 바쁘게 뛰어다니는 중이었다. 열린 대문 안으로 말 세 필이 끌려 들어오고 있었다. 라키친과 알료샤가 현관 층계를 내려서자, 그루센카의 침실 창문이 열리고 그녀의 밝은 목소리가 그들에게 들렸다.

"알료샤, 미챠 형님에게 안부 전해 주세요. 그를 괴롭혔지만 너무 나쁘게 생각하지 말라고요. 그리고 '그루센카는 당신처럼 훌륭한 분을 버리고 비열한 사내에게 갔다!'고, 내가 이렇게 말했다고 전해 주세요. 그리고 또요. 그루센카는 한 순간, 아주 짧은 한 순간 진심으로 미차를 사랑했었다고요. 이 한 순간을 평생 잊지 말라고 전해 주세요. 평생!"

마지막 그녀의 말은 흐느낌 같았다. 창문이 큰소리를 내며 닫혔다.

"흥!" 라키친은 비웃으며 중얼거렸다. "마침내 자네 형 미차에게 마지막 공격을 했군. 평생 잊지 말라고? 너무 잔인하지 않은가!"

알료샤는 그의 말을 못 들은 것처럼 아무런 말이 없었다. 그는 서두르는 듯이 라키친과 나란히 서서 빠르게 걸었다. 그는 무아지경에라도 빠진 것처럼 기계적으로 걸었다. 라키친은 갑자기 아물지 않은 상처를 손으로 건드린 것 같은 찌르는 통증을 느꼈다. 그가 알료샤를 그루센카에게 데려갈 때는 이것과는 전혀 다른 것을 기대했다. 그런데 그가 기대했던 것과는 완전히 다른 일이 일어난 것이다.

"그 폴란드인, 그 장교 말이야." 그는 다시 스스로를 억누르며 이렇게 말했다.

"지금은 장교도 아니라고 하더군. 시베리아의 중국 국경 지대의 어느 세관에서 일했다니까, 아마도 하찮은 거지같은 폴란드인일 거야. 소문에 따르면 이번에 실직하고, 그루센카가 돈이 좀 있다는 소문을 듣고 다시 돌아왔다고 하더군. 바로 이것이 기적의 실체지."

알료샤는 이번에도 역시 전혀 귀담아듣는 것 같지 않았다. 라키친은 더는 참을 수가 없었다.

"자네는 타락한 계집을 구원했다고 생각하는가?" 그는 악의적으로 알료샤를 놀리듯이 말했다. "자네는 막달라 마리아를 진리의 길로 이끌었다고 생각하나? 마귀 일곱 마리를 쫓은 기분인가? 오늘 아침 우리가 기대하던 기적이 이제 실현되었다고 생각하고 있나 보군!"

"라키친, 그런 소리는 그만하게."

알료샤는 마음의 고통을 한 마디에 담아서 말했다.

"자네는 아까 25루블 때문에 나를 경멸하는군. 내가 소중한 친구를 팔았다고 생각하나 보군. 하지만 자네는 그리스도가 아니고 나 역시 유다는 아니지 않은가?"

"라키친, 그게 무슨 말인가? 나는 벌써 잊었네, 정말이야." 알료샤가 말했다. "자네 말을 듣고서야 이제 생각했네."

라키친은 알료샤의 이 말을 듣고 마침내 화를 냈다.

"젠장, 자네 같은 인간은 전부 악마가 잡아갔으면 좋겠어!" 라키친은 큰 소리로 말했다. "내가 왜 자네 같은 인간과 어울렸을까! 다시는 자네를 보고 싶지 않네, 자네 혼자서 가. 자네는 그쪽으로 갈 거지?"

라키친은 어둠 속에 알료샤를 혼자 두고 몸을 돌려서 다른 길로 걸어갔다. 알료샤는 시내를 벗어나자 들길을 걸어서 수도원을 향해 걸었다.

4. 갈릴리의 가나

알료샤는 수도원의 관례로는 꽤 늦은 시간에 암자 입구에 도착했다. 문지기는 그를 특별 출입구로 들여보내 주었다. 시간은 벌써 9시였다. 바쁘게 하루를 보낸 뒤 모든 사람에게 찾아온 휴식과 평화의 시간이었다. 알료샤가 조심스럽게 문을 열고 장로의 관이 안치된 수도실 안에 들어섰다. 수도실 안에는 관을 향해 서서 외롭게 복음서를 읽는 파이시 신부와 젊은 수습 수사 포르피리뿐이었다. 포르피리는 어젯밤의 담화와 오늘의 소동으로 많이 지쳐서 옆방 마루에서 젊은이답게 깊이 잠들어 있었다. 파이시 신부는 알료샤가 들어오는 소리를 들었지만, 바라보지는 않았다.

알료샤는 문으로 들어서자 오른쪽 구석에 가서 무릎을 꿇고 기도를 드렸다. 그의 마음은 무엇인가로 가득 차 있었지만 이상하게 멍해서 뚜렷한 감정은 없었다. 게다가 여러 가지 다양한 감각이 느릿느릿 지속적으로 맴돌면서 번갈아서 나타나곤 하는 것이었다. 그러나 그의 마음은 달콤하고 평화로웠다. 알료샤는 이런 감정에 그다지 놀라지 않았다. 그는 다시 눈앞의 관을 바라보았다. 자신에게는 무엇과도 바꿀 수 없는 망토에 덮인 사자(死者)를 보았지만, 오늘 아침처럼 울고 싶고 가슴이 아픈 슬픔은 이미 그의 마음에서 사라졌다. 그는 방에 들어서자마자 성물(聖物) 앞에 선 것처럼 관 앞에 엎드렸지만 그의 머리와 가슴은 말할 수 없는 희열로 빛나고 있었다. 암자의 창문이 열려 있어서 신선한 공기가 감돌았다.

'창문을 연 것을 보니 냄새가 더 심해졌나 보다.'

알료샤는 그런 생각을 했다. 그러나 바로 몇 시간 전까지 무섭고 부끄럽게 여겨지던 썩은 냄새도, 이제는 슬픔이나 분노를 불러일으키지 않았다.

그는 조용히 기도를 시작했지만, 곧 그 기도가 거의 기계적이라고 생각했다. 그의 마음속에는 단편적인 상념들이 떠올라 별처럼 빛나다가 곧 사라지고, 또 다른 상념이 나타났다. 그러나 그의 영혼은 완벽하고 확실한, 슬픔을 치료하는 무언가가 지배하고 있었다. 그는 스스로도 그것을 느끼고 있었다.

때로 그는 불꽃처럼 뜨겁게 기도했다. 마구 감사와 사랑을 쏟아놓고 싶었다. 그러나 기도를 시작하자마자 문득 마음이 다른 데로 움직여서 생각에 잠기게 되어, 기도와 그 기도를 방해한 것을 모두 잊어버렸다. 그래서 이번에는 파이시 신부의 복음서 낭독을 들으려고 했지만 누적된 피로 때문에 자신도 모르는 사이에 꾸벅꾸벅 졸고 말았다.

"사흘째 되던 날 갈릴리의 가나에서 혼인이 있었는데," 파이시 신부가 낭독했다. "예수의 어머니도 그곳에 있었고, 예수와 그 제자들도 초대를 받았다."

'혼인? 혼인이라, 무슨 말일까?' 알료샤의 머릿속에 그런 생각이 회오리처럼 스쳤다. '그에게도 역시 행복이 찾아와서…… 잔치에 갔어……. 맞아, 그녀는 칼을 품지 않았어, 칼을 품었을 리 없어……. 그건 다만 넋두리를 한 것뿐이야……. 그렇고말고……. 그런 넋두리는 분명히 용서해야 해. 넋두리는 마음을 위로해 주니까…… 넋두리마저 없으면, 인간에게 슬픔은 견딜 수 없는 짐일 거야. 라키친은 자신이 받은 모욕을 생각하면 늘 뒷골목을 걷겠지……. 하지만 큰길은…… 인간이 걸을 큰길은 넓고, 반듯하고, 수정처럼 깨끗하고, 그 길의 끝에는 태양이 빛나지. 그런데 지금 읽는 건 뭐지?'

'……포도주가 모자라서, 예수의 어머니가 예수에게 말하되, 저희에게 포도주가 없으니…….' 라는 대목이 알료샤에게 들렸다.

'아, 맞아, 내가 이 구절을 잘못 듣고 넘겼구나. 이 구절은 놓치고 싶지 않았어……. 난 특히 이 구절이 좋아. 갈릴리의 가나에서 생긴 첫 번째 기적…… 아, 그 기적, 얼마나 고마운 기적인가! 그리스도께서 찾아간 것은 인간의 슬픔이 아닌 기쁨이었다. 그리스도께서는 첫 번째 기적을 인간을 도우려고 행하셨지……. '사람을 사랑하는 자는 그들의 기쁨도 사랑하느니라……' 돌아가신 장로님께서는 항상 이런 말씀을 하셨어. 그분의 사상 가운데 가장 중요한 한 가지였지. 미차도 '기쁨이 없이는 살 수 없다'고 했어……. 맞아, 미차가 말했지, '진실되고 아름다운 것은 모든 것을 용서하는 마음으로 가득하다.' 장로님께서는 이렇게 말씀하셨지…….'

"예수께서 이르시되, 여인이여, 나와 무슨 상관이 있소이까, 아직 때가 되지 못했나이다. 그 어머니가 하인들에게 말하되, 그가 너희에게 어떤 말씀을 하던 그대로 행하라, 하니라……."

'그대로 행하라…… 맞다. 어느 가난한 사람들의 즐거운 잔치다. 아주 가난한 사람들의 즐거운 잔치…… 혼인 잔치에 포도주가 모자라다고 했으니, 가난한 사람들일 게 분명해……. 역사가들이 기록한 것에 따르면, 그 당시 게네사렛 호수(〈누가복음〉 5장) 부근에는 상상도 안 될 정도로 가난한 사람들이 살았어……. 그런데 그곳에 있던 또 다른 위대한 존재, 즉 위대한 영혼을 가진 예수의 어머니는 예수께서 오직 위대한 사업을 하려고 이 땅에 오신 게 아님을 잘 알았지. 자신들의 보잘것없는 혼인 잔치에 무지하지만 교활함을 몰라서 기쁘게 예수를 초대한 소박하고 단순한 유쾌함을 예수께서도 함께 즐길 수 있다는 것을 잘 알았지.

'아직 때가 되지 못했나이다.' 예수께서는 부드럽게 미소 지으시며 말씀하셨어. 분명히 그는 어머니를 향해 온화한 미소를 지었을 거야. 사실 예수께서는 가난한 사람들의 혼인 잔치에 포도주를 넉넉하게 해주려고 오신 것은 아니지 않은가. 그러나 예수께서는 혼

쾌히 어머니의 부탁을 받아서 기적을 행하셨다……. 아, 그 다음을 읽으시는군.'

"예수께서 저희에게 말하시길, 항아리에 물을 채우라 하셨다, 물을 가득 채우니, 이제는 떠서 연회장(宴會長)에 가져다주라 하시니, 가져다주었고, 연회장은 물로 만든 포도주를 마시고 어디서 가져왔는지 알지 못하되 물 떠온 하인들은 알더이다. 연회장이 신랑을 불러서 말하기를 사람마다 먼저 좋은 포도주를 내고, 취한 뒤에 나쁜 것을 내는 법이거늘 그대는 지금까지 좋은 포도주를 두었도다, 하였느니라……."

'그런데 어떻게 된 것일까? 어떻게 점점 방이 넓어질까……. 아하, 그렇지……. 이건 혼인이니까, 결혼 잔치니까 그렇구나……. 그러니까 그랬지. 저기에 손님들이 있고, 신랑과 신부도 앉아 있고, 그리고 또 사람들이 즐거워 하는구나……. 그런데 그 즐거운 연회장은 어디일까? 저건 또 누구일까? 대체 뭐하는 사람일까? 이것 봐, 다시 방이 넓어지는군……. 누가 저 큰 식탁에서 일어나는 걸까? 아니, 저분은…… 저분은 어떻게 이곳에 오셨을까? 관 속에 누워 계셔야 하는데…… 하지만 분명히 여기 계신 건 그분이다……. 일어서서 나를 보고 이리 걸어오신다……. 아!'

맞다. 그는 알료샤에게 다가왔다. 잔주름으로 뒤덮인 얼굴로, 마르고 작은 체격의 노인이 조용히 즐거운 것처럼 웃었다. 이미 관은 그곳에 보이지 않는다. 그는 어제 저녁에 손님들과 담화를 나누었을 때와 같은 옷을 입고 있었다. 환한 표정이었고 두 눈은 밝게 빛났다.

'대체 어떻게 된 걸까? 아마 저분 역시 갈릴리 가나의 혼인 잔치에 초대를 받아서 여기에 참석한 게 분명해…….'

"맞아, 나도 초대를 받았단다." 알료샤의 머리 위에서 부드러운 목소리가 들렸다. "그런데 왜 여기에 숨었지? 네가 보이지 않는구나. 자, 이리로 나와서 사람들이 있는 곳으로 가자."

'그분의 목소리야. 조시마 장로의 목소리다……. 이렇게 날 부르는 것을 보니 분명해!'

장로는 그의 손을 부드럽게 잡아서 이끌었다. 알료샤는 무릎 꿇었던 것을 펴고 일어났다.

"즐거워하자." 여윈 노인이 말했다. "우리도 새 포도주를, 거룩하고 새로운 기쁨의 포도주를 마시자. 보거라, 많은 손님들이다! 저곳에 신랑과 신부가 있구나. 또 저기에는 지혜로운 연회장이 지금 새 술을 마시는구나. 왜 그렇게 놀라서 나를 보는 거지? 나는 파한 뿌리를 적선해 줬기 때문에 초대를 받았단다. 이곳에 온 대부분의 사람들은 파를 주어서, 단지 작은 파 한 뿌리를 적선했기 때문에 초대를 받은 사람들뿐이다……. 그런데 우리의 일은 잘 되니? 너도, 조용하고 얌전한 소년인 너도, 오늘 파 한 뿌리를 주었잖니? 그것을 원하는 여자에게 말이야. 어서 시작해라, 얌전한 아이야, 너의 일을 시작해라. 저곳을 봐, 우리의 태양이 보이지? 그분이 보이느냐?"

"무섭습니다……. 무서워서 감히 쳐다보지 못 하겠습니다……."

알료샤가 속삭이며 말했다.

"두려워하지 마라. 우리에겐 저분의 그 거룩함이, 그 숭고함이, 무서울 수 있지만, 저분은 한없이 자비로우시다. 지금도 저분은 우리를 사랑하셔서 우리와 함께 즐기시는 거란다. 그리고 손님들의 즐거움이 이어지도록 저렇게 물을 포도주로 변하게 해서 새 손님을 기다리시잖니. 저분은 영원히 쉬지 않고 새 손님을 잔치에 부르시지. 저길 봐, 또 새 포도주가 오는구나. 저기 새 그릇을 가져오는 것이 보이지?"

알료샤의 마음속에서 무엇인가가 타올라서, 가슴이 벅찰 정도로 차올랐다. 영혼의 깊은 곳에서 기쁨의 눈물이 샘솟았다. 그는 두 손을 내밀며 뭐라고 외쳤는데, 그 순간 잠에서 깼다.

다시 관과 열린 창문이 보이고, 조용하고 엄숙하게 음미하는 듯한 복음서를 낭독하는 소리가 들렸다. 하지만 알료샤는 그 소리를 들으려고 하지 않았다. 그는 무릎을 꿇은 채 잠이 들었는데 이상스럽게도 지금은 두 발로 서 있었다. 그는 문득 무엇에 등을 떠밀린 듯이 빠르고 정확하게 세 발자국 앞으로 걸어가서 관 앞에 붙어 섰다. 이때 그의 어깨와 파이시 신부가 부딪쳤지만, 그는 그걸 알지 못했다. 파이시 신부는 순간 책에서 잠시 눈을 뗐지만, 이 청년의 마음에 이상한 변화가 생겼다는 것을 알고 곧 눈을 책으로 옮겼다. 알료샤는 30초 정도 관 속을 들여다보았다. 장로는 가슴에 성상을 얹고, 머리에는 그리스 십자가가 달린 두건을 쓰고 관속에 누워 있었다. 방금 전에 들은 그의 목소리가 아직도 알료샤의 귀에 울렸다. 그는 가만히 귀를 기울이며 다시 그 목소리가 들리기를 기다렸다. 그러다가 문득 그는 몸을 돌려서 수도실 밖으로 나갔다.

그는 현관 앞 층계 위에서도 멈추지 않고 빠르게 걸어서 내려갔다. 그의 영혼은 환희에 가득 차서 자유와 공간과 광활함을 원하고 있었다.

그의 머리 위에는 가만히 빛나는 수많은 별들을 흩뿌린 푸른 하늘이 아득하고 넓게 펼쳐져 있었다. 하늘 한가운데에는 파란 두 줄기 은하수가 지평선을 나누고 있었다.

산뜻하고 조용한 밤이 대지를 뒤덮고 수도원의 흰 탑과 금빛의 둥근 지붕이 하늘을 배경으로 사파이어 빛으로 빛났다. 아름다운 가을꽃들은 건물 주변의 화단에서 아침이 될 때까지 잠들어 있었다. 지상의 고요는 하늘의 고요 속으로 녹아들고 대지의 신비는 별들의 신비와 서로 맞닿아 있었다.

알료샤는 뜰에 선 채 이런 것들을 보다가 갑자기 땅에 쓰러졌다.

그는 왜 스스로 대지를 안았는지 알지 못했다. 왜 이토록 드넓은 대지에 그리고 모든 것에 입을 맞추고 싶은 충동을 억제할 수 없는지 설명할 수 없었다. 그는 울면서 대지에 입을 맞추었고 자신의 눈물로 대지를 적셨다. 그리고 이 대지를 사랑하겠노라고, 끝없이 변하지 않고 사랑하겠다고 열정적으로 맹세했다.

'대지를 너의 기쁨의 눈물로 적시고 그 눈물을 사랑하라.'

그의 영혼 속에서는 이런 소리가 울렸다. 그는 무엇 때문에 울었을까? 맞다, 그는 하늘에서 자신을 향해 빛나는 별을 봐도 저절로 환희의 눈물이 솟아올랐다! 그는 이처럼 광적인 흥분 상태가 조금도 부끄럽지 않았다. 그리고 마치 하느님의 끝없는 세계로부터 던져진 실들이 한꺼번에 그의 영혼에 집중된 것처럼 그 영혼은 타계(他界)와의 접촉 속에서 떠는 것 같았다. 그의 전부에 대해서, 모든 사람을 용서하고, 그와 동시에 자신도 용서를 구하고 싶었다. 맞다! 그것은 결코 자신을 위해서가 아닌 모든 사람, 살아있는 모든 것을 위한 것이었다.

'그리고 다른 사람들 역시 나를 용서할 것이다.'

그의 마음속에서는 다시 이런 소리가 울렸다. 그러나 그는 저 무한한 창공처럼 확실한 그 무언가가 그의 영혼 속으로 시시각각 흘러드는 것이 또렷하게 느껴졌다. 그것은 그의 머릿속에 하나의 이상처럼 군림하려고 했다. 그것은 평생 동안, 그리고 영원히 지속될 것이다.

그가 대지에 쓰러졌을 때는 나약한 청년일 뿐이었지만, 대지에서 일어났을 때는 평생 흔들리지 않는 강한 힘을 가진 투사로 변해 있었다. 그는 환희를 느낀 바로 그 순간, 갑자기 그것을 의식하고, 직감적으로 깨달은 것이었다. 알료샤는 그 뒤로도 평생을 거쳐 이 순간을 결코 잊을 수 없었다.

'그때 누군가가 내 영혼을 찾아왔다.'

그는 훗날 확고한 신념을 가진 채 이렇게 말했다.

사흘이 지나고, 그는 장로가 자신에게 '속세에 나가 살라'고 명한 뜻을 받들어 수도원을 나왔다.

제3부

제8편 | 미차

1. 쿠지마 삼소노프

드미트리는 그루셴카가 새로운 생활을 시작하기 위해 떠나면서 마지막 인사를 전해 달라고 부탁했고, 또 자신이 사랑을 바쳤던 짧은 한순간을 평생 잊지 말아달라고 당부한 그는, 그녀에게 어떤 변화가 생겼는지 모른 채 심한 혼란에 빠져서 돈을 구하기 위해 전전긍긍 중이었다.

그는 훗날 자신이 말한 것처럼 지난 이틀간 상상도 못할 상태였기 때문에 열병이라도 걸리진 않을까 걱정될 정도였다. 전날 아침, 알료샤는 결국 그를 찾을 수 없었고 그래서 이반도 같은 날 음식점에서 계획했던 형과의 만남을 이루지 못했다. 그가 하숙하는 집 사람들은 그의 지시대로 그의 행방을 아무에게도 가르쳐 주지 않았기 때문이었다. 그는 훗날 자신이 표현한 대로, 이틀 동안 '운

명과 맞서서 자신을 구하려고' 말 그대로 백방으로 뛰어다녀야 했
다. 뿐만 아니라 단 한 순간일지언정 그루센카의 감시에 소홀해지
는 것이 그에게는 몹시 두려운 일이었지만, 그는 급하게 볼 일이
있어서 읍내를 몇 시간 떠나기도 했다. 이런 모든 일은 훗날 기록
의 형태로 아주 자세하게 밝혀졌지만 지금 여기서는 그의 운명 위
에 벼락처럼 떨어진 그 무서운 파국이 생기기 전 이틀간, 다시 말
해 그의 인생에서 가장 무서웠던 이틀 동안 생긴 일들 중에서 특
별히 필요한 부분만 사실대로 간략하게 살펴보기로 하겠다.

그루센카가 비록 한순간일지언정 그를 진심으로 사랑했다는 말
은 사실이었다. 하지만 그와 동시에 때로는 잔인하고 무자비하게
그를 괴롭히기도 했다. 그에게 무엇보다 고통스러웠던 것은 여자
의 속마음을 전혀 알 수 없다는 것이었다. 그녀의 비위를 맞추거나
강압적으로 그것을 알아내는 것은 불가능했다. 그녀는 무엇에도
굴복하지 않았고 오히려 화를 내며 완전히 돌아서리라는 것을 그
는 이미 잘 알았다.

그때 그는 그루센카에 대해 지나치게 당연한 의혹을 품었다. 그
것은 그녀 역시 마음속으로 어떤 투쟁을 겪는 것이 아닐까, 무엇을
몹시 망설여서 어떤 일을 하려고 마음은 먹지만 결심을 하지 못하
는 것은 아닌지 하는 점이었다. 그래서 그는 이런 심정의 그녀가
분명히 자신처럼 욕정에 휩싸인 사내를 증오할지도 모른다고 생
각할 때마다 심장이 얼어버리는 것 같은 느낌에 사로잡혔다. 그것
은 아주 근거가 없지는 않았으며 사실은 정말 그랬을 수도 있다.

그러나 그는 그루센카가 과연 어떤 고민을 하는지 도대체 알 수 없었다.

그에게는, 자신을 괴롭히는 문제가 결국 그녀가 '자신 즉 미차를 선택할 것인지, 아니면 아버지 표도르를 선택할 것인가'였다. 언급한 김에 한 가지 확실하게 짚어두겠다. 그는 아버지 표도르가 그루센카에게 정식으로 청혼(만일 아직 안했다면)할 것을 굳게 믿었다. 다 늙은 호색한이 단지 3천 루블의 돈으로 여자를 꾀여내는 데 성공할 것이라는 건 도저히 믿을 수 없었다. 미차가 이런 결론에 도달한 것은 그루센카의 본성을 너무 잘 알았기 때문이었다. 그러므로 그녀가 망설이는 모든 것은 다만 아버지와 아들 중에 어느 쪽을 선택할 것인가, 또 어느 쪽이 자신에게 유리할 것인가, 하는 것을 결정하지 못하는 데서 기인한다고 생각한 것도 수긍이 갔다.

그리고 그 장교, 그루센카의 인생에 결정적인 영향을 준, 그루센카가 흥분과 공포 속에서 기다리던 그 남자에 대한 생각은 이상하게도 지난 며칠간 그의 머리에 전혀 떠오르지 않았다. 물론 그루센카가 요즘 그 사내에 대해 미차에게 한 마디도 하지 않았지만, 그녀가 이미 한 달 전에 옛날 애인에게서 편지를 받은 것은 그도 잘 알았고 편지의 부분적인 내용도 알고 있었다. 처음에 그루센카가 갑자기 짓궂게 그에게 편지를 보여주었을 때, 그는 놀랍게도 그 편지를 그다지 대수롭게 생각하지 않았다.

그 이유에 대해서는 설명하기 쉽지 않지만, 아마도 이 여자를 상대로 피를 나눈 아버지와 추하고 무서운 싸움을 하느라 너무 지쳐서 그때는 자신에게 지금보다 더 무섭고 위험한 일이 생길 거라고는 상상도 못했을 것이다. 그래서 그는 5년간 자취를 감추었다가 갑자기 어디선가 튀어나온 사내의 존재는 아예 신경 쓰려고 하지 않았다. 게다가 그 사내가 빠른 시일 안에 나타날 것이라고는 생각조차 하지 못했다. 뿐만 아니라 미차가 본 그 장교의 첫 번째 편지에는 이 새 경쟁자가 찾아올 가능성은 매우 모호하게 암시되어 있을 뿐이었다. 그 편지는 전반적으로 너무 모호하고 거만하며 감상적인 내용으로 가득했기 때문이었다. 한 가지 지적하자면 그때 그루센카는 그 사내가 언제 도착할지 좀 더 자세히 기록한 편지의 마지막은 미차에게 보여주지 않았다. 게다가 미차는 시베리아에서 보낸 그 편지에 대해 그 순간 그루센카의 얼굴에 자존심이 강한 멸시의 기색이 비치는 걸 빨리 알아챘다. 그 뒤, 이 새로운 경쟁자와 그루센카 사이의 관계가 어떻게 진전되었는지 그녀는 전혀 말하지 않았기 때문에 시간이 흐르면서 미차는 그 장교의 존재를 완전히 잊어버렸다.

그는 그저 이렇게 생각했다. 즉 무슨 일이 일어나더라도, 또 상황이 어떻게 변해도, 아버지 표도르와의 마지막 충돌은 이미 다가와 있었고 이 문제부터 먼저 해결해야 했다. 그는 가슴이 얼어붙는 심정으로 그루센카의 결심을 초조하게 기다렸다. 그리고 그 결심은 어떤 정신적인 영감에 의해 우발적으로 이루어질 것이라고 굳게 믿었다.

만일 그녀가 갑자기 '나를 어디로 데려가 줘요. 나는 영원히 당신의 것이에요'라고 말하면, 그것으로 전부 끝나는 것이었다. 그때는 빨리 그녀의 손을 잡고 이 세상의 끝으로 데려갈 것이었다. 그렇다, 가능한 빨리, 가능한 멀리 데려가야 한다. 이 세상 끝까지는 못 가더라도 러시아의 끝에라도 데려가서 그곳에서 그녀와 결혼하는 것이다. 그래서 이곳 사람이나 그곳 사람이나, 그 밖에 어떤 사람이라도 그들에 대해서는 알 수 없도록 남모르게 둘이서만 살려고 했다. 그때는, 그때야말로 새 삶이 시작될 것이다! 그는 또 하나의 새 삶, '순결한' 새 삶(그것은 분명히 순결한 삶일 것이다. 맞지 않은가!)을 감격과 함께 무아지경 속에서 상상했다. 그렇게 새롭게 태어나서 새롭게 시작하는 것을 원했다.

처음에 자신이 원해서 빠진 그 치욕의 나락에서 견딜 수 없을 정도로 고통을 겪어서, 그런 처지에 놓인 대부분의 사람들처럼, 그 역시 무엇보다 삶의 터전을 바꾸는 것에 희망을 걸었던 것이다. 이런 사람들만 없으면, 이런 환경만 아니었다면, 이런 저주스러운 곳에서 벗어날 수만 있다면 그는 다시 태어나서 새 인생의 길로 들어설 수 있을 것 같았다. 그에게는 이것이 바로 희망이자 동경이었다.

그러나 이런 모든 일은 두 가지 경우 중에서 한 가지에 불과했고, 문제가 '행복한' 마무리가 되어야 비로소 가능한 것이다. 이와는 다른 또 하나의 마무리, 또 하나의 무서운 결과를 예측할 수도 있었다. 만일 그녀가 갑자기 '이제 나가 주세요. 나는 방금 당신의 아버지 표도르와 얘기를 마치고 그와 결혼하기로 했어요. 당신은 이제 필요 없어요'라고 말한다면, 그때는…… 그때는…… 그러나 그때는 어떻게 될 것인지 미처 스스로도 알 수 없는 일이었다. 그는 마지막 순간까지 대책이 없었다. 그를 위해서 이 점은 밝혀두어야겠다. 그에게는 결정적인 계획이 없었다. 즉 '범행'은 계획적이지 않았다. 그는 몰래 그루센카를 감시하고 미행하면서 괴로워했지만, 자신의 운명이 행복한 마무리를 맺게 되는 첫 번째 경우만 예상하고 그것에 대한 준비만 했다.

게다가 그는 다른 생각들은 머릿속에서 몰아내려고 했다. 그러나 이때 그와는 전혀 다른 근심거리가 이미 생겼다. 전혀 새롭고 이차적인, 그러나 역시 운명적이고 도무지 해결할 수 없는 상황이 생겼던 것이다.

그것은 다름이 아닌, 만일 그루센카가 '나는 당신의 것이에요. 나를 데리고 어디로든 달아나 줘요'라고 말한다면, 그는 과연 그녀를 어떻게 데려갈 것인가, 또 그것을 실행하는 데 필요한 돈은 어디서 구하는지의 문제였다.

표도르가 몇 년 간 주던 돈은 바로 이때 한 푼도 남지 않고 다 떨어졌다. 물론 그루센카에게는 돈이 있었지만, 그는 이 점에 대해서는 무서울 정도로 자존심이 있었다. 그는 여자의 돈을 쓰지 않고 자신의 능력으로 여자를 데리고 도망가서 자신의 돈으로 새 삶을 꾸리고 싶었다. 그래서 여자의 돈을 쓰는 것은 상상도 할 수 없었다. 그런 일은 생각하는 것만으로도 괴로워서 혐오감이 밀려왔다. 그러나 여기서는 이 사실을 설명하거나 분석하는 것은 그만하고, 단지 그 무렵의 그가 어떤 마음이었는지에 대해서만 다루기로 하겠다.

그가 치사하게 빼돌린 카체리나의 돈에 대해 남모르는 양심의 가책을 느껴서 자연스럽게 이런 생각을 하는 것은 자연스러운 일이다. '나는 이미 한 여자에게 비열한 짓을 했는데, 또 그런 일을 하면 다른 여자에게까지 비열한 놈이 되잖아.' 훗날 그가 고백한 대로, 그때 그는 이런 생각을 했다. '또 만일 그루셴카가 이런 사실을 알게 되면 비열한 남자는 만나지 않겠다고 할 게 확실해.' 자, 그렇다면 그 돈을 어디서 마련할 것인가? 이 운명적인 돈을 어떻게 마련한단 말인가? 만일 돈을 구하지 못하면 그때는 모든 것이 물거품이 되고, 아무것도 할 수 없게 될 것이 분명하다. '단지 돈이 없다는 단 한 가지의 이유로 그렇게 되면 얼마나 한심한가!'

미리 말해 두면, 중요한 것은, 그가 그 돈을 어떻게 마련할 것인지 어디에 그것이 있는지 이미 예전부터 알고 있었을 수도 있다는 것이다. 어디에 그것이 있는지, 그러나 이 문제는 나중에 정확하게 밝혀질 것이므로 여기서는 자세히 다루지 않겠다.

그러나 그의 가장 큰 불행은 바로 이 점에서 비롯되었으므로, 모호하지만 간단하게 설명해 두겠다. 즉, 지금도 어디엔가 있을 그 돈을 구하려면, 그 돈을 손에 넣을 수 있는 자격을 얻으려면 일단 카체리나에게 3천 루블을 갚아야 했다. 그렇게 하지 않으면 '나는 좀도둑, 악당이 된다. 나는 악당으로서 내 새로운 삶을 시작하고 싶지 않다.' 미차는 이렇게 생각했다. 그러므로 필요하다면 세상을 뒤집는 경우가 있더라도, 일단 이 3천 루블만은 카체리나에게 갚아야 했다. 그가 마지막으로 이런 결심을 하게 된 것은 그의 인생에서 가장 바빴던 몇 시간, 바로 알료샤와 마지막으로 만났던 이틀 전 저녁 길에서였다. 그것은 바로 그루센카가 카체리나에게 모욕을 준 그날로, 미차는 그 이야기를 듣고 자신이 비열함을 인정하고 만일 그것으로 카체리나의 마음이 조금이라고 풀린다면, 자신이 그렇게 깨달은 것을 카체리나에게 전해 달라고 알료샤에게 부탁한 것이다.

그날 밤, 동생 알료샤와 헤어진 뒤에 그는 무아지경 상태에서 이렇게 생각했다.

'만약 사람을 죽이고 강도짓을 한다 해도 카체리나의 돈은 꼭 갚아야 해. 세상 사람들 전부 나를 살인자나 강도라고 생각해도 좋아. 시베리아로 유형을 가더라도 괜찮아. 단지 카체리나가, 저 남자는 나를 배신했을 뿐 아니라, 내 돈을 훔쳐서, 그 돈으로 순결한 삶을 시작한다고 그루센카와 도망갔다는 말을 듣는 건 도저히 참을 수 없어!'

"그 짓은 죽어도 못해."

미차는 어금니를 깨물며 혼자 중얼거렸다. 어느 때는 이러다가 정말 뇌염에 걸려서 죽을지도 모른다는 생각을 할 정도였다. 그러는 와중에도 그는 여전히 투쟁 중이었다.

그런데 이상한 점이 한 가지 있었다. 이렇게 결심한 그에게는 절망만 남아 있고 아무것도 남지 않았을 것이라고 전부 생각할 것이다. 가진 거라는 몸뿐인 그가 3천 루블이나 되는 큰돈을 갑자기 어떻게 마련하겠는가.

그런데 그는 3천 루블이 자신에게 생길 것이고, 하늘에서 떨어진 것처럼 자신의 손으로 저절로 들어올 것이라고 마지막까지 믿었다. 드미트리처럼 상속받은 돈을 쓸 줄만 알고, 돈을 어떻게 버는지 아무 생각도 없는 사람에게는 이런 생각이 가능할 법도 하다.

그는 이틀 전에 알료샤와 헤어진 뒤부터 현실과 가당치 않게 먼 망상의 회오리바람이 생겨서 모든 생각을 엉망진창으로 만들어 놓았던 것이다. 그래서 그는 터무니없이 무모한 일을 시작하게 되었다. 그러나 드미트리 같은 상황에 처한 인간에게는, 도무지 불가능해 보이는 꿈같은 계획도 가장 실체적으로 느껴질 뿐 아니라 쉽게 성공할 것처럼 여겨질 수 있다.

그는 갑자기 그루센카의 보호자인 상인 삼소노프를 찾아가서 어떤 계획을 보여주고, 그 계획을 담보로 해서 한 번에 필요한 금액을 받아내리라고 생각했다. 그는 이 계획이 가진 상업적인 가치를 전혀 의심하지 않았다. 다만 상대편에서 이 계획은 단순한 상업적인 측면에서 생각하지 않으면, 과연 자신의 이 엉뚱한 행동을 어떻게 여길 것인지의 여부가 불안할 뿐이었다. 미차는 이 상인의 얼굴을 알았지만 가까이 지내지 않았고 서로 대화를 나눈 적도 없었다. 그러나 그는 무엇 때문인지 이미 오래전부터, 만일 그루센카가 '믿을 만한' 남자와 결혼해서 착실하게 살고 싶다고 하면, 이제 죽음이 코앞에 닥친 이 늙은 상인도 결코 반대하지 않을 거라고 생각했다. 반대하기보다 오히려 그것을 바랄지도 모르며, 기회만 오면 스스로 나서서 도와줄 지도 모른다고 그는 믿었다.

어떤 소문을 듣고 그렇게 생각하게 되었는지, 아니면 그루셴카가 한 말을 듣고 그렇게 예상하는 것인지, 어쨌든 미차는 이 노인이 그루셴카를 위해 아버지 표도르보다는 자신을 택할 것을 바라고 있을 거라고 결론을 지었다.

이 이야기를 읽는 많은 독자는, 드미트리가 이렇게 도움을 계산하고, 자신이 빠져 있는 여자를 그 보호자에게서 빼앗으려고 계획하는 행동을 비열하고 뻔뻔하다고 생각할 수도 있다.

그러나 나는 이 사실을 지적하겠다. 그것은 미차가 판단하기에 그루셴카의 과거는 이미 깨끗하게 정리된 것으로 보였다. 그는 그루셴카의 과거를 무한한 동정의 눈길로 보았다. 그러므로 일단 그루셴카가 '당신을 사랑해요. 당신을 따르겠어요'라고 말하기만 하면, 그 순간부터 그녀는 곧 새로운 그루셴카가 되고, 드미트리도 어떤 결점도 없이 미덕으로 가득한 완벽하게 새로운 인간으로 다시 태어나 서로의 죄를 용서하고 새로운 삶을 시작할 수 있을 거라는 공상에 스스로 정열이 불타올랐던 것이다.

드미트리는 그루셴카의 타락했던 생활을 변화시키는 운명적인 영향을 준 인물이 상인 쿠지마 삼소노프라고 생각했다. 그러나 그루셴카는 이 노인을 사랑하지 않았을 뿐 아니라, 노인도 지금은 '과거'의 사람이 되어 사내구실이 끝났으므로, 지금은 전혀 존재하지 않는 것이나 같다고 그는 생각했다. 게다가 미차는 이 노인을 인간으로 여기지 않았다. 왜냐하면 이 고장 사람이라면 모두 알듯이 노인은 환자일 뿐이었고, 그루센카에 대해서도 이제는 아버지 같은 관계일 뿐, 결코 예전의 위치가 아니었기 때문이다. 그리고 그 것은 이미 오래된 일이어서 그렇게 된 것은 1년이 넘었던 것이다.

미차의 이런 생각에는 지나치게 순진한 구석이 많았다. 그에게 는 여러 가지 결점이 있지만, 무척 순박하고 단순한 남자였다. 이 런 순박함이 미차에게 다음과 같은 확신을 갖게 했다. 늙은 쿠지마 삼소노프는 지금 저승으로 떠날 날이 얼마 남지 않아서 스스로와 그루센카, 그리고 지난 일을 진심으로 뉘우치는 중이었다. 그래서 그루센카에게는 이제 절대로 해를 끼치지 않을 노인을 넘어서 친 절한 친구이자 보호자가 될 만한 사람은 아무도 없다고 믿었다.

미차는 알료샤와 들판에서 이야기를 나누고 난 뒤, 그날 밤 거 의 잠을 자지 못했지만, 다음 날 아침 10시쯤 삼소노프의 집을 방 문해서 하인에게 자신이 찾아온 것을 전하라고 말했다. 그 집은 매 우 크고 음침한 낡은 2층 집이었는데, 마당에는 여러 채의 작은 건 물과 바깥채가 있었다. 그 집의 아래층에는 이미 처자식이 있는 두 아들과, 그의 나이 든 누이동생, 그리고 아직 결혼하지 않은 딸들 이 살았다. 바깥채에는 두 명의 관리인이 살았는데, 그중의 한 명 은 역시 가족이 많았다. 이렇게 아래층과 바깥채에는 많은 사람들 이 살았지만, 노인은 2층을 혼자서 쓰면서 자신을 간호하는 딸도 그곳에서 생활하지 못하게 했다. 그래서 딸은 지병인 해수병을 앓 고 있었지만, 정해진 시간에는 물론이고 아버지가 아무 때나 초인 종을 누를 때마다 아래층에서 2층으로 빨리 달려가야만 했다.

2층에는 상인 계급에 전해지는 오래된 풍습에 따라서 살림을 갖춘 큰 방이 여러 개였다. 방안에는 마호가니로 만든 볼품없는 안락의자와 보통 의자가 길게 줄을 지어서 벽을 따라 놓여 있었고, 갓이 씌워진 유리 샹들리에가 있었고, 창문 사이의 벽에는 음침한 거울이 걸려 있었다.

노인은 한쪽에 멀리 떨어진 작은 침실 하나만을 사용했고 나머지 방들은 모두 사용하지 않았다. 노인의 방에는 머리에 스카프를 쓴 노파가 시중을 드는 것 이외에는, 젊은 하인 한 명이 문간의 긴 의자에서 대기했다. 노인은 다리가 부어서 거의 걸을 수 없었고, 가끔 가죽을 씌운 의자에서 일어나서 노파의 부축을 받으며 방안을 한두 차례 걸어 다닐 뿐이었다. 그는 이 노파에게도 엄격했고, 말도 거의 하지 않았다.

그는 '대위님'이 찾아왔다는 말을 들었을 때도 단번에 만남을 거절했다. 그러나 미차는 끈질기게 다시 주인에게 전해 달라고 부탁했다. 그러자 삼소노프는 젊은 하인에게 자세히 물었다.

"그래, 행색은 어떻더냐? 술에 취했더냐? 한바탕 소란을 피울 것 같지는 않고?"

"술에 취하진 않았는데, 그냥 돌아갈 기세가 아닙니다."

노인은 이런 말을 듣고도 만남을 거절했다. 이런 경우를 대비해서 일부러 연필과 종이를 미리 준비했던 미차는 종이에 깨끗한 글씨로 '아그라페나 알렉산드로브나와 중요한 관계가 있는 중대한 문제에 대해 의논드리려고 합니다'라고 써서 노인에게 보냈다.

노인은 잠시 생각을 한 뒤, 손님을 응접실로 모시라고 하인에게 명령했다. 그리고 아래층에 있는 작은 아들에게 노파를 보내 곧 2층으로 올라오라고 했다. 작은 아들은 키가 2미터가 넘는 거인이었다. 그는 엄청난 장사였는데 깨끗하게 면도를 하고 유럽식 옷차림을 했다. 삼소노프는 터키 풍 윗옷을 입고 수염을 기른 모습이었다. 아들은 별말 없이 곧 2층으로 올라왔다. 아버지 앞에서는 가족 전부 꼼짝도 못 했다.

노인이 아들을 부른 것은, 대위를 두려워해서가 아니라(그는 절대로 소심하지 않았다). 다만 만일을 대비해서 증인으로 참관시키려는 것이었다.

노인은 마침내 아들과 하인의 도움을 받아서 비틀거리며 응접실로 걸었다. 노인은 미차에게 큰 호기심을 느낀 듯이 보였다. 미차가 주인을 기다리던 응접실은 혼자 있으면 주눅이 들 정도로 음침하고 넓은 방이었다. 발코니가 있는 창문이 위와 아래에 두 개나 있었고, 벽은 대리석으로 장식되었으며, 천으로 된 갓을 씌운 큰 유리 샹들리에가 세 개 매달려 있었다.

미차는 입구에 있는 작은 의자에 앉아서 신경질적인 초조함을 겨우 참으며 자신의 운명을 기다렸다. 미차가 앉은 의자에서 20미터 정도 떨어진 반대편 문으로 노인이 나타나자 그는 일어나서 육중한 군대식 걸음으로 성큼성큼 다가갔다. 그의 차림새는 훌륭했다. 프록코트는 단추를 전부 채웠으며 손에 든 모자는 동그란 것이었고, 검은 장갑을 끼고 있었다. 그의 모든 것은 사흘 전, 조시마 장로의 암자에서 가졌던 모임, 즉 아버지 표도르와 두 동생이 한 곳에 모였던 가족회의 때의 옷차림과 같았다.

노인은 거만하고 위엄있는 태도로 그 자리에서 멈춰 서서 그가 다가오는 것을 기다렸다. 미차는 자신이 노인에게 다가가는 동안, 노인이 자신을 훤히 꿰뚫어볼 것이라고 직감적으로 알았다. 그와 동시에 미차는 삼소노프의 얼굴이 부은 것을 보고 깜짝 놀랐다. 노인의 두꺼운 아랫입술은 축 늘어져서 흡사 둥근 빵 같았다.

노인은 엄숙하게 아무런 말도 하지 않고 손님에게 허리를 굽히고 난 뒤 소파 옆의 안락의자에 앉으라고 손짓을 하고, 자신은 아들의 팔에 기댄 채 고통스럽게 기침을 하며 미차의 맞은편에 있는 소파에 겨우 앉았다. 노인의 그 고통에 찬 노력을 보는 동안 미차는 곧 후회했다. 거물 앞에서 자신이 폐를 끼치는 것에 대해 순진한 부끄러움을 느꼈던 것이다.

"그래, 나에게 어떤 용무가 있는 건가요?"

겨우 자리를 잡은 노인은 근엄하고 예의 있는 어조로 천천히 말했다.

미차는 흠칫 놀라서 일어서려다가 다시 자리에 앉았다. 그리고 곧 신경질적으로 손과 몸을 움직이며 흥분해서 크게 말했다. 절벽에서 멸망의 심연을 내려다보면서 마지막 살 길을 찾지만, 만약 그것마저 실패하면 당장 뛰어내리기라도 하려는 남자 같았다. 삼소노프 노인은 즉시 모든 것을 알 수 있었지만 그의 얼굴은 여전히 조각처럼 싸늘했다.

"고상하신 삼소노프 씨, 아마 나와 내 아버지 표도르 카라마조프의 분쟁에 대해서 여러 번 들었을 것으로 생각합니다. 아버지는 어머니가 내게 남긴 유산을 가로챘습니다. 아시겠지만 지금 읍내에서는 온통 이 얘기로 떠들썩하지요. 왜냐하면 이곳 사람들은 너도나도 쓸데없는 이야기를 떠들어대거든요. 그리고 또 이것은 그루센카를 통해서도…… 아, 실례했습니다. 아그라페나 씨, 내가 존경하는 아그라페나 씨를 통해서도……."

미차가 이렇게 이야기를 시작한 것은 좋았지만 그는 첫마디부터 허둥댔다. 그러나 그가 한 말을 여기에 전부 기록하는 것은 중단하고 핵심만 적기로 하겠다. 그는 3개월 전에 특별히(그는 '일부러'라는 말 대신에 '특별히'라는 말을 사용했다) 현청 소재지의 어떤 변호사와 상의했다고 했다.

"그는 유명한 변호사 파벨 코르네플로도프입니다. 이미 들은 적이 있으시겠지만, 정말 해박한 사람이고, 전국에서도 손꼽히는 인물이라고 해도 과언이 아니지요. 그는 당신에 대해서도 잘 알더군요. 그는 당신을 매우 훌륭하게 말했습니다."

미차는 이 부분에서 말문이 막혔다. 그러나 이야기를 끝내지 않고, 곤란한 부분은 건너뛰며 이야기를 점점 진행시켰다.

변호사 코르네플로도프는, 미차가 언제든 제시할 수 있는 증거에 대해 자세하게 묻고 다각도로 검토한 결과(미차가 설명한 증서에 대한 내용은 매우 모호해서, 그는 이 부분도 얼렁뚱땅 넘겼다.) 체르마시냐 마을은 어머니가 남긴 미차의 것이 분명하므로, 소송을 제기해서 수치라고는 모르는 노인을 이길 수 있다고 확신했다.

"왜냐하면 모든 문이 닫힌 것은 아닌지라 법률가는 어디로든 빠져나갈 수 있는 구멍을 잘 알기 때문입니다."

그는 표도르에게서 6천 루블, 아니 7천 루블의 돈을 더 받아낼 수 있다고 했다.

"체르마시냐 마을은 여전히 적어도 2만 5천 루블, 아마 2만 8천 루블의 가치를, 아니 3만 루블의 값어치는 충분해요. 그런데 나는 그 뻔뻔한 영감으로부터 지금까지 1만 7천 루블도 제대로 받질 못했어요!"

그때 미차는 법률에 대해서는 전혀 몰라서 이 문제를 포기하다시피 했는데, 이제야 도리어 저편에서 소송을 시작했으니 너무나 기가 막힌다는 것이었다. 이 부분에서 미차는 또 혼란스러워져서 이야기를 건너뛰었다.

"고상하신 삼소노프 씨, 그러니까 당신께서 그 악당에 대한 권리 전부를 취득하실 마음은 없으신지요? 제게는 3천 루블만 주시면 됩니다. 어떤 일이 생겨도 소송에 질 일은 없습니다. 그 점은 내 명예를 걸고 약속하겠습니다. 소송에 지는 것은 고사하고 3천 루블의 밑천으로 6천이나 7천 루블의 이익을 얻을 수 있지요."

이 부분에서 가장 중요한 점은 이 일을 '오늘 내로' 끝내야 한다는 것이었다.

"저, 저 공증인에게 같이 가도 좋고, 무슨 일이라도…… 그러니까 한마디로 말하자면 어떤 일이라도 다 하겠습니다. 원하시는 대로 증서도 모두 넘겨드리겠고 어떤 서명이라도 하겠습니다. 지금 서류를 작성하시겠어요? 가능하시면, 정말 그러시다면 오늘 오전 중으로…… 그 3천 루블을 제게 주셨으면…… 당신과 어깨를 나란히 할 수 있는 자본가는 이 읍내에는 없어요. 나를 살려 준다 생각하시고…… 당신께서는 이 불쌍한 인간을, 착한 일을 위해서, 아니 고상한 사업을 위해서 구해 주시면 됩니다. 왜 그래야 하는지는 당신이 잘 아시겠지만 친딸처럼 돌보시는 그 여인에 대해, 내가 누구에게도 부끄럽지 않을 만큼 고결한 감정을 가지고 있기 때문이지요. 그렇지 않았다면, 당신이 그 여인을 아버지처럼 돌보지 않았다면 나는 이곳에 오지 않았을 것입니다.

그리고 이번 일은, 우리 세 사람이 이마를 부딪친 거라고 할 수 있지요. 운명은 참 이상한 것입니다. 삼소노프 씨! 리얼리즘입니다! 삼소노프 씨, 이게 바로 리얼리즘이에요! 하지만 당신은 이미 예전에 제외되었어야 하니까 이제는 우리 둘 사이의 싸움입니다. 제 표현이 서투를 수도 있지만, 나는 문학가가 아니잖습니까. 당신도 아는 것처럼 두 사람 중에서 한 사람은 나고, 한 사람은 그 늙은 악당이지요. 그러니까 어느 한쪽을 선택하셔야 합니다. 나를 선택하든지, 그 악당을 선택하세요. 당신 손안에 모든 것이 달려 있습니다. 세 사람에 대한 운명의 제비는 두 개 뿐이에요. 용서하세요. 이야기가 그만 옆길로 샜지만 당신은 이해하실 것으로 생각합니다. 당신의 얼굴만 보아도 이해해 주신다는 것을 알겠습니다. 만약 이해 못하신다면, 나는 오늘 당장에라도 뛰어내려 죽겠습니다, 예!"

미차는 이 터무니없는 연설을 '예!'라고 끝냈다. 그런 뒤 의자에서 일어나서 자신의 멍청한 제안에 대한 대답을 기다렸다. 그러나 맨 마지막 말을 했을 때 그는 갑자기 전부 무너지는 것 같은, 형언할 수 없는 절망감에 휩싸였다. 무엇보다 나쁜 것은 자신이 멍청한 말만 했다는 깨달음이었다.

'참 이상한 일이야. 이곳에 오는 도중에 모두 괜찮게 여겨졌는데 지금은 이렇게 멍청한 짓이 되었으니!'

절망으로 가득한 그의 머릿속으로 이런 생각이 스쳤다. 그가 말하는 동안 노인은 움직이지 않고 자리에 앉아서 얼음처럼 싸늘한 눈으로 계속 미차를 바라보았다. 1분 정도 미차가 기다린 뒤, 삼소노프는 결국 단호하고 퉁명스럽게 말했다.

"미안하지만, 나는 그런 일은 하지 않습니다."

미차는 문득 다리의 힘이 전부 빠지는 것처럼 느껴졌다.

"그럼, 나는 대체 어떻게 해야 할까요. 삼소노프?" 그는 창백하게 미소를 지으며 중얼거렸다. "이제 나에게 파멸의 길 뿐이군요, 그렇지요?"

"안됐네요."

미차는 여전히 장승처럼 버틴 채 움직이지 않고 노인을 바라보았다. 갑자기 그는 노인의 얼굴에 무언가가 움직이는 것을 발견하고 자신도 모르게 흠칫 놀랐다.

"우리는 그런 일은 잘 모릅니다." 노인은 천천히 말했다. "소송을 한다거나, 변호사를 부르는 건, 정말 여간 어려운 일이 아니지요. 진정 원하신다면 마침 적당한 사람이 한 명 있으니, 그 사람과 의논해보세요."

"그래요? 그게 누구입니까? 삼소노프 씨, 지옥에서 살아 돌아온 기분이에요."

미차는 갑자기 잘 움직이지 않는 혀로 이렇게 말했다.

"이곳 사람은 아닙니다. 지금은 여기에 살지 않고요. 원래는 농민으로 태어났고, 요즘은 재목 장사를 하는데 랴가브이(사냥개)라는 별명으로 불리고 있지요. 카라마조프 씨와는 벌써 1년 전부터 바로 그 체르마시나에 있는 삼림 매매 때문에 흥정을 하지만 가격이 안 맞아서 성사가 안 된 것 같습니다. 아마 당신도 들은 적이 있을 거예요. 바로 그가 지금 이곳에 나타나서 현재 일린스키 신부 댁에 묵고 있어요. 볼로비야 역에서 12km 떨어진 곳의 일린스코예 마을입니다. 나에게 편지를 보내서 그 삼림 매매 건에 대한 내 의견을 묻더군요. 카라마조프 씨도 직접 거기로 가서 그를 만나려고 하는 것 같더군요. 그러니까 당신이 카라마조프 씨보다 먼저 랴가브이를 만나서, 지금 내게 한 제의를 그 사람에게 하면 아마 이루어질지도⋯⋯."

"좋은 생각입니다!" 미차는 무척 좋아하며 삼소노프의 말을 가로챘다. "반드시 그분이어야 합니다. 과연 그분이 적임자이시군요! 사고 싶지만 값이 워낙 비싸서 실랑이를 하는 중에 갑자기 소유권 증서를 보여 준다, 그 말씀하시는 거죠? 하 하 하!"

미차는 문득 짧게 끊어지는 무표정한 웃음을 웃었다. 그 웃음이 얼마나 뜬금없었는지 삼소노프까지 놀라서 머리를 떨었을 정도였다.

"삼소노프 씨, 어떻게 감사를 드려야 할지 모르겠습니다."

미차가 흥분해서 이렇게 말했다.

"별 말씀을……."

삼소노프를 고개를 숙이며 말했다.

"당신은 잘 모르시겠지만, 당신은 나를 구했습니다. 아, 내가 당신을 찾아온 것도 사실은 어떤 예감 때문이었습니다. 이제 나는 그 신부님 댁을 찾아가야겠습니다!"

"감사할 것까지야."

"서둘러야겠습니다. 몸도 불편하신데 폐를 끼쳤습니다. 이 은혜는 절대로 잊지 않겠습니다. 이건 러시아 남자로서 말씀드리는 겁니다. 삼소노프 씨, 러시아 남자로서 말이에요!"

"그렇겠지요."

미차는 노인과 악수를 하며 팔을 흔들다가 노인의 눈에 악의 가득한 빛이 스치는 것을 보았다. 미차는 자신도 모르게 손을 뺐지만, 곧바로 지나치게 의심이 많은 자신을 나무랐다.

'피곤해서 그런 걸 거야.'

"그녀를 위해서입니다. 삼소노프 씨도 아시겠지만, 이건 그녀를 위한 거예요!"

그는 응접실이 떠나갈 정도로 외치고는 절을 하고 돌아선 뒤, 뒤도 보지 않고 빠르게 문으로 걸어갔다. 그는 기쁨으로 온몸을 떨었다.

'모든 것이 끝나는 줄 알았는데 수호천사가 구해 준 거야.'

그의 머릿속으로 이런 생각이 스쳐갔다.

'게다가 그런 사업가가 그렇게 점잖고 엄숙한 노인일까! 방법을 알게 됐으니 이제 분명히 성공할 거야. 이 길로 당장 가서 오늘 밤 안에 돌아와야지. 밤중이어도 돌아와야 해. 어쨌든 일은 꼭 성공할 거야. 그 노인이 나를 놀릴 이유가 없잖아!'

미차는 하숙집을 향해 걸으며 속으로 이렇게 생각했다. 다른 생각을 할 수가 없었다. 상대방인 랴가브이(참 희한한 이름이다!)에 대해 잘 아는 노련한 사업가의 실질적인 조언이므로 틀림없을 것이다. 그런데, 혹시 노인이 나를 조롱하진 않았을까? 슬프게도, 후자가 유일하게 정확한 해석이었다.

나중에, 즉 그 비극적인 대사건이 일어난 뒤에, 늙은 삼소노프는 웃으면서 고백했는데, 그때 자신은 그 대위를 조롱했을 뿐이라고 했다. 그는 악의로 가득하고 잔인하며, 남을 비웃기를 좋아했고 병적일 정도로 타인에게 반감을 가지고 있었다. 그때 이 늙은이가 미차를 그런 방식으로 조롱한 것은, '대위'의 기뻐하는 바보 같은 얼굴 때문이었는지, 어린애의 꾀와 같은 제의에 삼소노프가 응할 것이라는 '낭비가이며 방탕아의' 명청이 같은 확신 때문이었는지, 이 '망나니'가 돈을 요구하기 위해 끌어들인 그루센카에 대한 질투 때문이었는지 정확한 원인은 모르겠다. 하지만, 노인 앞에 서 있던 미차가 다리의 힘이 빠지는 것을 느끼며, 이제 나는 끝이라고 생각한 순간, 바로 그 순간, 노인은 크나큰 증오심을 가지고 그를 보면서 조롱하려고 생각했던 것이다. 미차가 나가자 노인은 증오심으로 얼굴이 파래져서 아들을 보면서 이렇게 명령했다.

"저 망나니가 다시는 눈앞에 나타나지 못하게 해라. 대문 안에 들여놓지 마라. 그대로 두면……."

노인은 이 협박조의 말을 끝까지 마무리하지 않았지만, 가끔 생기는 아버지의 분노에 익숙한 아들조차 겁이 나서 소름이 돋을 지경이었다. 그리고 한 시간이 지나도 노인은 화를 삭이지 못하고 몸을 떨어대더니, 저녁때가 되자 열이 나서 의사를 부르러 사람을 보냈다.

2. 사냥개(랴가브이)

    한편 미차는 전력을 다해서 '달려야' 했지만 마차 삯이 없었다. 아니, 사실은 20코페이카 동전이 두 개 있었지만 그가 가진 재산의 전부, 이것이 몇 년 동안 호탕하게 낭비하며 산 결과 그에게 남은 전부였다.

    그의 하숙방에는 오래전에 고장된 낡은 은시계 하나가 굴러다녔다. 그는 그것을 쥐고 시장에서 가게를 하는 어떤 유대인의 시계방으로 갔다. 유대인은 6루블을 시계 값으로 주었다.

    "이것 참 예상 밖이군!"

    그는 기쁨에 어쩔 줄 몰라 하며 소리쳤다(그의 기분은 여전히 들뜬 상태였다). 그는 6루블을 받고 집으로 달려갔다. 그는 하숙집으로 돌아와서 집주인에게서 3루블을 빌리고 필요한 돈을 마련했다. 하숙집 사람들은 항상 주머니를 털어서라도 흔쾌히 미차에게 돈을 빌려주었다. 그들은 그 정도로 그를 좋아했다.

미차는 기쁨에 넘쳐서 그들에게 자신의 운명이 오늘 결정될 것이라고 말했다. 그리고 방금 전에 삼소노프에게 제의했던 자신의 '계획'과 그것에 대한 늙은 상인의 조언, 자신의 미래 희망, 그 외에도 여러 가지 얘기를 순서도 없이 그들에게 말했다. 주인집 사람들은 전부터 그의 비밀 얘기를 전부 들었기 때문에 그를 식구처럼 생각했고, 오만하고 자존심이 센 나리라고 생각하지 않았다.

이렇게 9루블의 돈을 준비한 미차는 곧 볼로비야 역까지 가는 우편마차를 부르기 위해서 사람을 보냈다. 그런데 바로 이 일 때문에 다음과 같은 사실이 기억되고, 기록되었다. 즉 '사건이 일어나기 전날 정오에 미차는 돈이 전혀 없었다. 그래서 돈을 구하려고 시계를 팔았고, 하숙집 주인에게 3루블을 빌렸으며, 이런 상황을 본 증인들이 있다.'

나는 이 사실을 특별히 언급해 두겠다. 내가 이런 말을 하는 이유는, 뒤에서 알 수 있을 것이다.

미차는 이제 드디어 전부 해결될 거라는 즐거운 기대로 들떠 있었지만, 볼로비야 역으로 가는 동안 혹시 자신이 없는 사이 그루센카가 무슨 사고를 치는 건 아닌지 두려운 생각이 들어서 온몸이 떨려왔다. 만일 오늘 같은 날 그녀가 표도르를 찾아가기로 결심한다면 어떻게 할 것인가? 그래서 그는 그루센카에게 아무 말도 하지 않았고, 하숙집 사람들에게 누가 와서 자신에 대해 물어도 어디

갔는지 절대 알려주면 안 된다고 부탁하고 출발했다.

'무슨 일이 있어도 오늘 밤 안에 꼭 돌아와야지.'

마차에 흔들리며 그는 여러 번 이렇게 되풀이했다.

'그리고 그 랴가브이를 이곳으로 데려와서…… 서류를 만드는 게 좋겠어.'

미차는 심장이 얼어붙는 것 같은 느낌으로 이런 공상을 했다. 그러나 그의 공상은 슬프게도 그의 '계획'대로 실현될 운명이 아니었다.

일단 그는 볼로비야 역에서 시골길을 가는 동안, 많은 시간을 써버렸다. 시골길은 12킬로미터가 아니라 거의 18킬로미터는 되는 것 같았다. 그리고 일린스코예 마을에 가니 신부는 이웃 마을에 가서 집에 없었다. 미차는 어쩔 수 없이 지친 말을 달려서 이웃 마을로 갔다. 그렇게 신부를 찾는 동안 날이 어두워졌다.

일린스키 신부는 키가 작고 내성적이었지만, 무척 친절했다. 그가 설명하기를 랴가브이는 처음에는 자신의 집에서 지냈지만 지금은 수호이 포숄로크라는 마을에 갔고, 역시 재목 매매에 대한 일로 오늘은 산지기가 있는 오두막에서 머물기로 되어 있다고 했다.

신부는 지금 곧 '나를 구해 주는 셈치고' 랴가브이가 있는 곳으로 데려가 달라는 미차의 부탁을 듣고, 싫은 내색을 보였지만, 호기심을 느끼고 마침내 그를 수호이 포숄로크까지 데려다 주겠다고 허락했다. 그런데, 신부는 흡사 일부러 그러기라도 하는 것처럼 이곳에서 1킬로미터 '남짓'한 곳이니 걸어서 가자고 했다. 미차

117

는 물론 기꺼이 승낙하고 큰 보폭으로 걸어갔다. 그래서 신부는 불쌍하게도 거의 뛰는 것처럼 그를 뒤따라야 했다. 신부는 그리 나이들지는 않았지만 매우 섬세하고 신중했다.

미차는 이내 신부에게 자신의 '계획'을 들려주었다. 그리고 초조하고 흥분된 어조로 랴가브이에 대한 조언을 구하며 계속 얘기했다.

신부는 신중하게 귀담아들을 뿐 말은 거의 없었다. 미차가 질문을 하는 것에 대해서만 모호하게 '잘 모르겠어요, 내가 뭘 아나요'라고 자꾸 얼버무렸다. 미차가 유산에 대한 문제로 아버지와 부딪친 이야기를 하자 신부는 깜짝 놀랐다. 왜냐하면 신부는 표도르와 서로 도움을 주고받는 사이였기 때문이다.

그래도 미차가 어떻게 그 농부 출신의 장사꾼 고르스트킨을 갸라브이라고 부르는지 묻자, 신부는 친절하게 대답해 주었다. 그는 랴가브이라고 불리는 게 맞지만 랴가브이라고 부르면 몹시 화를 내를 내는 걸로 봐서 랴가브이가 아닐 수도 있다. 그러므로 꼭 고르스트킨이라고 불러야 한다고 했다.

"그렇게 안 하면 분명히 아무것도 이룰 수 없을 거예요. 당신이 하는 말도 듣지 않을 거예요."

미차는 갑자기 묘한 기분이 들었지만 삼소노프가 그를 랴가브이라고 불렀다고 해명했다. 이 말을 들은 신부는 화제를 곧 다른 곳으로 돌렸다. 만약 신부가 그때 느낀 자신의 추측을 드미트리에게 말했다면 오히려 일은 잘 풀렸을 수도 있다. 신부의 추측은 만약 삼소노프가 자신이 랴가브이라고 부르는 미천한 농부에게 미

118

차를 보냈다면 거기에는 어떤 이유가 있지 않을까, 아니면 미차를 조롱하려고 그런 것이 아닐까, 하는 추측이었다.

그러나 미차는 '하찮은 일'에 신경을 쓸 시간적인 여유가 없었다. 그는 서두르며 걸음을 한결같이 재촉했다. 그리고 가까스로 수호이 포숄로크 마을에 도착하자, 자신들이 걸었던 길이 1km도, 1.5km도 아닌 3km에 달한다는 사실을 깨달았다. 그는 화가 났지만 꾹 참았다. 두 사람은 오두막으로 들어갔다. 산지기는 신부와 아는 사이여서 오두막의 반을 쓰고 있었고, 현관을 사이에 두고 맞은편에 있는 더 깨끗한 방은 고르스트킨이 쓰고 있었다. 그들은 깨끗한 방으로 들어가서 동물의 기름으로 만들어진 양초를 밝혔다.

오두막에는 난로를 지피고 있어서 따뜻했다. 소나무로 만든 테이블 위에는 불꺼진 사모바르와, 찻잔이 놓인 쟁반, 마시고 남은 보드카 병, 먹다 남은 빵 조각 등이 널브러져 있었다. 손님으로 온 이 방의 투숙객은, 베개 대신 웃옷을 말아서 머리에 베고 벤치 위에 누워서 큰소리로 코를 골고 있었다.

'물론 깨워야겠지, 내 용무는 아주 급하니까. 그래서 나는 이렇게 서둘러 달려왔고, 또 오늘 안으로 급히 돌아가야 하니까 말이야.'

미차는 마음이 꽤 급했다. 그러나 신부와 산지기는 말도 없이 묵묵히 서 있었다. 미차는 잠을 자는 사람의 곁으로 다가가 그를 깨우기 시작했다. 랴가브이는 손으로 흔들어 봐도 깨어나지 않았다.

'엄청 취했군. 큰일이야, 어쩌면 좋을까! 아, 어떻게 해야 한단 말인가!'

그는 문득 무서운 초조감에 휩싸여 잠든 사람의 팔다리를 잡아 당기기도 하고, 머리를 흔들기도 하고, 심지어는 안아서 일으켜 의자에 앉히려고도 했다. 그러나 한동안 애쓴 노력 끝에 얻은 결과는 랴가브이의 무슨 뜻인지도 모르는 잠꼬대와 분명하진 않지만 격렬하게 퍼붓는 욕설뿐이었다.

"안되겠습니다. 잠시 기다리는 게 좋을 것 같습니다." 마침내 신부가 말했다. "확실히 제정신이 아닌 것 같습니다."

"종일 마셨답니다."

산지기도 말했다.

"젠장, 빌어먹을!" 미차는 외쳤다. "내가 얼마나 절박한지, 내가 얼마나 절망적인지, 당신은 모른단 말이오!"

"안되겠어요, 아침까지 기다리는 게 낫겠습니다."

신부가 반복해서 말했다.

"내일 아침까지요? 맙소사, 그건 절대로 안 돼요!"

미차는 절망에 빠져서 또 만취한 술꾼을 깨워 보려고 했지만, 곧 자신의 노력이 소용이 없다는 걸 깨닫고 그만두고 말았다. 아직도 잠이 덜 깬 산지기는 시무룩해 보였다.

"현실은 사람들을 이렇게 끔찍한 비극 속으로 끌어들이는 것이냐!"

미차는 완벽하게 절망에 사로잡혀서 중얼거렸다. 그의 얼굴에는 비 오는 것처럼 땀이 흘렀다. 신부는 그에게 지금 이 사내를 깨운다고 해도, 이렇게 만취한 사람과 무슨 이야기를 하겠느냐면서

"더욱이 당신의 용무는 매우 중요한 것이니, 내일 아침까지 미루는 것이 낫겠습니다."라고 지나치게 당연한 의견을 말했다. 미차는 어쩔 수 없이 두 팔을 벌리고 신부의 말에 수긍했다.

"신부님, 나는 이 방에 촛불을 밝히고 앉아서 쉬면서 기회를 엿보겠습니다. 저 사람이 눈을 뜨면 이야기를 하겠어요. 물론 초 값은 내가 지불하겠어요." 그는 산지기를 바라보았다. "그리고 숙박료도 내겠어요. 드미트리 카라마조프가 시답잖은 인간이 아니라는 걸 알게 될 거예요. 그런데 신부님, 어디에 앉아야 할지 모르겠네요, 신부님은 어디서 주무시겠어요?"

"괜찮습니다. 나는 집으로 돌아가려고요. 저 사람의 말을 빌려서 타고 가려고 하니 걱정하지 마세요." 신부는 산지기를 가리키며 말했다. "그럼, 저는 이만 돌아가겠습니다. 일이 잘 되기를 기도하겠습니다."

그래서 그 얘기는 이렇게 마무리되었다. 신부는 산지기의 말을 빌려 타고 돌아갔다. 그는 성가신 일에서 빠져나온 것이 무척 기뻤지만, 내일 자신의 은인이나 마찬가지인 표도르 파블로비치에게 이 이상한 사건을 알려야 하는지, 어떻게 해야 하는지 망설이며 난감한 듯이 고개를 저었다.

'알리지 않으면, 만약 이 일을 그분이 알게 되면 화가 나서 앞으로는 나를 모르는 척할지도 모르지.'

산지기는 몸을 긁으며 말도 없이 자신의 방으로 돌아갔다. 미차는 자신이 말한 대로 '기회를 엿보기' 위해서 긴 나무 의자에 주저

앉았다. 깊은 우수가 짙은 안개처럼 그의 마음을 뒤덮었다. 그것은 무서울 정도로 깊은 우수였다! 그는 움직이지 않고 앉아서 생각에 빠졌지만 어떤 묘안도 떠오르지 않았다. 촛불은 희미하게 타올랐고, 귀뚜라미의 울음소리는 시끄러웠으며, 지나치게 불을 지핀 방은 참을 수 없을 정도로 숨이 막혔다. 그때 갑자기 그의 눈앞에 정원이 떠올랐다. 정원 뒤쪽에 좁은 오솔길이 보였다. 그러자 아버지가 살고 있는 집의 문이 살며시 열리고, 그루센카가 그 안으로 뛰어 들어갔다. 그는 의자에서 벌떡 일어섰다.

"비극이야!"

미차는 이를 갈면서 외쳤다. 그리고 무의식중에 잠든 사나이 옆에 다가가서 우두커니 그 얼굴을 들여다보았다. 그는 아직 노인이 되지 않은 여윈 농부였고, 얼굴이 몹시 길었으며, 아마 빛의 머리카락은 곱슬거렸고 붉은 턱수염은 가늘고 길었다. 푸른 무명 셔츠에 검은 조끼를 입었고, 호주머니에는 은시계 줄이 나와 있었다.

미차는 무서운 혐오감을 느끼며 그 얼굴을 바라보았다. 무슨 이유에서인지는 알 수 없었지만, 그의 곱슬거리는 머리카락이 유난히 그의 신경에 거슬렸다. 그러나 무엇보다 화가 나는 것은, 자신 즉 미차가 전부 희생했고, 모든 중요한 일을 젖혀두고 지친 몸으로 조금도 지체할 수 없는 급한 일로 이렇게 왔는데, 이 망나니는 '그의 운명이 자신의 손에 쥐어진 줄도 모른 채, 마치 다른 별에서 온 사람처럼, 태평하게 코만 곤다'는 것이었다.

"아, 야릇한 운명이야!"

미차는 이렇게 외치고 갑자기 이성을 잃고 술에 취한 농부를 다시 깨우기 시작했다. 그는 미친 듯이 농부를 잡아당기고, 찔러보기도 하고, 심지어는 때리면서 무슨 수를 써서라도 그를 깨우려고 노력했다. 그러나 그렇게 5분 정도 헛수고를 하고 난 뒤, 아무런 소득도 없이 그는 절망에 빠져서 힘없이 의자로 되돌아와서 주저앉았다.

"어리석어, 어리석은 짓이야!" 미차는 소리쳤다. "게다가 이 얼마나 비열한 짓인가!"

그는 무슨 생각을 했는지 갑자기 이렇게 덧붙였다. 머리가 쑤시는 것처럼 지끈거렸다. '다 그만두고 차라리 돌아갈까?' 하는 생각이 머릿속으로 떠올랐다. '아니야, 이미 늦었어. 어쨌든 아침까지 기다리자, 오기로라도 남아야지, 오기로라도! 하지만 이렇게까지 하면서 여기까지 왜 찾아왔을까? 이젠 돌아가고 싶어도 탈 것이 없으니 여기서도 떠날 수도 없구나! 아, 아무것도 모르겠다!'

그러나 두통은 더욱 심해졌다. 그는 움직이지 않고 앉아 있으면서, 자신도 모르는 사이 졸다가 앉은 채로 잠이 들었다.

아마 두어 시간, 아니 그 이상 잠을 잤을 것이다. 그는 갑자기 참을 수 없이 머리가 아파서 잠에서 깼다. 비명이라도 지를 만큼 참을 수 없이 아팠다. 양쪽 관자놀이를 무언가로 쑤시는 것 같아서 금세 머리가 쪼개지는 것 같았다. 그는 눈을 떴지만 한동안 정신을 차리지 못하고, 자신의 몸이 어떻게 되었는지도 알 수 없었다. 결국 그는 난로에 불을 너무 많이 지펴서 산소 결핍이 왔고, 하마터면 질식해서 죽을 뻔했다는 걸 알았다. 그러나 만취한 사나이는 여전히 코를 골며 잠들어 있었다. 촛불은 다 타서 금방이라도 꺼질 것 같았다.

미차는 큰 소리를 지르며, 비틀거리면서 현관을 지나 산지기의 방으로 달려갔다. 산지기는 금방 눈을 떴다. 그리고 건넌방이 가스로 가득 찼다는 말을 듣고 곧 처리를 하러 나오긴 했지만, 그 태도가 지나치게 태연해서 미차는 화가 날 정도로 놀랐다.

"저 사람이 죽으면, 저 사람이 죽게 되면…… 그때는…… 그때는 어떻게 할 거요?"

미차는 산지기에게 미친 듯이 외쳤다.

그들은 방문과 창문을 전부 열고 굴뚝 마개까지 열었다. 미차는 복도에서 물통을 들고 와서 일단 자신의 머리를 적신 뒤, 헝겊을 물에 담가서 랴가브이의 이마에 얹었다. 그러나 산지기는 여전히 별것도 아니라는 것처럼, 창문을 열고 "이제 괜찮을 겁니다."라고 무뚝뚝하게 말하고 불이 켜진 무쇠 등잔을 미차에게 남긴 채 다시 잠자리로 돌아갔다. 미차는 머리에 냉수 찜질을 하며 하마터면 질식해서 죽을 뻔한 주정뱅이를 돌보기 위해 30분 정도 바쁘게 움직였다. 그는 밤새 잠을 자지 않기로 굳게 마음먹었지만 너무 피곤했기 때문에, 잠시 쉬려고 자리에 앉자마자 그만 자연스레 눈이 감겨서 자신도 모르게 의자 위에 다리를 뻗고 죽은 듯이 잠들었다.

그는 꽤 늦은 시간에 일어났다. 이미 아침 9시가 된 것 같았다. 오두막에 있는 두 개의 창으로 눈부신 햇살이 들어왔다. 지난밤 그

곱슬머리 사내는 이미 외투까지 입고 의자에 앉아 있었다. 그 앞에는 새로 끓인 사모바르와 새 술병이 놓여 있었다. 어제 먹다 남긴 술을 다 마신 뒤 새 술병의 술도 이미 반도 넘게 마신 것 같았다. 미차는 벌떡 일어났다. 그 순간 이 망할 사내가 또 정신을 차릴 수 없을 정도로 취했다는 것을 알았다.

미차는 눈을 부릅뜨고 잠시 사내를 노려보았다. 사내는 말없이 교활하게 이쪽을 보았는데, 그 태도는 무례할 정도로 태연했고 상대를 멸시하는 듯 거만한 구석이 있었다. 그는 사내의 곁으로 가까이 갔다.

"실례합니다. 사실은…… 나는…… 아마 이곳 산지기에게 들으셨을 줄 압니다……. 나는 육군 중위 드미트리 카라마조프입니다. 지금 당신이 흥정하는 그 산림의 주인인 카라마조프 노인의 아들입니다."

"거짓말 그만해!"

사내는 침착하고 단호하게 외쳤다.

"거짓말이라니요? 표도르 카마라조프를 모르시나요?"

"당신이 말하는 표도르 카라마조프는 몰라!"

그는 혀 꼬부라진 소리로 천천히 말했다.

"산 말입니다. 당신이 우리 아버지에게 산을 사려고 하는 거 아닌가요? 아직 잠이 덜 깨신 것 같은데 정신 차리세요. 일린스코예 마을에 있는 파벨 신부가 나를 이곳으로 데려다 주었습니다. 당신은 삼소노프 노인에게 편지를 보냈지요? 그 사람이 당신에게 가라

125

고 해서 왔습니다."

미차는 숨을 몰아쉬며 말했다.

"거짓말!"

랴가브이는 또다시 분명하게 한 마디씩 끊어서 외쳤다. 미차는 다리가 얼어붙는 것 같았다.

"무슨 말씀을, 이건 농담이 아닙니다. 아마 술에 많이 취하신 것 같은데, 그래도 제대로 말도 하고 남의 말을 들을 수도 있잖아요……. 그렇지 않다면…… 아, 도무지 뭐가 뭔지 알 수 없구나!"

"너는 페인트장이야!"

"그런 농담을! 나는 카라마조프, 드미트리 카라마조프입니다. 당신에게 의논할 일이 있어서…… 당신에게 좋은 일이 있어서…… 아주 좋은 일이 있어서 왔습니다. 뿐만 아니라 바로 그 산에 관련된 이야기입니다."

랴가브이는 거들먹거리며 턱수염을 매만졌다.

"가당치 않은 소리. 이것저것 일을 부탁했더니 야비한 짓만 하고, 너는 악당이야!"

"분명히 말씀드릴게요! 당신은 착각하고 있어요!"

미차는 절망에 사로잡혀서 두 손을 움켜쥐었다. 랴가브이는 줄곧 수염만 쓰다듬다가, 문득 교활하게 눈을 반쯤 뜨며 말했다.

"그것보다 너한테 물어볼 게 있어. 사람을 골탕 먹여도 된다는 법이 어디에 있어? 대답해 봐! 그래서 네가 악당이란 거야, 알겠냐?"

미차는 불쾌한 것처럼 뒤로 물러났다. 갑자기 무언가로 '뒤통수를 한 방 얻어맞은 것' 같은 느낌이었다. (훗날 미차가 스스로 한 말이다) 그때 그의 머릿속에 문득 스치는 것이 있었다. '갑자기 횃불 같은 한 줄기 빛이 비쳐서 나는 전부를 깨달았다'고 그는 나중에 말했다. '그래도 나는 판단력 있는 사람이 아닌가. 그런 내가 어떻게 이런 어리석은 일에 홀려서 여기까지 왔단 말인가! 게다가 거의 하루 동안 랴가브이의 열도 내려 주다니!' 그는 당혹스러워서 그 자리에 우두커니 서 있었다.

'아, 이 주정뱅이는 엄청나게 취했어. 그리고 아직 일주일쯤은 계속해서 술을 마셔댈 거야. 그렇다면 내가 여기서 이렇게 기다리는 게 소용없잖아? 만일 삼소노프가 일부러 나를 이리로 보냈다면? 그뿐 아니라 만약 그루센카가…… 아 정말 이게 무슨 미친 짓을 한 건가!'

랴가브이는 않은 채로 그를 보면서 히죽거리며 웃었다. 만약 다른 때였다면 미차는 분통이 터져서 그를 때려죽였을 것이다. 그러나 그때 미차는 아이처럼 주눅이 들어 있었다. 그는 조용히 의자에서 외투를 집어 들고 조용히 입은 뒤 그 오두막을 나왔다. 건넌방의 산지기는 보이지 않았고 다른 사람도 보이지 않았다. 그는 호주머니에서 50코페이카를 꺼내서 숙박비와 초 값, 그리고 폐를 끼친 비용을 테이블 위에 놓고 나왔다.

오두막을 나오니 주변은 모두 숲이었고 아무것도 없었다. 그는 오두막에서 어디로 가야 할지, 오른쪽으로 갈지, 왼쪽으로 갈지 판단하지 못하고 무턱대고 걸었다. 지난밤에 신부와 함께 올 때 너무

127

서두른 탓에 오가는 길에는 아예 신경을 쓰지 못했다. 그는 누구에
게도, 심지어는 삼소노프조차 원한을 품지 않았다. 단지 '물거품처
럼 사라진 이상(理想)'을 가슴에 간직한 채 어디로 가는지도 모르
고 비틀거리며 숲속의 좁은 오솔길을 걷고 있을 뿐이었다. 지금으
로서는 작은 아이라도 그를 한 방에 넘어뜨릴 수 있을 것이다. 그
만큼 그는 정신적, 육체적으로 기력이 거의 없는 상태였다.

그는 어떻게 해서 숲에서 빠져나올 수 있었다. 가을 추수를 끝낸
을씨년스럽게 벌거벗은 들판이 저 멀리까지 아득하게 펼쳐져 있
었다.

'아, 절망뿐이구나! 어느 곳이든지 온통 죽음만이 나를 감싸고
있어!'

그는 쉬지 않고 무작정 걸으면서 이렇게 반복했다.

미차를 구해 준 것은 삯 마차를 빌려서 시골길을 지나던 어떤 늙
은 상인이었다. 미차는 그들에게 길을 물어보았다. 그들도 역시 볼
로비야 역을 향해 가는 중이었다. 몇 마디를 나눈 끝에 서로 합의
가 이루어져서 미차는 마차에 타게 되었다. 3시간이 지난 뒤, 그들
은 목적지에 도착했다. 미차는 볼로비야 역에서 곧 읍내로 가는 역
마차를 준비시켰지만 문득 견딜 수 없이 허기가 몰려왔다. 마차에
맬 말을 준비하는 동안, 그는 오믈렛을 주문했다. 그는 그것을 눈
깜짝할 사이에 먹고, 큰 빵 한 개와 소시지도 모두 먹은 뒤, 보드카
도 세 잔이나 연이어 마셨다.

뱃속이 차오르자, 기운이 생기고 마음도 한결 가벼워졌다. 마부

를 재촉해서 읍내로 달리던 중에, 그는 '빌어먹을 돈'을 그날 중으로 구하기 위한, 다시는 '바꿀 수 없는' 새로운 '계획'을 생각했다.

"대체 고작 3천 루블 같은 하찮은 돈 때문에 한 사람의 운명이 망가지다니, 에잇, 생각만 해도 기가 막히네!" 그는 씹어뱉는 듯이 외쳤다. "오늘 안에 꼭 끝장을 봐야지!"

그는 만약 그루센카에 대한 생각, 그루센카에게 무슨 일이 생기지 않았을까 하는 생각이 계속 머릿속에 떠오르지 않았다면 다시 완전히 유쾌한 기분이 되었을 수도 있다. 그러나 그녀에 대한 생각은 예리한 칼처럼 계속해서 그의 마음을 찌르고 있었다.

마침내 마차는 읍내에 도착했다. 미차는 곧바로 그루센카에게 달려갔다.

3. 금광

그루센카가 그날 저녁 수선을 피우며 라키친에게 이야기한 것
이 바로 미차의 이 방문이었다. 그루센카는 애가 끓게 '소식'을 기
다리고 있어서, 미차가 이틀 연속 나타나지 않자 마음을 놓고 자신
이 떠날 때까지 제발 찾아오지 않기를 바라고 있었다. 그런데 미차
가 갑자기 나타났던 것이다.

그 다음의 일은 우리가 알고 있는 것과 같다. 그루센카는 그를
따돌리려는 작정으로, 자신을 쿠지마 삼소노프의 집까지 데려다
달라고 부탁했다. '장부' 계산 때문에 꼭 가야 한다고 고집을 부렸
다. 미차는 곧 그녀를 데려다주었고, 삼소노프의 집 앞에서 헤어질
때 그루센카는 11시가 지나서 다시 데리러 와 달라고 부탁했다.
미차는 흔쾌히 그 부탁을 수락했다.

'삼소노프의 집에 있을 테니 아버지에게는 가지 않겠군. 혹시 거짓말일 수도 있지만…….'

그는 문득 이렇게 생각했지만, 그루센카가 거짓말을 하는 것 같지는 않았다. 그는 질투가 심했고 사랑하는 여자가 없을 때는 곧 뭔지 모를 최악의 상황을 생각하곤했다. 자신이 없는 동안 여자에게 무슨 일이 생기지는 않을까, 또 여자가 자신을 '배신'하지는 않을까 하는 등의 최악의 경우만 상상했다. 그러나 그렇게 애 태우다가 분명히 배신했을 것이라고 단정짓고 서둘러 여자에게 달려가서, 우선 여자의 얼굴을, 즐겁게 웃는 여자의 친절한 얼굴을 보면 금방 기운이 솟아서 모든 의혹을 날리고 기쁘면서도 부끄러운 심정이 되어 스스로 자신이 질투한 것을 후회했다.

미차는 그루센카를 데려다주고 난 뒤, 곧 자신의 하숙집으로 달려갔다. 그에게는 그날 안에 마무리해야 할 일이 많았다. 그러나 어쨌든 그의 마음은 한결 가벼워져 있었다.

'자, 이제 서둘러 스메르자코프에게 어젯밤 별 일 없었는지 물어봐야지. 만일 그루센카가 아버지에게 갔었다면 큰일이니까!'

그의 머릿속에는 그런 생각이 스쳐 지나갔다. 하숙집에 도착하기도 전에 질투심이 불안한 마음속에서 다시 생기기 시작했다.

질투!

"오델로는 질투심이 강한 것이 아니었다. 오히려 그는 남을 너무 쉽게 믿었다."

푸시킨의 말이다. 이 말에서 우리의 위대한 시인의 깊은 통찰력을 알 수 있다. 단지 오델로는 정신적으로 깊은 혼란에 빠져서 그의 모든 인생관이 흐려진 것뿐이다. 오델로의 이상이 망가졌기 때문이다. 하지만 오델로는 숨어서 엿듣거나 문틈으로 엿보는 짓은 하지 않았다. 그는 지나칠 정도로 사람을 믿었다. 그에게 아내의 부정을 알리기 위해서는 모든 수단과 노력을 동원해서 그를 부추기고, 기름을 붓고, 부채질을 해야 했다.

그런 사람은 정말 질투가 강한 사람이 아니다. 정말 질투가 강한 사람이, 어떤 양심의 가책도 느끼지 않고, 정신적인 타락과 굴욕 속에도 태연하게 몸을 던질 수 있는지, 감히 상상도 하지 못하겠다. 하지만 그들이 모두 야비하고 추악한 영혼을 가진 사람들인 것은 아니다. 오히려 순결한 마음과 순수한 사랑, 자신을 희생하려는 정신을 가진 사람일수록 한편으로는 테이블 아래 숨어서 엿듣고, 야비한 사람을 매수해서 염탐꾼 노릇을 시키거나, 몰래 뒤를 쫓거나 소지품을 뒤지는 등의 온갖 야비한 행동을 거리낌 없이 하는 법이다.

오델로는 어떤 일이 있어도 배신은 받아들일 수 없었다. 받아들일 수 없었던 것이 아니라 타협할 수 없었던 것이다. 그의 마음이 아이처럼 미움을 모르고 순진하다고 해도 그럴 수는 없었을 것이다. 그러나 진실로 질투가 강한 사람은 그렇지 않다. 그런 질투꾼들이 너그럽게 배신과 타협하고 쉽게 상대를 용서할 수 있는지는 정말 상상하기도 어려울 정도이다!

질투가 강한 사람은 상대를 누구보다 빠르게 용서한다는 것을 여자라면 이런 것은 누구나 알고 있을 것이다. 진짜 질투꾼은 어이가 없을 정도로 간단하게(물론 무서운 장면이 한바탕 지나가고 난 뒤에) 용서한다. 예를 들어, 증거가 확실한 부정이나 심지어 자신이 직접 본 포옹이나 입맞춤도 전부 용서할 수 있다. 단지 그것은 이번이 '마지막'일 때, 즉 자신의 경쟁자가 금방 세상 끝으로 사라지고 그날부터 영원히 나타나지 않는다거나 자신이 여자를 데리고 아무도 없는 곳으로 도망칠 수 있다는 확신이 생겼을 때 비로소 가능하다. 그러나 이런 타협도 일시적일 뿐이며, 그는 경쟁자가 정말로 사라졌다고 해도 이틀도 되지 않아서 또 다른 새로운 경쟁자를 만들어 내서 다시 질투를 시작할 것이다. 물론 이런 질투꾼이 아닌 사람은 감시를 해야 하는 사랑이 얼마나 즐거울 것이며, 그렇게 애를 써서 뒷조사를 해야 하는 사랑이 무슨 가치가 있느냐고 의심스러워하겠지만, 진짜 질투꾼은 그런 사실을 결코 알지 못한다. 그런데 그런 질투꾼들 중에는 고매한 정신을 지닌 사람들도 적지 않다. 여기서 주목해야 할 것은, 바로 이런 고매한 정신을 지닌 사람들이 골방에 숨어서 엿듣거나 엿볼 때, 한편으로는 그 '고매한 정신'으로 스스로 빠진 오욕의 깊이를 확실히 이해하는 반면, 그 골방에 숨어 있는 순간은 절대로 양심의 가책을 느끼지 않는다는 것이다. 미차도 마찬가지여서 그루센카의 얼굴을 보자마자 질투심은 눈 녹듯이 사라져 버리고, 순식간에 남을 잘 믿는 고상한 인간으로 변하는 것이다. 뿐만 아니라 자기 자신의 추한 감정을 경멸하기까지 했다. 그러나 이것은 그루센카에 대한 그의 사랑에는 그 자신이 부여하는 것보다 훨씬 고상한 그 무엇이 들어 있음을 의미하는 것이다. 그러나 그 대신 그루센카의 모습이 눈앞에 없으면, 미차는 그녀가 비열하고 교활한 배신행위를 하고 있지나 않을까 의심하기 시작하는 것이었다. 그리고 이미 그때에는 양심의 가책 같은 건 전혀 느끼지 않았다.

이리하여 그의 마음에는 또다시 질투의 불길이 타오르기 시작했다. 어쨌든 급히 서둘러야만 했다. 우선 소액이라도 좋으니 당장 필요한 돈을 마련해야 했다. 어제의 9루블은 여비로 다 써버리고 말았다. 돈이 한 푼도 없어 가지곤 그야말로 꼼짝도 할 수가 없다. 그러나 그는 방금 마차 속에서 새로운 계획과 더불어 당장 필요한 돈을 어디서 마련할 것인가를 이미 생각해 두었던 것이다.

그는 결투용 고급 권총 두 자루를 장탄한 채 소유하고 있었다. 이때까지 그가 그것을 담보로 잡히지 않은 것은 그가 자기의 소지품 중에서 그것을 가장 아끼고 좋아했기 때문이다. 그는 꽤 오래전부터 '수도'라는 요리점에서 어느 젊은 관리와 알고 지냈는데, 우연히 거기서 들은 정보에 의하면 이 부유한 독신남은 굉장한 무기 애호가여서 보통 권총은 물론이고 연발 권총이며 단도 등을 사모아 가지고 자기 방 벽에다 걸어 놓고는 친구들한테 보여주며 자랑을 하고, 권총의 구조와 장전법, 발사법 등을 장황하게 설명하는 것을 좋아한다는 것이다.

미차는 당장 그 관리한테도 달려가서 권총을 담보로 10루블을 빌려 주지 않겠느냐고 물었다. 젊은 관리는 기뻐하면서 이왕이면 아주 팔아버리면 어떠냐고 간청했지만 미차는 승낙하지 않았다. 그러자 그 청년은 이자 같은 건 절대 받지 않겠다고 말하고 그에게 10루블을 내주었다. 그리고 두 사람은 친구가 되어 기분 좋게 헤어졌다.

미차는 서둘러 걸었다. 그는 한시바삐 스메르자코프를 불러내려고 아버지 집 뒤쪽에 있는 그 정자를 향해 달려갔다. 이리하여 또다시 다음과 같은 사실이 판명되었다. 즉 이제부터 필자가 얘기하려는 엽기적인 사건이 일어나기 3, 4시간 전만 해도 미차는 한 푼도 가진 돈이 없었기 때문에 자기가 애지중지하던 물건을 담보로 10루블을 빌려오기까지 했지만, 그로부터 불과 3시간 뒤에는 몇 천 루블의 돈을 갖고 있었다. 그러나 아직 여기에 대해서 이야기하는 것은 아직 시기상조인 것 같다.

표도르의 이웃에 사는 마리아 콘드라치예브나의 집에서는 스메르자코프가 앓아누웠다는 소식이 미차를 기다리고 있었다. 미차는 이 얘길 듣고는 깜짝 놀라고 마음이 혼란에 빠졌다. 스메르자코프가 지하실로 굴러 떨어졌다는 얘기며 간질병의 발작, 의사의 왕진, 표도르의 배려에 대한 얘기도 자세히 들었다. 동생 이반이 오늘 아침 모스크바로 떠났다는 이야기도 관심 있게 들었다. '그렇다면 나보다 먼저 볼로비야 역을 통과했겠군' 하고 미차는 생각했다. '그건 그렇고 이제부터 누가 나를 위해 감시를 하고, 정보를 제공해 준단 말인가?' 미차는 그 집 모녀에게 어젯밤에 무슨 이상한 일이 없었느냐고 꼬치꼬치 캐물었다. 그들 모녀는 그가 무엇을 알고 싶어 하는지 잘 알고 있었기 때문에 아무도 온 사람이 없었으며, 어젯밤에는 이반도 집에 들어와 자고 갔으니까 '모든 것이 평상시와 조금도 다름이 없었다.' 고 설명해 줌으로써 미차의 의혹을 풀어 주었다.

미차는 생각에 잠겼다. 오늘도 무슨 일이 있어도 망을 보아야 할 텐데, 그 장소를 어디로 하는 게 좋을까? 여기로 할까? 아니면 삼소노프의 집 문 앞에서 할까? 미차는 어느 쪽도 감시를 소홀히 해서는 안 되겠다고 결심했다. 그러나 지금은, 지금의 당면 문제는 아까 마차 속에서 생각해낸 새롭고 확실한 계획을 먼저 실천에 옮겨야만 했다. 이번 일만은 틀림없이 성공할 거라고 확신하는 이상, 그 계획의 실행을 미루는 것은 더 이상 불가능했다. 그래서 미차는 그 일을 위해 꼭 한 시간만 할애하기로 마음먹었다. '한 시간이면 모든 것을 다 알아볼 수 있을 것이다. 그리고 나면 우선 삼소노프의 집으로 달려가서 그곳에 그루센카가 있는지 확인하고, 그 다음 곧 이곳으로 돌아와서 밤 11시까지 망을 보기로 하자. 그 다음에 또다시 삼소노프의 집으로 가서 그루센카를 집까지 바래다주도록 하자.' 미차는 이렇게 결정을 내렸다.

그는 하숙집으로 돌아가서 세수를 하고 머리를 빗고 옷을 매만져 갈아입은 다음, 호흘라코바 부인을 찾아갔다. 아아, 슬픈 일이기는 하지만, 미차의 계획은 이 부인에게 3천 루블을 빌리는 것이었다. 여기서 중요한 것은 호흘라코바 부인이 그의 간청을 거절하지 않을 것이라는 이상한 확신이 그의 마음속에 갑자기 일어났다는 것이다. 만약 이런 확신이 있었다면 왜 처음부터 자기의 교제범위에 속하는 그 부인을 찾지 않고 말도 제대로 통하지 않는 딴 세계의 삼소노프를 찾아갔을까 하는 의문이 일어날지도 모른다. 그러나 여기에는 그럴만한 까닭이 있었다.

그것은 다름 아니라 지난 한 달 동안 그는 호흘라코바 부인과 거의 교제를 끊고 있었다. 하기는 그 전부터도 그다지 친한 사이가 아니었고, 미차는 그녀가 자기를 싫어한다는 것을 잘 알고 있었다. 호흘라코바 부인은 애초부터 미차를 미워했다. 그 이유라는 것도 미차가 카체리나의 약혼자로 남아 있다는 한 가지 사실 때문이었다. 어떤 이유에서인지는 모르지만 그녀는 카체리나가 미차를 버리고 '그토록 몸가짐이 세련되고 기사처럼 인격이 완성된' 이반과 결혼하기를 열렬이 바라고 있었다. 그런 만큼 그녀는 미차의 일거일동에서 참을 수 없는 증오를 느끼고 있었던 것이다.

한편 미차는 그 나름대로 그녀를 조소하고 있어서 언젠가 한 번은 이런 말을 한 적도 있었다. "그 부인은 무척 활기 있고 소탈한 여자이긴 하지만 교육을 조금도 받지 못했나 싶을 만큼 무식해서 탈이란 말이야." 그런데 그날 아침 마차 속에서 멋들어진 생각이 그의 마음속에 떠올랐다. '만약 그 부인이 나와 카체리나의 결혼을 히스테리 발작을 일으킬 정도로 싫어한다면 지금 내가 부탁하려는 3천 루블을 거절할 이유가 없지 않은가. 나는 그 돈을 받자마자 카체리나를 버리고 여기서 영원히 떠나버리고 말 테니까. 그렇게 제멋대로 살아온 상류사회 부인들은 어떤 변덕스런 소망을 갖게 되면 그것을 충족시키기 위해 무슨 짓이든 사양하지 않는 법이거든. 게다가 그 부인은 돈도 꽤 많으니까.' 미차는 이렇게 판단했다.

그런데 부인에 대한 그의 '계획'이라는 것은 전과 마찬가지로 체르마시냐에 대한 그의 권리를 양도하겠다는 것이었다. 그러나 어제 삼소노프와 흥정했을 때처럼 상업적인 목적은 가지고 있지 않았다. 즉 3천 루블 대신에 그 배액인 6천 내지 7천 루블의 이득을 얻을 수 있다는 말로 부인을 유혹할 생각은 추호도 없었다. 그저 부채에 대한 정당한 담보로서 제공하겠다는 것뿐이었다.

미차는 이 새로운 생각을 하면 할수록 환희에 가까운 기쁨에 도취되고 있었다. 그러나 이것은 무슨 일을 시작할 때나 어떤 갑작스런 결심을 했을 때는 언제나 그랬다. 미차는 항상 자기의 새로운 착상에 열정적으로 몰두하는 습성이 있었다. 그럼에도 불구하고 호흘라코바 부인의 집 층계를 올라섰을 때, 그는 등골이 오싹해지는 것 같은 공포감을 맛보았다. 이것은 그야말로 나의 마지막 희망이며, 그밖에는 달리 아무런 방법이 없다. '만약 이것마저 성취되지 않으면 겨우 3천 루블 때문에 도둑질을 하거나 살인강도질이라도 하는 수밖에 없는 것이다.' 그는 이 모든 것을 비로소 완전히 자각하기에 이른 것이다. 그가 현관의 초인종을 울린 것은 7시 반경이었다.

처음에는 모든 상황이 그에게 미소를 지어 보이는 것 같았다. 하녀를 시켜 부인을 만나 뵙고 싶다고 전하자마자 그는 곧 집 안으로 안내되었다. '마치 나를 기다리고 있었던 것 같군.' 그의 머릿속에 이런 생각이 스치고 지나갔다. 아니나 다를까, 미차가 응접실로 발을 들여놓기가 무섭게 여주인이 달려 나와서 마침 그를 기다리고 있는 참이라고 말하는 것이었다.

"그렇잖아도 기다리고 있던 참이에요. 정말 기다렸답니다! 그야물론 당신이 나를 찾아와 주시리라곤 생각조차 할 수 없는 일이지요, 안 그렇습니까? 그런데도 나는 당신을 기다리고 있었어요. 드미트리 씨. 아마 저의 예민한 직관력에 놀라셨겠죠. 나는 당신이 오늘 아침부터 틀림없이 찾아오실 거라고 확신하고 있었는걸요."

"그것 참 놀랄 일이군요, 부인." 미차는 엉거주춤 의자에 앉으며 말했다. "그건 그렇고……, 나는 매우 중대한 용건으로 부인을 찾아온 겁니다. 그야말로, 가장 중대한 일이지요. 아니, 그것은 나한테만, 즉 나 혼자에게만 중대한 겁니다. 게다가 긴급을 요하는 일이라서……."

"당신께서 중대한 용건으로 오셨다는 건 나도 잘 알고 있어요! 드미트리 씨. 이건 무슨 예감도 아니고 기적이 일어나길 바라는 시대착오적인 기대도 아닙니다. 조시마 장로에 대한 일을 아시죠? 어쨌든 그건 아니에요. 이건 어디까지나 수학적인 문제예요. 왜냐하면 카체리나 아가씨에게 그런 일이 일어났는데, 당신이 오시지 않을 리 있겠어요? 절대로 그럴 수는 없어요. 이건 산수처럼 분면한 일인걸요."

"실생활에서의 리얼리즘이란 말이군요. 부인, 바로 그 말씀대롭니다! 그건 그렇고 우선 제 얘기부터……."

"바로 리얼리즘이란 말이 맞아요. 드미트리 씨. 이제 나는 철저하게 리얼리즘의 편이 되고 말았답니다. 나는 지금까지 지나치게 기적에만 치중해 왔었죠……. 그런데 조시마 장로님께서 돌아가셨다는 소식은 들으셨겠지요."

"아니오! 금시초문입니다! 부인." 미차는 다소 놀라는 모습이었다. 그의 뇌리에 문득 알료샤의 모습이 어른거렸다.

"오늘 아침 날이 밝기 전에 돌아가셨어요. 그런데 글쎄……."

"부인." 하고 미차는 부인의 말을 가로막았다. "나는 지금 말할 수 없는 절망 상황에 빠져 있기 때문에, 만약 부인께서 도와주시지 않으면 모든 것이 무너져 버리고 맙니다. 우선 나부터 파멸되고 만다는 사실 외에는 아무것도 생각할 수 없는 형편입니다. 진부한 표현이라서 죄송합니다만 지금 제정신이 아닙니다. 난 지금 열병에 걸린 것과 다름없어서……."

"알고 있어요. 당신이 어떤 상황에 있는 나도 잘 알고 있어요. 잘 알고말구요. 당신은 지금 그런 상태에 있을 수밖에 없을 거예요. 어떤 말을 하시려는지 다 알고 있다니까요. 드미트리 씨. 나는 벌써 그전부터 당신의 운명을 염려해 왔기에, 당신의 운명에서 눈을 떼지 않으며 여러모로 관찰해 왔거든요. 아시겠어요? 이래봬도 난 전 경험이 많은 영혼의 의사랍니다."

"부인, 당신이 경험 많은 의사시라면 저는 경험 많은 환자랄 수 있겠군요." 미차는 상대방의 비위를 맞추려고 간신이 이렇게 말했다. "만약 부인께서 그토록 나의 운명을 주시해 오셨다면 파멸

140

에 직면한 그 운명도 구해 주실 것 같다는 생각이 드는군요. 그러나 그러기 위해서는 우선 내 계획부터 들어 주셨으면 고맙겠습니다. 실은 그 계획을 말씀드리려고 이렇게 실례를 무릅쓰고 용기내어 찾아온 겁니다. 그리고 또 부인께 무엇을 바라고 있는가도 들어 주시면 더 바랄 것이 없습니다. 부인, 내가 찾아온 것은 다름 아니라……."

"그런 설명을 계속하실 필요 없어요! 그런 건 이차적인 문제니까요. 도와주겠다는 말이 나와서 말이지, 내가 남을 도와주는 건 당신이 처음은 아니에요. 당신도 내 사촌 동생 벨리메소바의 일을 들으신 적이 있으실 테죠! 그 사람의 남편이 파멸의 위기에 직면했을 때, 당신의 그 그럴듯한 표현을 빌려온다면 '만신창이가 되었을 때' 내가 어떻게 한 줄 아세요? 나는 그때 종마(種馬) 기르기를 권고했어요. 그래서 지금은 아주 번창일로에 있지요. 드미트리 씨! 당신은 말 사육에 관한 약간의 지식이라도 갖고 계신가요?"

"아니, 전혀 없습니다. 부인. 그런 지식은 전혀 알지 못합니다." 미차는 안절부절못하며 신경질적으로 이렇게 외치고는 자리에서 일어나려고까지 했다. "부인, 제발 내 얘기를 좀 들어 주십시오. 단지 2분만 자유롭게 말할 기회를 주시면 제가 왜 여기 찾아오게 된 것인지 계획을 모두 말씀드릴 수 있습니다. 게다가 나는 지금 정말 급합니다. 급히 서둘러야 하기 때문에!" 부인이 다시 입을 열 것 같은 눈치였으므로 미차는 그것을 막으려고 발작적으로 이렇게 외쳤다. "나는 절망한 나머지 당신을 찾아온 것입니다. 절망의 구

141

링텅이에 빠지고 말았으므로 부인한테서 3천 루블을 차용할까 해서 온 겁니다. 그러나 부인, 이 돈을 빌리는 데는 안전한 담보를 제공하겠습니다. 그러니 내 이야기부터……."

"그런 얘기라면 나중에 하세요, 나중에!" 호흘라코바 부인도 지지 않고 손을 흔들어 댔다. "아까도 말씀드린 것처럼 당신이 무슨 말을 하시려는지 나는 이미 죄다 알고 있다니까요. 당신은 돈이 필요하다, 3천 루블의 돈이 필요하다고 말씀하시지만, 나는 그보다 더 많은 돈이라도 드리겠어요. 헤아릴 수 없을 만큼이라도 내어 드려서 당신을 구해드리죠. 드미트리 씨. 하지만 그 대신 내가 하는 말대로 해주셔야 해요!"

미차는 또다시 의자에서 벌떡 일어났다.

"부인, 당신이 이토록 친절하신 분이신 줄은!" 미차는 가슴이 벅차올라 이렇게 외쳤다. "아아, 당신은 나를 살려주셨습니다. 당신은 한 사람을 자살로부터, 권총으로부터 구해주신 겁니다. 부인, 죽어도 이 은혜는 잊지 않겠습니다."

"나는 3천 루블보다 훨씬 더 많은 돈을, 헤아릴 수 없을 만큼 많은 돈을 당신한테 드리겠어요." 미차의 감격에 들떠 환히 빛나는 얼굴을 바라보며 호흘라코바 부인은 소리쳤다.

"헤아릴 수 없을 만큼이라고요? 그렇지만 난 그렇게 많은 돈은 필요 없습니다. 내게 필요한 것은 그 운명과도 같은 3천 루블뿐입니다. 물론 나는 무한한 감사와 함께 금액에 상당하는 보증을 하겠습니다. 그 계획이란 다름 아니라……."

"그만 해두세요! 드미트리 씨, 나는 일단 말씀드린 건 반드시 실행할 테니까요." 자선가다운 순수한 긍지를 풍기면서 호흘라코바 부인은 이렇게 딱 잘라 말했다. "당신을 구해드리겠다고 약속한 이상 나는 반드시 당신을 구해 드릴 거예요. 벨리메소바의 경우처럼 당신도 구해드리겠어요. 그런데, 드미트리 씨, 당신은 금광에 대해 어떻게 생각하시나요?"

"금광이라뇨, 부인! 나는 그런 건 한 번도 생각해 본 적이 없습니다만."

"그러니까 내가 당신을 대신해서 생각해봤답니다. 생각하고 또 생각해 본 거예요! 나는 꼬박 한 달 동안 이 목적을 가지고 당신을 관찰해 왔어요. 나는 당신이 옆을 지나가는 것을 볼 때마다 이분이야말로 금광에 알맞은 정력가라고 수없이 되풀이하며 생각하곤 했답니다. 나는 당신의 걸음걸이까지 연구한 결과, 당신은 틀림없이 금광을 발견하실 수 있는 분이라는 결론을 내린 거죠."

"금광이라고요? 나는 그런 것은 아직 한 번도 생각해본 적이 없는데요."

"걸음걸이로 알 수 있나요, 부인?" 하고 미차는 미소를 지었다.

"물론이에요. 걸음걸이로 알 수 있지요. 그럼, 당신은 걸음걸이로 사람의 성격을 알 수 있다는 의견을 부정하시는 건가요? 이것은 자연과학에서도 확인된 것이에요. 이봐요! 드미트리 씨. 나는 이래봬도 완전한 리얼리스트라니까요. 나는 오늘 수도원에서 완전히 충격에 빠지게 된 그 사건이 있고 난 뒤부터 완전히 리얼리스트가 되고 말았어요. 나는 실제적인 사업에 헌신할 생각이에요. 덕택에 나의 고질병이 완전히 나아진 거죠. 투르게네프의 제목대로 '이젠 그만!'이에요."

"그렇지만 부인, 당신이 나한테 친절하게 빌려 주기로 약속한 그 3천 루블은……."

"그건 걱정 마세요. 드미트리 씨." 호흘라코바 부인은 곧 그의 말을 가로막았다. "그 3천 루블은 이미 당신 호주머니에 들어와 있는 것이나 마찬가지예요. 아니, 3천 루블 정도라 아니라 3백만 루블이지요. 그것도 아주 단 시일 내에! 내가 좋은 생각을 알려드리지요. 당신은 금광을 찾아내서 수백만이라는 큰돈을 버신 다음 이쪽으로 돌아오시는 겁니다. 그리하여 훌륭한 사업가가 되어 우리를 선행의 길로 이끌어 주시는 거예요. 도대체 사업이란 사업은 모두 유대인에게 넘겨줄 순 없잖아요? 결코 그럴 수는 없어요. 그러니까 당신은 여러 가지 건물을 세우고, 여러 가지 사업을 일으키세요. 가난한 사람을 도와주어 그들로부터 축복을 받게 되겠지요. 드미트리 씨, 지금은 철도의 시대가 아닙니까. 당신은 곧 유명인이 되어 재무부에 없어서는 안 될 중요한 인물이 되실 겁니다. 실제로 나는 러시아의 화폐 가치가 떨어지고 있는 게 근심스러워 밤에도 제대로 잠을 못 잘 지경이니까요. 이런 면에서 나를 알아주는 사람은 거의 없습니다만……."

"부인, 부인!" 드미트리는 갑자기 어떤 불안스러운 예감에 이끌리며 또다시 말을 가로챘다. "나는 기꺼이 진심으로, 당신의 충고에 따르겠습니다. 당신의 그 현명한 충고를 따르겠습니다. 부인, 나는 정말 당신 말씀대로 금광을 찾아 떠나게 될 겁니다. 그때는 다시 한 번 상의를 드리러 찾아뵙겠습니다. 그러나 지금은 부인께서 관대하게 약속해 주신 그 3천 루블……, 아, 그 돈만 있으면 나는 해방의 몸이 될 수 있습니다. 되도록 가능하시면 오늘 중으로, 아니, 지금 그 돈을 주실 수 있다면……. 부인, 아시다시피 나는 한시도 지체할 수가 없습니다! 한 시간도…….”

“그만 해두세요. 드미트리 씨. 다 알고 있다니까요.”호흘라코바 부인은 끈덕지게 그의 말을 제지했다. “요컨대 문제는 하나예요. 당신이 금광에 가시느냐 안 가시느냐에 달려 있다구요. 자, 완전히 결심이 되셨으면 수학적으로 확답을 해주세요.”

“가고말고요! 가겠습니다. 부인, 나중에……. 부인이 원하시는 데라면 어디든지 가겠습니다. 부인……. 그러나 지금은…….”

“잠깐만 기다리세요!”호흘라코바 부인은 이렇게 외치더니 벌떡 자리에서 일어나 수많은 서랍이 달린, 화려한 테이블 쪽으로 달려가서 무척 서두르는 듯한 표정으로 무언가를 찾으며 서랍을 하나씩 뒤지기 시작했다.

‘3천 루블!’ 미차는 심장이 죄어드는 흥분을 느끼며 생각했다. ‘그것도 지금 당장 증서도 아무것도 없이……. 저게 바로 귀부인다운 태도라는 거야! 정말 멋진 여자군! 그저 말이 많은 게 한 가지 흠이긴 하지만…….’

“바로, 여기 있군요!”호흘라코바 부인은 미차한테로 돌아오며 이렇게 탄성을 질렀다. "바로 이거예요. 내가 찾던 건!"

그것은 가느다란 끈이 은제 성상으로 흔히 십자가와 함께 목에 걸고 다니는 그런 종류의 물건이었다.

"드미트리 씨, 이건 키예프에서 만들어진 것이지요." 부인은 자 못 경건한 어조로 말을 이었다. "위대한 순교자 성(城) 바르바라의 유물이지요. 제발 제 손으로 당신의 목에 걸게 해주세요. 이것으로 새로운 생활과 새로운 사업을 시작하시려는 당신을 축복해 주고 싶은 거예요."

이렇게 말하면서 부인은 정말로 그 성상을 미차의 목에 걸어 주고는 위치까지 바로잡아 주었다. 미차는 완전히 어리둥절해져서 몸을 앞으로 내밀어 그녀의 일을 도왔다. 그리하여 마침내 성상은 넥타이와 셔츠 사이를 거쳐 가슴 위에 늘어지게 되었다.

"자! 이젠 언제든지 떠나셔도 괜찮아요!" 호흘라코바 부인은 다 시 자리에 앉으면서 엄숙한 얼굴로 말했다.

"부인, 나는 정말 기쁩니다. 부인의 이 친절에 대해서……, 뭐라 감사를 드려야 할지 모를 지경입니다. 그러나……, 아아, 지금 내 게 시간이 얼마나 귀중한지 그걸 부인께서 알아주신다면! 당신의 관대한 마음만 믿고 이토록 기대하고 있는 그 돈은……, 아아, 부 인, 당신이 이토록 친절하게 더할 나위 없이 관대하게 대해 주시 니." 미차는 감격한 나머지 이렇게 외쳤다. "모든 걸 다 부인에게 고백하겠습니다. 하기는……, 부인도 오래전부터 아시고 계시겠 지만……, 나는 이 읍내에 사는 어떤 여자를 사랑하고 있습니다.

146

그래서 나는 카차를, 아니 이젠 카체리나 씨라고 불러야겠군요. 어쨌든 나는 그녀를 배반했습니다. 지금까지 나는 그녀에게 비인간적이고 불성실한 남자였습니다만, 나는 이 읍내에 와서 다른 여자를 사랑하게 되었습니다. 부인은 그 여자를 멸시하고 계실지도 모릅니다. 당신도 이미 모든 것을 다 알고 계시겠지만 나는 무슨 일이 있어도 그 여자를 버릴 수가 없습니다. 절대로 버릴 수가 없어요. 그래서 바로 그런 이유로 지금 3천 루블이란 돈이……."

"모든 것을 단념하도록 하세요. 드미트리 씨!" 호흘라코바 부인은 매우 단호한 어조로 그의 말을 가로챘다. "단념하셔야 합니다. 특히 여자 같은 건 깨끗이 버려야 해요. 당신의 목적은 금광이니까, 특히 그런 곳으로 여자를 데리고 갈 수는 없지 않겠어요. 장차당신이 부귀와 영화에 싸여 돌아오실 때에는 가장 화려한 상류사회에서 마음에 드는 배필을 찾으시게 될 겁니다. 그야말로 편견이라곤 없는 현대적인 아가씨일 겁니다. 바야흐로 고개를 쳐들고 있는 여성운동도, 그 무렵에는 충분히 성숙할 테니까 반드시 새로운 여성들이 나타날 거예요……."

"부인, 그건 제 문제하곤 별개의 얘깁니다! 그건 다른 얘기예요……." 미차는 두 손을 맞잡고 애원하듯 외쳤다.

"아니, 다를 게 없어요. 드미트리 씨. 당신에게 필요한 건 바로그것이에요. 당신 자신은 의식하지 못하고 있지만, 당신이 갈망하고 있는 건 바로 그것입니다. 나도 오늘날의 여성운동에 대해서 전혀 무관심한 것은 아니에요. 여성이 사회에 진출하여 가까운 미래에 정치에 참여할 수 있게 되는 것, 이것이야말로 나의 이상입니다. 나에게도 딸이 있으니까요. 그러나 내게 이런 면이 있다는 것을 알아주는 사람은 거의 없어요. 나는 이 문제에 대해 러시아의 유명한 풍자문학가에게 편지를 보낸 적까지 있었답니다. 이 작가는 여성의 사명에 대해서 여러 가지 많은 것을 깨우쳐 주었기 때문이죠. 그래서 나는 작년에 한두 줄 가량 익명으로 편지를 써 보낸 적이 있어요. – '나의 문호여! 현대의 여성을 대신하여 당신에게 키스와 포옹을 보냅니다.' 그리고 끝에는 '한 어머니부터'라고 서명했어요. 실은 '현대의 어머니로부터'라고 쓸까도 잠시 망설였지만, 결국 그저 '어머니'라고만 하고 말았지요. 그러는 편이 더 정신적인 아름다움이 많으니까요. 게다가〈현대〉(러시아의 급진적인 사상을 대변하던 잡지)를 연상시키지나 않을까 해서죠. 요즘의 검열 문제를 생각하게 되니까요. 요즘의 검열제도는 하나의 쓰라린 기억이니까요. 아니, 갑자기 왜 그러시나요?"

"부인!" 드디어 미차는 자리에서 벌떡 일어나 두 손을 합장하고 힘없이 애원하기 시작했다. "부인께서 그렇게 친절하게 약속하신 것을 언제까지나 자꾸 그렇게 질질 끌기만 하시니, 나를 울리실 작정이십니까?"

"아아, 우세요. 드미트리 씨. 어서 실컷 우세요! 그건 아름다운 감정의 표현입니다. 이제 당신 앞에는 새 생활의 길이 멀고도 까마득하게 놓여 있어요. 눈물은 반드시 당신의 마음을 후련하게 해줄 겁니다. 하지만 후일에 돌아오실 때는 기뻐하시게 될 거예요. 나와 기쁨을 나누기 위해서 일부러 시베리아에서 달려오신다면 얼마나 좋을까요."

"하지만 부인, 내게도 한 마디 말할 여유를 주십시오." 갑자기 미차는 울부짖듯이 소리쳤다. "마지막으로 다시 한 번 애원합니다. 제발 좀 대답해 주십시오. 약속하신 그 돈을 오늘 받을 수 있는지 없는지를. 만일 오늘이 안 되시면 언제 그것을 받으러 오면 될까요?"

"무슨 돈 말씀이신가요? 드미트리 씨."

"아까 내게 약속해 주신 그 3천 루블 말입니다. 당신이 그토록 관대하게 약속해주신……."

"3천? 3천 루블이라고요? 아니! 무슨 말씀을 하시는 거예요? 내게 3천 루블이나 되는 돈이 어디 있겠어요!" 호흘라코바 부인은 시치미를 떼고 침착하고도 놀라는 표정으로 이렇게 말했다. 미차는 어안이 벙벙했다.

"아니, 그게 무슨 말씀이신가요? 부인께서……, 조금 전에 말씀하시지 않았습니다. 그 돈은 이미 내 호주머니 속에 들어온 것이나 마찬가지라고……."

"오오, 그런 건 오해예요, 드미트리 씨. 당신은 내 말을 잘못 이해하셨군요. 그렇게 말씀하시는 걸 보니 내 말을 잘못 오해하신 게 분명해요. 나는 금광 이야기를 했을 뿐이에요. ……내가 3천 루블보다 많은 돈을, 아니 그보다 훨씬 많은, 헤아릴 수도 없을 만큼 많은 돈을 약속한 건 사실이에요. 이제 죄다 생각이 나는군요. 그렇지만 그건 어디까지나 금광을 염두에 두고 한 말이었어요."

"그럼, 그 돈은, 그 3천 루블의 돈을 어떻게 되는 겁니까?" 미차
는 어설프게 부르짖었다.

"오오, 당신이 현금이란 뜻으로 들으셨으면 큰일이군요. 내겐
그런 큰돈은 없어요. 지금 현금이라곤 한 푼도 없어요. 드미트리
씨. 나도 지금 돈 때문에 관리인과 싸우고 있는 중이랍니다. 이렇
게 말하는 나 자신도 며칠 전에 미우소프 씨한테 5백 루블을 빌려
온 형편이에요. 그러니 내게 돈이 있을 리 있겠어요. 그리고 말입
니다. 설혹 내가 돈을 가지고 있더라도 당신한테 빌려 드리진 않을
거예요. 게다가 나는 어느 누구한테도 돈을 빌려 주지 않는 주의거
든요. 돈을 빌려 준다는 건 싸움의 화근이 되니까요. 특히 당신에
겐 빌려드릴 수 없는 이유가 있어요. 바로 당신을 구해 내기 위해
도 그럴 수 없다는 거예요. 그러니 당신한테 필요한 건 오직 금광
뿐이에요. 금광! 금광! 오직 금광뿐이라니까요!"

"에잇, 빌어먹을!" 갑자기 미차는 버럭 고함을 지르며 주먹으로
테이블을 힘껏 내리쳤다.

"어머나!" 호흘라코바 부인은 질겁하도록 놀라 소리치면서 응
접실 한 구석으로 몸을 피했다.

미차는 퉤 하고 침을 뱉고 빠른 걸음으로 방을 뛰쳐나갔다. 저택
을 빠져나가, 거리로, 어둠 속으로 빠르게 걸어갔다. 그는 미친 사
람처럼 가슴을 치면서 걸어갔다. 이틀 전 어두운 한길에서 알료샤
와 마지막으로 만났을 때도 그는 동생 앞에서 똑같은 곳을 두들겨

보인 바로 그 자리였다. 그가 가슴의 그 부분을 두들긴 것이 어떤 뜻을 지니고 있으며 또 그 동작으로 해서 무엇을 표현하려고 했는지 이건 지금 현재 세상의 어느 누구에게도 알려지지 않은 수수께끼였다. 이것은 그때 알료사에게도 말해주지 않은 비밀이었지만 그러나 이 비밀 속에는 그에게 있어 모욕 이상의 것, 즉 파멸과 자살이 내포되어 있었다. 만약 3천 루블이란 돈을 마련하여 카체리나에게 갚아 줌으로써 양심의 가책에 시달리며 몸에 지니고 다니는 이 모욕을 제거해 버리지 못한다면 곧 거기에는 파멸과 자살이 남아 있는 것이나 다름없다고 그는 생각하고 있었다. 이 모든 사실은 후에 독자들에게 충분히 설명될 예정이다.

아무튼 최후의 희망마저 사라져 버린 지금, 그토록 육체적으로 강인했던 이 사내는 호흘라코바 부인의 집을 나와 불과 몇 걸음 걷기도 전에 마치 조그만 어린애처럼 엉엉 소리 내며 울음을 터뜨리고 말았다. 그는 정신없이 걸으며 주먹으로 눈물을 씻어냈다. 이윽고 광장까지 왔을 때 갑자기 정면으로부터 무엇과 충돌한 것 같은 느낌이 들었다. 그와 동시에 어떤 노파가 악다구니를 퍼붓는 소리가 들려왔다. 그는 하마터면 이 노파를 넘어뜨릴 뻔했던 것이다.

"에그머니, 이거 사람 잡겠군. 눈은 뒀다 뭘 할 거야? 이 망할 놈 같으니라구."

"아니, 할멈 아니오?" 어둠 속에서 노파를 알아본 미차가 소리쳤다. 그것은 삼소노프의 병시중을 들고 있는 늙은 하녀였다. 미차는 어제 이 하녀를 눈여겨 보아 두었던 것이다.

"그렇게 말씀하시는 당신은 누구신지요?" 노파는 조금 전과는 전혀 다른 목소리로 말했다. "하도 어두워서 뉘신지 알아볼 수가 없군요."

"당신은 쿠지마 삼소노프 씨 댁에서 그 분의 병간호를 하고 있지요."

"맞습니다. 나리. 지금 프로호르이치 님 댁에 용무가 있어 갔다 오는 길입니다. 그런데 당신이 뉘신지 통 기억이 나질 않는군요."

"그보다도 할멈! 한 가지 물어볼 게 있는데 그루셴카가 아직 그 집에 있소?" 미차는 조바심 나는 마음을 참지 못해 이렇게 물었다. "내가 아까 그 아가씨를 데려다 주었는데."

"네, 오셨습니다. 나리. 하지만 잠깐 앉으셨다가 곧 다시 가버리 셨어요."

"뭐? 가 버렸다고?" 미차가 외쳤다. "언제 갔지?"

"오시자마자 곧 돌아가신걸요. 그저 잠깐 앉아서 무슨 얘길 했 는지 주인 영감님을 한바탕 웃기시더니 곧 달아나 버렸어요."

"거짓말 마, 빌어먹을 할망구 같으니!" 미차는 호통을 쳤다.

"아이구머니!"

노파는 비명을 질렀으나, 미차의 모습은 벌써 사라지고 보이지 않았다. 그는 전속력을 다해서 그루셴카가 살고 있는 집을 향해 달 려갔다. 그가 도착한 때는 그루셴카가 모크로예 마을로 떠난 지 15 분도 채 지나지 않았을 때였다. 페냐는 부엌일을 하고 있는 마트료 나 할머니하고 부엌에 앉아 있었는데, 거기 느닷없이 웬 남자가 뛰어든 것이다. 미차의 모습을 보자 페냐는 찢어지는 듯한 목소리로 소리를 질렀다.

"소리는 왜 질러?" 하고 미차는 버럭 고함을 쳤다. "그루센카는 어디있지?" 그러나 공포에 질려 실신한 듯한 페냐가 미처 입을 열기도 전에 그는 털썩 페냐의 발밑에 무릎을 꿇었다.

"이봐, 페냐, 제발 부탁이니 좀 가르쳐 다오. 그루센카는 어디 있지?"

"정말 저는 몰라요. 나리. 저는 아무것도 몰라요. 당장 죽이신다 해도 모르는 건 몰라요." 페냐는 열심히 맹세하며 주기도문을 외웠다. "아까 두 분께서 함께 나가셨잖아요……."

"그 다음에 다시 돌아왔어."

"아니에요. 돌아오시지 않았어요. 하늘을 두고 맹세해요. 절대로 돌아오시지 않았어요!"

"거짓말 마!" 미차는 소리쳤다. "네가 무서워하는 꼴만 보아도 알 수 있어. 그 년은 어디 있는 거야?"

그는 화살처럼 밖으로 달려 나갔다. 간이 콩알만 해진 페냐는 그토록 쉽게 궁지를 벗어난 것이 기뻤으나, 그녀는 미차가 너무 급히 서두르고 있었기에 망정이지 그렇지만 않았더라면 틀림없이 자기도 무사하지 못했으리라는 것을 잘 알고 있었다. 그러나 미차는 부엌으로 달려 나갈 때에도 또 하나의 심상찮은 행동을 하여 페냐와 마트료나를 다시 한 번 놀라게 했다. 그것은 다름 아니라 탁자 위에 놋쇠로 된 절구가 놓여 있고, 그 안에는 역시 놋쇠로 만든 공이가 들어 있었는데, 미차가 달려 나가면서 한 손으로는 문을 열고 또 한 손으로는 놋쇠공이를 나꿔채 코트 주머니에 쑤셔넣고는 그 대로 홱 사라져 버렸던 것이다.

"아아, 큰일 났어요. 누군가를 죽이려나 봐요!" 페냐는 두 손을 맞잡으며 이렇게 소리쳤다.

4. 어둠 속에서

대체 미차는 어디로 달려갔을까? 그것은 뻔한 일이었다. '아버지의 집이 아니고 어디 갈만한 곳은 없다. 삼소노프의 집에서 곧장 아버지한테도 간 거야. 이젠 의심의 여지도 없어. 모든 계략과 속임수가 이젠 다 드러나는구나.' 이런 상념이 회오리바람처럼 미차의 마음속에서 소용돌이쳤다. 마리아 콘트라치예브나의 정원에는 들러볼 생각도 하지 않았다. '거긴 가 볼 필요도 없어, 암! 없고 말구, 공연히 소란을 피울 필요는 없어. 곧 배반하고 고자질할 게 분명하니까. 마리야 콘트라치예브나도 저쪽 편이고, 스메라자코프도 역시 마찬가지야. 모두 매수당한 게 틀림없어.'

그의 머릿속에는 또 하나의 행동 계획이 떠올랐다. 그는 골목길을 지나 아버지의 집을 크게 한 바퀴 돌아서 드미트롭스카야 거리로 나와 조그만 다리를 건너서 호젓한 뒷골목으로 빠져나왔다. 그 길은 인기척이라곤 없는 텅 빈 뒷골목이었는데 한쪽으론 이웃집 채마밭 울타리가 있었고 또 한쪽으론 아버지 집의 둘러싼 높고 튼튼한 울타리가 있었다. 여기서 그는 한 장소를 선택했다. 그곳은 옛날 리자베타 스메르자스차야라는 미친 여인이 기어넘은 동일한 그 지점인 것 같았다. 미차도 소문으로 그 이야기를 전해 듣고 있었으므로, '그런 여자도 넘었다는데' 하는 생각이 퍼뜩 그의 머릿속에 떠올랐다. '나라고 못 넘어갈 리 있나!' 과연 그는 껑충 뛰어올라 울타리 위에 올라타고 앉았다.

뜰에는 가까운 곳에 목욕탕이 있었는데, 불이 켜진 안채의 창문도 잘 보였다. '역시 그렇군. 아버지 침실에 불이 켜져 있는 것을 보니 그년이 저기 들어가 있는 게 틀림없어!' 미차는 울타리 위에서 정원으로 뛰어내렸다. 그는 그리고리 영감이 앓아 누워있고, 스메르자코프 또한 어쩌면 앓고 있을 게 분명하므로 아무도 들을 리가 없다는 것을 알고 있었음에도 불구하고 본능적으로 몸을 숨기고 그 자리에 서서 숨을 죽인 채 바싹 귀를 기울였다. 그런 주위에는 죽음과 같은 침묵이 깔려 있었고, 마치 일부러 그렇게 꾸며놓은 것처럼 바람 한 점 불지 않는, 그지없이 조용한 밤이었다.

'오직 고요의 속삭임이 들려올 뿐.' 어째선지 이런 시구가 머리에 떠올랐다. '내가 울타리를 뛰어넘는 소리를 아무도 듣지 못했으면 좋으련만. 아무도 듣지 못한 것 같긴 한데.' 그는 잠시 동안 거기에 서 있다가 살금살금 풀밭 위를 걷기 시작했다. 그는 자기 발걸음 소리 하나하나에 귀를 기울이고 소리를 죽여 가며 나무와 덤불숲을 돌면서 정원을 걸었다. 이렇게 5분가량 지나서 그는 불이 켜져 있는 창문 밑에 다다랐다. 그는 창문 바로 밑에 키가 큰 말오줌나무와 커다란 나무딸기 덤불이 몇 그루 자라고 있던 것을 기억하고 있었다. 안채에서 정원으로 나오는 출입문은 꼭 닫혀 있었는데, 그는 그 곁을 지나면서 일부러 유심히 그것을 보아 두었다. 드디어 덤불이 있는 곳에 다다르자, 그는 그 뒤에 몸을 숨기고 숨을 죽였다. '여기서 좀 더 기다려야지' 하고 그는 생각했다. '혹시 내 발소리를 듣고 귀를 기울이고 있다면 잘못 들은 것으로 여기게 해야 하니까 제발 기침이나 재채기가 나오지 않으면 좋으련만.'

그는 2분가량 기다렸으나 가슴이 너무 세차게 뛰어서 때로는 숨이 막힐 것만 같았다. '안 되겠다. 가슴의 고동은 쉽게 가라앉지 않을 거야' 하고 미챠는 생각했다. '이젠 더 이상 기다릴 수가 없어.' 그는 덤불 뒤에서 몸을 숨기고 있었다. 덤불의 반은 창문에서 비치는 불빛을 환하게 받고 있었다. '나무딸기라! 아, 어쩌면 열매가 이리도 붉을까.' 자기도 모르게 그는 혼자 이렇게 속삭였다. 이윽고 그는 한 걸음씩 발소리를 죽여 가며 창가로 다가가서 발돋움을 했다. 그러자 아버지 표도르의 침실 내부가 환히 들여다보였다. 그것은 빨간 병풍으로 한가운데를 막아 놓은 조그만 방이었다. 표도르는 이 붉은 병풍을 늘 '중국식 병풍'이라고 부르고 있었는데, 문득 그 '중국식 병풍'이라는 말이 퍼뜩 미챠의 머리에 떠올랐다. '그렇다. 저 병풍 뒤에 그루셴카가 있겠군.' 그는 아버지의 거동을 눈여

겨 살펴보았다. 노인은 미차가 지금까지 한 번도 본 적이 없는, 줄
무늬가 있는 새 비단 가운을 입고 허리에는 술이 달린 비단 허리
띠를 두르고 있었다. 가운 깃 밑으로는 깨끗하고 화려한 네덜란드
제 셔츠가 보이고, 금으로 만든 커프스 단추가 번쩍이고 있었다.
그리고 머리에는 전에 알료샤가 본 것과 같은 붉은 붕대를 동여매
고 있었다. '어지간히 멋을 부리고 있군!' 하고 미차는 생각했다.

　표도르는 생각에 잠긴 듯 창문가에 서 있었으나, 그러나 갑자기
머리를 쳐들고는 무언가에 귀를 기울이는 것 같았다. 그러나 아무
소리도 들리지 않자 탁자로 다가가서 유리병에 담긴 꼬냑을 반잔
쯤 다라서 단숨에 들이켰다. 그리고는 땅이 꺼지도록 한숨을 내쉬
고 다시 얼마 동안 그대로 서 있다가 맥 빠진 걸음걸이로 창문과
창문 사이에 걸려 있는 거울 앞으로 다가가서 빨간 붕대를 오른손
으로 살짝 치켜 올리고 아직 채 아물지 않은 멍든 자국이며 상처
부분을 자세히 살펴보기 시작했다. '아버지는 혼자 있군.' 미차는
생각했다. '아무리 봐도 혼자인 것 같아.'

　표도르는 거울에서 떠나자 갑자기 창문 쪽으로 몸을 홱 돌려 물
끄러미 바깥을 보기 시작했다. 미차는 날쌔게 그늘 속으로 몸을 숨
겼다.

　'어쩌면 그루센카는 저 병풍 뒤에서 자고 있는지도 몰라.' 이런
생각이 그의 가슴을 찔렀다. 표도르는 창가에서 물러났다. '아버지
가 창문 밖을 내다본 것은 그루센카가 오지 않았을까 해서였을 거
야. 그렇다면 아직 그루센카는 오지 않은 게로군. 그렇지 않다면야

어둠 속을 내다볼 리가 없지. 분명 기다리다가 초조해진 거야!' 미차는 다시 창문 가까이로 달려가서 방안을 들여다보기 시작했다. 노인은 침울한 표정으로 탁자 앞에 앉아 있었다. 조금 뒤 노인은 팔꿈치를 세우고 오른쪽 손으로 뺨을 괴었다. 미차는 뚫어지게 그를 지켜보고 있었다.

'혼자야, 혼자인 게 틀림없어!' 그는 다시 이렇게 되풀이했다. '만약 그년이 여기 있다면 얼굴 표정이 저렇지는 않을 테니까.' 참으로 기묘한 일이기는 하지만 그루센카가 여기 와 있지 않다는 것을 알게 되자 오히려 그의 가슴 속에서 이상한 분노가 치솟기 시작했다.

'아니야, 그년이 여기 와 있지 않아서 이러는 게 아니야.' 미차는 이렇게 단정하고 곧 스스로에게 해명했다. '즉 그루센카가 여기 와 있는지 아닌지 그걸 확실히 알 수가 없어서 화가 나는 거야.' 미차가 후일 스스로 상기한 바에 의하면, 그 순간 그의 두뇌는 놀랄 만큼 명석해져서 아주 사소한 점에 이르기까지 하나도 빠짐없이 자세히 고찰하고 비교해 보았던 것이다. 그러나 번민이, 미지와 망설임에 대한 번민이 걷잡을 수 없는 속도로 자꾸만 그의 가슴 속에서 커져 갔다. '도대체 그루센카는 여기 있는 것일까, 없는 것일까?' 이런 의혹이 그의 마음속에서 애타게 끓어올랐다. 갑자기 그는 결심을 하고 손을 내밀어 창문을 조용히 두드리기 시작했다. 처음 두 번은 약하게, 다음 세 번은 좀 빠르게, 이것은 스메르자코프와 노인 사이에 약속된 암호로 그루센카가 여기 왔다는 것을 알리는 신호였다. 노인은 깜짝 놀라 고개를 갸우뚱하더니 벌떡 자리에서 일어나 창문가로 달려왔다. 미챠는 재빨리 나무 그늘 속으로 몸을 숨겼다. 표도르는 창문을 열고 밖으로 머리를 내밀었다.

"그루센카, 네가 왔니?" 그는 떨리는 목소리로 반쯤 속삭이듯이 말했다. "어디 있니, 내 귀염둥이 천사야! 대체 어디 있느냐?" 노인은 너무 흥분한 나머지 숨을 헐떡거렸다.

'역시 혼자 있구나!' 하고 미챠는 단정 내렸다.

"아니, 도대체 어디 있는 거야?" 노인은 다시 외치고 아까보다 목을 더 많이 밖으로 내밀어 좌우를 두리번거리기 시작했다. "자, 어서 이리 온. 널 주려고 여기 선물을 준비해 놨다. 자, 이리 와, 보여 줄 테니."

'필시 저건 3천 루블의 봉투 얘기구나.' 미챠의 머릿속에 이런 생각이 퍼뜩 떠올랐다.

"아니, 대체 어디 있는 거냐. 문 앞에라도 와 있니? 그래, 내 곧 문을 열어 주마……."

노인은 거의 창문에서 온몸을 내밀다시피 하고 정원으로 통하는 문이 있는 오른쪽을 살피며 어둠 속을 더듬고 있었다. 이제 곧, 노인은 그루센카의 대답을 기다리지도 않은 채 문을 열기 위해 달려 나올 것이 분명했다. 미챠는 꼼짝도 않고 옆쪽에서 노인의 얼굴을 바라보고 있었다. 그가 그토록 미워하는 노인의 옆얼굴, 축 늘어진 목, 끝이 꼬부라진 매부리코, 감미로운 기대 속에 히죽거리고 있는 그 입술 - 이 모든 것이 실내의 왼쪽에서 비치는 램프빛을 받아 선명히 드러나 보였다. 무시무시한 증오의 불길이 갑자기 미차의 가슴 속에서 타오르기 시작했다. '이놈이다! 바로 이놈이 바로 내 경쟁자야. 이놈이야말로 나를 괴롭히고, 내 인생을 망쳐 놓은 장본인이다.' 이것은 바로 얼마 전 미차가 무슨 예감이라고 한 듯 알료샤에게 단언했던 증오, 돌발적인 복수심에 가득 찬 그 사나운 증오의 발작이었다.

미차는 나흘 전 정자에서 알료샤와 마주 앉아 이야기를 주고받을 때, "아버지를 죽이다니, 어떻게 그런 말을 할 수 있어요." 라는 동생의 물음에 대해 "아니, 그건 나도 잘 모르겠어. 어쩌면 죽이지 않을지도 모르고, 또 어쩌면 죽일지도 몰라. 다만 걱정이 되는 건 결정적인 순간에 아버지의 얼굴이 갑자기 증오심을 불러일으키지나 않을까 하는 게 근심이야. 나는 그 축 늘어진 목이며 매부리코며 그 눈이며 그 파렴치한 웃음이 미워서 죽을 지경이란 말이야. 인간으로서 혐오감이 느껴져서 못 견디겠어. 나는 그게 불안해. 그 것만은 도저히 참아낼 수 없을 것 같으니 말이야."

이러한 '인간으로서의 혐오감이' 참을 수 없을 정도로 그의 가슴에서 치솟아 오른 것이다. 미차는 거의 자기 자신을 잊고 별안간 호주머니에서 놋공이를 끄집어냈다.

"그때 하느님께서 나를 지켜 주신 거야." 후에 미차는 스스로 이렇게 말했다. 바로 그 순간 앓아누워 있던 그리고리 영감이 잠을 깬 것이다. 그는 바로 이날 저녁 스메르쟈코프가 이반에게 말했던 그 치료법을 시험해 보았다. 즉 어떤 강력한 비약(飛躍)을 탄 보드카를 마누라의 손을 빌려 전신에 바른 다음에, 나머지는 마누라가 중얼거리는 이상한 기도문과 함께 훌쩍 들이키고 잠자리에 들었던 것이다. 그의 마누라 마르파 이그나치예브나도 역시 그 약을 좀 마셨는데, 원래가 술을 못 마시는 여자라 곧 남편 옆에 쓰러져서 죽은 듯이 잠이 들고 말았다.

그런데 그리고리는 뜻밖에도 밤중에 눈을 떴다. 이것은 정말 뜻밖의 일이었다. 그리고 잠시 생각에 잠긴 후, 허리가 몹시 쑤셔오는데도 곧장 침대에서 일어나 앉았다. 그러고는 또 무언가를 곰곰이 생각하더니 자리에서 일어나 재빨리 옷을 입었다. '이렇게 위험한 때'에 집을 지키는 사람이라고는 아무도 없는데 자기는 편안히 잠자고 있었던 것에 대해 아마 양심의 가책을 느꼈기 때문인지도 모른다. 스메르자코프는 간질 발작으로 완전히 나가떨어진 채 옆방에 꼼짝 못하고 누워 있었다. 마르파 또한 죽은 듯이 잠자고 있었다. '마누라도 꽤 약해졌군.' 그리고리 노인은 아내의 잠든 모습을 보고 이렇게 생각했다. 그리고리는 괴롭게 신음 소리를 내며 층계 쪽으로 나갔다. 그는 단지 층계에서 뜰 안을 살펴보려고 했을 뿐이었다. 그도 그럴 것이 그는 허리가 참을 수 없이 쑤시는데다 오른쪽 발이 아파서 도저히 걸을 수가 없었던 것이다.

그러나 바로 그때 정원으로 통하는 작은 문을 저녁부터 잠그지 않은 채 그냥 내버려 두었다는 것이 생각났다. 그는 원래 정확하기 이를 데 없이 꼼꼼한 사람으로, 일정한 규칙과 여러 해에 걸친 습관에 젖어 있었기 때문에 아파서 몸을 움츠리고 발을 절면서도 층계를 내려가 정원 쪽으로 걸음을 옮겼다. 과연 문을 열려진 채 방치돼 있었다. 그는 기계적으로 정원에 발을 들여놓았다. 어쩌면 그의 눈에 무엇이 어른거렸는지 아니면 무슨 소리를 엿들었는지도 모른다. 아무튼 어떤 육감에서 그랬는지 모르지만 왼쪽을 바라보니 주인 침실의 창문이 열려 있는 것이 눈에 들어왔다. 그러나 아무도 밖을 내다보는 사람은 없었다. '어째서 창문이 열려 있을까? 이젠 여름도 아닌데.' 그리고리 노인은 이상하게 생각되었다.

그런데 바로 이 순간 것이 그의 맞은편에서 어른거렸다. 그에게서 40보쯤 떨어진 어둠 속을 사람의 그림자 같은것이 쏜살같이 움직이고 있는 것이었다.

"아니, 이럴 수가!" 그리고리는 이렇게 외치고 허리가 아픈 것도 잊은 채 괴한의 앞길을 가로막으려고 정신없이 뛰어나갔다. 그는 지름길을 택했다. 아무래도 그리고리가 괴한보다 정원의 지리를 더 잘고 알고 있었다. 괴한은 목욕탕 쪽으로 가더니 목욕탕 뒤로 빠져 울타리 위로 기어올랐다. 그리고리는 괴한의 모습을 놓치지 않으려 사력을 다해 달려갔다. 그리하여 그리고리는 괴한이 막 울타리를 넘으려는 순간 울타리에 다다를 수 있었다. 그리고리는 정신없이 그에게 달려들어 두 손으로 괴한의 발을 붙잡고 매달렸다.

과연 그의 예감은 빗나가지 않았다. 그는 괴한의 정체를 똑똑히 확인했다. 그것은 다름 아닌 '제 애비를 죽일 천하의 악당'이었던 것이다.

"살인이야!" 노인은 사방에 들릴 수 있도록 큰소리로 외쳐댔다.

그러나 그것으로 다였다. 그는 갑자기 벼락이라도 맞은 사람처럼 푹 쓰러지고 말았다. 미차는 다시 정원으로 뛰어내려 늙은 하인을 굽어보았다. 미차의 손에는 놋공이가 쥐여져 있었다. 그는 그것을 기계적으로 풀밭에 내던져 버렸다. 놋공이는 그리고리 노인으로부터 두 걸음쯤 떨어진 지점에 떨어졌다. 그러나 그것은 풀 속이 아니라 오솔길 위여서 가장 눈에 띄기 쉬운 곳이었다.

미차는 몇 초 동안 자기 앞에 쓰러져 있는 늙은 하인을 자세히 살펴보았다. 노인의 머리는 온통 피투성이였다. 미차는 손을 뻗쳐 머리를 만져보았다. 그는 그때 노인의 두개골을 박살내 버렸는지 아니면 그저 놋공이로 정수리를 때려 노인을 '실신시켰을' 뿐인지를 '확실히 확인하고' 싶은 마음이 들었던 것이다. 이것은 후에 미차 자신이 생생히 기억해낸 것이다. 노인의 머리에서는 뜨거운 피가 걷잡을 수 없이 솟구쳐 미차의 떨리는 손가락을 금세 피투성이로 만들어 버렸다. 그는 호흘라코바 부인을 방문하러 갈 때 준비했던 하얀 손수건을 꺼내서는 노인의 머리에 대고 이마와 얼굴의 피를 닦아 내려고 헛된 노력을 계속했다. 이것도 후일에야 그가 생각해 냈다. 그러나 그 손수건도 금세 피에 젖고 말았다.

"아아! 대체 나는 무엇 때문에 이런 짓을 하고 있지?" 미차는 퍼뜩 제정신으로 돌아왔다. '가령 늙은이의 두개골이 박살났다 하더라도 지금 그것을 확인할 수는 없지 않느냐 말이다. 이제 와서 그걸 확인해서 뭘 어쩌겠다고……, 그래봤자 어차피 달라질 건 아무것도 없는데…….' 그는 갑자기 절망적으로 소리쳤다. "내가 죽였대도 어쩔 수가 없어! 할아범, 하필이면 할아범이 걸려든 게 잘못이지. 그냥 누워 있으랄 수밖에!" 이렇게 큰소리로 말하고 미차는 갑자기 울타리에 기어올라 뒷골목으로 뛰어내려서는 그대로 도망치기 시작했다.

미차는 피에 흠뻑 젖은 손수건을 오른손에 둘둘 말아서 꼭 움켜쥐고 있었으나, 뛰어가면서 그것을 프록코트 안주머니에 쑤셔 넣었다. 그는 정신없이 달렸다. 이날 밤 캄캄한 한길에서 그를 만난 몇몇 사람은 맹렬한 기세로 달려가던 사내가 있었다는 것을 후일 기억해냈다. 그는 또다시 모로조바의 집을 향해 달려갔던 것이다. 이날 저녁 미차가 다녀가고 난 뒤, 페냐는 곧 문지기 나자르에게 달려가서 "제발, 부탁이니 그 대위님을 오늘도 내일도 절대로 들여보내지 말아 달라."고 애원했다. 나자르는 자초지종을 듣고 그러겠다고 약속했으나, 공교롭게도 2층 주인마님의 호출을 받아서 자리를 비우게 되었다. 가는 길에 그는 얼마 전 시골엣 올라온, 스무살 가량 된 자기 조카를 만났으므로 이 젊은이에게 자기대신 문을 지키라고 이르기는 했으나, 대위에 대해 주의를 주는 것을 깜빡 잊어버리고 말았다.

그런데 바로 이때, 미차가 달려와서 문을 두드리기 시작했던 것이다. 젊은이는 미차가 여러 차례 그에게 용돈을 준 일이 있었기 때문에 곧 알아보았다. 그는 곧 대문을 열고 그를 안으로 들어오게 하고는 유쾌하게 웃으면서 재빠르게 이렇게 알려주었다.

"아그라페나 씨는 지금 집에 안 계십니다."

"그럼, 어디 갔는데? 프로호르." 미차는 우뚝 걸음을 멈추었다.

"아까 두 시간쯤 전에 치모페이의 마차로 모크로예 마을로 떠나셨습니다."

"무엇 때문에?" 하고 미차가 소리쳤다.

"그건 저도 잘 모릅니다만, 어떤 장교한테 가신 댔어요. 어떤 분이 마차를 보내서 아씨를 모셔간 모양입니다."

미차는 젊은이를 버려두고 반미치광이처럼 페냐한테 달려갔다.

5. 갑작스런 결심

페냐는 할머니와 함께 부엌에 있었다. 두 사람 다 잠자리에 들 채비를 하고 있는 참이었다. 그들은 나자르만 믿고 이번에도 문단속을 하지 않고 있었다. 미챠는 뛰어 들어가자마자 페냐에게 달려들어 멱살을 움켜잡았다.

"자, 빨리 말해 봐, 그년은 어디 있어? 지금 모크로예에 있는 건 누구냐 말이야?" 미챠가 미친듯이 외쳐대자 두 여자는 비명을 질렀다.

"네, 네, 말씀 드릴게요. 드미트리 씨, 죄다 말씀드리겠어요." 질겁한 페냐는 엉겁결에 말했다.

"아씨는 장교님을 만나러 모크로예로 가셨습니다."

"장교라는 건 어떤 놈이야?" 미챠는 호통을 쳤다.

167

"예전에 그 장교님 말예요. 옛날 아씨를 좋아하시다가 5년 전에 버리고 떠났던 그 장교님 말입니다." 페냐는 여전히 빠른 어조로 단숨에 털어놓았다.

미차는 멱살을 잡았던 손을 놓았다. 그는 죽은 사람처럼 창백한 얼굴을 하고 말없이 페냐 앞에 서 있었으나, 그 눈빛으로 보아 모든 것을 깨달았던 것이다. 그는 첫마디를 듣기도 전에 모든 것을 속속들이 깨닫고 그 모든 사정을 꿰뚫어 본 것이다. 그러나 가련한 페냐는 물론 이 순간 그가 알아들었는지 못 알아들었는지 그걸 관찰하고 있을 여유라고는 없었다.

페냐는 미차가 뛰어 들어왔을 때 궤짝 위에 걸터앉아 있었는데, 지금도 역시 그때의 그 자세로 몸을 사시나무처럼 떨면서 마치 목숨을 구걸이라도 하는 듯이 두 손을 앞으로 내민 채 그 자세로 얼어붙기라도 한 것 같았다. 공포 때문에 커질 대로 커진 그녀의 동공은 뚫어질 듯이 그를 응시하고 있었다. 하긴 그것도 무리는 아니었다. 그 무서운 형상에 더하여 미차의 두 손은 피투성이가 되어 있었다. 달려오는 도중에 그 손으로 이마의 땀을 닦았는지 그의 이마와 오른쪽 뺨도 피범벅이 되어 있었다. 페냐는 당장이라도 히스테리를 일으킬 것만 같았다. 한편 부엌의 노파는 벌떡 일어나 의식을 잃고 실성한 사람처럼 멍하니 미차를 바라보고만 있었다. 미차는 1분가량 그대로 서 있다가 페냐 곁에 있는 의자에 털썩 주저앉았다.

그는 자리에 앉긴 앉았지만 무엇을 생각하고 있기보다는 무엇에 크게 놀라서 그저 망연자실해 있는 상태였다. 그러나 모든 것은 대낮처럼 명백했다. 다름 아닌 그 장교였다. 미차는 그 사나이에 대해 모든 것을 알고 있었다. 그는 그루셴카에게 들어서 너무나 잘 알고 있었다. 한 달 전에 편지가 왔다는 사실도 알고 있었다. 그러고 보니 한 달 동안, 꼭 한 달 동안 오늘 이 새 사나이가 도착할 때까지 자기 모르게 비밀리에 모든 일이 진행되고 있었는데도 미차는 그 사내에 대해서는 한 번도 생각한 적이 없었던 것이다. 그렇지만 대체 어쩌자고 그 사내에 대해서는 생각도 하지 않았을까? 어떻게 그 장교의 얘기를 듣자마자 간단히 잊어버렸단 말인가.

그러한 의문이 무슨 괴물처럼 그의 앞에 버티고 섰다. 그는 문자 그대로 등골이 서늘해짐을 느끼며 공포에 휩싸여 이 괴물을 지켜보고 있었다.

그러나 그는 갑자기 온순하고 상냥한 어린애처럼 조용하고 부드럽게 페냐에게 말을 걸었다. 바로 조금 전에 자기가 페냐에게 얼마나 겁을 주고 모욕을 주었는지에 대해서는 까맣게 잊어버린 듯 싶었다. 갑자기 미차는 이러한 상황에 처해 있는 사람치고는 이상하게 생각될 만큼 정확한 어조로 페냐에게 여러 가지를 캐묻기 시작했다. 페냐도 그의 피 묻은 손을 놀란 눈으로 바라보고는 있었지만, 역시 이상하리만큼 차분한 어조로 미차가 묻는 말에 하나하나 대답하기 시작했다. 아니 오히려 '참된 진실'을 모두 털어 놓기 위해 서두르는 듯한 인상까지 주었다. 페냐는 그 모든 것을 자세히 설명해 감에 따라 일종의 기쁨까지 느끼기 시작했다. 그러나 결코 그를 괴롭히려는 의도는 조금도 없었고 오히려 있는 힘을 다해 진심으로 그를 도우려는 심정이었다.

그녀는 오늘 하루 동안에 일어난 일을 하나도 빼놓지 않고 자세히 전해 주었다. 라키친과 알료샤가 찾아왔던 일에서부터 그녀, 즉 자신이 망을 보았던 일, 여주인이 출발하던 때의 광경, 그리고 그루센카가 창문에서 알료샤를 향해, 미차에게 전해달라면서 "비록 한순간이지만 진심으로 사랑했다는 걸 한 평생 기억해 달라고 전해주세요."라고 소리쳤던 일까지 죄다 전해주었다. 미차는 그루센카가 전하더라는 말을 듣고 갑자기 쓴웃음을 지었다. 창백한 그의 얼굴에 갑자기 홍조가 떠올랐다. 바로 그 순간 페냐는 자기의 호기심에 대한 보복 같은 것은 조금도 두렵지 않다는 듯이 미차에게 이렇게 물었다.

"어머나! 손이 왜 그렇죠. 드미트리 씨? 온통 피투성이군요?"

"아, 이거." 미차는 반사적으로 이렇게 대답하고 멍청히 손을 바라봤으나 곧 그 손도 페냐의 질문도 잊어버리고 말았다. 그는 또다시 침묵 속에 잠겨 들었다. 그가 이 집에 달려들어 온지도 벌써 20분이 지나고 있었다. 처음의 그 경악의 빛은 사라지고 그 대신 무엇인지는 모르지만 새롭고 확고한 결심이 그를 완전히 사로잡은 듯 보였다. 갑자기 그는 자리에서 일어나더니 뭔가 생각에 잠긴 듯 미소를 지었다.

"나리, 도대체 무슨 일이 있는 건가요?" 페냐는 다시 그의 손을 가리키며 물었다. 그것은 마치 그의 불행을 누구보다도 잘 이해해 줄 수 있는 가장 가까운 존재라도 되는 것 같은 동정 어린 어조였다.

미차는 다시 자기 손을 바라보았다.

"이건 피야, 페냐." 그는 이상야릇한 표정으로 페냐를 바라보며
말했다. "이건 사람의 피야. 아아, 왜 이런 피가 흘렀을까? 그렇지
만……, 페냐, 여기에 울타리가 있어(그는 마치 수수께끼라도 내는
것 같은 표정으로 그녀를 보았다). 그건 높은 울타리야. 보기에도 무
시무시할 정도로 높은 울타리지. 그러나 내일 날이 밝아 해가 뜨면
나는 그 울타리를 뛰어넘는 거야. 뭐, 아무래도 좋아. 어차피 마찬
가지니까. 내일이면 그 소문을 듣고 죄다 알게 될 테니까. 자, 그럼
잘 있어. 오늘은 이것으로 작별이야! 나는 방해 따위는 하지 않아.
양보 하겠어. 양보할 수 있는 놈이야. 나의 기쁨이여, 잘 살아라!
한순간이나마 나를 사랑했다니 그렇다면 이 미치카 카라마조프를
영원히 잊지 말아 다오. 그루센카는 언제나 나를 미치카라고 불러
주었지. 그렇지, 페냐. 너도 기억하고 있니?"

이 말을 마치자마자 그는 몸을 홱 돌려 부엌에서 나가 버렸다.
이 갑작스런 행동에 페냐는 아까 그가 뛰어 들어와 자기에게 달려
들었을 때보다도 한층 더 놀라지 않을 수 없었다.

그로부터 꼭 10분 후에 드미트리 표도로비치는 아까 권총을 저
당 잡힌 젊은 관리 표트르 페르호친의 집으로 들어갔다. 이미 시간
은 8시 반이었다. 페르호친은 집에서 차를 마신 후 요리집 '수도'로
당구를 치러 가려고 프록코트를 갈아입고 있던 참이었다. 미차는
막 집에서 나서려는 그를 붙잡을 것이다. 그는 피투성이가 된 상대

방의 얼굴을 보고 깜짝 놀라 소리쳤다.

"아니, 이거 어찌된 겁니까?"

"실은." 하고 미차는 성급히 말했다. "아까 맡긴 권총을 찾으러 왔습니다. 돈을 가져 왔습니다. 정말 미안하게 됐습니다만 좀 급한 사정이 있어서 그러니, 페르호친 씨. 제발 좀 빨리 부탁합니다."

페르호친은 더욱더 놀라지 않을 수 없었다. 미차는 두툼한 지폐 한 뭉치를 가지고 있었다. 그는 그 돈뭉치를 손에 쥔 채 방안으로 들어왔던 것이다. 그런 식으로 돈을 쥐고 다니는 사람은 이 세상엔 아무도 없을 것이다. 더욱이 그는 그 지폐 뭉치를 오른손에 움켜쥐 고 마치 자랑이라도 하듯이 앞으로 내밀고 있었다. 현관에서 미차 를 맞아들인, 이 집의 사환 아이는 손님이 돈을 손에 쥔 채 현관으 로 들어왔다고 나중에 증언했는데, 그렇다면 그는 한길에서도 역 시 돈뭉치를 쥔 오른손을 앞으로 내민 채 걸어온 것 같았다. 그가 들고 있었던 것은 무지갯빛이 도는 1백 루블짜리 지폐였다. 그리 고 그 돈을 쥐고 있는 그의 손가락은 온통 피투성이였다.

꽤 시간이 흐른 뒤에, 이 사실에 관심을 가진 사람들로부터 돈이 얼마나 되어 보이더냐는 질문을 받았을 때, 페르호친은 얼핏 본 것 만으로는 판단하긴 어렵지만 아마 2천 내지 3천 루블은 되었을 것 이라며 아무튼 크고 제법 두툼한 돈뭉치였다고 대답했다. 훗날 미 차 스스로 밝혔듯이 그때 제정신이 아닌 것 같았으나 결코 술에 취한 사람 같지도 않았다. 말하자면 몹시 흥분하여 침착성을 잃고 있었지만, 어떤 일에 주의력을 집중하고 있는 것도 같았고, 그런가 하면 뭔가를 골똘히 생각하면서도 좀체 해답을 얻지 못하고 있는 것 같기도 했다. 그는 몹시 초조한 상태로 대답도 퉁명스럽고 조리에 맞지 않았으며, 어떤 때는 자기는 조금도 슬프지 않다는 듯이 오히려 퍽 유쾌해 보이기도 했다는 것이다.

"아니, 도대체 무슨 일이십니까? 무슨 좋지 않은 일이라도 벌어졌나요?" 수상쩍은 눈으로 손님을 자꾸만 훑어보면서 페르호친은 외쳤다. "왜 그렇게 피투성이가 되신 겁니까? 넘어지기라도 하셨나요? 당신 모습이 어떤지 좀 보십시오!"

그는 미차의 팔꿈치를 잡고 거울 앞으로 끌고 갔다. 미차는 피투성이가 된 자기 모습을 보자 흠칫 몸을 떨고는 화가 난 듯 양미간을 찌푸렸다.

"제기랄! 갈수록 가관이군." 그는 화난 듯이 중얼거리고는 재빠르게 돈뭉치를 오른손에서 왼손으로 옮겨 쥐고 떨리는 손으로 호주머니에서 손수건을 꺼냈다. 그러나 그 손수건 역시 온통 피범벅이어서(그리고리의 얼굴을 닦은 손수건이었으므로) 흰 부분이라고는 거의 한 군데도 찾아볼 수 없었다. 게다가 그것은 마르다 못해 이젠 아주 빳빳하게 굳어 버려서 펼치려 해도 펴지지가 않았다. 미차는 화를 내며 그것을 마룻바닥 위에 내동댕이쳤다.

"이런, 제기랄! 뭐 헝겊조각 같은 거 없소? 좀 닦아야 할 텐데……."

"그럼, 당신은 피가 묻었을 뿐이지 다치신 데는 없군요." 하고 페르호친이 대답했다. "그렇다면 아주 씻어 버립시다. 저기 세숫

대야가 있으니 쓰시도록 하시죠."

"세숫대야라구요. 그거 잘 됐군요. 그런데 이건 어디다 놓으면 좋을까?" 미차는 이상하리만큼 당황한 표정을 마치 상의라도 하듯 상대방이 얼굴을 바라보며 1백 루블짜리 지폐 뭉치를 가리켰다. 마치 페르호친이 그의 돈을 간수해 줄 장소를 정해줄 의무라도 있다는 듯이.

"호주머니에 집어넣으십시오. 아니면 이 탁자 위에 놓으시든지, 없어지진 않을 테니까."

"호주머니요? 그렇지. 그게 좋겠군. 자, 이러면 됐고……. 아니, 이게 문제가 아닙니다!" 갑자기 그는 제 정신이 돌아온 듯 이렇게 외쳤다. "그보다도 우선 그 권총 문제부터 끝냅시다. 그걸 나한테 돌려주십시오. 여기 돈이 있으니……. 실은 권총을 긴급히 쓸 데가 있어서 그러는 거요. 게다가 나는 시간이 없어요. 시간이 조금도 없어요."

그는 돈뭉치에서 맨 위의 1백 루블짜리 지폐 한 장을 뽑아 젊은 관리에게 내 주었다.

"하지만 지금 나한텐 거스름돈이 없는데요." 하고 그는 말했다. "잔돈이 없으신가요?"

"없습니다." 미차는 다시 한 번 돈뭉치를 내려다보고 나서 말했다. 마치 자기 자신의 말이 미덥지 못하다는 듯 손가락으로 위에서부터 두서너 장 들쳐보았다. "없군요! 모두 같은 것뿐입니다." 미차는 이렇게 덧붙이고는 다시금 의견을 구하듯이 페르호친을 보왔다.

 "그런데, 어디서 갑자기 그런 거금을 구하셨나요?" 젊은 관리는
다시 이렇게 물었다. "잠깐만 기다리십시오. 집의 사환 아이를 플
로트니코프 상점에 보내 봅시다. 그 집은 늦게까지 문을 여니까 어
쩌면 잔돈으로 바꿀 수 있을지도 모르지요. 애, 미샤!" 그는 문간
방을 향해 소리쳤다.

 "플로트니코프 상점이라구요. 거, 참 좋은 생각이군요." 미차는
무슨 좋은 생각이라도 떠오른 듯이 외쳤다. "미샤," 그는 들어온
사환에게 말했다. "너는 곧 플로트니코프의 상점으로 달려가서,
드미트리 카라마조프가 안부를 전하더라고 말하고 내가 곧 그리
가겠다고 말해줄 수 있겠니 그리고 또 있다, 너한테 부탁이 있다.
내가 갈 때까지 샴페인을 서너 상자 가량 준비해서 언젠가 모크로
예 마을에 갔을 때처럼 마차에 실어 놓으라고 전해 다오. 그때는
그 가게에서 네 상자나 팔아 주었었죠." 그는 갑자기 페르호친을
보며 말했다. "그 집 사람들이 다 알아서 해줄 테니 걱정할 것 없
다, 미샤." 그는 다시 소년 쪽으로 몸을 돌렸다. "그리고 말이지, 치
즈와 스트라스부르파이, 훈제 연어, 햄, 캐비어, 아무튼 그 집에 있
는 건 모두 준비해 달라고 해둬. 1백 루블이나 1백 20루블 어치 정
도면 될 테니. 그리고 선물 준비도 잊지 말아라. 캔디와 배, 수박 두
세 개, 아니 네 개쯤? 아니 수박은 한 개면 되겠다. 그리고 초콜릿,
얼음사탕, 과일사탕, 엿 — 그러니까 지난번에 모크로예로 가지고
갔던 건 죄다 준비하라고 일러라. 샴페인까지 포함해서 3백 루블

쯤이었는데……, 이번에도 지난번과 똑같이 하면 되는 거야. 잊어버리면 안 된다. 미샤, 네 이름이 미샤라고 했지?"

"잠깐만 기다리세요." 불안스런 표정으로 그의 말을 들으며 그를 바라보고 있던 페르호친이 제지했다. "당신이 직접 가셔서 주문하는 게 좋을 것 같군요. 이 아이가 엉뚱한 걸 주문하면 곤란하니까요."

"아 참, 그렇군요. 그럴지도 모르겠군요! 얘 미샤, 나는 너한테 심부름을 시키는 대신에 키스를 해주려고 했는데……, 만일 심부름만 해준다면 10루블을 줄 테니 빨리 다녀오너라. 샴페인이 제일 중요해. 샴페인은 꼭 신도록 해라. 그리고 꼬냑, 붉은 포도주, 흰 포도주, 전부 지난번처럼 준비하도록 해. 그 집에서도 달 알 게다, 그때처럼 하라고 하면."

"아니, 그만하고 내 말 좀 들어 보시라니까요!" 페르호친이 안절부절 못하다 다시 그의 말을 가로챘다. "이 애한텐 그저 달려가서 돈이나 바꿔 오도록 하고, 가게 문이나 닫지 말라고 일러두는 게 좋을 것 같습니다. 그런 다음에 당신이 직접 가서 주문하시란 말씀이에요. 돈을 아이에게 주십시오. 미샤, 빨리 갔다 와!"

페르호친은 일부러 서둘러 미샤를 내쫓는 듯 싶었다. 그도 그럴 것이 이 사환 아이는 손님 앞에 나온 순간 피 묻은 얼굴과 떨리는 손가락으로 돈을 움켜쥐고 있는 그 시뻘건 손을 보자 그만 눈이 휘둥그레져서 입을 쩍 벌리고 장승처럼 우뚝 선 채 미차의 말은 하나도 귀담아듣고 있는 것 같지 않았기 때문이다.

"자, 이제 가서 좀 씻으시지요." 페르호친이 매몰차게 말해다. "돈을 탁자 위에 올려놓아 두든지……. 네, 됐습니다. 그럼, 갑시다. 그 프록코트는 벗는 게 좋을 겁니다." 그는 미차가 옷 벗는 것을 도와주다가 갑자기 비명을 질렀다.

"아니, 프록코트까지 온통 피가 묻었군요!"

"그럴 리가 없는데……. 그저 소맷부리가 조금……. 아, 여긴 손수건이 들어있던 곳이군요. 호주머니에서 피가 배어나온 모양입니다. 페냐의 집에서 손수건을 깔고 앉았기 때문에 피가 스며들었군요." 그 어떤 이상한 자신감을 가지고 미차는 이렇게 설명했다. 페르호친은 양미간을 찌푸리고 그 말을 듣고 있었다.

"이런 봉변이 있습니까. 누구와 싸우셨나 보군요." 미차는 피를 씻어내기 시작했다. 페르호친은 물그릇을 들고 물을 따라 주었다. 미차는 서두르고 있었기 때문에 손에 비누칠도 못했다. 페르호친은 뒷날 그의 손이 부들부들 있었던 것을 기억했다. 페르호친은 곧 비누칠을 좀 더 해서 세게 문지르라고 명령했다. 이때 그는 미차에 대해 점점 지배력을 발휘하는 것처럼 행동했다. 말이 나왔으니 말이지만, 이 젊은 관리는 겁이라고는 모르는 꽤 담력 있는 사람이었다.

"보십시오, 아직 손톱 밑이 덜 닦아졌어요. 그리고 이번엔 얼굴을 잘 문지르십시오. 여기 관자놀이께를……, 그리고 귀 옆도. 아니, 그런데 그 셔츠를 그냥 입고 가시렵니까? 그래 가지고 어딜 가시겠다는 겁니까. 보세요? 오른쪽 소매 끝이 온통 피투성이예요."

"그렇군요! 피가 묻었어요." 미차는 셔츠 소매 끝을 들여다보고 이렇게 말했다.

"그럼 셔츠를 갈아입으시죠."

"시간이 없습니다. 그저 이렇게 하면 됩니다. 보세요……." 타월로 얼굴과 손을 닦고 프록코트를 입으며 여전히 자신만만한 어조로 미차는 말을 계속했다. "이렇게 소매 끝을 접어 넣으면 돼요.. 그럼 프록코트에 가려 보이지 않을 테니까……. 자, 어떻습니까!"

"그럼, 이젠 무슨 일이 있었는지 좀 들려주시오. 누구와 싸우셨나요? 언젠가처럼 또 그 술집에서 한바탕하신 겁니까? 또 그때처럼 이등 대위를 끌어내 패준 거 아닙니까?" 페르호친은 지난 일을 상기하고 핀잔 어린 어조로 말했다. "대체 누굴 패준 겁니까? 혹시 죽인 건 아닙니까?"

"농담 마시오!" 하고 미차는 대답했다.

"아니, 농담이라뇨?"

"걱정할 건 없어요." 미차는 이렇게 말하고 히죽히죽 웃었다. "실은 광장에서 어떤 노파 하나를 때려눕히고 왔소."

"때려 눕혔다구요? 노파를?"

"아니! 영감쟁이지요!" 미차는 상대의 얼굴을 똑바로 바라보고는 마치 귀머거리한테라도 말하듯 큰소리로 외쳤다.

"아니 도대체 무슨 말인지, 노파랬다, 영감이랬다……. 정말 누굴 죽인 거요, 어떻게 된 겁니까?"

"아니오. 화해했어요. 한바탕 붙잡고 야단을 했지만 곧 화해했어요. 어떤 장소에서 헤어질 때는 이미 친구였지요. 바보 같은 영감인데 나를 용서해주었소. ……지금쯤은 틀림없이 날 용서했을 거요. ……그렇지만 만일 살아서 일어난다면 나를 용서하지 않을지도 모르지요." 갑자기 미챠는 눈을 깜빡이며 윙크를 해 보였다. "하지만 그런 아무래도 좋소. 페르호친 씨. 그런 녀석은 악마한테 잡아먹혀도 상관없어요. 별일 아니니까 그런 얘긴 할 필요도 없어요! 특히 지금은 얘기하고 싶지 않소." 미챠는 딱 잘라 단호하게 말했다.

"내가 이런 말을 하는 것은 당신이 아무하고나 닥치는 대로 싸우기 때문입니다. 그때도 아무것도 아닌 것을 가지고 그 이등 대위와 그토록 싸웠으니……. 한바탕 싸움을 하고 와서는 당장 파티를 벌이러 가다니, 그야말로 당신의 성격 그대로군요. 샴페인 세 상자라, 도대체 그걸 다 어디다 쓰려는 겁니까?"

"브라보! 자, 이제 권총을 주십시오. 정말 시간이 없습니다. 실은 당신과 좀 얘기를 하고 싶지만 워낙 시간이 없어서. 하긴 그럴 필요도 없군. 얘기를 하기엔 이미 너무 늦었으니까. 아 참, 내 돈을 어디 두었지? 내가 그걸 어디다 넣었지?" 그는 이렇게 외치고 두 손으로 호주머니를 뒤지기 시작했다.

"탁자 위에 놓지 않으셨습니까…… 당신이 직접……. 자, 저기 있지 않느냐 말이에요. 벌써 잊었나요? 당신한테는 돈도 물이나 먼지 같이만 보이는가 보군요. 자, 여기 당신의 권총이 있습니다. 참 이상하군요. 아까 5시 경에는 이걸로 10루블을 빌려 가신 분이

179

지금은 어느새 수천 루블이나 되는 돈을 갖고 있으니 말이에요. 2천, 아니 3천 루블은 될 것 같은데요."

"아마 3천 루블 정도일 겁니다." 미차는 돈을 바지 호주머니에 쑤셔 넣으며 껄껄 웃었다.

"그런데다 넣으면 잃어버릴 거요. 그런데 당신은 금광이라도 발견했나 보군요."

"금광이오? 아, 금광이라!" 미차는 있는 힘을 다해 이렇게 외치고는 배를 잡고 웃기 시작했다. "페르호친, 당신도 광산에 가고 싶습니까? 이 거리에는 당신이 금광으로 가겠다고 말만 하면 당장에 3천 루블을 던져 줄 부인이 있지요. 나는 벌써 받았지요. 광산을 굉장히 좋아하는 여자예요. 혹시 호흘라코바 부인을 아십니까?"

"아는 사이는 아니지만, 소문도 듣고 직접 본 적도 있습니다. 정말 그 부인이 당신한테 3천 루블을 줬단 말입니까? 정말 그걸 내던지던가요?" 아무래도 믿기 어렵다는 듯이 페르호친은 그를 노려보았다.

"그럼, 내일 아침 태양이 떠올랐을 때 - 영원히 젊음을 간직한 아폴로가 신을 찬미하고 그 영광을 축복하며 떠올랐을 때, 호흘라코바 부인을 찾아가서 내게 3천 루블을 던져 주었는지 아닌지를 물어보시오. 직접 조사해 보시란 말입니다."

"나는 두 분의 관계를 모르지만……. 그러나 그렇게 단언하는 걸 보니 정말로 주셨나 보군요. 그런데 당신은 그 돈을 움켜쥐고 시베리아 광산으로 가질 않고 몽땅 써버릴 작정이신가요? 정말 지금부터 어디로 가시로는 겁니까?”

“모크로예로 갑니다.”

“모크로예요? 아니, 이 늦은 시각에!”

“그전엔 무엇하나 부러울 것이 없던 젊은이가 하룻밤 자고 나니 알몸뚱이가 되었네.” 갑자기 미차는 이렇게 흥얼거렸다.

“어째서 알몸뚱이라는 겁니까. 그렇게 수 천 루블을 갖고 있으면서.”

“돈을 두고 하는 말이 아닙니다. 돈 같은 건 문제가 아니에요! 나는 여자의 마음에 대해서 말하는 겁니다.

변하기 쉬운 여자의 마음
변덕스럽고 믿을 수 없어라.

난 율리시스의 말에 동감입니다. 이건 그의 말이지요.”

“나는 당신이 하는 말을 이해할 수가 없군요.”

“내가 술에 취하기라도 했단 말입니까?”

“취한 건 아니지만 그보다 나을 게 없군요.”

“나는 정신적으로 취해 있어요. 페르호친 씨. 정신적으로 취해 있단 말이오. 하지만 그만 합시다. 이런 얘긴 그만 해둬요……”

“아니, 뭘 하시는 겁니까. 권총을 장전하시는 겁니까?”

“그냥 재 두는 거죠.”

미차는 정말 권총이 든 상자를 열고 약실 뚜껑을 열더니 열심히 화약을 채워 넣고 있었다. 이윽고 그는 총알 꺼내, 장전하기 전에 두 손가락으로 그것을 들고 촛불에 비춰 보았다.

"왜 그렇게 실탄을 들여다보는 겁니까?" 페르호친은 불안스런 호기심을 느끼며 미차의 움직임을 지켜보고 있었다.

"그저 좀 상상하고 있을 뿐이오. 어떻소. 만일 당신이 이 총알을 자기 머리에 쏘아 넣기로 결심했다면 권총을 장전할 때 그 총알을 자세히 보겠습니까, 안 보겠습니까?"

"그건 봐서 뭘 하려구요."

"자기 뇌 속을 뚫고 들어갈 총알이 어떻게 생겼나 살펴보는 것도 흥미롭지 않겠습니까. ……하지만 모두 쓸데없는 짓이죠. 그저 잠깐 머리에 떠오른 망상에 불과해요. 자! 이젠 끝났습니다." 그는 실탄의 장전을 마치고 삼베 조각으로 마개를 하고 나서 이렇게 덧붙였다. "페르호친 씨. 실없는 얘기죠. 모두 실없는 말이에요. 얼마나 실없는지 당신도 알아주신다면! 자, 이젠 종잇조각이나 좀 주시오."

"자! 여기 있습니다."

"아니, 깨끗하고 매끈한 게 필요합니다. 글을 쓰려구요. 아, 그게 좋겠군요."

미차는 책상 앞에서 펜을 잡고 쪽지에 무언가 두어 줄 흘려 쓰더니, 그것을 네 번 접어 조끼 주머니에 쑤셔 넣었다. 그리고 권총을 상자에 다시 집어넣고 쇠를 채운 다음 그것을 손에 들었다. 그러고는 페르호친을 바라보며 생각에 잠긴 표정으로 천천히 웃어

보였다.

"이젠, 가 봐야지!" 하고 미치는 말했다.

"어디로 가십니까. 아니, 잠깐만 기다리십시오. 혹시 당신은 자기 머릿속에 그것을 쏘아 넣으려고 하는 것은 아닙니까! 그 총알을 말입니다." 페르호친이 불안을 못 참고 이렇게 물었다.

"총알은 문제가 아닙니다. 천만에 나는 살고 싶어요. 나는 삶을 사랑해요. 당신도 이걸 알아야 합니다. 나는 금발의 아폴로와 그 뜨거운 빛을 사랑한단 말이오. 페르호친 씨, 당신이라면 물러설 수 있겠습니까?"

"물러서다니요? 그게 무슨 말입니까?"

"양보하는 것 말입니다. 사랑하는 사람과 미워하는 사람에게 길을 비켜주는 겁니다. - 잘들 가라, 내 옆을 지나가시오. 나는……."

"그래, 당신은?"

"그만 해둡시다. 이젠 가야겠소."

"정말 큰일인걸. 누구한테라도 말해서," 페르호친은 그의 얼굴을 뚫어지게 바라보았다. "당신을 그곳으로 가지 못하게 말려야겠군요. 하필이면 이 밤중에 모크로예로 간다는 겁니까?"

"거기 여자가 있거든요. 여자가……, 하지만 그 얘기는 그만 해둡시다. 다 끝났어요!"

"그러지 말고 내 말 좀 들어 보시오. 당신은 야만적인 인간이긴 하지만 나는 어쩐지 당신한테 호감이 가요. ……그래서 지금도 이렇게 걱정하고 있는 겁니다."

"고맙소. 그렇게 걱정을 해주다니. 당신 말대로 나는 야만적인 인간이지만, 인간은 누구나 야만인이란 말이오! 나도 장담할 수 있어요. – 모두가 야만인이라고! 아, 미샤가 돌아왔군요. 깜빡 잊고 있었어요."

미샤는 잔돈으로 바꾼 돈뭉치를 손에 들고 힐레벌떡 뛰어 들어왔다. 그리고 플로트니코프네 상점이 지금 발칵 뒤집혔다고 보고했다. 술병이며 생선이며 차를 모두 끌어내고 있어서 이제 곧 모든 준비를 마칠 것이라고 말했다. 미차는 10 루블짜리 지폐 한 장을 집어서 페르호친에게 주고 또 한 장을 미샤에게 쥐어 주었다.

"그런 짓을 해서는 안 됩니다!" 페르호친이 소리쳤다. "내 집에서 이러시면 곤란해요. 게다가 어린애한테 나쁜 버릇을 길러주게 되니까요. 어서 돈을 거두십시오. 거기다 넣으세요. 쓸데없이 손을 뿌리고 다닐 필요가 어디 있습니까. 당장 내일이면 그 돈이 필요할 겁니다. 그런 짓을 하시다간 다시 또 나한테 찾아와서 10루블만 빌려 달라고 하실 게 아니냐 말이에요. 아니, 왜 그 돈을 전부 옆주머니에 쑤셔 넣습니까? 그렇게 하면 모두 잃어버린다니까요."

"어떻습니까. 우리 함께 모크로예로 가는 건."

"내가 뭣 때문에 거길 가요?"

"그럼 지금 당장 한 병 터뜨려 인생을 위해 건배하는 건 어떤가요? 술을 한잔 들이켜고 싶군요. 특히 당신과 함께 술을 마셔 본 적은 여태껏 한 번도 없는 것 같은데, 그렇죠?"

"좋습니다. 요리집에서라면 나도 한잔 마시겠습니다. 실은 나도 거기 가려던 참이었으니까요."

"난 그럴 시간이 없다니까요. 그럼 우리 플로트니코프 상점 뒷방에서 마십시다. 그건 그렇고 내가 수수께끼 하나 내 볼까요?"

"그러시죠."

미차는 조끼 호주머니에서 아까 그 종이쪽지를 꺼내 펼쳐 보였다. 거기에는 커다란 글씨로 다음과 같이 적혀 있었다.

전 생애에 대하여 나의 모든 삶을 벌하노라, 나의 전 생애를 벌하노라!

"정말로 누구한테 가서 알려야겠습니다. 당장 가서 알려야겠어요." 종이에 적힌 것을 읽은 페르호친은 이렇게 말했다.

"그럴 시간은 없을 겁니다. 자, 함께 가서 건배나 합시다. 앞으로 전진!"

플로트니코프네 상점은 페르호친의 집에서 겨우 한 집 건너 한 길 모퉁이에 자리 잡고 있었다. 그것은 돈 많은 상인들이 경영하고 있는, 이 고장에서 제일 큰 잡화점으로 가게 자체도 제법 훌륭했다. 페테르부르크의 큰 상점에 있는 식료품이면 무엇이든 이 가게에서도 구할 수 있었다. '엘리세예프 상회 직송'인 포도주, 과일, 잎담배, 차, 커피, 설탕 등 없는 것이 없었다. 상점에는 점원 세 사람이 앉아 있고 배달하는 꼬마들이 바쁘게 돌아다녔다. 이 고장은 점차 경기가 쇠퇴하면서 지주들도 뿔뿔이 흩어지고 상업도 침체

일로에 있지만 잡화점만은 여전히 활기를 띠고 있었을 뿐만 아니라 해마다 더 호경기를 맞고 있었다. 이런 상품에 대해서는 언제나 손님들이 끊이지 않았기 때문이다.

상점에서는 목을 길게 빼고 미차가 오기만 기다리고 있었다. 그들은 3, 4주일 전 미차가 역시 오늘 밤처럼 온갖 식료품과 술을 수백 루블의 현금으로 한꺼번에 사갔던 사실을 너무나 잘 기억하고 있었다. 물론 외상이라면 빵 한 조각이라도 내줄 리가 없었을 것이다. 그때에도 미차는 역시 오늘밤처럼 무지갯빛 돈뭉치를 움켜쥐고 무엇 때문에 그렇게 많은 식료품이고 술이 자기한테 필요한지 제대로 생각지도 않고, 또 생각하려 하지도 않고 값을 깎으려는 기색도 없이 무턱대고 돈을 뿌리던 것을 그들은 잘 기억하고 있었다. 그때 미차는 그루센카를 데리고 모크로예로 마차를 달려서 '단 하룻밤과 한나절 사이에 3천 루블을 다 뿌리면서 흥청망청 놀고 무일푼이 되어 돌아왔다'고 그 후 온 읍내에 소문이 자자하게 퍼졌던 것이었다. 그때 미차는 이 고장에 흘러들어온 집시 일단을 모조리 불러들였는데, 그들은 이틀에 걸쳐 곤드레만드레 취한 미차한테 막 돈을 뜯어내고 비싼 술을 아낌없이 마셨다는 것이다.

읍내 사람들은 미차가 모크로예에서 더러운 농부들에게 샴페인을 실컷 마시게 하고, 시골 계집애들과 아낙네들에겐 스트라부르그의 파이와 고급 과자를 한 아름씩 안겨 주었다고 수군거리며 그를 비웃었던 것이다. 그리고 미차 자신이 여러 사람 앞에서 노골적으로 털어놓은 하나의 고백에 대해서도 사람들은 역시 비웃고 있었다. 특히 선술집이나 요리점에서는 그것이 더 심했으나, 역시 맞대놓고 비웃는 사람은 아무도 없었다. 그의 면전에서 웃는 것은 위험한 일이었기 때문이었다. 그 고백이란 다름이 아니라, 그렇게까지 무모한 행위 끝에 그가 그루센카한테서 얻은 것이란 '여자의 발에 키스를 하는 것을 허락받았을 뿐 그 이상은 아무것도 허락받지 못했다'는 것이었다.

미차가 페르호친과 함께 그 상점에 가보니 이미 좌석에 양탄자를 깔고 작은 방울까지 달아 놓은 삼두마차가 현관 앞에 준비되어 있었고, 마부인 안드레이가 미차를 기다리고 있었다. 상점 안에서는 주문받은 물건을 거의 다 상자 하나에 꾸려 놓고, 미차가 오는 대로 곧 못질을 해서 마차에 실을 수 있도록 준비해두고 있었다. 페르호친은 눈이 휘둥그레져서 미차에게 물었다.

"아니, 벌써 이렇게 준비가 되었나요?"

"당신 집으로 가는 길에 안드레이를 만났으므로 곧장 가게로 마차를 끌고 와서 기다리라고 일어 두었지요. 시간을 낭비해선 안 되니까, 지난번에는 치모페이의 마차로 갔지만, 이번에는 그 녀석이 나보다 한발 앞서서 매력적인 공주님을 태우고 날아가 버렸거든요. 이봐, 안드레이, 꽤 늦은 것 같지?"

"기껏해야 우리보다 한 시간쯤 먼저 도착할 겁니다. 하긴 그렇게까지도 안 될지 모릅니다만, 아무튼 한 시간 이상 앞서지 못할 거예요." 안드레이는 황급히 대답했다. "아까 치모페이의 마차도 제가 준비해 주었어요. 그 녀석의 말 모는 솜씨는 잘 알고 있어요.

우리 마차하고는 종류가 달라요. 드미트리 씨. 우리보다 한 시간 이상 앞서지 못할 겁니다!" 아직 혈기 왕성한 마부 안드레이는 이렇게 열을 올렸다. 그는 빨간 머리에 깡마른 몸집의 젊은이였는데, 소매 없는 누비옷을 입고 왼손에는 무명 외투를 걸치고 있었다.

"한 시간밖에 늦지 않는다면 술값으로 50루블을 내겠다."

"한 시간 정도는 문제없습니다. 나리. 한 시간은커녕 30분도 앞서가지 못할 겁니다."

미차는 이것저것 지시하며 분주히 돌아다녔으나, 하는 말투나 명령이 두서가 없는데다 종잡을 수가 없었다. 그리고 무슨 말을 꺼냈다가도 중간에 잊어버리기 일쑤였다. 페르호친은 도저히 그냥 보고 있을 수가 없어서 자기가 나서서 도와줄 필요가 있다고 느꼈다.

"4백 루블 어치야, 4백 루블보다 적어서는 안 돼. 모두 전번과 똑같이 해야 해." 미차는 이렇게 명령했다. "샴페인은 네 상자야, 한 병이라도 적어선 안 돼."

"무엇 때문에 그렇게 많이 사는 겁니까? 그걸 다 누가 마셔요? 잠깐만 기다려." 페르호친이 외쳤다. "이 상자는 뭐가 들어 있지? 뭐가 들어 있느냐고? 정말 4백 루블 어치의 물건이 들어 있는 건가?"

분주히 왔다 갔다 하던 점원들은 그 상자에는 샴페인 반 상자와 술안주, 캔디, 과일사탕, 그리고 '당장 꼭 필요한 물건'만 들어 있고, 주요한 '주문품'은 그전처럼 따로 삼두마차에 실어서 드미트리가 도착한 뒤 적어도 한 시간 안에는 도착할 것이라고 말했다.

"한 시간 이상 늦어서는 안 돼. 틀림없이 한 시간 이내에. 그리고 과일 사탕과 엿은 되도록 많이 넣도록 해. 그곳 계집들은 그걸 좋아하니까." 하고 미챠는 열을 올려 강조했다.

"엿은 괜찮겠지. 그런데 대체 샴페인을 네 상자나 뭣에 쓰겠다는 겁니까? 한 상자면 족할 텐데!" 페르호친은 거의 화를 내듯이 말했다. 그는 값을 따져 보기도 하고 계산을 요구하기도 하면서 얌전히 물러나려 하지 않았다. 그러나 결국 1백 루블 정도 값을 깎는 데 성공했을 뿐이다. 그래서 결국 모두 합해 3백 루블 어치 이상은 보내지 않기로 타협을 본 것이다.

"에잇, 제기랄, 어서 마음대로 해." 갑자기 생각을 고쳐먹기라도 한 듯 페르호친은 이렇게 중얼거렸다. "내가 안달할 게 뭐야. 어차피 거저 얻은 돈이니 마음대로 뿌리라지."

"이리 와요. 우리 경제학자님. 이리 오시라니까, 그렇게 성만 내지 마시고." 미챠는 그를 가게 뒷방으로 끌고 들어갔다. "이제 곧 이리로 병을 가지고 올 텐 우리 한 잔 합시다. 어떠시오. 페르호친 씨. 나와 함께 가지 않겠소? 당신은 참 정다운 데가 있는 사람이오. 나는 그런 사람을 좋아한답니다."

미챠는 등의자에 앉았다. 앞의 조그만 탁자에는 더러운 천이 씌워져 있었다. 페르호친은 맞은편 자리에 앉았다. 곧 샴페인이 들어왔다.

"나리! 굴은 어떻습니까? 조금 전에 들어온 아주 신선한 굴입니다." 점원이 굴을 권했다.

"무슨 굴이냐. 난 안 먹겠다. 아무것도 필요 없어. 페르호친은 거

189

의 악을 쓰다시피 이렇게 소리쳤다.

"굴 같은 걸 먹을 시간은 없어." 미챠가 말했다. "게다가 먹고 싶지도 않고. 그런데 말이오." 그는 갑자기 정다운 어조로 말했다. "나는 이렇게 복잡한 일은 딱 질색입니다."

"어느 누가 그런 걸 좋아합니까? 생각 좀 해보시오, 그런 농사꾼들에게 샴페인을 세 상자나 던져 주다니, 화내지 않을 사람이 어디 있단 말이오!"

"내 말은 그런 뜻이 아니오. 나는 좀 더 높은 의미의 질서를 말하고 있는 거요. 내게는 질서라는 게 없어요. ……그러나…… 모든 건 끝났습니다. 이제 와서 슬퍼할 거라곤 아무것도 없어요. 때는 이미 늦었으니 될 대로 되랄 수밖에! 내 인생은 무질서의 연속이었소. 그러니 이제라도 질서를 세울 필요가 있어요. 이건 내가 무슨 익살을 떨고 있는 것 같군, 그렇잖소?"

"익살이 아니라 잠꼬대를 하고 있군요."

이 세상의 하느님께 영광 있으라
내 마음 속 하느님께 영광 있으라!

"언젠가 이런 시가 내 영혼 속에서 터져 나온 적이 있었어요. 아니, 시가 아니라 눈물이지요. ……내가 직접 지은 겁니다. ……하지만 그 이등 대위의 수염을 잡아끌고 다녔을 때 지은 것은 아닙니다……."

"아니, 또 새삼스레 그 사람 얘기를 꺼내는 겁니까?"

"왜 별안간 그 얘길 꺼내냐구요? 다 쓸데없는 소리죠! 모든 것은 끝나 가고 있소. 이제 모든 것이 다 끝날 겁니다."

"아무래도 당신의 권총이 자꾸 눈앞에 어른거려 죽겠군."

"그런 말은 때려치워요! 쓸데없는 공상은 그만두고 술이나 드시오. 나는 인생을 사랑하오. 너무나 사랑해서 진저리가 날 지경이오. 자, 이제 그만 둡시다. 삶을 위해…… 삶을 위해 건배합시다. 비열한 놈이지만 난 나 자신에게는 만족하고 있습니다. 나는 신의 창조를 축복합니다. 나는 당장에라도 기꺼이 신과 신의 창조에 바칠 마음의 준비가 돼 있습니다, 그러나…… 그전에 우선 악취를 풍기는 벌레를 한 마리 죽여야 합니다. 그놈이 그 근처를 어슬렁어슬렁 거리며 남의 생활을 망쳐놓지 않게 하기 위해서 말이오. ……자, 그럼 인생을 위해 건배합시다. 도대체 생명보다 귀한 것은 아무것도 없으니까요! 절대로 없지요. 절대로! 인생을 위하여! 그리고 여왕 중의 여왕을 위하여!"

"인생을 위해 건배합시다. 그리고 당신의 그 여왕을 위해서도."

두 사람은 모두 샴페인 잔을 비웠다. 미차는 기분이 좋아서 묘하게 들떠 보였으나, 한편으로는 어딘지 울적해 보였다. 그것은 마치 극복할 수 없는 크나큰 걱정거리가 눈앞을 가로막고 있는 것 같은 표정이었다.

"미샤……, 저기 댁의 미샤가 들어오는군요. 얘, 미샤, 이리 와서 한 잔 하렴. 내일 아침에 떠오를 금발의 아폴로를 위해 내 이 잔을 비워 다오……."

"무슨 짓이오, 어린애한테까지!" 페르호친은 역정을 내며 고함을 질렀다.

"용서하세요. 한 잔 정도는 별거 아니니까."

"제기랄!" 미샤는 잔을 비우고는 꾸벅 절하고 그대로 달아나 버렸다.

"저래 두면 오랫동안 나를 기억해 주거든."하고 미차는 말했다. "나는 여자를 좋아하오. 여자를! 여자란 도대체 뭡니까? 페르호친 씨. 햄릿의 대사를 기억하시오? '아, 왜 이다지도 슬플까, 호레이쇼…… 아, 가련한 요리크여!' 어쩌면 나는 요리크인지도 모르죠. 정말 지금 요리크임에 틀림없어. 이윽고 해골이 될 테지만."

페르호친은 말없이 듣고 있었다. 미차도 잠시 입을 다물었다.

"저기, 저 개는 무슨 개지." 미차는 한구석에 웅크리고 있는, 눈이 까만 귀여운 강아지를 발견하고 점원에게 물었다.

"저건 주인마님인 바르바라 알렉세예브나의 강아지입니다." 점원이 대답했다. "아까 이리로 안고 나오셨다가 그대로 두고 가셨습니다. 곧 집으로 갖다 드려야겠군요."

"저 놈과 똑같이 생긴 개를 본 적이 있는데……, 군대에서……." 미차는 생각에 잠긴 듯한 표정으로 중얼거렸다. "다만 그놈은 뒷다리가 부러져 이었지만……, 그건 그렇고 페르호친 씨, 당신한테 한 가지 묻고 싶은데, 당신은 지금까지 살면서 도둑질을 해본 일이 있습니까?"

"아니, 그건 또 무슨 질문이오?"

"아니, 난 그저 궁금할 따름이오. 남의 주머니나 지갑의 돈을 슬쩍 해본 일이 있느냐 말이오? 물론 공금(公金)에 대해서 한 말은 아니오. 공금이야 누구나가 다 해먹고 있으니까. 당신도 물론……"

"정말이지 말도 안 되는 소리요."

"남의 돈을 말하는 것이오. 남의 호주머니나 지갑에서 슬쩍 해본 일이 있느냐 말이오."

"아홉 살 때, 단 한번, 어머니의 돈을 20코페이카 훔친 적이 있어요. 살그머니 집어서 손에 꼭 움켜쥐었지요."

"그래서 어떻게 되었지요?"

"뭐, 그뿐이었어요. 사흘 동안 가지고 있다가 부끄러운 생각이 들어서 모두 자백을 하고 돌려드렸지요."

"그래서 그 다음엔."

"물론 매를 맞았지요. 그런데 당신은 어떻소? 당신도 훔친 적이 있나요?"

"있지요." 미차는 교활하게 눈을 껌뻑이며 말했다.

"무얼 훔쳤는데요?" 페르호친이 호기심에 이끌려 물었다.

"아홉 살 때 어머니 돈을 20코페이카 훔쳤지만 사흘 만에 다시 돌려드렸소." 이렇게 말하고 미차는 갑자기 자리에서 일어났다.

"나리, 이젠 슬슬 떠나셔야 할 텐데요." 상점 문간에서 안드레이가 불렀다.

"준비는 다 됐나? 그럼 떠나세." 하고 미차는 갑자기 서둘기 시작했다. "마지막으로 더 한 가지 일러둘 게 있는데 떠나기 전에 안드레이가 기운을 내도록 보드카를 한 잔 주게! 빨리! 보드카 외에 꼬냑도 한 잔! 그리고 이 상자는 말이야(그것은 권총이 든 상자였다). 이건 내 좌석 밑에 넣어 주고, 그럼 페르호친 씨. 잘 있으시오. 나를 나쁘게 생각지는 말아주시오."

"하지만 내일은 돌아오시겠지요."

"물론, 돌아올 겁니다."

"지금 계산을 끝내주시면 고맙겠는데요." 점원이 달려 나오며 소리쳤다.

"그렇지, 물론 계산을 해야지!"

그는 또다시 호주머니에서 지폐 뭉치를 꺼내, 무지갯빛 지폐 석장을 뽑아서 계산대 위에 던지고는 황급히 상점을 떠났다. 점원들은 모두 뒤따라 나와서 꾸벅 절을 하고 고맙다는 인사말로 그를 전송했다. 안드레이는 방금 꼬냑을 들이켠지라 목을 울리면서 원기 있게 껑충 마부석에 뛰어올랐다. 그런데 미차가 자리에 앉자마자 뜻밖에 페냐가 그의 앞에 나타났다. 그녀는 숨을 헐떡이며 달려와서 두 손을 모으고 그의 발아래 털썩 몸을 던지며 커다란 소리로 외쳤다.

"나리, 드미트리 나리. 제발 부탁이니 우리 아씨를 죽이지 마세요. 제가 죄다 말씀드리고 말았습니다만! ……그리고 그 장교님도 죽이지 말아 주세요. 그분은 옛날에 아씨가 좋아하시던 분이에요. 이번에 아씨와 결혼하려고 일부러 시베리아에서 돌아오신 거예

194

요. ……나리, 드미트리 나리, 제발 목숨만은 살려주세요."

"아하, 이제 알겠군. 그래서 거기 가서 한바탕 소동을 벌일 참이군 그래!"페르호친은 혼자서 중얼거렸다. "이제야 모든 걸 알겠소. 그만하면 알고도 남지. 드미트리 씨. 당신이 진정 인간으로 남고 싶다면 어서 그 권총을 내놓으시오!"하고 그는 큰소리로 미차에게 소리쳤다. "자, 어서, 드미트리. 내 말을 들으시오."

"권총이라니? 걱정 마시오. 나는 가는 길에 그걸 어디 웅덩이에 내던져 버릴 테니 걱정 말아요." 하고 미차는 대답했다. "페냐, 일어나. 내 앞에 무릎을 꿇지 마라. 이 미차는 사람을 죽이는 짓은 하지 않아. 내가 아무리 바보라도 앞으로 사람을 죽이는 일은 절대로 없을 거야. 자, 어서, 페냐." 그는 마차 위에 자리 잡고 앉은 그녀에게 소리쳤다. "아까 너한테 무례한 짓을 했다만 용서해라. 이 못된 악당을 불쌍하게 생각하고 용서해주렴. 그러나 용서하지 않는대도 하는 수 없지. 이제는 어차피 달라질 건 없으니까. 자, 가자, 안드레이, 힘껏 달려 봐!"

안드레이는 채찍을 가했다. 말방울이 울리기 시작했다.

"잘 있으시오. 페르호친 씨! 당신에게 작별의 눈물을 바치겠소."

'취한 것도 아닌데 왜 저런 잠꼬대 같은 소리만 지껄일까!' 페르호친은 그의 뒷모습을 전송하며 생각했다. 그는 가게 사람들이 미차를 속일 것만 같은 예감이 들어서 나머지 식료품과 술을 싣는 것을 감시하기 위해 남아 있을까도 생각했지만, 갑자기 그러한 자기 자신에게 화가 나서 퉤하고 침을 뱉고는 단골 요리점으로 당구를 치러 갔다.

"사람은 좋은데 바보라서 탈이야……." 그는 길을 걸으며 혼자 중얼거렸다. "그루센카의 옛날 애인인가 하는 장교는 나도 들은 적이 있지. 그런데 거기 도착하고 나면 그때는……. 쳇, 아무래도 그 놈의 권총이 마음에 걸리는걸. 에잇! 될 대로 되라지! 내가 뭐 그의 아저씨도 아니고. 어쩌면 아무 일도 생기지 않을지도 모르지. 그저 호통을 치는 것뿐이지. 술에 잔뜩 취해 싸움이나 하고 그 다음엔 서로 화해를 하고, 고작해서 그 정도일 거야. 그런 친구는 아무 일도 해치울 수 없는 위인이니까. 그런데 '길을 양보하고 나 자신을 처벌한다'고 지껄인 건 대체 무슨 뜻일까. 뭐, 별다른 뜻은 없을 거야. 그런 소린 술집에서 취했을 때 입버릇처럼 뇌까렸을 테니까. 그러나 오늘은 취하지 않았거든. 하긴 정신적으로 취했다느니 뭐니 했지만 – 그런 놈들은 원래 그런 수작을 좋아하는 법이지. 아니, 내가 뭐 그자의 아저씨라도 된단 말인가. 아마 싸움을 한 건 틀림없어. 얼굴이 온통 피투성이였으니까. 도대체 상대는 누구였을까? 요리점에 가면 알 수 있겠지. 손수건도 온통 피투성이였는데 에잇, 제기랄, 그 손수건을 우리 집 마룻바닥에 놓고 가다니……. 나, 참 될 대로 되라지."

그는 더할 나위 없이 불쾌한 기분으로 선술집에 들어가, 곧 당구를 치기 시작했다. 게임은 곧 그의 마음을 즐겁게 했다. 두 번째 게임이 끝난 후, 그는 갑자기 친구들 중 한 사람에게 드미트리 카라마조프에게 또 돈이 생겼다, 3천 루블 가량 되는 것을 내 눈으로 보았다, 그리고 그루센카와 그 돈을 흥청망청 탕진하려고 모크로예로 마차를 몰고 갔다는 말을 했다. 이 소식은 듣는 이들에게 비상한 호기심을 불러일으켰다. 그들은 웃지도 않고 기묘하게 진지한 태도로 이야기에 끼어들기 시작해, 나중에는 게임까지 중단하고 말았다.

"3천 루블이라니? 도대체 어디서 그런 거금이 났을까" 질문이 꼬리를 물고 이어졌다. 호흘라코바 부인의 얘기는 아무래도 신빙성이 없는 모양이었다.

"혹시 아버지를 죽이고 빼앗아 온 건 아닐까?"

"3천 루블이라, 아무래도 심상치 않은 걸."

"그자는 아버지를 죽인다고 큰소리를 치며 다녔지. 여기 있는 사람들은 죄다 들었을 걸. 그때마다 3천 루블이란 돈에 대해 말했거든."

페르호친은 이런 말을 듣자, 갑자기 그들의 여러 가지 질문에 무뚝뚝하고 짤막하게 건성으로 대답하기 시작했다. 그는 요리점에 올 때만 해도 모든 걸 얘기할 작정이었으나, 미챠의 얼굴이며 손이 피투성이가 되어 있었다는 것만은 하나도 입 밖에 내지 않았다. 이윽고 세 번째 게임이 시작되자 미챠에 대한 얘기도 점차 시들해져 버렸다. 그러나 세 번째 게임이 끝나자 페르호친은 더는 당구를 치고 싶지 않아서 그대로 당구채를 놓고 예정했던 밤참도 집어치우고 술집을 나와 버렸다.

광장까지 이르렀을 때, 그는 자기 자신도 놀랄 만큼 당혹스런 기분이 되어 발걸음을 멈추고 말았다. 그는 문득 자기가 이 길로 표도르 카라마조프의 집으로 가서, 무슨 일이라도 생기지 않았는지 알아보고 싶은 생각이 들었던 것이다. '가봐야 아무것도 아닌 일이 뻔할텐데, 일부러 다른 집 사람을 깨워가지고 공연히 소동을 일으킬 필요가 뭐람. 제기랄! 내가 뭐 그 자의 아저씨라도 된단 말인가?'

그는 몹시 침울한 기분으로 곧장 자기 집으로 발길을 돌렸으나, 도중에 문득 페냐 생각이 떠올랐다. '에잇, 제기랄, 아까 그 여자한테 물어봤더라면 죄다 알 수 있었을 텐데.' 그는 이렇게 생각하며 자기 자신에게 역정을 냈다. 그러자 그의 마음속에선 그 여자와 얘기를 해서 모든 것을 알아내고 싶은, 참을 수 없는 욕망에 사로잡혀 마침내 그는 도중에 발길을 돌려 그루센카가 살고 있는 모르조바의 집으로 향했다. 그는 문으로 다가가서 노크를 했다.

그러나 밤의 정적 속에 울려 퍼지는 노크 소리는 갑자기 그를 제정신으로 돌아오게 해 그를 짜증나게 만들었다. 게다가 집안사람들은 모두 잠들어 버렸는지 아무도 대답하는 사람이 없이 정적에 싸여 있었다. '여기서 공연히 창피를 당할 모양이군!' 그는 일종의 고통 같은 것을 느끼며 이렇게 생각했다. 그러나 그는 좀처럼 그곳을 떠나려 하지 않고 오히려 더욱 세차게 있는 힘을 다해 문을 두드리기 시작했다. 마을 전체에 노크 소리가 가득 찼다. "이렇게 된 이상, 일어날 때까지 두드리는 거야, 두드리고말고!" 문을 한번 두드릴 때마다 그는 미친 듯이 화를 내며 이렇게 중얼거렸다. 동시에 그는 더더욱 세차게 문을 두드렸다.

6. 내가 왔노라!

　한편, 드미트리의 마차는 쏜살같이 한길을 따라 전속력으로 달리고 있었다. 모크로예 마을은 20km 남짓했으나 안드레이의 삼두마차는 빨리 달려서 1시간 15분이면 도착할 수 있을 것 같았다. 나는 듯이 빠른 마차의 질주 때문인지 미차는 서서히 생기를 되찾고 있었다. 공기는 맑고 신선했으며 구름 한점 없는 맑은 하늘에는 별들이 총총히 반짝이고 있었다. 그것은 알료샤가 대지에 몸을 던지고 '영원히 이 땅을 사랑하겠노라고 열광적으로 맹세했던' 바로 그날 밤의 일이었다. 어쩌면 그와 똑같은 시간이었을지도 모른다. 그러나 미차의 마음은 무겁고 흐려 있었다. 여러 가지 것들이 그의 마음을 괴롭히고 있었다. 그러나 이 순간 그의 전 존재는 제지할 수 없는 힘을 가지고 그 여자를 향해, 자기의 여왕을 향해 돌진하고 있었다. 마지막으로 다시 한 번 그 얼굴을 보려고 이렇게 마차를 몰고 있는 것이다. 여기서 한 가지 확실한 사실은 그의 마음에는 단 한 순간이나마 갈등이 없었다는 점이었다. 그토록 질투심이 강한 미차가 이 새로운 맞수, 즉 땅에서 솟아오른 것처럼 갑자기 나타난 그 장교라는 사내에게 조금도 질투를 느끼지 않았다고 한다면, 아마 독자 여러분은 곧이듣지 않을 것이다. 만약 그 장교가 아니고 다른 사내가 나타났다면, 그 상대방이 누구이건 간에 그는 곧 맹렬한 질투심에 사로잡혀 그 무서운 손에 또다시 피를 묻혔을 것이다. 그러나 그녀의 이 '첫사랑'인 이 사내에 대해서만큼은, 지금 이렇게 마차를 달리는 있는 동안에도 그는 질투의 증오를 품지 않았을 뿐만 아니라 가벼운 적의마저도 느끼지 않았다. - 물론 아직 상대를 본 적이 없었지만.

'이미 이 문제에 대해선 왈가왈부할 여지가 없다. 이건 그 두 사람의 권리니까. 이것은 그녀가 5년간이나 잊지 않고 간직해 두었던 첫사랑이 아닌가. 그러고 보면 그녀는 지난 5년간 오로지 그 사나이만을 사랑해 온 것이다. 그렇다면 대체 나는 무엇 때문에 거기에 가고 있는 것일까. 나 같은 게 무슨 권리가 있단 말인가, 나하고 무슨 관계가 있느냐 말이다. 양보해라, 미차. 길을 비켜 줘라! 게다가 지금 나는 어떤 처지에 있는가. 이제와선 그 장교가 있건 없건 모든 일은 이미 끝난 것이 아닌가. 그 장교가 나타나지 않았다고 해도 결국 만사는 끝난 것과 다름없지 않느냐 말이다……'

만약 그때 그에게 올바른 판단력이 있었다면 대략 이런 말로 자기 기분을 표현했을 것이리라. 그러나 그는 이미 아무것도 생각할 능력이 결여되어 있었다. 그래서 지금의 이 결심 역시 아무런 이성이 판단을 수반함 없이 저절로 생겨난 것이었다. 아까 페냐의 첫마디를 듣기가 무섭게 그 결심은 그의 마음속에 순간적으로 떠올랐고 또 받아들여졌던 것이다. 그러나 이러한 결심을 했음에도 불구하고 그의 마음은 흐려져 있었다. 고통스러울 정도로 흐려져 있어서 이러한 결정도 그에게 안정을 주지 못했다. 너무나도 많은 것들이 그의 배후에서 그를 괴롭히는 것이었다. 이따금 자기 자신도 이상하게 여겨질 정도였다 – '나 자신을 벌하노라' 라는 선고문은 이미 자기 손으로 씌어져서 그 종이는 지금 주머니에 들어 있었다. 권총에도 실탄이 재워져 있다. 그리고 내일은 '금발의 아폴로'의 뜨거운 첫 광선을 어떻게 맞겠다는 결심도 서 있었다. 그럼에도 자신의 등 뒤에 숨어서 자신을 괴롭히는 과거를 깨끗이 청산할 수가 없었다. 이것을 그는 고통스러울 정도로 자각하고 있었다. 그리고 이 자각은 절망으로 변하여 그의 마음속을 자꾸만 후벼 파는 것이었다.

모크로예로 가는 도중에 그는 안드레이에게 마차를 멈추게 하고 밖으로 뛰어내려 총알이 재워진 그 권총을 꺼내들고 새벽까지 기다릴 것도 없이 모든 것을 청산해 버리고 싶은 충동을 느낄 때가 있었다. 그러나 그 순간은 불꽃처럼 사라져 버리곤 했다. 게다가 삼두마차는 '공간을 가로지르며' 질주하고 있었다. 목적지가 가까이 다가올수록 또다시 그녀를 생각하는 마음이 점점 강하게 그의 마음을 사로잡아 그 밖의 모든 무서운 상념을 밖으로 몰아내는 것이었다. 멀리서나마 미차는 그녀의 모습을 꼭 한 번 보고 싶었다. '그루셴카는 지금 그 자와 함께 있겠지. 자기의 옛날 애인인 그 사나이와 함께 있는 모습을 꼭 보아 두어야지. 내가 바라는 것은 그것으로 충분해.'

그는 자기 운명에 그토록 숙명적인 역할을 한 이 여자에 대해 이 순간만큼 강렬한 애정을 느낀 적은 지금까지 한 번도 없었다. 그것은 한 번도 경험해 보지 못한 새로운 감정이었다. 자기 자신도 전혀 예기치 못했던 뜻밖의 감정이었다. 기도를 드리고 싶을 정도로 상냥한 감정, 여자 앞에서 몸도 마음도 스스로 사라져 버리고 싶을 정도로 감미로운 감정이었다. '그래, 정말 사라져 버려야 해!' 그는 히스테릭한 환희에 휩싸여 갑자기 이렇게 중얼거렸다.

마차가 달리기 시작한 지도 거의 1시간이 되어 가고 있었다. 그 동안 미차는 말없이 앉아 있었다. 안드레이는 본래 수다스러운 편이었으나, 역시 말을 걸기가 두렵기라도 한 듯이 한 마디도 입을 놀리지 않았다. 그는 그저 열심히, 여위기는 했으나 날쌔게 달리는 밤색 말들에게 채찍질을 하고 있을 뿐이었다.

"안드레이! 만약 그 사람들이 자고 있으면 어쩌지?"

이때 문득 이런 생각이 머리에 떠올랐다. 지금까지 이런 생각은 해보지도 않았던 것이다.

"지금쯤 주무신다고 생각하는 게 옳겠죠. 나리."

미차는 괴로운 듯이 얼굴을 찡그렸다. '정말 그렇다면 어쩌한단 말인가. 내가 이런 감정을 안고…… 달려가 보니…… 그들은 이미 잠들어 있다면. 어쩌면 그 여자도 장교와 함께 자고 있을지도 몰라.' 가슴 속에 증오의 감정이 끓어올랐다.

"좀 더 채찍질을 해, 안드레이! 좀 더 빨리! 안드레이!" 그는 정신없이 외쳤다.

"그렇지만 혹시 아직 자지 않고 있을지도 모르지요." 안드레이는 잠시 입을 다물었다가 다시 말했다. "아까 치모페이의 말로는 거기에 꽤 많은 사람들이 모여 있다고 했으니까요."

"그 역에 말인가?"

"역이 아니라 플라스투노프네 여관 말이지요. 이를테면 사설 역관이죠."

"그건 나도 알고 있어. 그런데 왜 많은 사람들이 모여 있지? 왜들 모여 있어? 도대체 어떤 이들이기에?" 뜻하지 않은 정보에 무서운 불안을 느끼며 미차는 자신도 모르게 으르렁댔다.

"치모페이의 말로는 모두 지체 높은 분들 뿐이라더군요. 그 중 두 분은 우리 읍내 사람이라던데, 누군지를 모르겠습니다. 그리고 또 딴 데서 오신 손님이 두 분……, 그 밖에도 또 누군가 있는 모양이더군요. 자세한 얘기는 듣지 못했습니다. 트럼프 놀이를 시작했다는 말을 하더군요."

"트럼프 놀이를?"

"예, 그러니까, 트럼프 놀이를 시작했다면 아직 자지 않을지도 모르지요. 이제 겨우 11시 전일 테니까요. 그보다 더 늦지는 않았을 겁니다."

"자, 빨리 몰아. 안드레이. 빨리!" 미차는 또다시 신경질적으로 외쳤다.

"그런데 나리, 한 가지 여쭤어 볼 말이 있는데요. 그건 도대체 무슨 뜻입니까?" 잠시 말이 없다가 안드레이는 다시 말을 꺼냈다. "그렇지만 제발 화는 내지 말아 주십시오."

"뭔데?"

"아까 페냐가 나리의 발밑에 꿇어 엎드려, 자기네 아씨와 누군지 또 한 사람을 죽이지 말라고 간청하지 않았습니까. ……그래서 말입니다. 나리, 제가 나리를 그 집으로 모시고 가는 것이……, 자꾸만 꺼림칙해서……, 어쩌면 제가 바보 같은 소리를 했는지도 모르겠군요."

미차는 갑자기 마부의 등부에서 그의 어깨를 움켜쥐었다.

"이봐, 자넨 마부지?" 그는 미친 듯이 물었다.

"네, 마부올시다, 나리."

"그럼, 자네도 남에게 길을 비켜 줘야 한다는 것쯤은 알고 있겠지? 나는 마부니까 누구에게도 길을 비켜 줄 수 없다. 사람이 마차에 치건 말건 상관없다고 말할 순 없겠지. 마부는 사람을 치이게 해서는 절대로 안 돼. 만일 인명에 해를 끼쳤다면 스스로 자기 자신을 벌해야 하는 거야. ……남에게 해를 끼쳤거나 남의 생명을 빼앗는 일이 있다면, 자기 스스로를 벌하고 깨끗이 사라져야 하는거야."

완전히 히스테리 같은 상태에 빠진 듯 미차의 입에서 이런 말이 터져 나왔다. 안드레이는 그의 태도를 여전히 수상쩍게는 생각하면서도 그래도 대화를 계속했다.

"옳은 말씀이십니다. 나리, 지당하신 말씀이지요. 사람을 치거나 괴롭혀서는 안 되죠. 아니, 사람뿐만 아니라 어떤 생물이건 그래서는 안 되지요. 생물은 어느 것이나 하느님께서 만드신 것이니까요. 가령 이 말을 예로 든다면 다른 말은 덮어놓고 때리기만 합니다. 우리 러시아 마부들도 마찬가지입니다. 그런 놈들은 자기를 억제할 줄 모르고 막 몰아대기만 하니까요. 그저 마구 모는거죠. 거기 비켜, 비켜 하면서요."

"지옥으로 말인가?" 미챠는 갑자기 마부의 마을 가로채더니, 자기 특유의 버릇인 폭발적이고 단속적인 웃음을 터뜨렸다. "안드레이, 자넨 참 솔직한 사람이군." 그는 또다시 마부의 어깨를 움켜잡았다. "어디 한번 말해 보게. 이 드미트리 카라마조프는 지옥으로 갈 것 같은가, 어떤가? 자네는 어떻게 생각하지?"

"저도 알 수 없습니다. 나리. 그건 나리께 달려 있지 않습니까. 왜냐하면 나리께서……. 그보다 나리 옛날에 그리스도께서 십자가에 못 박혀 돌아가시자 십자가에서 바로 지옥으로 내려가셨지요. 그리고 지옥에서 고통당하고 있는 죄 많은 사람들을 모두 풀어 주셨지요. 그러자 지옥은 앞으로 자기한테 오 죄인은 아무도 없으리라 생각하고 끙끙 신음을 하며 괴로워했다 합니다. 그때 하느님께서 지옥을 향해서 이렇게 말씀하셨다지요. - '지옥아, 슬퍼하지 말라. 이제부터 귀족이니, 고위 재판관이니, 부자니 하는 자들이 너한테 찾아와서 또다시 내가 찾아갈 때까지 이전과 마찬가지로 언제나 가득 채울 것이니까.' 이건 사실입니다. 하느님께서 바로 그렇게 말씀하셨어요."

"민간 전설이군. 훌륭한 이야기야! 이봐, 안드레이 왼쪽 말을 좀 더 때려!"

"그러니까 나리, 지옥은 그런 사람들을 위해 만들어져 있는 겁니다." 안드레이는 왼쪽 말에 채찍질을 했다. "그런데 나리께서는 순진한 어린애와 다르실 게 없어요……. 적어도 제 생각에는 그렇다는 말씀입니다. 성을 잘 내시는 건 사실이지만, 그러나 마음씨가 정직하시니까 하느님께서도 반드시 용서해 주실 겁니다."

"그럼, 안드레이. 자네는 나를 용서해 준다는건가?"

"제가 무엇을 용서해드린다는 말씀입니까. 나리. 나리께선 제게 아무것도 나쁜 짓을 하시지 않으셨는걸요."

"아니, 그게 아니라 모든 사람들을 대신해서, 모든 사람들을 대신해서 자네 혼자 지금 이 길 위에서 나를 용서해 줄 수 있느냐 말이야? 자네의 그 소박한 마음속의 말을 들려주게!"

"아아, 나리, 별 말씀을 다하십니다. 자꾸 이상한 말을 하시니 모시고 가기가 무서워졌습니다."

그러나 미챠는 마부의 말이 들리지 않았다. 그는 정신없이 기도를 드리면서 자기 혼자 열띤 어조로 기도를 중얼거리고 있었다.

"주여, 방탕의 길을 걸어온 이 무법자를 제발 받아 주십시오. 당신의 심판을 거치지 않고 통과시켜 주소서……. 제발 저를 심판하지 말아 주옵소서. 저는 제 스스로를 이미 벌하였나이다. 당신을 사랑하오니 오오 하느님, 저를 제발 심판하지 말아 주옵소서! 저는 비열한 놈이지만 당신을 사랑하고 있습니다. 저를 지옥에 보내신다 하더라도 변함없이 사랑하겠나이다. 지옥 속에서도 영원히 당신을 사랑한다고 부르짖을 겁니다. 그러니 이 세상에서의 마지막 사랑을 허락해주십시오. 당신의 그 뜨거운 태양이 떠오를 때까지 다섯 시간 만이라도 이 세상에서의 마지막 사랑을 이룰 수 있게 해 주십시오. ……저는 제 마음의 여왕을 사랑하고 있습니다. 사랑하지 않을래야 사랑하지 않을 수가 없습니다. 하느님께서는 저를 샅샅이 알고 계시지만 저는 이제부터 그 여자 앞에 몸을 던지고 이렇게 말하겠나이다. ─ '네가 내 옆을 빠져나간 것은 잘한 일이다. ……부디 잘 있거라. 너의 제물인 나를 용서하고 깨끗이 잊어라. 그리고 나에 대해선 더 이상 근심하지 말아 다오!'

"모크로예입니다!" 안드레이가 채찍으로 앞으로 가리키며 소리쳤다.

어슴푸레한 어둠 사이로 넓은 벌판에 흩어져 있는 건물들의 육중한 윤곽이 거뭇거뭇 모습을 드러내기 시작했다. 모크로예는 인구가 2천 가량의 마을이었으나, 이때는 이미 마을 전체가 잠들어 있고, 군데군데 희미한 등불이 어둠 속에서 반짝이고 있을 뿐이었다.

"자, 빨리 달려, 안드레이. 달려, 내가 왔다!" 미차는 심각한 열병을 앓는 사람처럼 소리쳤다.

"아직 다들 자지 않는군요!" 마을 입구에 있는 플라스투노프네

207

여관을 채찍으로 가리키며 안드레이가 소리쳤다. 큰길에 면한 여섯 개의 창문에는 모두 불이 환하게 새어 나오고 있었다.

"아직 자지 않는 모양이군!" 미차도 기쁜 듯이 되뇌었다. "안드레이, 방울을 울려라! 방울을 울리며 요란하게 몰고 들어가는 거야. 누가 왔는가를 모두가 알 수 있도록 말이야. 내가 왔다! 내가 왔노라!" 미차는 미친 듯이 고함을 질러댔다.

안드레이는 지칠대로 지친 말을 후려갈겨 정말로 폭음을 내다시피 하며 높다란 층계 옆으로 마차를 몰고 가 등에서 김이 무럭무럭 나는, 기진맥진한 말들의 고삐를 힘껏 잡아 당겼다. 미차는 마차에서 뛰어내렸다. 마침 이때 잠자리에 들려던 여관 주인이 도대체 누가 이런 시간에 이토록 요란스럽게 도착하는가 하고 호기심에 가득차서 밖을 내다보았다.

"거 트리폰 보리스이치 아닌가?"

주인은 허리를 구부리고 자세히 살펴보더니 부리나케 계단을 뛰어 내려와 아첨 섞인 비굴한 웃음을 지으며 손님에게 달려왔다.

"아니, 이거 드미트리 나리가 아니십니까! 당신을 다시 만나 뵙게 되다니요!" 트리폰 보리스이치는 얼굴이 투실투실 살찐 보통 키의 건강한 농군이었다. 표정이 딱딱한데다가 융통성이 전혀 없어 보였고, 특히 모크로예의 농부들에겐 그것이 더욱 심했지만, 조금이라도 자기에게 이득이 됨직한 사람에겐, 이내 아첨 섞인 비굴한 표정으로 바꾸어 버리는 재능을 지니고 있었다. 그는 언제나 러시아식 옷차림을 하고 있어서 비스듬한 옷깃의 소매 없는 농군 외투를 입고 다녔다. 돈도 꽤 모았음에도 불구하고 언제나 좀 더 벌어서 더 큰 재산을 모으려는 공상만 하고 있었다. 이 마을의 반수 이상 농민들이 그의 손아귀에 걸려들어 빚을 지고 허덕이고 있었다. 그는 지주들에게 많은 땅을 사들여 한평생 갚을 길 없는 빚 대신 그 땅을 농부들에게 경작시키고 있었다.

그는 홀아비로 다 자란 딸이 넷이나 있었다. 그 중 하나는 과부가 되어 그의 외손자가 되는 아이 둘을 데리고 아버지의 집에 살며 마치 고용살이나 하듯이 일하고 있었다. 둘째 딸은 시골티가 철철 흐르는 여자로, 이제 거의 연금을 탈 정도로 근무한 하급관리한테 시집을 갔다. 이 여관의 한 방에 걸려 있는 몇 장의 조그만 가족사진 중에서는 견장이 달린 제복을 입은 그 관리의 사진도 볼 수 있었다. 밑의 두 딸은 교회의 축제일이나 남의 집에 나들이를 갈 때는, 몸에 착 달라붙고 두 자가 넘는 깃이 달린 최신 유행의 하늘빛 또는 초록빛 옷을 입곤 했다. 하지만 그 다음 날이면 또 언제나처럼 날이 밝기가 무섭게 일어나서는 자작나무 빗자루로 객실을 청소하고 구정물을 내다 버리고, 숙박한 손님이 떠난 후에 쓰레기를 치우기도 했다.

이미 몇 천 루블이나 되는 거금을 모아 놓고 있음에도 트리폰 보리스이치는 여관에 드는 유흥객의 호주머니를 터는 것을 무척 좋아했다. 아직 채 한 달도 안 되었을 때, 미차가 그루센카와 한바탕 놀아났을 때 불과 24시간 사이에 미차에게 3백 루블은 안 되더라도 적어도 2백 루블 이상의 돈을 우려먹은 기억이 아직도 그에게

209

생생히 남아 있었다. 그래서 지금도 미차가 요란하게 현관 앞으로 마차를 몰고 들어오는 것을 보자마자 또 돈 냄새를 맡고 기뻐 날뛰며 황급히 맞아들였던 것이다.

"드미트리 나리, 당신을 또 이렇게 뵙게 되다니."

"잠깐만, 트리폰." 미차가 입을 열었다. "우선 가장 중요한 것부터 묻겠다. 그 여자는 어디 있지?"

"아그레페나 씨 말씀입니까?" 여관 주인은 날카로운 눈으로 미차를 쳐다보고 곧 모든 사정을 알아차렸다. "네, 그 분도 여기 와 계십니다만……."

"누구하고? 누구하고 와 있어?"

"딴 고장 손님들인데요. 한 분은 관리처럼 보이는데 말씨를 들으니 폴란드 사람 같더군요. 그 분이 아그페나 씨를 모셔오라고 사람을 보냈지요. 그리고 한 분은 그 관리의 친구인지 그냥 동행인지는 잘 모르겠습니다만, 두 분 다 평복을 입고 있었습니다."

"그래, 다들 한바탕 파티를 벌이고들 있나? 돈은 있던가?"

"파티를 벌이는 게 뭡니까? 형편없어요. 드미트리 나리."

"형편없다고? 그럼, 다른 사람들은?"

"읍내 손님이 두 분 오셨지요. 효르느이에서 돌아오는 길에 여기 묵으신 분들입니다. 한 분은 아주 젊은 양반인데, 성함은 잊었습니다만, 아마 미우소프 씨의 친척이라지요. 그리고 또 한 분은 당신도 아시리라 생각합니다만, 막시모프라는 지주입니다. 순례를 위해 읍내에 있는 수도원에 들렀다가 거기서 미우소프 씨의 친척 되는 젊은 양반을 만나서 함께 여행을 하고 있다고 하더군요.

"그게 전부인가?"

"그렇습니다."

"그럼 됐어. 더 할 말도 없어. 트리폰. 이번엔 정말 가장 중요한 걸 묻겠는데, 그 여자는 어디에 있지? 지금 뭘 하고 있나?"

"예, 아까 도착하셔서 그 분들과 함께 계십니다."

"어때, 즐거워 보이던가? 웃고 있나?"

"아닙니다, 별로 웃으시는 것 같지 않더군요. 아니, 오히려 따분해하시는 것 같아요. 젊은 양반의 머리를 빗겨 주고 계셨습니다."

"그 폴란드인 장교를?"

"그 사람은 젊다고는 할 수 없지요. 게다가 장교도 아니고요. 나리, 그 분이 아니라 미우소프 씨의 조카뻘 되는 그 젊은 양반……이름을 잊어먹어서."

"칼가노프라고 하지 않던가."

"아 참, 맞습니다. 칼가노픕니다."

"좋아. 이젠 내가 직접 확인할 테다. 트럼프 놀이를 하고있나?"

"하다가 그만두었습니다. 차도 마시고, 그 관리 양반이 술을 주문하셨습니다."

"됐어! 트리폰. 내가 직접 가 볼 테니까. 그리고 또 하나 아주 중요한 걸 묻겠는데, 집시들을 구할 수 없나?"

"요즘은 집시라곤 통 보지 못했습니다. 당국에서 모두 쫓아 버렸기 때문이죠. 하지만 유대인들이 있는데, 심벌즈를 치고 바이올

린도 켜지요. 그 자들은 로제스트벤스카야 마을에 있으니까 지금이라도 당장 불러올 수 있습니다."

"불러오게, 꼭 불러오란 말이야." 미챠는 외쳤다. "그리고 그때처럼 처녀들도 다 불러오도록 해. 특히 마리아를 잊어선 안 돼. 스체파니다와 아리나도 합창을 해주는 대가로 2백 루블을 내겠네."

"그만한 돈이라면 마을 사람들을 모두 불러오겠습니다. 지금 모두 자고 있긴 하겠지만요. 그런데 나리, 이 마을 촌놈들이나 처녀들에게 그렇게 선심을 쓸 필요가 있을까요? 그런 비천한 사람들에게 그렇게 많은 돈을 뿌리시다니! 글쎄 촌놈들이 시가를 피우다니 말이 됩니까. 그건 너무 하시는 일입니다. 옆에 가면 역한 냄새만 풍기는 놈들이니 말예요. 그리고 처녀애들은 하나같이 모두 이가 들끓고 있습니다. 그보다도 나리를 위해 제 딸년들을 깨워서 공짜로 서비스해 드리겠습니다. 그렇게 많은 돈을 받고 싶은 생각도 조금도 없습니다. 방금 잠자리에 들었으니까 제가 발로 등을 걷어차서 깨우겠습니다. 그리고 나리를 위해서 노래를 부르게 하겠습니다. 요전에도 나리께서 농부들에게 샴페인을 마시라고 내주셨지요. 나 참!"

트리폰이 마치 미챠를 애석히 여기는 것 같지만 그것은 어디까지나 겉치레에 지나지 않았다. 그때 그는 샴페인을 반 상자나 감췄고, 또 테이블 밑에서 주운 1백 루블 지폐 한 장도 그대로 먹어치우고 말았던 것이다.

"트리폰, 그때 내가 여기서 뿌린 돈은 1천 루블 정도뿐은 아니었겠지, 자네 기억하나?"

"암, 그렇고말고요. 나리. 어찌 그런 걸 잊을 수 있겠습니다. 아마 이 마을에 3천 루블을 뿌리고 가셨을 겁니다."

"좋아, 이번에도 그때처럼 한 판 벌이러 온 거야. 이게 보이나?"

이렇게 말하고 그는 지폐 뭉치를 꺼내서 주인의 코끝에 내밀어 보였다.

"그럼, 잘 듣고 똑똑히 따라하게. 이제 한 시간 후면 술이 올 거야. 술안주, 파이, 과자도 오구. 그건 모두 2층으로 보내 주게. 지금 안드레이가 갖고 온 저 상자도 위로 가지고 가서 뚜껑을 여는 거야. 그리고 곧 샴페인을 내오도록……. 그러나 제일 중요한 건 계집애들이야. 특히 마리아를 잊지 말도록 해."

그는 마차 쪽으로 돌아서서, 좌석 밑에서 권총이 든 상자를 끄집어냈다.

"자, 계산을 해야지. 안드레이! 이건 15루블. 마차 삯이고 또 15루블은 술값이다. 자네가 나한테 잘 해주고 마음에 들어서 주는 거니까. 카라마조프를 잊지 말아 주게!"

"나리, 이러시면 곤란합니다." 안드레이는 말을 더듬었다. "마차 삯은 5루블로도 충분합니다. 더 이상은 받지 않겠습니다. 트리폰 씨가 증인입니다. 제발 제가 한 실없는 소리는 용서해 주시기 바랍니다."

"뭐가 곤란하다는 거지?" 미차는 마부를 아래위로 노려보면서 말했다. "정 그렇다면 마음대로 하게!" 그는 5루블을 집어던지며 말했다. "자, 그럼 트리폰, 이제부터 나를 조용히 안내해서 그 사람들을 볼 수 있는 곳으로 안내해 주게. 그들은 어디에 있나? 그 하늘색 방인가?"

트리폰은 꺼림칙한 눈으로 미차를 바라보았으나, 곧 순순히 시키는 대로 실행했다. 그는 미차를 안내하여 조심스럽게 현관을 지나, 지금 손님들이 앉아 있는 방과 접해 있는 큰 방으로 들어가서 촛불을 들고 나왔다. 그리고는 다시 미차를 살그머니 그 방으로 데리고 들어가서 캄캄한 구석에다 세웠다. 거기서 미차는 저쪽 사람들은 모르게 그들을 관찰할 수 있었다. 그러나 미차는 오래 보고 있을 수가 없었다. 게다가 찬찬히 관찰한다는 것은 어림도 없는 일이었다. 그루센카의 모습을 보자마자 가슴이 세차게 고동치고 눈앞이 뿌옇게 흐려지는 것이었다.

그루센카는 탁자 옆 안락의자에 앉아 있었다. 그녀와 나란히 얼굴이 잘생긴 청년 칼가노프가 앉아 있었다. 그루센카는 그 청년의 손을 잡고 웃고 있는 것 같았으나, 그는 여자 쪽엔 눈도 주지 않고 테이블을 사이에 두고 그루센카와 마주앉아 있는 막시모프를 향해 화난 얼굴로 뭐라고 큰소리로 떠들고 있었다. 막시모프는 뭐가 우스운지 껄껄거리며 웃고 있었다. 소파에는 바로 '그 남자'가 앉아 있고, 그 옆의 벽 쪽에 놓인 의자에는 또 다른 낯선 사내가 앉아 있었다. 소파에 몸을 쭉 펴고 앉아 있는 그 자는 파이프를 입에 물고 있었다. '저 뚱뚱하게 살이 찐 얼굴이 넓적한 사내는 키가 크지 않을 듯한데 왜 그런지 뭔가 못마땅한 표정이군.' 그 순간 미차에겐 이런 생각이 머리에 떠올랐다. 그리고 그의 친구처럼 보이는 또 한 사람의 낯선 사내는 매우 키가 큰 것처럼 생각되었다. 그러나 그 이상은 아무것도 알아낼 수 없었다. 그는 권총 상자를 서랍장 위에 올려놓은 다음, 심장이 얼어붙는 기분을 느끼면서 사람들이 이야기하고 있는 방으로 걸음을 내디뎠다.

"어머나!" 미차를 맨 처음 알아본 그루셴카가 깜짝 놀라 소리 질렀다.

7. 틀림없는 옛 애인

미차는 자기 특유의 걸음으로 성큼성큼 탁자 쪽으로 걸어갔다.
"여러분," 그는 거의 외치는 듯한 큰 소리로 말을 시작했으나 말
을 더듬기 시작했다. "나는……, 나는……, 아무것도 아닙니다! 아
무것도 아니에요." 그는 갑자기 그루센카 쪽으로 몸을 돌렸다. 그
녀는 안락의자에 앉은 채 칼가노프에게 몸을 피하고 그의 팔을 꼭
붙잡고 있었다. "나는…… 여행 중입니다. 아침까지 머무르려고
들른 겁니다. 여러분, 길가는 나그네를…… 여러분과 함께 있게 해
주시면 안 될까요? 아침까지면 됩니다. 마지막 추억으로 바로 이
방에서 함께 시간을 보내도록 해주십시오."

그는 파이프를 물고 소파에 앉아 있는 뚱뚱한 사내 쪽으로 몸을
돌리며 이렇게 말을 마쳤다. 뚱뚱한 사내는 입에서 거만하게 파이

프를 떼며 엄숙한 어조로 말했다.

"파네(폴란드 어로 신사라는 뜻), 여기는 우리가 빌린 방입니다. 이곳 말고도 빈 방이 얼마든지 있을 텐데요."

"아니, 이거 드미트리 씨 아니십니까? 어떻게 이런 곳에 다?" 갑자기 칼가노프가 이렇게 소리 질렀다. "자, 함께 앉읍시다. 잘 오셨습니다."

"안녕하시오. 당신은 참 친절하시군요. 정말 고맙습니다. 나는 늘 당신을 존경해 왔습니다……." 미차는 식탁 너머로 악수를 청하며 기쁜 듯이 대답했다.

"아이쿠, 이렇게 꽉 쥐시다니 손가락이 부러지겠군요!" 하고 칼가노프는 웃었다.

"저분은 언제나 그런 식으로 악수한다니까요." 그루센카는 아직도 다소 겁먹은 듯한 미소를 지으면서 명랑한 어조로 말했다. 그녀는 미차의 안색으로 보다 그가 난폭한 짓은 하지 않을 것 같다는 확신을 얻기는 했지만, 그래도 여전히 불안을 느끼면서도 강한 호기심을 느끼면서 그의 모습을 관찰하고 있었다. 미차가 이런 시간에 들이닥쳐 이런 식으로 말을 걸어오리라고는 도저히 예상하지 못했기 때문이다.

"안녕하시오?" 지주 막시모프가 왼쪽에서 은근한 목소리로 인사말을 걸어왔다. 미차도 그에게 달려가 인사를 했다.

"안녕하시오, 당신도 여기 계셨군요. 이런 데서 만나다니, 정말 반갑습니다. 그런데, 여러분, 나는……." 미차는 다시 파이프를 입에 문 폴란드 신사 쪽으로 몸을 돌렸다. 아마 그를 이 자리의 주인공을 생각한 모양이었다. "나는 지금 막 이리로 달려왔습니다. ……나의 마지막 날, 마지막 시간을 이 방에서 보내고 싶습니다. 그렇습니다. 바로 이 방……. 내가 전에 나의 여왕을 숭배한 적이 있는 바로 이 방 말입니다! 용서하십시오, 파네!" 그는 열광적으로 외쳤다. "나는 이리로 달려오면서 나 자신에게 맹세를 했습니다. ……오오, 제발 두려워하지 마십시오. 이것이 나의 마지막 밤입니다! 파네, 우리 사이좋게 건배나 합시다! 이제 곧 술을 날라 올 겁니다. 내가 다 가져왔습니다." 그는 갑자기 무엇 때문인지 지폐 뭉치를 꺼내보였다. "용서하십시오, 파네! 나는 음악에 젖고 싶습니다. 전번처럼 한바탕 노래와 술의 향연을 벌이고 싶습니다. ……하지만 곧 한 마리의 벌레가, 아무 쓸데없는 이 벌레가 얼마 동안 땅바닥을 기어 다니겠지만 곧 사라지고 말 겁니다! 나는 나 자신을 이 기쁨의 날에 바치고 싶습니다."

그는 거의 숨이 막힐 지경이었다. 하고 싶은 말은 아직도 많았지만, 입에서 튀어나오는 것은 괴상한 절규뿐이었다. 폴란드 신사는 꼼짝도 않고 미차의 얼굴과 지폐 뭉치를 번갈아 보다가 그 눈을 그루센카 쪽으로 옮겼다. 그 눈에는 의혹의 빛이 나타나있었다.

"만약 나의 크룰레바(폴란드어 발음으로 여왕이라는 뜻)가 허락만 해주신다면……." 하고 그는 입을 열었다.

"크룰레바란 뭐죠? 여왕이란 뜻인가요?" 갑자기 그루센카가 말을 가로챘다. "당신들의 말을 듣고 있자니 우스워서 못 견디겠군

218

요. 자, 앉으세요. 무슨 말을 그렇게 하세요. 제발, 우리를 위협하는 말은 하지 마세요. 설마 우리를 놀라게 하지는 않겠죠. 그렇다고 약속하시면 나도 당신을 환영하겠어요."

"아니! 내가 위협한다구요?" 미챠는 두 손을 높이 들고 소리쳤다. "천만에요. 나 같은 건 상관하지 말고 그냥 옆으로 지나가 주십시오! 절대 방해는 안 할 테니까!" 그는 털썩 의자에 몸을 던지더니 반대쪽 벽으로 몸을 돌리고는 의자 등을 두 팔로 꼭 껴안으며 울음을 터뜨렸다. 그것은 방안에 있는 다른 사람들에게는 물론이고 그 자신에게도 전혀 뜻밖의 일이었다.

"저런, 또 시작이군요! 당신도 참!" 그루셴카가 나무라는 어조로 소리쳤다. "우리 집에 올 때는 언제나 저랬답니다. 갑자기 무슨 말을 지껄여대지만 전혀 알아들을 수가 없다니까요. 전에도 한 번 울음을 터뜨렸으니까 이번이 두 번째군요. 아아, 이게 무슨 창피에요! 도대체 무엇 때문에 우시는 거죠? 무슨 까닭이 있다면 몰라도."

"나는…… 나는…… 울고 있는 게 아니오. 자, 여러분!" 그는 잽싸게 의자에서 돌아앉으며 별안간 웃음을 터뜨렸다. 그러나 그것은 예전과 같이 단속적이고 투박스런 웃음이 아니라, 신경질적으로 떨리는, 뭔가 듣기에 거북한 웃음이었다.

"자, 그럼…… 다시 명랑해지세요. 명랑해지셔야죠!" 그루셴카는 그를 달래듯 말했다. "당신이 와 주셔서 난 정말 기뻐요. 미챠, 당신이 와서 기쁘다구요. 나는 이 분도 우리와 자리를 함께 했으면 좋겠어요." 그녀는 일동을 향해 명령조로 이렇게 말했으나, 사실은 소파에 앉아 있는 사내에게 들으라고 한 말 같았다. "꼭 그렇게 해주세요! 부탁이에요! 만일 이 분이 가 버리시면 나도 가버리겠어요. 아시겠죠." 그루셴카는 눈을 반짝이며 이렇게 덧붙였다.

"우리 여왕께서 하시는 말씀은 곧 법률이니까요!" 폴란드 신사는 공손한 태도로 그루셴카의 손에 키스를 했다. "제발 함께 자리를 해주시기 바랍니다." 그는 미차를 향해 상냥하게 말했다. 미차는 다시 뭐라고 장광설을 늘어놓으려는 듯 벌떡 몸을 일으켰으나, 실제는 그것이 아니었다.

"자, 여러분, 그럼 모두 같이 건배합시다." 연설 대신에 그는 이렇게 외쳤다. 모두들 웃음을 터뜨렸다.

"아아, 나는 또 이 사람이 한바탕 지껄여대려는 줄 알았어요." 그루셴카가 신경질적으로 말했다. "이봐요! 미차!" 그녀는 설득조로 덧붙였다. "이제 다시 공연히 벌떡 일어나거나 하진 마세요. 하지만 샴페인을 가지고 오신 건 정말 잘했어요! 나도 마시겠어요. 정말이지. 과실주 같은 건 정말 진절머리가 나요. 그보다도 당신이 오신게 얼마나 기쁜지 몰라요. 정말이지 따분해서 죽을 지경이었거든요. 당신은 또 돈을 뿌리려고 오신 모양이군요. 하지만 그 돈은 호주머니에 넣어두세요. 대체 어디서 그렇게 많은 돈을 구하셨죠?"

미차의 손에 여전히 움켜쥐어져 있는 지폐 뭉치는 모든 사람들로부터 큰 관심을 끌고 있었으나, 특히 두 폴란드 신사에게는 그 작용이 심했다. 미차는 당황한 표정으로 그것을 재빨리 주머니에 집어넣고 얼굴을 확 붉혔다. 바로 이때 여관 주인이 마개를 딴 샴페인 한 병과 유리컵을 쟁반에 받쳐 들고 들어섰다. 미차는 병으로 손을 가져가긴 했으나 너무나 당황한 나머지 그것을 어떻게 처리해야 좋을지 모르는 것 같았다. 그러자 칼가노프가 병을 빼앗아 미차 대신 술을 따랐다.

"한 병 더, 한 병 더 가져와!" 미차는 여관 주인에게 소리쳤다. 그리고는 조금 전에 그토록 진지하게 정다운 건배를 나누자고 제안했던 폴란드 신사와 잔을 부딪치는 것도 잊고 다른 사람들이 미처 잔을 들기도 전에 혼자만 훌쩍 마셔 버리고 말았다. 그러자 별안간 그의 얼굴이 돌변했다. 방에 들어올 때의 그 엄숙하고 비극적인 표정은 사라지고 대신 이상하게 어린애 같은 표정이 떠올랐다. 그는 갑자기 기운이 꺾이고 유순해진 것 같았다. 잘못을 저질러서 벌을 받았던 강아지가 용서를 받았을 때처럼 조심스러우면서도 감지덕지하는 표정으로, 줄곧 신경지적인 웃음소리를 내면서 겁먹은 것 같으나 기쁜 얼굴로 일동을 바라보고 있었다. 모든 것을 다 잊은 사람처럼 어린애 같은 미소를 머금은 채 환희의 빛을 띠고 일동을 둘러보는 것이었다.

그는 줄곧 웃음을 띠고 그루센카를 바라보고 있었다. 그러다 자기 의자를 그녀의 안락의자에 딱 붙였다. 아직도 그 정체를 파악할 수는 없었으나, 두 폴란드 신사들도 점차 윤곽이 드러나기 시작했다. 소파에 앉아 있는 폴란드 신사의 그 당당한 태도와 폴란드 사투리, 그리고 그가 입에 물고 있는 파이프는 미차를 놀라게 했다. '저건 도대체 무슨 뜻일까? 파이프를 피우는 폼이 꽤 멋있긴 하군'

미차는 생각했다. 다소 피부가 늘어진, 40대 안팎으로 보이는 이 신사의 얼굴도, 지독히 조그마한 코, 그 밑으로 보이는 가느다랗고 뾰족한, 염색한 것 같은 거만스런 콧수염도 아직은 미차의 마음에 어떤 의혹도 불러일으키지 않았다. 몰골사납게 관자놀이 앞으로 빗어 넘긴 시베리아제 신사 가발도 별로 미차를 놀라게 하지는 않았다. '가발을 쓰고 있는 걸 보니 그럴 필요가 있는가 보군.' 미차는 행복한 기분으로 관찰을 지속했다.

또 한 사람, 벽 밑에 앉아 있는 폴란드 신사는 소파에 앉은 신사보다 훨씬 젊었지만, 그는 도전적이고 불손한 태도로 좌중을 둘러보며, 말없이 멸시하는 표정으로 사람들의 대화를 듣고 있었다. 이 사내 역시 미차를 놀라게 했지만, 그것은 그가 소파에 앉아 있는 신사와는 어울리지 않을 만큼 엄청나게 키가 크다는 것뿐이었다. '저 친구가 일어서면 아마 키가 2미터는 되겠군.'하는 생각이 머릿속을 스치고 지나갔다. 그리도 또한 이런 생각도 들었다. - 저 키 큰 신사는 소파에 앉아 있는 신사의 친구인 동시에 호위병이기도 하기 때문에 파이프를 입에 문 작달만한 신사의 명령대로 움직일 것이다. 이러한 모든 것이 미차에게는 논의할 여지없이 당연한 일로만 생각되었다. 모든 경쟁심이 마음속에서 위축되어 사라지고 만 것이다. 그루센카의 태도에서도, 그녀가 말한 두서너 마디의 수수께끼 같은 어조에서도 그는 아직 아무것도 눈치채지 못하고 있었다. 그저 그녀가 자기에게 친절히 대해주고, 자기를 용서하여 곁에 앉혀 주었다는 것을 떨리는 마음으로 감사할 뿐이었다.

그는 그루센카가 컵의 술을 마셔 버리는 것을 보자 너무나도 기뻐서 자신을 잊었을 정도였다. 그러나 갑작스런 좌중의 침묵이 그를 당황하게 했다. 그는 무언가 기대하는 듯한 눈으로 일동을 둘러보았다. '그런데 왜 우린 이렇게 멍청히 앉아만 있는 겁니까. 도대체 왜 여러분은 아무것도 시작하지 않는 겁니까?' 웃음을 띤 눈은 이렇게 묻는 것 같았다.

"이 사람이 자꾸만 엉뚱한 소리를 하고 있어서 우린 아까부터 웃고만 있었습니다." 칼가노프가 심중을 알아챘는지 막시모프를 가리키며 사정을 설명하기 시작했다.

미차는 칼가노프를 뚫어지게 쳐다보다가 곧 막시모프 쪽으로 시선을 돌렸다.

"엉뚱한 소리라구요?" 그는 무엇이 우스운지 갑자기 토막토막 끊어지는 것 같은 웃음을 터뜨렸다. "하, 하!"

"글쎄 말입니다. 이 사람은 20년대의 러시아 기병 장교가 모두 폴란드 여자한테 장가들었다고 하지 뭡니까? 그건 터무니없는 소리예요. 안 그래요?"

칼가노프는 그루센카에 대한 미차의 관계를 잘 알고 있었고 폴란드 신사에 대해서도 짐작을 하고 있었지만, 그러한 일에는 별로 관심이 없었다. 아니, 어쩌면 조금도 관심이 없었는지도 모른다. 무엇보다 그의 흥미를 끈 것은 막시모프였다. 그는 우연히 막시모프와 함께 이 여관에 들게 되어 여기서 처음 생면부지의 두 폴란드인을 만나게 된 것이다. 그러나 그루센카는 전부터 알고 있었고,

언젠가 한번 누군가와 그녀의 집에 가 본 적도 있었다. 그때 그녀는 칼가노프가 마음에 들지 않았었지만, 여기서는 무척 상냥한 눈초리로 그를 바라보고 있었다. 미차가 오기 전까지는 거의 정답게 그를 쓰다듬어 주기까지 했지만, 본인은 정작 왜 그런지 그것에 대해 무관심한 듯 보였다.

칼가노프는 아직 스무 살 미만의 청년으로, 옷을 말쑥하게 입었으며, 아주 귀엽게 생긴 하얀 얼굴에 아름다운 금발이 탐스럽게 물결치고 있었다. 그의 하얀 눈에는 아름다운 하늘빛 눈이, 슬기롭고, 이따금 나이에 어울리지 않게 깊은 표정을 띠며 반짝이고 있었다. 그러나 그는 가끔 어린애처럼 말을 하고 어린애 같은 표정을 짓기도 했는데, 그것을 스스로 자각하고 있으면서도 부끄럽게 여기지는 않았다. 그는 늘 상냥한 편이었지만, 대체로 매우 독특하여 변덕스럽기까지 했다. 이따금 그의 표정 속에는 무언가 확고하고도 집요한 것이 나타날 때가 있었다. 즉 상대방의 얼굴을 바라보거나 말을 듣고 있을 때에도 마음속으로는 집요하게 자기 자신만의 공상에만 몰두하는 것같이 보였다. 축 늘어진 맥 빠진 상태에 있다가도 아주 사소한 원인으로 해서 갑자기 흥분하는 것이었다.

"아시겠습니까. 나는 벌써 나흘째나 저 사람을 데리고 다닌단 말입니다." 그는 말을 이었다. 다소 말꼬리를 끄는 듯이 말했지만, 그때도 거드름을 피우는 기색이 없는 자연스러운 어조였다. "기억하시겠죠, 당신 동생이 저 사람을 마차에서 떠밀어 버린 때부터입니다. 그때부터 나는 저 사람에게 흥미를 느껴, 그를 시골로 데려갔지요. 그랬더니 노상 허튼소리만 지껄여대는 통에 이젠 함께 있는 것이 부끄러워 지금 데리고 돌아오는 길이지요."

"당신은 폴란드 여성을 본 일이 없기 때문에 그런 뚱딴지같은 소리를 하는 거요." 파이프를 문 폴란드 신사가 막시모프에게 말했다.

파이프를 문 신사는 러시아어가 제법 유창했다. 적어도 생각했던 것보다는 훨씬 능숙했다. 다만 그는 러시아 말을 할 때도 폴란드식 억양으로 발음하고 있었다.

"천만에요. 나 자신도 폴란드 여자와 결혼한 경험이 있는걸요." 막시모프는 이렇게 대답하고 킬킬 웃어댔다.

"그럼, 당신은 기병대에 근무한 일이 있단 말입니까? 지금 당신은 기병대 이야기를 하고 있었지요. 당신은 정말 기병장교였단 말입니까?" 칼가노프가 곧 참견을 했다.

"하긴 그러시겠죠. 하지만 이 사람이 기병 장교라니? 하하!" 하고 미차가 외쳤다. 그는 열심히 귀를 기울이면서 누가 입을 열기만 하면 재빨리 호기심 어린 눈을 그쪽으로 돌리곤 했는데, 그러면서도 상대방이 무슨 얘기를 기대하고 있는 건지 자신도 전혀 모르고 있는 것 같은 표정이었다.

"아니, 그게 아니라 말입니다." 막시모프는 미차 쪽으로 몸을 돌리며 말했다. "내 말은 그게 아닙니다. 그곳 아가씨들은…… 아주 멋지기는 합니다……."

"아니, 그런 말이 아니라니까요." 막시모프는 미차를 돌아보면서 말했다.

"우리 러시아 경기병들과 마주르카를 추곤 하는데……, 마주르
카 한 곡이 끝나기만 하면 흰 고양이처럼 냉큼 남자 무릎에 올라
앉는단 말입니다. 그러면 아버지와 어머니도 그것을 보고 허락을
해주는 겁니다. 그래서 경기병은 다음날 그 집을 찾아가 청혼을 하
는 거지요. 바로 이런 식으로 청혼을 하는 겁니다." 막시모프는 말
을 마치고 또 킬킬거리며 웃어댔다.

"그런, 엉터리가 어디 있담!" 의자에 앉아 있던 키다리 신사가
이렇게 중얼거리며 무릎에 얹었던 다리의 위치를 바꾸었다. 이때
미차의 눈에 비친 것은 두껍고 더러운 밑창이 달린, 구두약을 듬뿍
칠한 구두뿐이었다. 이 두 폴란드 신사의 옷차림은 대체로 지저분
했다.

"어머나, 엉터리라뇨! 왜 그렇게 함부로 말하시나요?" 그루센카
가 발끈 성을 냈다.

"아그리피나 씨, 저 사람이 본 건 폴란드의 시골뜨기 처녀이지
귀족집 아가씨들은 아닙니다." 파이프를 문 폴란드인이 그루센카
에게 주의시키듯 말했다.

"아마 그 정도가 고작일 테지!" 의자에 앉은 키다리 신사가 멸시
하는 어조로 이렇게 내뱉었다.

"또, 저런 소릴! 저 분의 말을 들어보세요. 남 이야기를 왜 방해
하는 거죠. 난 저 분들의 이야기가 재미있어요." 그루센카는 그에
게 대들었다.

"아가씨, 난 방해하는 게 아닙니다." 가발을 쓴 신사는 그루센카의 얼굴을 응시하며 거만한 태도로 말하고는 침묵을 지키면서 다시 파이프를 피우기 시작했다.

"맞습니다. 맞아요, 이 폴란드 양반의 말이 맞습니다." 칼가노프는 그것이 무슨 중요한 문제나 되는 듯이 또다시 흥분했다. "이 사람은 폴란드에 가본 적도 없는데 어떻게 폴란드 이야기를 왈가왈부할 수 있겠습니까. 이것 봐요. 당신은 폴란드에서 결혼한 것은 아니죠, 그렇죠?"

"그래요. 스몰렌스크 현에서 했지요. 그렇지만 내가 결혼하기 전에 어떤 경기병이 내 아내 될 사람과 그 어머니, 아주머니, 그리고 다 큰 아들이 있는 친척뻘 되는 여자를 러시아로 데려왔습니다. 폴란드에서 말입니다. 그 여자를 나한테 양보한 거죠. 아주 훌륭한 청년이었는데, 처음엔 자기가 결혼할 작정이었지만 그 여자가 절름발이라는 걸 알고 결혼을 단념한 겁니다."

"그럼, 당신은 절름발이와 결혼을 했다는 건가요?" 칼가노프가 소리쳤다.

"예, 그렇습니다. 그때 그 두 사람은 서로 작당을 해서 그 사실을 나한테 숨겼거든요. 난 처음 얼마 동안은 그 여자가 깡충깡충 뛰고 있다고 생각했어요. 줄곧 깡충깡충 뛰고 있어서 즐거워서 그러는 줄 알았어요."

"당신과 결혼하는 게 기뻐서 말입니까?" 칼가노프는 어린애 같은 음성으로 소리쳤다.

"예, 기뻐서 그러는 줄 알았다니까요. 그런데 그것이 전혀 다른 원인 때문이라는 걸 알게 되었지요. 나중에 우리가 결혼했을 때, 결혼식을 올린 그날 밤에 죄다 고백을 하더군요. 제발 용서해 달라고 애원하더란 말입니다. 어릴 때 물웅덩이를 뛰어넘다가 자리를 다친 게 원인이라는 겁니다. 히, 히!"

칼가노프는 갑자기 어린애 같은 목소리로 깔깔거리면서 소파에 쓰러지기라도 할 듯 웃었다. 그루센카도 요란하게 웃음을 터뜨렸다. 미차는 행복의 절정에 달해 있었다.

"여러분, 이 사람이 하는 말은 진실입니다. 지금 이 말은 절대로 거짓이 아니에요." 미차를 돌아다보며 칼가노프가 소리쳤다. "그런데 이 사람은 두 번 결혼했답니다. 지금 얘기는 첫 번째 부인 이야기예요. 그런데 두 번째 부인은 그만 도망쳐 버렸는데, 아직도 건재하다 그 말씀입니다. 당신도 그걸 아십니까?"

"설마 그럴 리가!" 미차는 남달리 놀란 빛을 띠며 막시모프를 돌아보았다.

"네, 도망쳐 버렸지요. 나는 그런 불쾌한 경험을 가지고 있답니다." 막시모프는 겸허히 그 사실을 시인했다. "어떤 프랑스 신사와 함께 말입니다. 그런데 문제는 어느새 감쪽같이 내 소유의 조그만 마을 하나로 자기 명의로 바꿔버린 겁니다. 그러고는 한다는 말이 당신은 교육을 받은 분이니까 먹고사는 것쯤은 문제가 아니라는 것이었습니다. 그렇게 해 놓고는 줄행랑을 쳐 버렸답니다. 언젠가 존경하는 주교님께서 나한테 이렇게 말씀하시더군요. '자네 첫 번째 부인은 절름발이였지만, 두 번째 부인은 발이 너무 가벼워서 탈이로군.' 히, 히!"

"제 말 좀 들어보세요. 좀 들어보세요!" 칼가노프는 열이 나서 말했다. "만일 이 사람이 거짓말을 하고 있다면 - 하긴 곧잘 하곤 하지만 - 그건 단지 사람들을 즐겁게 해주기 위해서랍니다. 그걸 나쁘다고만 할 수는 없지 않겠습니까. 나도 때로는 이 사람이 좋아질 때가 있어요. 무척 비굴하긴 하지만 그 비굴함이 아주 자연스럽단 말입니다. 안 그렇습니까? 제 말에 동의하십니까? 어떤 사람은 자기의 이득을 위해 비굴한 짓을 하지만 이 사람은 그렇지 않아요. 본디 그런 성격을 타고 났기 때문이지요. 그러면 한 가지 예를 들어 볼까요. 어제 오는 길에 한 얘기지만, 이 사람은 고골리의「죽은 혼」이란 소설에 자기를 모델로 한 대목이 있다고 우기는 겁니다. 그 작품 속에 막시모프라는 지주가 나오지 않습니까. 그 사람을 노즈드료프가 흠씬 때렸기 때문에 재판에 회부되는 그 상대 말입니다. '술에 취해 지주 막시모프에게 채찍을 휘둘러 개인적인 모욕을 가한 죄'였지요. 그런데 말씀입니다. 이 사람은 그게 바로 자기이며, 정말 매를 맞았다고 우기는 겁니다! 이게 도대체 가능한 이야기입니까? 치치코프(「죽은 혼」의 주인공)가 여행을 한 것은 아무리 늦게 잡아도 20년대 초반이니까, 도저히 연대가 맞지 않는단 말이에요. 그때 어떻게 저 사람이 매를 맞을 수 있겠습니까? 그렇지 않습니까?"

갈가노프가 무엇 때문에 이렇게 열을 올리는지 짐작하기는 어려웠지만 그는 진짜로 흥분하고 있었다. 미차도 흥미를 느끼며 칼가노프를 따라서 흥분했다.

"하지만 저 사람이 정말로 매를 맞은 것이라면." 미차는 큰소리로 웃으며 외쳤다.

"채찍으로 맞았다는 건 아니지만, 그래도 좀……."

"그래도 좀이라는 건 또 뭡니까? 얻어맞은 거요, 아닌 거요?"

"Krura godzina, pane(지금 몇 시나 됐소)?" 파이프를 문 신사가 지루한 표정으로 의자에 앉아 있는 키다리 신사에게 물었다. 키다리 신사는 대답 대신 어깨를 살짝 흠칫했다. 두 사람 다 시계를 가지고 있지 않았던 것이었다.

"왜 말을 하지 말라는 건가요? 다른 사람들에게도 말할 기회를 주어야죠. 자기가 지루하다고 해서 다른 사람들까지 말하지 말라는 법이 어디 있어요?" 일부러 대들기라도 하듯이 그루센카가 쏘아붙였다. 이때야 비로소 미차의 마음속에 무슨 생각이 퍼뜩 스치는 것 같았다. 이번에는 폴란드 신사도 노골적으로 짜증을 내며 대꾸했다.

"Pani, ya nirs ne muven proriv, nene povedzyalem(나는 반대하는 게 아니요. 나는 아무 말도 하지 않았소)."

"그럼, 좋아요. 자, 어서 얘길 계속하세요." 그루센카는 막시모프에게 큰소리로 말했다. "왜 모두들 입을 다물고 있지요."

"별로 할 말이 있어야지요. 모두가 실없는 얘기뿐이니까요." 막시모프는 약간 거드름을 피우며 자못 만족스러운 듯이 말을 받왔다. "게다가 고골리의 작품에서는 모든 것이 다 풍자적인 형식을 취하고 있거든요. 등장인물의 이름부터 모두 비유적으로 만들었지요. 노즈드료프(콧구멍이란 뜻)도 정말은 노즈드료프가 아니라 노소프('코'라는 뜻)라는 이름입니다. 본명은 시크보르네프라고 하니까요. 다만 페나르지는 실제로도 그렇지만 이탈리아 사람이 아니라서 페트로프라는 이름의 러시아 사람이라고 합니다. 그리고 그녀는 정말 아름다운 아가씨인데, 그 예쁜 다리에 꼭 끼는 타이츠를 신고 금박 무늬가 있는 짧은 치마를 입고 사뿐사뿐 춤을 추었습니다만, 네 시간이나 추었다는 건 거짓말이고 기껏해야 4분 정도였답니다. 그렇게 해서 모든 사람들을 사로잡았던 겁니다."

"그건 그렇고, 당신은 왜 얻어맞았나요? 뭔가 이유가 있었을 텐데." 칼가노프가 큰 소리로 물었다.

"피롱 때문이지요." 막시모프가 대답했다.

"피롱이라니 그건 또 누구요?" 미차가 소리쳤다.

"프랑스의 유명한 작가 피롱 말입니다. 그때 우린 여럿이 모여 술을 마시고 있었습니다. 바로 그 장터에 있는 술집이었는데, 그들이 나를 초대해 준 거죠. 그 자리에서 내가 가장 먼저 풍자시 한 구절을 외기 시작했습니다. - '그대였던가, 이 무슨 우스꽝스런 분장은 어찌된 일인가' 그러자 부알로는 가장무도회에 가는 길이라고 대답했지만 실은 목욕탕에 가는 길이었지요. 히, 히! 그런데 모든 사람들이 그걸 자기들에 대한 말로 오해했단 말입니다. 그래서 나

231

는 얼른 다음과 같은 풍자시를 읊었습니다. 이건 정말 제법 날카로
운 구절인데 교육을 받은 사람이라면 누구나 다 알고 있습니다.

그대는 사포, 나는 파온
여기엔 이론이 없노라
그러나 나는 슬프도다
그대가 바다로 나갈 길을 모르고 있기에

그러자 모두들 더욱더 화를 내며 나에게 더러운 욕설을 퍼붓기
시작했습니다. 그래서 나는 어떻게든 수습해 보려고 한마디 했다
가 오히려 봉변을 당하고 만 겁니다. 나는 피롱에 관한 그 교훈적
인 일화를 하나 끄집어냈거든요. 피롱은 프랑스 아카데미 회원이
되지 못한데 대한 분풀이로 다음과 같은 묘비명을 썼다는 이야기
지요.

Ci-git Piron qui ne fut rien
Pas meme academicien.

아카데미 회원도 아무것도 아닌
피롱이 여기 잠들다

그러자 모든 사람들이 나를 붙잡더니 때리더군요.

"아니 무엇 때문에요?"

"그건 내가 유식하기 때문이지요. 사실 인간이란 공연히 트집을 잡고 사람을 때리는 존재니까요." 막시모프는 교훈적인 어조로 이렇게 말을 맺었다.

"아아, 그만하세요. 그런 소린 듣기 싫어요. 난 또 무슨 재미있는 이야기가 나올까 기대했지 뭐예요."그루셴카가 갑자기 끼어들며 말했다.

미차는 흠칫 놀라며 곧 웃음을 그쳤다. 키다리 폴란드 신사는 자리에서 일어나더니 천박한 좌석에 끼어들어 지루해 죽겠다는 표정으로 뒷짐을 지고 이 구석에서 저 구석으로 방안을 거닐기 시작했다.

"흥, 참을 수 없는가 보군요. 걷기 시작하는 걸 보니까!"그루셴카는 멸시하는 눈초리로 그를 바라보았다. 미차는 근심스러웠다. 게다가 그는 소파에 앉아 있는 폴란드 신사가 초조한 기색으로 자기를 바라보고 있는 것을 알아차렸다.

"이봐요, 신사 양반!"미차는 소리쳤다."한 잔 합시다. 또 여러분도 함께! 자, 어서 마셔요."그는 유리잔 세 개를 앞에 모아 놓고 철철 넘치게 샴페인을 따랐다.

"폴란드를 위해서, 여러분, 여러분의 폴란드를 위해서 듭시다. 폴란드를 위해서!"하고 미차는 외쳤다.

"Bardzo mi to milo, pane, vypiem(참으로 유쾌한 일입니다. 자, 듭시다)!"소파에 앉은 신사는 거만하면서도 상냥한 어조로 이렇게 말하며 자기 컵을 들었다.

"저기 계신 분도……, 성함이 어떻게 되시더라, 어쨌든 폴란드
양반, 어서 잔을 드십시오!" 하고 미차는 법석을 부렸다.

"저 사람은 판 브루블레프스키입니다." 소파에 앉은 신사가 말
했다. 브루블레프스키는 어깨를 흔들며 탁자로 다가와 자기 잔을
들었다.

"여러분, 폴란드를 위해 건배, 우라(만세)!" 미차는 술잔을 높이
들고 소리 높이 외쳤다.

세 사람이 함께 건배를 했다. 미차는 술병을 잡고 다시 세 잔에
가득 술을 따랐다.

"자, 이번에는 러시아를 위해서 건배합시다. 그리고 형제처럼
우의를 맺읍시다!"

"나한테도 따라 주세요." 그루센카가 말했다. "러시아를 위해서
라면 나도 마시고 싶어요."

"나도." 칼가노프가 말했다.

"그럼, 나도 빠질 수 없지요. 사랑하는 러시아를 위해서, 늙으신
할머니를 위해서!" 막시모프는 낄낄거리며 웃었다.

"그럼 다 같이 건배합시다!" 미차가 외쳤다. "어이, 주인장, 한
병 더!" 미차가 가져온 술 중 남아 있던 세 병이 한꺼번에 나왔다.
미차는 각자의 술잔에 가득히 따랐다.

"러시아를 위해서, 건배!" 그는 또 다시 소리쳤다.

두 폴란드 신사를 제외하고는 모두 건배했다. 그루센카도 단숨

에 잔을 비웠다. 그러나 폴란드 신사들은 술잔에 손도 대려고 하지 않았다.

"아니, 왜들 그러시죠?" 하고 미차가 소리쳤다. "그럼, 당신들은…… ."

그러자 브루블레프스키가 자기 잔을 쳐들며 외쳤다. 그러고는 둘 다 단숨에 술잔을 비웠다.

"1772년(독일, 오스트리아, 러시아 세 나라가 폴란드를 분할해 모욕한 해) 이전의 러시아를 위해서!"

"당신들은 참 어리석군요." 무의식중에 미차는 그렇게 말하고 말았다.

"뭐라구요?" 두 신사들은 수탉처럼 미차에게 대들며 위협하듯이 이렇게 소리쳤다.

"Ale ne móno ne metsi slabositsi do svoevo krayu(그래, 자기 조국을 사랑해선 안 된단 말이오)?" 하고 언성을 높였다.

"조용히 해요. 싸우지 말아요. 싸움을 하면 가만두지 않겠어요." 그루센카가 명령조로 이렇게 외치고 발로 마루를 쾅 굴렀다. 그녀의 얼굴은 불타고 두 눈은 번쩍이기 시작했다. 방금 들이켠 한 잔의 술이 벌써 효력을 나타낸 것이다. 미차는 깜짝 놀라며 겁을 먹은 것 같았다.

"여러분, 용서하십시오! 내가 나빴습니다. 다신 그런 소리를 하지 않겠습니다. 브루블레프스키, 판 브루블레프스키, 다신 그렇게 말하지 않겠습니다."

"당신도 잠자코 입을 다물어요. 거기 앉아서, 바보 같은 소리는 그만 두세요." 그루센카는 짜증스런 격분한 목소리로 으르렁거렸다.

모두 제 자리에 앉았다. 그러나 서로의 얼굴만 바라볼 뿐 말이 없었다.

"여러분, 모두 내 잘못입니다!" 그루센카가 왜 큰 소리로 말했는지 영문을 알 수 없었으므로 미차는 또다시 이렇게 말했다. "그렇지만, 왜들 이렇게 멍청히 앉아 있나요. 자, 무엇을 하면 좋을까요? 다시 아까처럼 흥겨운 자리가 되려면."

"아아, 이거 정말 흥이 사라져 버렸는걸."

칼가노프가 입 속으로 중얼거렸다.

"아까처럼 은행 놀이를 하면 어떨까요?" 갑자기 막시모프가 키득거리며 웃었다.

"은행 놀이? 그것 참 멋진 생각이오." 미차가 얼른 말을 받았다. "글쎄, 저분들만 좋으시다면⋯⋯."

"Puzino pane(이미 시간이 늦은 것 같은데요)!" 소파에 앉은 폴란드 신사가 대답했다.

"그것도 그렇군요."

브루블레스키가 맞장구를 쳤다.

"그게 대체 무슨 뜻이에요?"

"시간이 늦었다는 뜻입니다. 여러분, 시간이 너무 늦었어요." 소파에 앉은 폴란드 신사가 설명했다.

"어쩌면, 저 사람들은 뭐든지 늦었다느니 안 된다느니 그런 말밖에 모른다니까!" 그루셴카는 성이 나서 버럭 외쳤다. "자기들이 따분하게 앉아 있으니까 남들도 따분해야 직성이 풀리나 보죠. 미차, 저 사람들은 당신이 오기 전부터 이런 식으로 말없이 거드름을 피우고 있었어요."

"천만에!" 소파에 앉은 신사가 외쳤다. "Tso muvishi, to seni stane Vidzen nelasken, i esrem smutn(뭐든지 하자는 대로 하겠습니다. 당신이 우울해하는 것 같아 나도 시무룩해졌던 겁니다)." 미차를 돌아보며 폴란드 신사는 말을 끝맺었다. "Estem gotub, pane(자, 시작하시죠)."

"그럼, 시작합시다. 여러분!" 미차는 얼른 맞장구를 쳤다. 그는 호주머니에서 지폐 뭉치를 꺼내더니 거기서 2백 루블을 뽑아 식탁 위에 놓았다. "내가 많이 잃어 드리죠. 자, 카드를 잡고 돈을 거십시오."

"카드는 집주인에게 가져오라 합시다." 소파에 앉은 신사가 고집을 부리며 얕잡아보는 듯이 말했다.

"Tonailepshi sposub(그게 제일 좋은 방법이지)." 브루블레프스키가 맞장구를 쳤다.

"이 집주인이요? 좋아요. 알겠습니다. 그럼, 이 집주인에게 가져오라고 합시다. 참 좋은 생각입니다. 주인장, 새 카드를 갖다 주게!" 미차가 주인에게 호령했다.

주인은 포장지도 뜯지 않은 새 카드를 가져와서는, 마을 처녀들은 벌써 다 모였고 유대인 악사들도 곧 올 것이나, 아직 식료품을 실은 마차가 도착하지 않았다고 보고했다. 미차는 자리에서 벌떡 일어나 모든 걸 일일이 지시하기 위해 옆방으로 달려 나갔다. 그러나 처녀는 이제 겨우 셋밖에 모이지 않았고, 게다가 마리아는 아직 오지 않았다. 그리고 미차는 자신이 무엇을 어떻게 지시해야 하는지 무엇 때문에 달려 나왔는지도 알 수가 없었다. 그래서 그는 선물로 가져온 상자에서 얼음사탕과 엿을 꺼내 처녀들에게 나누어 주라고 명령했을 뿐이었다. "아, 안드레이에게 보드카를 줘야지, 안드레이에게 보드카를 줘." 그는 황급히 말했다. "아까 내가 안드레이에게 너무 무례했어."

이때 뒤를 따라 나온 막시모프가 미차의 어깨를 건드렸다.

"나에게 5루블만 좀 주십시오." 하고 그는 속삭였다. "나도 은행 놀이를 하고 싶어서요. 히, 히!" "좋소, 참 좋은 생각이오. 자, 여기 10루블을 줄 테니 어서 받으시오!" 미차는 또다시 지폐 뭉치를 꺼내서 10루블짜리 한 장을 꺼냈다. "잃거든 또 오시오, 또 오시오……."

"잘 알겠습니다." 막시모프는 기쁜 듯이 속삭이고는 방 쪽으로 달려갔다.

미차도 곧 돌아와서, 기다리게 해 죄송하다고 사과했다. 두 신사는 벌써 자리를 잡고 앉아서 카드의 포장을 뜯고 있었다. 그들은 상냥한 느낌이 들 정도로 아까보다 훨씬 친절해져 있었다.

"자, 자리에 앉으십시오. 여러분!" 브루블레프스키가 말했다.

"아니, 난 이제 하지 않겠습니다. 아까 벌써 이분들에게 50루블이나 잃었답니다."

"당신이 운이 나빴어요. 아마도 이번엔 운이 트일지도 몰라요." 소파에 앉은 신사가 그에게 말했다.

"돈을 얼마나 걸까요? 한도가 있습니까?" 미챠는 흥분하고 있었다.

"얼마든지, 1백 루블이든 2백 루블이든 마음대로 거셔도 좋습니다."

"그럼, 백만 루블쯤 걸까?" 미챠는 호탕하게 웃었다.

"대위님, 당신은 혹시 포드비소츠키의 얘기를 들어 보신 적 있습니까?"

"포드비소츠키가 누군가요?"

"바르샤바에서 어떤 사람이 누구라도 돈을 걸 수 있는 유한 은행을 시작했지요. 거기에 포드비소츠키가 와서 1천 루블짜리 금화를 보고는 은행 놀이에 돈을 걸었답니다. 그때 물주가 물었습니다. '포드비소츠키 씨, 당신은 이 자리에 금화를 걸겠습니까, 명예를 걸겠습니까? 하고 물었습니다.' '물론 명예를 걸고 하겠습니다.'라고 대답하자, '그러시다면 좋습니다.' 물주가 패를 돌렸지요. 그런데 포드비소츠키가 이겨서 1천 루블짜리 금화를 가져가려니까 은행 쪽은 '잠깐 기다리시오'라고 그를 제지하더니 금고를 열어 백만 루블을 꺼내주었습니다. '자, 받으십시오. 손님. 이것이 당신이 딴 돈입니다' 그건 1백만 루블짜리 승부였던 셈이지요. '난 그런 승부인지 몰랐습니다' 하고 포드비소츠키가 말하자 '당신이 명예를 걸었듯이, 나도 내 명예를 걸고 지불하는 것입니다' 하고 은행 쪽은 말했지요. 그래서 결국 포드비소츠키가 백만 루블의 거금을 받게 된 거지요."

"그건 거짓말이오." 칼가노프가 말했다.

"Shl Eo et noi kompanii tak muvitsi ne pekoi (칼가노프 씨, 점잖은 사람들이 있는 자리에서 그런 말을 하는 것은 실례입니다)."

"그럼, 당신한테 폴란드 도박꾼이 백만 루블을 주겠군요." 미차는 이렇게 외쳤으나 곧 정신을 차리고 "미안합니다. 내가 또 실언을 했군요. 죄송합니다. 물론 내겠지요. 명예를 걸고 백만을 낼 테지요. 폴란드의 명예를 걸고 말이오! 어떻습니까, 나도 폴란드어를 곧잘 할 줄 알지요. 하, 하! 자, 10루블 걸겠습니다. 잭!"

"나도 1루블을 여왕님께 겁니다. 하트의 여왕님께, 아름다우신 여왕님께, 히, 히!" 막시모프는 웃으며 자기의 퀸을 내밀어 놓으며, 다른 사람들에게는 보이고 싶지 않다는 듯이 탁자에 몸을 찰싹 붙이고 그 밑에서 재빨리 성호를 그었다.

"코너(카드의 코너를 접으면 승부 금액이 4분의 1 많아짐)!" 미차는 외쳤다.

"나도 이번에도 1루블, 조금씩 걸겠어요." 막시모프는 1루블을 딴 것이 너무 기뻐서 이렇게 중얼거렸다.

"졌군!" 미차가 소리쳤다. "7에다 두 배!"

두 배 건 것도 잃었다.

"그만하세요." 갑자기 칼가노프가 말했다.

"두 배로, 또 두 배로!" 미차는 그때마다 금액을 배로 늘려갔으나, 아무리 걸어도 모조리 지기만 했다. 그러나 1루블짜리는 언제나 이겼다.

"역시 두 배로!" 미차는 맹렬히 소리쳤다.

"벌써 2백 루블이나 잃으셨군요. 또 2백 루블을 거시겠습니까?" 하고 소파에 앉은 신사가 물었다.

"아니, 2백 루블을 잃었다구요? 그럼 다시 2백 루블! 계속해서 두 배로 2백 루블!" 미차는 호주머니에서 돈을 꺼내 2백 루블을 퀸에다 던지려 했다. 그러자 칼가노프가 갑자기 그 카드를 손으로 덮었다.

"이제 그만하시라니까요!" 그는 어린애 같은, 울 것 같은 목소리로 외쳤다.

"아니, 왜 이러는 거요?" 미차는 그의 얼굴을 노려보았다.

"그만하세요. 더 보고 있을 수가 없어요. 이제 노름을 하지 마세요!"

"왜 그러지요?"

"까닭이 있어서예요. 침이라도 탁 뱉고 가 버리세요. 더 이상 노름을 계속하게 둘 순 없어요."

미차는 놀란 얼굴로 그의 얼굴을 응시했다.

"그만둬요. 미차, 이 사람 말이 옳을지도 몰라요. 그렇잖아도 벌써 많이 잃었으면서." 이상야릇한 어조로 그루센카가 말했다. 두 폴란드 신사는 크게 모욕당한 표정으로 자리에서 벌떡 일어났다.

"J artueshi, pane(농담이실 테죠, 파네)?" 키 작은 신사가 엄격한 눈초리로 칼가노프를 쏘아보면서 말했다.

"Yaksen povajashi to robitsi, pane(어떻게 감히 그런 실례의 말을 하는 거요)?" 브루블레프스키도 칼가노프에게 호통을 쳤다.

"여기가 어디라고 감히 소리를 치는 거예요!" 그루센카가 외쳤다. "정말 칠면조와 다름없다니까."

미차는 일동의 얼굴을 번갈아 바라보았다. 그러자 그루센카의 얼굴 표정이 갑자기 그의 가슴을 찔렀다. 그 순간 전혀 새로운 어떤 생각이 그의 머릿속을 스치고 지나갔다. 그것은 참으로 기묘하고도 새로운 상념이었다.

"아그리피나 씨."

키 작은 폴란드 신사가 화가 나서 홍당무처럼 얼굴이 빨개져서 입을 열었을 때, 갑자기 미차가 그 곁으로 다가가서 어깨를 툭 쳤다.

"선생, 말씀드리고 싶은 게 있는데……."

"Chevo khteshi, pane(무슨 일이오, 파네)?"

"저쪽 방으로 갑시다. 잠깐 할 말이 있어서요. 아주 좋은 얘기지요. 당신도 틀림없이 만족하실 겁니다."

키 작은 폴란드 신사는 경계하는 듯한 눈으로 미차를 뻔히 쳐다보다가 곧 동의했다. 단 브루블레프스키도 같이 간다는 조건이었다.

"경호원으로 말입니까. 그럽시다. 오히려 잘됐군요. 그 분도 필요하니까요." 미차는 소리쳤다. "자, 갑시다!"

"어디로 가시는 거예요?" 불안한 표정으로 그루센카가 물었다.

"곧 돌아올게요." 미차는 대답했다. 그의 얼굴에는 그 어떤 대담성이, 뜻하지 않은 어떤 용기 같은 것이 빛나기 시작했다. 한 시간 전 이 방에 들어올 때와는 완전히 다른 얼굴이었다. 그는 처녀들이 합창 준비를 하고 식탁을 차리는 큰 방을 피해 오른쪽에 있는 조그만 방으로 두 신사를 데리고 갔다. 그곳은 침실이어서 궤짝이며 트렁크 외에도 무명 베개를 산더미처럼 쌓아 올린 큰 침대가 두 개 놓여 있었다. 한쪽 구석에는 조그만 탁자 위에 촛불이 타고 있었다. 폴란드 신사와 미차는 이 탁자를 사이에 두고 마주 앉았다. 장승처럼 선 브루블레프스키는 뒷짐을 지고 두 사람 옆에 버티고 섰다. 두 사람 다 날카로운 표정이었으나 분명 호기심을 느끼고 있었다.

"Chem mogen sluzhiti, pane(그래, 무슨 용건이지요)?" 소파에 앉았던 신사가 입을 열었다.

"다름 아니라, 나는 긴 말을 하지 않겠소. 여기 돈이 있습니다." 미차는 자기의 지폐 뭉치를 꺼냈다. "어떻소, 3천 루블을 드릴 테니 이걸 가지고 어디로든지 떠나 주시지 않겠습니까?" 신사는 눈을 휘둥그레져서 상대방이 속을 살피려는 듯이 미차의 얼굴을 뚫어지게 응시했다.

"3천 루블이라구?" 그는 브루블레프스키와 서로 시선을 주고받았다.

"3천입니다, 3천! 아시겠소? 보아하니 당신도 그만하면 분별 있어 보이는데, 어떻습니까, 이 3천 루블 가지고 어디로든지 떠나시는 게? 물론 두 분이서 함께 말입니다. 아시겠소? 지금 당장 이대로 떠나시는 겁니다. 그리고 영원히, 영원히 사라지란 그 말입니다. 바로 저 문으로 나가시란 말입니다. 방에 두고 온 물건이 뭡니까? 외투? 털가죽 외투? 그건 내가 갖다 주리다. 지금 곧 당신네들을 위해 마차를 준비시키겠습니다 – 그걸로 작별을 하는 게 어떻소?"

미차는 자신만만한 태도로 대답을 기다렸다. 그는 자기가 한 말의 결과를 조금도 의심치 않았다. 무언가 일종의 단호한 표정이 폴란드인의 얼굴을 스치고 지나갔다.

"그럼, 돈은, 파네?"

"돈을 이렇게 합시다. 우선 여비조로 당장 5백 루블을 마차 삯과 선금조로 드리지요 – 명예를 걸고 말합니다. 내가 무슨 짓을 해서라도 반드시 마련해 드리겠습니다!" 미차는 소리쳤다.

두 폴란드인은 다시 시선을 주고받았다. 키 작은 폴란드 신사의 얼굴 표정이 점점 험악해졌다.

"7백 루블 드리죠. 7백 루블. 지금 당장 7백 루블을 주겠소!" 눈치가 이상한 것을 알아차리고 미차는 액수를 올렸다. "어떻습니까? 믿어지지 않습니까? 지금 당장 3천 루블을 다 드릴 수는 없지만 틀림없이 드리겠습니다. 내일이라도 좋으니 그루센카의 집으로 오십시오. 지금은 3천 루블을 가지고 있지 않지만, 읍내에 가면 우리 집에 돈이 있으니까요." 미차는 한 마디 한 마디 뱉을 때마다 기가 죽어 맥이 빠지는 것을 느끼면서 말했다. "틀림없어요. 정말 숨겨둔 돈이 있단 말입니다……."

그 순간, 키 작은 신사의 얼굴에 일종의 비정상적이라고 할 정도의 자존심이 번뜩이기 시작했다.

"또 무슨 말이 있소?" 그는 비꼬는 투로 말했다. "Pfe! A pfe(비열한, 비열한 자 같으니)!" 이렇게 말하며 그는 침을 퉤 뱉었다.

"당신이 그렇게 침을 뱉는 건," 이미 모든 것이 끝났다고 느꼈으므로 미차는 자포자기한 어조로 말했다. "그루셴카한테서 좀 더 우려낼 수 있다고 생각했기 때문일 테지. 당신들은 둘 다 불알 깐 수탉들이야. 그 정도밖엔 되지 않는단 말이오!"

"Estem do jivevo dorknentnym(이렇게 지독한 모욕은 처음이다)!" 키 작은 폴란드 신사는 얼굴이 홍당무처럼 빨개져서, 이젠 한 마디도 더 듣고 싶지 않다는 듯이 몹시 화를 내며 방에서 나가 버렸다. 브루블레프스키도 몸을 흔들며 뒤따라 나갔다. 그 뒤를 따라 미차도 풀이 죽어 난감한 표정으로 걸어 나왔다. 그는 그루셴카가 무서웠다. 폴란드인들이 곧 큰소리로 외쳐댈 것이라고 예상한 것이다. 아니나다를까 신사는 방에 들어서자 연극배우처럼 그루셴카 앞으로 다가섰다.

"아그리피나, Estem do jivevo dorknentnym(이런 지독한 모욕은 처음이야)!" 그가 이렇게 소리치자 그루셴카는 마치 제일 아픈 곳을 찔리기라도 한 것처럼 더 이상 참을 수 없다는 듯이 분통을 터뜨렸다.

"러시아 말로 하세요! 러시아어로! 한 마디라도 폴란드 말을 쓰면 용서하지 않을 거예요! 그 전엔 러시아어로 말했잖아요. 설마 5년 동안 벌써 잊었단 말인가요?"

그녀는 화가 나서 얼굴이 빨갛게 달아올랐다.

"파니 아그라피나……"

"나는 아그라페나예요. 그루센카라구요. 러시아 말로 하세요. 그렇지 않으면 난 듣지 않겠어요!"

신사는 자존심 때문에 숨을 헐떡이면서 엉터리 러시아어로 재빨리 설명하기 시작했다.

"아그라페나, 나는 옛날 일을 잊고 모든 걸 용서하러 왔습니다. 오늘까지의 모든 것을 잊어버릴 계획으로……"

"뭐, 용서한다고요? 그럼 나를 용서하러 오셨단 말인가요?" 그루센카는 말을 가로채고 자리에서 벌떡 일어났다.

"Takesti, Pani(그래요. 바로 그렇습니다). 나는 마음이 좁지 않아요. 관대한 사람입니다. 그러나 당신들의 애인들을 보고 bylem zdziviony(놀랐습니다). 미차 씨가 저 방에서 나더러 손을 떼라고 하며, 3천 루블을 주겠다고 하더군요. 나는 그 자에게 침을 뱉어 주었습니다."

"뭐요? 저 사람이 날 위해 돈을 준다고 했다구요?" 그루센카는 발작적으로 소리쳤다. "정말인가요? 미차? 어떻게 그런 무례한 짓을 할 수 있죠? 내가 무슨 돈으로 사고파는 물건인 줄 아세요?"

"이봐요, 당신!" 미차는 소리쳤다. "이 여자는 순결하오. 한 점의

티도 없이 순결해요. 나는 결코 이 여자의 애인이 되어 본 적이 없소! 그런 엉터리 같은 수작은 작작 하시오."

"당신이 뭔데 이 사람 앞에서 나를 변호하는 거예요?" 이번에는 그루셴카가 외쳐댔다. "내가 순결했던 건 덕망이 높아서도 아니고 또 삼소노프 노인이 무서워서 그런 것도 아니에요. 단지 나는 이 사람에게 긍지를 보이고 싶었던 거예요. 이 사람을 만났을 때, 넌 비열한 사내라고 말할 자격을 갖추고 싶었기 때문이죠. 그래 이 사람은 당신의 돈을 받은 건 아니겠죠?"

"그래요, 받으려고 했어요. 받으려 했단 말이오." 미챠는 소리쳤다. "3천 루블을 한꺼번에 받고 싶어 했는데, 우선 내가 7백 루블만 선금으로 준다니까 거절한 것이지요."

"그럴 테죠. 알 만해요. 이 사람은 내게 돈이 있다는 소문을 듣고, 그래서 나와 결혼하려고 찾아온 거예요."

"아그리피나!" 키 작은 폴란드 신사가 외쳤다. "나는 기사(騎士)입니다. 나는 파렴치한이 아니라 귀족이란 말입니다. 나는 당신과 결혼하려 찾아왔습니다. 그런데 와서 만나보니 옛날의 당신이 아니군요. 변덕스럽기 짝이 없는 파렴치한 여자가 되어버렸군요."

"아, 그래요. 그렇다면 어서 당신이 있던 곳으로 꺼져버려요! 지금 당장 내쫓으라고 한 마디만 하면 당신들은 쫓겨나고 말 테니까." 그루셴카는 정신없이 외쳤다. "아아, 내가 바보지, 내가 바보였어. 5년 동안 나는 왜 그토록 괴로워했던 걸까. 하지만 나는 이런 사내 때문에 나 자신을 괴롭혀 온 건 아니야. 다만 증오와 원한

때문에 나 자신을 괴롭혀 왔던 것뿐이니까! 게다가 이 사람도 옛
날의 그 사람은 아니야! 그때의 그 사람은 이런 사람이 아니었어.
이 사람은 아마 그 사람의 아버지뻘이라도 되는 모양이군. 당신은
대체 그 가발을 어디서 얻어 쓴 건가요? 그때 그 사람이 매였다면,
이 사람은 수탉이라고 할까. 그 사람은 웃으며 나한테 노래를 불러
주곤 했는데……. 그런데도 나는 지난 5년간 울음으로 보내다니
정말 어리석었어. 수치를 모르는 비열한 바보였어."

그루센카는 안락의자에 몸을 던지고 두 손으로 얼굴을 가렸다.
바로 이 순간 왼쪽 방에서 준비를 마친 모크로예 처녀들의 합창
소리가 울려 퍼졌다. – 격정적인 춤곡이었다.

"이건 마치 소돔이로군!" 브루브레프스키가 갑자기 으르렁거리
듯 소리쳤다. "이봐! 주인, 저 더러운 계집들을 쫓아 버려!"

아까부터 호기심에 이끌려 문간에서 흘끔거리고 있던 주인이
고함소리를 듣자 손님들 사이에 싸움이 벌어진 줄 알고 곧 방안으
로 달려 들어왔다.

"아니, 무슨 일 때문에 그렇게 고함을 치는 거요?" 주인은 납득
이 안 갈 만큼 퉁명스런 어조로 브루블레프스키에게 말했다.

"돼지만도 못한 놈을 봤나!"

브루블레프스키가 호통을 쳤다.

"돼지라고 말하는 네 놈은 어떤 카드를 가지고 노름을 했지? 내
가 준 새 카드는 숨기고 표시가 되어 있는 엉터리 카드로 노름을
하지 않았느냐 말이야. 나는 네 놈을 사기도박으로 고소해서 시베

리아로 보내 수 있어, 이건 지폐 위조와 다를 게 없단 말이다……."

이렇게 말하고는 주인은 소파로 다가가 등받이와 쿠션 사이에서 포장도 뜯지 않은 새 카드를 끄집어냈다.

"자, 이게 내가 준 카드야. 아직 포장도 뜯지 않은 채로 있군." 집주인은 그걸 높이 쳐들어 모두에게 보여주었다. "나는 다 보고 있었어. 내가 준 카드를 저기 쑤셔 박고 자기 것과 바꿔치기하는 것을 나는 저기서 봤단 말이야. 당신은 사기꾼이야. 그러면서 뭐, 귀족이라고!"

"나도 저 사람이 두 번이나 카드를 속이는 걸 보았어요!" 칼가노프가 소리쳤다.

"아아, 창피해. 이게 무슨 창피람!" 그루셴카는 손뼉을 치며 외쳤다. 그녀는 창피한 나머지 얼굴까지 새빨개졌다. "아아, 어쩌면 저렇게도 타락한 인간이 되었을까?"

"나도 그렇게 생각했어!" 미차가 소리쳤다. 그러나 그가 이 말을 마치기도 전에 갑자기 브루블레프스키가 갑자기 낭패와 격분이 엇갈린 표정으로 그루셴카를 바라보고 주먹으로 위협하며 외쳤다.

"이 화냥년 같은 게!" 그러나 그가 미처 말을 끝내기도 저에 갑자기 미차가 달려들어 두 손으로 그를 번쩍 쳐들더니 눈 깜짝할 사이에 오른쪽 옆방으로 그를 몰아냈다. 그것은 조금 전에 미차가 두 사람을 데리고 들어갔던 그 침실이었다.

"그놈을 마룻바닥에 내던지고 왔소!" 미차가 곧 되돌아와서 흥분한 나머지 숨을 헐떡이며 말했다. "그 자식 그래도 덤벼들더군.

하지만 다신 여기 나오지 못할 거요!"

미차는 양쪽 문 중 한 쪽은 닫고 다른 한쪽은 열어젖힌 채로 키작은 신사를 향해 소리쳤다.

"신사 양반, 당신도 역시 저 방으로 가시는 게 어떻겠습니까? 제발 부탁드립니다!"

"드미트리 나리, 저 놈들에게 돈을 뺏으세요. 지금 카드놀이에서 잃으신 것 말입니다. 당신한테도 훔친거나 다름없으니까요."

"나는 잃은 50루블을 돌려받고 싶진 않소." 갑자기 칼가노프가 옆에서 말했다.

"나도 2백 루블 따위, 필요 없어." 미차가 소리쳤다. "절대로 뺏지 않을 테니까. 그걸로 마음의 위로라도 삼으라지!"

"잘했어요. 미차! 정말 훌륭해요, 미차!" 그루센카는 외쳤다. 그 외침 속에는 폴란드 신사에 대한 무서운 증오가 서려 있었다.

키 작은 신사는 분노에 못 이겨 얼굴이 울그락불그락 하면서도 여전히 위엄만은 잃지 않은 채 문 쪽으로 걸어가다가 문득 걸음을 멈추고는 그루센카에게 이렇게 말했다.

"Pani, ejeli khrseshi isirsi za mnoyu, idzimy, esli ne, byyai zdrova(만약 나와 함께 가고 싶다면 같이 갑시다. 그게 아니면 이걸로 영원히 끝이오)!"

이렇게 말하고는 그는 분노와 야심에 허덕이면서 거만스러운 걸음걸이로 문밖으로 사라졌다. 그는 무척이나 자존심이 강한 사내였기 때문에 그런 일이 있고 난 후에도 여자가 아직 자기를 따라올 것이라는 희망을 잃지 않았던 것이다. 미차는 그가 나가자마자 문을 쾅 닫아 버렸다.

"자물쇠로 아주 잠가 가둬 버리십시오." 칼가노프가 말했다. 그러나 자물쇠 소리는 저쪽에서 났다. 그들이 스스로 문을 잠가 버린 것이다.

"잘 됐어요." 그루센카가 또 다시 독기어린 어조로 매정하게 외쳤다. "잘 되고말고요! 제대로 갈 길을 간 거예요!"

8. 헛소리

뒤이어 천지를 뒤흔드는 요란한 술잔치가 벌어졌다. 그루센카가 가장 먼저 술을 달라고 소리쳤다.

"마시고 싶어요. 지난번처럼 아주 곤드레만드레 취하고 싶어요. 생각나요, 미차? 그때 우리가 여기서 처음으로 친해졌던 일을!"

미차 자신은 마치 꿈속에 있는 것 같았다. 그는 '자기의 행복'을 예감한 것이다. 그러나 그루센카는 자꾸 그를 밀어 내려고 했다.

"당신도 저기 가서 즐기세요. 저 사람들한테도 춤을 추면서 즐기라고 하고요. 그때처럼 '집도 난로도 춤추게' 흥청망청 즐기는 거예요." 그녀는 쉬지 않고 지껄여댔다. 그래서 미차도 그녀가 시키는 대로 급히 달려 나갔다. 합창대는 옆방에 모여 있었다. 지금까지 모두가 앉아 있던 방은 그렇지 않아도 좁은데다 한가운데를 무명 커튼으로 막고 그 안쪽에는 커다란 침대를 놓아두었다. 그리고 그 위에는 푹신푹신한 깃털 이불과 역시 무명으로 만든 베개들이 산더미처럼 쌓여 있었다. 이 집에서도 '깨끗하다'는 네 개의 방에는 모두 침대가 놓여 있었다. 그루센카는 문간 바로 옆에 자리 잡았다. 미차가 그쪽으로 안락의자를 날라다 준 것이다. '그때' 처음으로 여기서 호탕하게 놀았을 때도 그루센카는 역시 지금처럼 자리를 잡고 앉아서 춤추고 노래하는 것을 구경했다.

모여든 처녀들도 그때와 같은 얼굴들이었다. 유대인들도 역시 바이올린과 기타를 들고 찾아 왔다. 그토록 기다리던 술과 먹거리를 가득 실은 마차가 도착했다. 미차는 분주히 돌아다녔다. 아무런 관련도 없는 농부와 아낙네들까지 구경하려고 방안으로 들어왔다. 그들은 이미 잠자리에 들었다가, 한 달 전과 같은 굉장한 파티가 벌어진 것을 눈치채고 자리에서 일어나 찾아온 것이다. 미차는 이제는 낯익은 사람이면 모두 인사를 나누고 포옹을 했다. 그러자 그때의 얼굴을 상기하고는 병마개를 따서 닥치는 대로 술을 따라주었다. 샴페인을 마시고 싶어 하는 건 주로 처녀들이었고 농부들은 럼과 꼬냑, 특히 강렬한 펀치를 좋아했다. 미차는 처녀들 모두에게 돌아갈 초콜릿을 나누고, 사람들이 올 때마다 차와 펀치를 마실 수 있도록, 밤새도록 세 개의 사모바르에 계속 물을 끓이라고 명령했다. 희망하는 사람이라면 누구나 먹게 하겠다는 생각이었다.

한마디로 말해서 무질서한 난장판이 벌어진 것이다. 그러나 미차는 마치 자기 본성에 딱 들어맞기라도 한 듯 주위가 난장판이 되면 될수록 더더욱 신바람이 났다. 만일 주위의 농부들이 돈을 달라고 간청했다면 그는 곧 돈다발을 꺼내 마구 나눠줬을 게 틀림없다.

아마 그런 이유에서 미차를 감시하려는 건지 여관 주인 트리폰은 그의 곁에 찰싹 달라붙어 주위에서 서성거리고 있었다. 그는 그날 밤에 잠을 잘 생각을 아예 하지도 않고, 술도 제대로 마시지 않고(그는 편치 한 잔을 마셨을 뿐이었다) 자기 나름의 견지에서 눈을 크게 뜨고 미차의 동태를 살피고 있었다. 그리고 필요한 경우에는 아첨 섞인 말로 상냥하게 미차를 제지하며, '그때'처럼 농부들에게 '시가와 라인산 백포도주'는 물론이고 돈을 뿌리는 것은 절대 안 된다고 타일렀다. 그리고 처녀들이 함부로 리큐르를 마시고 과자를 집어 먹는다고 몹시 화를 내는 것이었다.

"나리, 저것들은 모두 이가 득실거리는 거지들입니다. 저것들 중 어떤 놈이라도 발길로 차 버린다면 도리어 감사하다고 굽실거릴 테니 두고 보십시오. 그만한 가치밖에 없는 놈들이라니까요!"

미차는 또다시 안드레이를 상기하고 그에게 편치를 가져다주라고 명령했다.

"난 아까 안드레이를 모욕했어." 그는 미안한 마음으로 힘없이 되풀이했다.

칼가노프는 처음에는 술도 마시려 하지 않았다. 처녀들의 합창도 마음에 들지 않는 눈치였으나, 샴페인을 두어 잔 들이켜자 갑자기 마음이 동해서 요란하게 웃어대며 방안을 돌아다니기 시작했다. 그러고는 노래도 음악도 무엇이든 다 좋다고 마구 칭찬해대는

것이었다. 거나하게 취한 막시모프도 기분이 좋아서 잠시도 칼가
노프의 곁을 떠나지 않았다. 그루센카 역시 취기가 오르기 시작했
는지 칼가노프를 가리키며 미차에게 이렇게 말했다.

"어쩌면 저렇게 귀엽고 사랑스러울까요?" 그러자 미차는 기쁨
에 겨워 달려가서 칼가노프와 막시모프에게 키스를 했다. 오오, 참
으로 그는 많은 것을 예감하고 있었다. 그루센카는 아직 암말도 하
지 않았으나 무언가 하고 싶은 말을 일부러 참고 있는 것 같이 보
였다. 그러나 가끔 그를 바라보는 그녀의 눈을 상냥하면서도 열정
적인 빛을 띠고 있었다. 마침내 그녀는 갑자기 미차의 손을 움켜잡
고 자기 쪽으로 힘껏 이끌었다. 이때도 그녀는 문 옆에 놓인 안락
의자에 앉아 있었다.

"아까 당신이 어떤 걸로 이곳에 들어왔는지 아세요, 네? 그 들어
오는 꼴이라니……. 난 정말 깜짝 놀랐어요. 어째서 당신은 나를
그 사내에게 양보하려 했죠? 정말로 그럴 생각이었나요?"

"나는 당신의 행복을 망치고 싶지 않았어!" 미차는 행복에 겨워
중얼거렸다. 그러나 그루센카는 그런 대답을 기다리고 있었던 것
이 아니었다.

"자, 저리 가서 즐겁게 노세요!" 그루센카는 또다시 그를 쫓아냈
다. "자, 울지 말아요. 또 부를 테니까."

그러면 그는 다시 달려갔다. 그루센카는 그가 어디에 있든 언제
나 행방을 쫓으며 노랫소리에 귀를 기울이기도 하고 춤을 구경했
다. 그러다가 15분쯤 지나면 또다시 그를 불렀고, 미차는 다시 그

녀에게 달려왔다.

"자, 이제 내 옆에 와서 앉으세요. 내가 여기 있다는 걸 어떻게 알았는지 말해보세요. 맨 처음 누구한테 들으셨죠?"

그래서 미차는 죄다 이야기하기 시작했다. 이상하리만큼 열띤 어조로 앞뒤 순서도 없이 더듬더듬 얘기했다. 그는 자주 미간을 찌푸리고 하던 말을 멈춘 채 입을 다물어 버리기도 했다.

"얼굴 표정이 왜 그래요?"

그루센카가 물었다.

"아무것도 아니야……. 거기에 환자를 하나 두고 와서……. 만약 그 환자가 회복된다면, 그리고 회복된다는 걸 알기만 한다면, 나는 지금 당장이라도 내 수명을 10년이라도 나눠줄 용의가 있는데……."

"그까짓 환자쯤이야 아무러면 어때요. 그보다 당신은 정말 내일 권총으로 자살할 작정이었나요? 어쩌면 이토록 바보 같을까! 그까짓 일로 자살을 하다니요! 하지만 나는 당신처럼 무분별한 사람이 좋아요." 살짝 혀 꼬부라진 소리로 그루센카는 말했다. "그럼, 당신은 나를 위해서라면 무슨 일이든 다 하겠군요. 바보같이! 안 돼요! 잠깐만 기다리세요. 어쩌면 내일 내가 당신한테 좋은 얘기를 들려줄지도 모르니까요. ……하지만 오늘은 아니에요. 그건 내일에요. 당신은 오늘 듣고 싶으시겠지만 안 돼요. 이제 저쪽으로 가서 마음껏 노세요."

그러나 그녀는 다시 아무래도 납득이 가지 않는 얼굴로 미차를 불렀다.

"왜 그런 슬픔 얼굴을 하고 있나요? 당신이 슬픔에 잠겨 있다는 걸 난 알 수 있어요. 빤히 얼굴이 나타나는 걸요." 그의 눈을 뚫어지게 들여다보면서 그녀는 덧붙였다. "당신이 저기서 농부들과 키스를 하며 큰 소리로 떠들어대도 나는 당신이 어떤지 나는 다 알고 있어요. 안 돼요. 즐겁게 노세요. 나도 이렇게 즐거운데 당신도 즐거워야죠. 나는 이 중의 누군가를 사랑하고 있는데, 그게 누군지 알아맞춰 보세요. 어머나, 우리 도련님이 잠들어 버렸네요. 가엾게도 그만 술에 취해서 쓰러지고 말았군요."

그녀는 칼가노프를 두고 한 말이었다. 그는 정말로 술에 취해서 소파에 앉자마자 곧 잠들어버린 것이다. 그러나 그가 잠이 든 것은 술 때문만은 아니고 갑자기 왠지 모르게 서글픈 생각이 들었던 것이다. 그의 말을 빌린다면 '같이 어울릴 수 없는' 느낌이 들었던 것이다. 파티가 무르익어 갈수록 점점 음탕해져가는 처녀들의 노랫소리가 나중에는 그의 기분을 잡치게 하고 만 것이다. 춤도 역시 마찬가지였다. 두 처녀가 곰으로 분장하고, 손에 막대기를 든 처녀가 곰 조련사 흉내를 내며 곰에게 재주를 부르게 했다.

"마리아, 좀 더 신나게." 그녀는 소리쳤다. "아니면 몽둥이로 때려 줄 거야!"

드디어 곰은 보기 민망할 정도의 음탕한 자세로 마루에서 뒹굴었다. 그러자 빽빽이 모여든 마을 아낙네들과 농부들이 일제히 웃음을 터뜨렸다. "괜찮아요. 내버려 두세요. 마음껏 놀게들 두세요."

그루셴카는 행복한 표정으로 제법 의젓하게 말했다. "저렇게 즐겁게 놀 수 있는 기회가 별로 없을 거예요. 그리고 누구든지 기뻐해서는 안 된다는 법도 없으니 말이에요!" 그러자 칼가노프는 마치 무엇에 몸이라도 더럽힌 표정이었다. "정말 못 말릴 국민 대중의 풍속이로군." 그는 자리를 물러나며 이렇게 말했다. "저건 봄 축제 때 하는 놀이인데, 여름날 밤 밤새껏 해가 떠오르는 걸 경계하며 논다는 내용이야." 그러나 다른 무엇보다 그의 기분을 잡친 것은 경쾌한 춤곡에 붙인, 이른바 '새로운' 노래였다. 그건 길 가는 어떤 귀족이 마을 처녀의 마음을 떠본다는 내용이었다.

나리는 처녀를 떠보았다네
너는 나를 사랑하느냐?

그러나 처녀들은 그 나리를 사랑해서는 안 될 것 같다.

나리는 호되게 때릴 테니까
나는 사랑할 수 없어요, 그런 사람을.

그 다음에 집시가 와서 역시 처녀들의 마음을 떠본다.

집시가 처녀를 떠보았다네.
너는 나를 사랑하느냐?

그러나 집시한테도 사랑을 줄 수는 없다.

집시는 도둑질을 좋아하니까.
나는 눈물 속에 늙고 말거야.

또 많은 사람들이 – 병정까지 찾아와서 처녀들을 떠보기 시작
한다.

병정이 처녀를 떠보았다네
너는 나를 사랑하느냐?

그러나 병정은 보기 좋게 거절당한다.

병정은 배낭을 맬 테니까
나는 싫어, 그 뒤를 따르는 것이……

그 다음 한 절은 매우 음탕한 내용이었다. 게다가 그것을 거리낌
없이 그대로 불러대자 청중들은 열광적으로 웃어댔다. 결국 노래
는 상인이 등장하면서 끝을 맺었다.

장사꾼이 처녀를 떠 보았다네
너는 나를 사랑하느냐?

결국 처녀들이 제일 좋아하는 것은 상인이라는 사실이
드러났다. 그 이유는 이러한 것이다.

장사꾼은 돈을 많이 버니까
나는 호강할 거야, 그 돈으로.

칼가노프는 벌컥 성을 냈다.

"이건 옛날 노래와 하나도 다르지 않아." 그는 큰소리로 말했다.
"도대체 누가 와서 이런 노래를 지어주는 걸까? 철도국원이나 유
대인이 와서 처녀들을 유혹하지 않는 게 이상하군. 그런 자들이라
면 모두 호락호락 넘어갈 테지."

그는 자기 자신이 모욕이라도 당한 것처럼 따분하다고 선언하
고는 소파에 앉자마자 곧 잠들어 버렸다. 그 예쁘장한 얼굴은 다소
파리한 빛을 띤 채 소파 쿠션 위에 던져져 있었다.

"보세요, 얼마나 귀여운지." 그루센카는 미차를 소파 옆으로 끌
고 가며 이렇게 말했다. "아까 이 사람의 머리를 빗겨 주었는데, 정
말 아마처럼 탐스러운 머리예요."

그는 감동한 표정으로 허리를 굽혀 청년의 이마에 키스했다. 칼
가노프는 눈을 번쩍 뜨고 그녀의 얼굴을 바라보더니, 반쯤 몸을 일
으키며 몹시 불안한 표정으로 막시모프는 어디 있느냐고 물었다.

"그 사람이 그렇게 걱정스럽나요?" 그루센카는 웃으며 말했다.
"그러지 말고 내 옆에 앉아 있어요. 미차, 얼른 가서 이 분의 막시

모프를 좀 데려 오세요."

막시모프는 이따금 리큐르를 따라 마시려고 갈 때 외에는 한 시도 처녀들의 곁을 떠나지 않는다는 것이 판명되었다. 초콜릿을 벌써 두 잔이나 퍼마셨다. 얼굴을 빨갛고 코는 자줏빛으로 변하고 두 눈은 음탕한 빛을 띠며 번들거렸다. 그는 가까이 달려오더니 이제 곧 '재미있는 무도곡'에 맞춰 나막신 춤을 추겠다고 말했다.

"이래 봐도 나는 어릴 때 상류 사회에서 추는 춤을 배웠거든요."

"자, 어서 가 보세요. 미차, 당신도 같이 가서 함께 춤을 추세요. 나는 여기서 그 사람의 춤 솜씨를 구경할래요."

"그럼 나도 저리 가서 구경해보겠습니다." 자기 옆에 있어 달라는 그루센카의 청을 어린애다운 순진한 방법으로 거절하며 칼가노프는 큰소리로 말했다. 그리하여 모두들 춤 구경에 나섰다. 막시모프는 정말로 나막신 춤이라는 걸 보여주었다. 그러나 미차 이외에는 거의 아무도 감탄하는 사람이 없었다. 그의 춤이라는 것은 단지 껑충껑충 뛰어오를 때마다 구두 밑창을 탁탁 치는 것뿐이었다. 칼가노프는 조금도 마음에 들지 않는 모습이었지만, 미차는 춤춘 사람에게 키스까지 해주었다.

"수고했소, 힘들지 않소? 아니, 무엇을 찾고 있지? 과자라도 먹고 싶소, 아니면 시가?"

"궐련으로 한 대만 주시오."

"한 잔 들지 않겠소?"

"방금 저기서 리큐르를 마셨어요. ……초콜릿 과자는 없나요?"

"저기 식탁 위에 얼마든지 있으니 마음대로 골라 드시오. 당신은 참 귀여운 데가 있어서 좋아."

"아니, 그게 아니라 내가 말하는 건 바닐라가 든…… 늙은이한텐 그게 필요하거든요. 히, 히!"

"없어요. 그런 특제품 과자는 없어요."

"잠깐 내 말을 좀." 갑자기 노인은 허리를 굽히고 미차의 귀에 소곤거렸다. "저기 저 계집애 말입니다. 마리아 말예요. 히, 히! 어떻게 저 애하고 사귈 수 있도록 좀 도와줄 수 없을까 해서……."

"오라! 엉뚱한 야심을 품고 있군! 그런 잠꼬대 같은 말은 하지 마시오."

"하지만 난 아무한테도 나쁜 짓은 하지 않아요." 막시모프는 기운 없이 중얼거렸다.

"알았어요. 좋다구요. 하지만 저 애들은 춤추고 노래하려고 여기 온 것뿐이니까. 그러나 어쨌든 좋아! 좀 기다려요……. 우선 먹고 마시고 흥겹게 놀아요. 돈은 필요 없소?"

"그건 나중에……." 막시모프는 히죽 웃었다.

"좋아요. 좋아……."

미차는 머리가 뜨겁게 타는 것 같았다. 그는 현관 쪽에 있는 2층 베란다로 나갔다. 베란다는 뜰과 마주하여 한쪽에 길게 이어져 있었다. 신선한 공기가 그를 살아나게 했다. 그는 혼자서 한쪽 구석 어둠 속에 서 있다가 갑자기 두 손으로 자기 머리를 와락 움켜쥐었다. 산산이 흩어졌던 상념들이 한데 결합되고 잡다한 감각도 하나도 융합되었다. 모든 것이 그의 마음속에서 환하게 빛을 발하기 시작했다. 그것은 몸서리칠 만큼 무서운 빛이었다. '그렇다, 만약에 권총으로 자살을 하려면 지금이야말로 절호의 찬스가 아닌가?' 그의 머릿속에서 이런 생각이 퍼뜩 스쳤다. '그 권총을 가지고 이리로 와서, 이 더럽고 어두운 베란다 구석에서 아주 끝장을 내버리는 거야.'

그는 1분 동안 망설이며 그 자리에 서 있었다. 몇 시간 전 마차를 타고 올 때는 그의 뒤에 치욕이 그의 등을 덮고 있었다. 그가 저지른 절도 행위와 피, 그 피…… 그 피에 쫓기고 있는 기분이었다. 그러나 그때가 오히려 마음이 홀가분했다. 훨씬 편했다! 그때는 이미 만사가 끝나버린 때였던 것이다. 그는 여자를 잃었다. 남에게 양보했다. 그루센카는 영영 그에게 없는 존재였다. 아아, 나 자신에 대한 사형 선고도 그때가 더 내리기 쉬웠다. 적어도 피할 수 없는 필연으로 생각되었다. 왜냐하면 그가 이 세상에 살아남아 있어야 할 이유가 없었기 때문이다. 그러나 지금은 어떤가. 과연 그때와 같다고 할 수 있을까?

적어도 지금은 당장 무서운 환영이 사라져 버린 것이다. 그 여자의 첫 사랑인 그 정당한 애인, 그 숙명적인 사내는 흔적도 없이 사라져 버렸다. 그 무서운 요괴는 갑자기 보잘 것 없고 우스꽝스러운 존재로 변해 버렸다. 자신이 두 팔로 손쉽게 쫓아내 가둬버렸다. 그는 다시는 돌아오지 않을 것이다. 그루센카는 지금 부끄러워하고 있다. 그리고 지금 그녀가 누구를 사랑하고 있는지는 그녀의 눈만 보고도 알 수 있다. 아, 아, 이제야 살아가야 할 가치가 있는 거다! 그러나……, 살아갈 수가 없다. 이게 무슨 저주받은 운명인가!

'오오, 하느님, 그 울타리 밑에 쓰러진 사람을 제발 살려주십시오. 이 무서운 운명의 시련을 극복하게 해주십시오. 당신은 나 같은 죄인을 위해 기적을 행하시지 않으셨습니까! 만약에 그 늙은이가 살아 있다면……. 오오, 그렇다면 나는 그 밖의 모든 수치와 모욕을 씻어버리겠습니다. 훔친 돈도 되돌려주겠습니다. 땅을 파서라도 그 돈을 마련해서 그 돈을 마련해서 돌려주겠습니다. ……그렇게 하면 모든 치욕의 흔적은 내 마음속 이외에는 남지 않을 겁니다! 하지만 틀렸어. 그건 안 돼! 도저히 있을 수 없는 비겁한 꿈이 어찌 이루어질 수 있단 말인가! 오오, 이 저주받을 운명이여!'

그러나 한 줄기, 그 어떤 밝은 희망의 빛이 그의 어두운 마음속을 비추는 것 같았다. 그는 갑자기 그 자리를 떠나 방안으로 달려들어갔다. 그 여자에게, 다시 그의 영원한 여왕인 그 여자 곁으로! '비록 치욕의 고통 속에 있을지언정, 그녀와의 사랑하는 한 시간, 아니 1분간은 나머지 인생에 필적할 만한 가치를 지니고 있는 게 아닐까?' 이런 거친 의문이 그의 마음을 사로잡았다. '그녀한테로 가자. 그녀한테로 가기만 하면 되는 거야. 그녀의 얼굴을 보고 그녀의 목소리를 듣자. 이 한 밤만이라도, 아니 한 시간, 한순간만이라도 좋으니 아무것도 생각하지 말고 모든 것을 다 잊어버리도록 하자!'

바로 베란다 입구에서 그는 여관 주인과 딱 마주쳤다. 주인은 왜 그런지 잔뜩 찌푸린 얼굴을 하고 있었다. 그는 미차를 찾으러 나온 모양이었다.

"왜 그러지, 트리폰? 나를 찾고 있었나?"

"아니, 아닙니다." 주인은 갑자기 당황한 기색으로 말했다. "제가 무엇 때문에 나리를 찾겠습니까? 그건 그렇고……, 어디 계셨습니까?"

"아니, 자네는 왜 그리 뚱한 얼굴을 하고 있나? 화나는 일이라도 있나? 잠깐 기다리게, 곧 잠을 자게 해 줄 테니. 지금 몇 시나 됐지?"

"글쎄요, 그럭저럭 3시쯤 되지 않았을까요? 아니 어쩌면 3시가 훨씬 지났는지도 모르지요."

"그럼, 끝내겠네, 곧 끝내지."

"별 말씀을 다 하십니다. 괜찮습니다. 그런 걱정은 하지 마시고 마음껏……."

'저 친구가 왜 저러지?' 미차는 잠깐 의심을 품었다가 처녀들이 춤추고 있는 방으로 달려 들어갔다. 그러나 그루센카의 모습은 보이지 않았다. 하늘색 방에도 없었다. 칼가노프가 소파에서 혼자 졸고 있을 뿐이었다. 미차는 칸막이 뒤를 들여다보았다. 그루센카는 거기에 있었다. 그녀는 한쪽 구석 궤짝 위에 앉아 바로 옆에 있는 침대에 머리와 두 팔을 던진 채 남이 들을까 봐 억지로 소리를 죽여 가며 슬피 울고 있었다. 미차를 보자 자기 옆으로 불러 그의 손을 꼭 잡았다.

"아아, 미차, 나는 정말 그 사람을 사랑했나 봐요!" 그녀는 나지

265

막한 목소리로 속삭였다. "나는 사랑했어요. 지난 5년 동안 줄곧 사랑했어요. 정말 내가 사랑한 것은 그 사람일까요, 아니면 그에 대한 나의 원한에 불과한 것일까요? 아니에요. 나는 그 사람을, 바로 그 사람을 사랑했어요. 하지만 내가 사랑한 것은 원한일 뿐, 그 사람을 사랑한 것은 아니라고 한 말은 거짓말이에요. 미차, 나는 그때 겨우 열일곱 살밖에 안됐었지만 그 사람은 나를 정말 다정하게 대해주었답니다. 그는 노래도 곧잘 불러 주곤 했어요. ……하긴 그땐 내가 어리석은 계집애였기 때문에 그렇게 생각한 것뿐인지도 모르지만 그런데 지금은 그때의 그 사람이 아니에요. 전혀 다른 사람 같아요. 그 사람을 얼굴을 알아보지 못했을 정도라니까요. 나는 치모페이와 함께 여기 오면서 줄곧 생각했어요. '그 사람을 어떻게 맞을까? 무슨 말을 할까? 서로 어떤 식으로 얼굴을 마주하게 될까?' 하고요. 가슴이 마구 터질 것만 같았어요. 그런데 막상 와 보니 그 사람은 내게 구정물을 끼얹는 것처럼 행동하지 않겠어요. 마치 학교 선생님 같은 말투로 말하는 거예요. - 아주 근엄하고 유식한 말만 하면서 거만하게 대하는 바람에 나는 그만 어안이 벙벙하더군요. 나는 한 마디도 할 수가 없었어요. 처음에는 그 키다란 폴란드인 때문에 점잔을 빼느라고 그러는 줄만 알았어요. 나는 그저 두 사람의 거동만 바라보면서 '나는 왜 저 사람한테 아무 말도 할 수 없는 걸까?'하고 생각해 보았어요. 그 사람의 부인이 그를 나쁘게 만들었을 거예요. 나를 버리고 결혼한 그 부인 말예요. 그 여자가 그 사람을 아주 딴판으로 만들어 놓은 게 틀림없어요. 미차, 난 정말 부끄러워요. 오늘의 수치는 잊지 못할 거예요. 난 지난 5년을 저주해요. 저주하고 또 저주해요." 그루센카는 또다시 울음을 터뜨렸으나 미차의 손을 꼭 움켜잡은 채 놓아주지 않았다.

"미차, 가지 말고 여기서 기다려요. 당신한테 한 가지 할 말이 있어요." 그녀는 그렇게 속삭이더니 갑자기 얼굴을 쳐들었다. "그런데 말예요. 나는 지금 누굴 사랑하는지 아세요? 그걸 나한테 말해주세요. 나는 지금 여기서 한 사람을 사랑하고 있어요. 그게 누군지 아시나요? 어디 당신이 나한테 그걸 말해 주세요." 울어서 부어오른 그루센카의 얼굴에 미소가 떠오르고 두 눈은 어둠 속에서 빛나기 시작했다. "아까 매가 한 마리 들어왔을 때, 나는 가슴이 철렁했어요. '이 바보야, 네가 사랑하는 건 바로 저 사람이 아니냐?' 내마음이 대뜸 나에게 이렇게 속삭여 주더군요. 당신이 들어오자 모든 것이 분명해지는 것 같았어요. 그런데 저 사람은 무엇을 두려워하는 걸까? 정말 당신은 무언가에 겁을 집어먹고 말도 제대로 하지 못했으니까요. 그러나 당신이 폴란드인들을 두려워하는 건 결코 아니라고 생각했어요. '저 사람은 나를, 오직 나만을 두려워하는 거야'라고 나는 단정 내렸죠. 그도 그럴 것이 내가 창문에서 알료샤를 향해 비록 한때 미차를 사랑했지만, 지금은 다른 사람에게 사랑을 바치러 떠난다고 소리 지른 것을 페냐가 틀림없이 말했을 테니까요. 아아, 미차, 미차, 당신을 만난 후에 어떻게 딴 사람을 사랑한다고 생각할 수 있었을까요. 내가 바보였어요. 용서해주세요. 미차, 나를 용서해주시겠어요, 안 하시겠어요? 나를 사랑하시죠,

사랑해주시겠죠?"

그루셴카는 벌떡 일어나 두 손으로 미차의 어깨를 움켜잡았다. 미차는 너무나도 기뻐서 어쩔 줄 몰라 말도 안 나왔다. 그는 그저 멍청히 그녀의 눈을, 얼굴을, 미소를 바라보다가, 갑자기 두 팔로 그녀를 와락 끌어안고 미친 듯이 키스를 퍼붓기 시작했다.

"지금껏 당신을 괴롭힌 것을 용서해 주시겠죠? 나는 정말 화풀이로 당신을 괴롭혀 왔어요. 그 영감쟁이를 미쳐 날뛰게 한 것도 홧김에 일부러 그런 거예요. ……기억하세요? 언젠가 당신이 우리 집에서 술을 마시다가 술잔을 내동댕이쳐서 깨뜨린 일을. 그때 일이 생각나서 나도 아까 술잔을 깨뜨렸어요. 그리고 더럽혀진 내 마음을 위해 마신 거예요. 미차, 당신 왜 더 이상 키스를 해주지 않나요? 한번 키스하고 나서 내 얼굴만 보며 귀 기울이고 있군요. 내 말은 들으나 마나예요. 그보다도 어서 키스해 줘요! 좀 더 강하게, 네, 그렇게요. 사랑할 바에야 끝까지 사랑할 거예요. 이제부터 나는 당신의 노예가 되겠어요. 한평생 당신의 노예로 살겠어요. 노예가 되는 것도 기쁘기만 하군요. 자, 키스해 줘요! 나를 때리든 괴롭히든 당신 마음껏 해주세요. 정말 나 같은 계집은 괴롭혀주어야 마땅해요. ……잠깐만! 잠시만 기다려 줘요. 나중에 다시 해요. 지금은 내키지 않는군요……." 그녀는 갑자기 미차를 떼밀어냈다. "미차, 저쪽으로 가세요. 나도 곧 술 마시러 가겠어요. 마음껏 취하고 싶어요. 이제 취해 가지고 춤을 춰야죠. 마음껏 춤을 추고 싶어요. 그러고 싶어요."

그녀는 미차에게서 빠져나가 밖으로 달려 나갔다. 미차는 주정 뱅이와 같은 모습으로 그녀 뒤를 쫓아갔다. '에잇, 될 대로 되라지. 앞으로 무슨 일이 벌어진 대도 좋아. 이 한 순간을 위해서라면 온 세상을 바쳐도 아깝지 않으니까.' 이런 생각의 그의 머리에 떠올랐다. 그루셴카는 정말로 샴페인을 한잔 가득 들이켜서 금방 몹시 취해버렸다. 그녀는 행복스런 미소를 띠며 아까 앉았던 안락의자로 가서 자리를 잡았다. 얼굴은 빨갛게 물들고 입술은 불타고 있었으며, 두 눈은 정기를 잃었다. 그러나 그 정열적인 눈길은 뭔가를 호소하는 것 같았다. 칼가노프까지 가슴을 푹 찌르는 것 같은 충격을 느끼고 그녀에게 끌려갔을 정도였다.

"아까 당신이 잠들었을 때 내가 키스를 했는데, 그걸 알았나요?" 그녀는 혀 꼬부라진 소리로 이렇게 말했다. "아아, 난 완전히 취했어, 정말……. 당신은 취하지 않았나요? 그런데 미차는 왜 술을 마시지 않을까? 왜 마시지 않죠, 미차? 나는 이렇게 많이 마셨는데, 당신은 술에 입도 대지 않는군요."

"나도 취했소. 벌써 이렇게 많이, 당신에게 취한 거야. 그럼 나도 이젠 한 잔 마셔볼까?"

그는 다시 한 잔을 더 들이켰다. 그러자 – 미차 자신도 이상하게 생각되었지만 – 이 마지막 한잔을 마시자마자 갑자기 완전한 취기에 빠져들고 말았다. 지금까지는 정신이 아주 맑았다는 것을 그 자신도 잘 기억하고 있었다. 이때부터 갑자기 모든 것이 미몽 속에 들어간 듯 그의 주위를 빙글빙글 맴돌기 시작했다. 그는 사방을 거닐며 껄껄 웃기도 하고 아무나 붙들고 지껄여댔지만 자기 자신이 무엇을 하는지 전혀 의식하지 못했다. 다만 한 가지, 집요하게 타오르는 불덩이 같은 감정이 그의 마음 속에서 떠오르고 있었다. 뒤에 그는 이때 일을 떠올리며 '마치 가슴 속에 시뻘건 석탄 덩어리가 들어앉아 있는 것 같은 느낌'이었다고 상기했다. 그는 몇 번이나 그루센카 곁으로 다가가서 그 옆에 앉아, 그녀의 얼굴을 바라보기도 하고 목소리에 귀를 기울이기도 했다.

그러나 그루센카는 갑자기 수다스러워져서 아무나 가리지 않고 자기 곁으로 사람을 불러 앉혔다. 합창대 중에서 한 처녀를 자기 옆으로 불러 앉혀서는 키스를 하고 보내주는가 하면, 또 어떤 때는 한쪽 손으로 성호를 그어주기도 했다. 그런가 하면 그녀는 금방 울음을 터뜨릴 것 같기도 했으나, 그녀의 마음을 흥겹게 해준 것은 다름아닌 그 '영감님'(그녀 자신이 이렇게 불렀다), 즉 막시모프였다. 막시모프는 쉴 새 없이 그루센카 옆으로 달려와서는 그 손은 물론이고 '귀여운 손가락 하나하나에' 키스를 하고는 했는데, 나중엔 옛날 민요를 직접 부르면서 거기에 맞춰 또 다른 춤을 추었다. 특히 다음과 같은 후렴 부분에서는 더욱 열정적인 춤을 추었다.

돼지 새끼는 꿀-, 꿀-, 꿀
소 새끼는 음메-, 음메-, 음메
오리 새끼는 꽥-, 꽥-, 꽥
거위 새끼는 꺽-, 꺽-, 꺽

암탉은 헛간을 돌아다니며
_꼬꼬- 꼬꼬_ 울어댔지요.
_꼬꼬- 꼬꼬_ 울어댔지요.

"저 사람한테 뭘 좀 주세요, 미차." 그루센카가 말했다. "뭐든 선물을 좀 주세요. 저 사람은 불쌍한 늙은이에요. 아아, 세상엔 불쌍한 사람, 모욕 받은 사람이 많아요. 미차. 난 언젠가는 수녀원에 들어갈 거예요. 정말 언젠가는 꼭 들어갈 거예요. 오늘 알료샤가 한평생 잊지 못할 말을 해주었어요. 정말이에요. ……그렇지만 오늘만은 맘껏 춤을 추고 싶어요. 내일은 수녀원에 가더라도 오늘은 춤을 추고 놀아요. 오늘은 흥청망청 놀고 싶어요. 자, 여러분 괜찮아요. 하느님도 용서해주실 테니까. 만약에 내가 하느님이라면 누구나 용서하겠어요. '내 사랑하는 죄인들아, 오늘부터 너희를 모두 용서하노라' 그리고 나는 사람들에게 용서를 빌겠어요. '여러분이 이 어리석은 계집을 용서해 주십시오.' 나는 진정 짐승과 다를 바가 없으니까요. 하지만 기도는 드리고 싶어요. 나도 남한테 파 한 뿌리를 적선한 일이 있거든요. 나 같은 어리석은 여자도 기도를 드리고 싶을 때가 있는 거예요. 미차, 마음껏 춤들을 추게 하세요. 방해하지 말고. 이 세상 사람들은 모두가 착해요. 하나도 남김없이 모두 착한 사람뿐이에요. 이 세상은 참 좋은 곳이에요. 우린 나쁜 인간이지만 이 세상은 참 좋은 곳이에요. 우린 나쁘기도 하고 좋기도 해요. ……자, 한 가지 물을 테니 대답해 주세요. 자, 모두 이리

와요. 내가 물을 테니. 자, 대답해 주세요. 내가 묻는 말에. '왜 나는
이렇게 좋은 인간일까요? 난 좋은 인간이죠? 그런가요? 난 그래서
묻는 거예요. 내가 왜 좋은 인간이냐구요?" 그루센카는 갈수록 취
기가 더해서 잘 돌아가지 않는 혀로 이렇게 말해. 그리고 마침내
그녀는 지금 당장 춤을 추겠다고 선언했다. 그녀는 안락의자에서
일어났으나 비틀거리며 몸도 제대로 가누지 못했다.

"미차, 이제 더 이상 술은 싫어요. 제발 그만 권하세요. 술을 마
시니까 모든 게 빙글빙글 도는군요. 페치카도 돌고, 모든 것이 도
는 것 같아요. 춤을 추겠어요. 자, 여러분 내가 춤추는 것을 보세요.
얼마나 멋지고 훌륭하게 춤을 추는지 한번……."

그것은 거짓말이 아니었다. 그녀는 주머니에서 하얀 샴베 손수
건을 꺼내, 춤을 출 때 흔들려고 오른쪽 손가락 끝으로 한쪽 귀퉁
이를 가볍게 잡았다. 미차는 이것저것 지시하기 시작했고 합창대
처녀들은 손짓만 하면 일제히 노래를 시작하려고 조용히 대기하
고 있었다. 막시모프는 그루센카 자신이 춤을 추겠다는 말을 듣고
기쁨의 탄성을 지르며 그녀 앞에서 목청이 터져라 노래하면서 깡
충깡충 뛰기 시작했다.

> *가느다란 두 다리, 통통한 허리*
> *꼬리는 갈고리처럼 말려 올라갔네.*

그러나 그루센카는 손수건을 흔들어 그를 쫓아버렸다.

"쉬이! 조용히 해요! 그런데 미차, 왜 다들 와서 구경하지 않는 거죠? 그리고 저 방에 갇힌 사람들도 와서 구경하라고 하세요. 무엇 때문에 그 사람들을 가둬두는 거예요? 가서 말하세요. 내가 춤을 춘다고요. 그 사람들에게 내 춤을 보여주고 싶어요."

미차는 술기운에 힘입어 힘찬 걸음걸이로 폴란드 신사들이 갇혀 있는 방으로 다가가 주먹으로 쾅쾅 두드리기 시작했다.

"이봐, 포드비소츠키 형제들. 이리 나오너라. 그녀가 춤을 춘다고 너희를 부르라는데."

"이 개새끼야." 그 중 하나가 대답 대신 이렇게 소리쳤다.

"넌 개새끼보다도 훨씬 못난 놈이야! 넌 비겁한 악당에 지나지 않아. 그것뿐이라고."

"폴란드를 조소하는 건 그만두는 게 좋을 겁니다."

칼가노프가 제법 위엄 있게 말했다. 그도 역시 몸을 가눌 수 없을 정도로 취해 있었다.

"가만있어, 이 애송이야! 내가 저놈들을 욕했다고 해서 폴란드 전체를 욕한 건 아니니까. 저 개망나니가 폴란드 전체를 대표하는 건 아니니 말이야. 그러니 잠자코 사탕이나 빨고 있어요, 귀여운 도련님."

"아아, 어쩌면 무슨 사람들이 저럴까! 정말 인간답지 못하군. 왜 화해하지 않겠다는 걸까?" 이렇게 말하고 그루센카는 춤을 추려고 앞으로 나왔다. 합창대는 일제히 '아아, 나의 집, 나의 보금자리'를 부르기 시작했다. 그루센카는 목을 뒤로 젖힌 채 입술을 반

쯤 버리고 미소를 지으며 손수건을 흔들려고 했으나 갑자기 비틀
거리면서 방 한가운데 우뚝 멈춰 서서 당황한 표정을 지었다.

"기운이 없어요……." 그녀는 완전히 기진맥진한 목소리로 말했
다. "용서하세요. 기운이 없어서 못 추겠어요…… 미안해요……."
그녀는 합창대 쪽으로 머리를 숙여 보인 뒤, 이 곳 저곳을 향해 차
례차례 절을 하기 시작했다.

"미안해요……. 용서하세요……."

"술에 취하셨나 보군요. 아가씨가. 저 예쁜 아가씨가 술이 과하
셨어." 이런 소리가 들려 왔다.

"아가씨께서 술에 취하신 모양이야." 낄낄거리며 막시모프는 처
녀들에게 이렇게 설명했다.

"미차, 나를 데려가 주세요……. 나를 좀 잡아 줘요. 미차." 그루
셴카는 힘없이 말했다. 미차는 급히 달려가서 두 손을 잡고는 그
귀중한 포획물을 휘장 뒤로 서둘러 데리고 갔다.

'나는 이제 돌아가야지' 하고 칼가노프는 생각했다. 그리고 방을
나가며 양쪽으로 여닫게 된 문을 두 짝 다 닫아 버렸다. 그러나 방
에서는 여전히 미친 듯한 술자리가 계속되고 있었다. 아니, 그 소
동은 더욱 떠들썩해진 것 같았다.

미차는 그루셴카를 침대에 내려놓고 그 입술에 키스했다.

"나는 건드리지 말아요……." 그녀는 애원하는 목소리로 말했
다. "나에게 손대지 마세요. 아직은 당신 것이 아니니까……. 아까
당신 거라고 말하긴 했지만, 아직은 손대지 말아줘요. 용서하세

요……. 저 사람들이 있는 데서는 싫어요. 저 사람들 옆에서는 싫어요. 그 사람이 바로 저기 있잖아요. 여기는 더러운 곳이에요."

"당신 말이라면 뭐든지 다 따르겠어! 그런 건 생각지도 않겠어. 나는 당신을 하느님처럼 떠받들겠어!" 하고 미차는 속삭였다. "정말이지 여긴 더럽고 기분 나쁜 곳이야."

미차는 그루센카를 안은 채 침대 옆 마루 위에 무릎을 꿇었다.

"나는 잘 알고 있어요. 당신은 야수 같은 데가 있지만 마음만은 착한 분이라는 걸." 그루센카는 잘 돌아가지 않는 혀로 이렇게 말했다. "이런 일은 떳떳이 해 나가야 해요. 앞으로는 모든 것을 떳떳하게 해 나가기로 해요. 우리는 정직한 인간이 되는 거예요. 짐승이 아니라 착한 사람이 되자구요. ……나를 데려가 줘요. 멀리멀리 데려가 줘요. 아시겠죠. 난 여기는 싫어요. 어디든지 멀리 가고 싶어요."

"아, 그럼 꼭 그렇게 하겠어!" 이렇게 말하고 미차는 그루센카를 안은 팔에 힘을 주며 말했다. "당신과 멀리 떠나는 거야. ……아아, 그 피에 대해 알 수만 있다면 내 한 평생을 1년과 바꾸어도 아깝지 않으련만……."

"피라니, 그게 무슨 말이죠?" 의아한 표정으로 그루센카가 물었다.

"아무것도 아니야!" 미차는 이빨 사이로 내뱉듯이 말했다. "그루센카, 당신은 정직한 사람이 되기를 원하지만, 나는 도둑놈이야. 나는 카체리나의 돈을 훔쳤어. 아아, 이 수치, 이런 수치가 어디 있단 말인가!"

"카체리나라니? 그 젊은 아가씨 말인가요? 아니, 그건 훔친 게 아니에요. 돌려주세요. 내게 돈이 있으니……, 그게 무슨 문제라고 떠들어댈 필요는 없어요. 이제 내 것은 모두 당신 거예요. 도대체 우리한테 돈 같은 게 무슨 문제가 되겠어요? 어차피 다 써버리게 마련이에요. 차라리 우린 어디로든지 가서 농사라도 짓고 사는 게 나을 거예요. 나는 이 손으로 땅을 일구고 싶어요. 우리는 일해야만 해요! 알료샤도 그렇게 하라고 했어요. 나는 당신의 정부(情婦)가 되고 싶지 않아요. 나는 당신의 성실한 노예가 되어 당신을 위해 일하겠어요. 우리 함께 그 아가씨한테 머리 숙여 사죄를 하고 떠나도록 해요. 만일 그 아가씨가 우리를 용서해 주지 않더라도 우리는 역시 떠나는 거예요. 당신은 그 아가씨의 돈을 갚아 버리고 나를 사랑해주세요. 그 여자를 사랑해선 안 돼요. ……앞으론 절대로 그 여자를 사랑해서는 안 된단 말이에요. 만일 당신이 그 여자를 사랑하면 난 그 여자를 목 졸라 죽이고 말 거예요. 바늘로 그 여자의 눈을 찔러버릴 테예요."

"나는 당신을 사랑해, 당신만을 사랑해. 시베리아에 가더라도 당신만을 사랑할거야."

"왜 하필 시베리아예요? 아니, 괜찮아요. 당신이 바란다면 난 어디든 상관없어요. 우리 함께 일하는 거예요. 시베리아엔 눈이 있죠……. 나는 썰매를 타고 눈 위를 달리는 게 참 좋아요. 말에는 방울을 달아야지. ……아, 방울 소리가 들리네요. 어디서 저런 방울 소리가 들려올까요? 마차가 오고 있나 봐요. 아아, 이젠 멎는군요."

그루셴카는 힘없이 눈을 감더니 금세 잠이 들고 말았다. 미차는 여자의 가슴 위에 머리를 묻었다. 그는 방울 소리가 멎은 것도 몰랐고, 갑자기 노랫소리가 그치고 노래와 시끄러운 소음 대신에 죽음과 같은 정적이 온 집안을 휩싸고 있는 것도 모르고 있었다. 그루셴카는 눈을 떴다.

"어머나, 내가 잠들었나 봐요? 그렇군요……. 방울 소리가 났어요. 나는 그새 잠이 들어 꿈을 꾸었나 봐요. 방울 소리가 울렸는데, 나는 꾸벅꾸벅 졸고 있는 거예요. 나는 당신을 끌어안고 당신옆에 바싹 붙어 앉아 있었어요. 어쩐지 좀 추운 것 같았어요. 그리고 흰 눈이 반짝거리고……, 달빛이 환하게 빛나는 밤이었어요. 난 어쩐지 이 세상에 있는 것 같지 않았어요. 눈을 떠보니 사랑하는 사람이 곁에 있질 않겠어요. 정말 좋아요."

"옆에 있고말고." 미차는 그녀의 옷이며 가슴이며 그 손에 키스하면서 이렇게 중얼거렸다. 그러자 그는 이상한 생각이 들었다. 그녀는 열심히 앞을 바라보고 있었는데, 그것은 미차의 얼굴을 바라보는 것이 아니라 그의 머리 너머를 꼼짝도 않고 응시하는 것 같이 생각되었던 것이다. 갑자기 그녀의 얼굴에는 공포에 가까운 경악의 표정이 떠올랐다.

"미차, 저기서 우리를 들여다보는 게 누굴까요?" 그녀는 속삭였다.

미차가 뒤돌아보니 정말 누군가가 커튼을 들치고 이쪽을 살피고 있었다. 그것도 한 사람만이 아닌 것 같았다. 그는 벌떡 일어나서 빠른 걸음으로 그쪽으로 걸어갔다.

"이쪽으로, 이쪽으로 나오시오." 크지는 않았지만 강경하고도 위압적인 어조로 누군가가 말했다.

미차는 커튼 밖으로 나오자 곧 못 박힌 듯 얼어붙고 말았다. 방 안은 사람들로 가득 차 있었는데 그것은 아까와는 전혀 다른 이들이었다. 순간 싸늘한 오한이 그의 등골을 스쳐갔다. 그는 부르르 몸을 떨었다. 이 모든 사람들을 그는 순식간에 누군지 알아보았던 것이다. 외투를 입고 모표가 붙은 모자를 쓴, 키가 크고 뚱뚱한 사내는 경찰 서장 미하일 마카로프였다. 그 옆에 '폐병장이처럼 생긴', '반들거리는 구두를 신은' 말쑥한 멋쟁이는 검사보였다. '저 친구는 4백 루블짜리 정밀 시계를 차고 있지. 나도 그걸 본 적이 있어' 하고 미차는 생각했다. 그리고 또 안경을 끼고 키가 작은 젊은 사내는 최근에 법률 학교를 마치고 이 고장에 온 예심판사였다. 미차는 그의 이름을 잊었지만 전에 본 일이 있어서 그를 잘 알고 있었다. 그밖에 전부터 잘 아는 사이인 경찰지서장 마브리키도와 있었다. '그런데 도대체 무엇 때문에 저런 배지를 찬 친구들이 몰려온 것일까?' 그밖에도 농군 차림의 사내가 두 명 있었고 칼가노프와 여관주인 트리폰이 서 있었다.

"여러분……, 대체 무슨 일인가요?" 미차는 이렇게 입을 열었으나 갑자기 정신을 잃은 듯 자신도 모르게 목청을 돋워 큰소리로 외쳤다. "아아, 알겠습니다! 그 일 때문이군요."

안경을 쓴 젊은 사람이 재빨리 앞으로 걸어 나와 미차에게 다가오더니 약간 성급하면서도 위엄 있는 어조로 말하기 시작했다.

"우리는 당신에게…… 즉 이쪽으로, 이 소파에 와서 앉으십시오. 꼭 당신한테 말씀드려야 할 일이 있습니다."

"그 늙은이 때문이군요!" 미차는 정신없이 소리쳤다. "그 늙은이와 피 때문이죠! ……알……겠……습니다!"

그리고는 마치 발목이 잘리기라도 한 것처럼 옆에 있는 안락의자에 무너지듯 주저앉았다.

"알겠다고? 물론 알겠지! 네 아비를 죽인 극악무도한 놈아, 네 늙은 아비의 피가 울부짖고 있다!" 늙은 경찰서장은 미차 앞으로 나서며 갑자기 이렇게 고함을 질렀다. 그는 넋을 잃고 얼굴이 새파래져서 온몸을 후들후들 떨고 있었다.

"이러시면 안 됩니다!" 몸집이 작은 사내가 외쳤다. "미하일 씨, 이러시면 안 돼요. 안 된다니까요. ……제발 부탁이니 나 혼자만 말하게 해 주십시오. 당신이 이런 행동을 하실 줄은 몰랐습니다."

"그렇지만 이건 악몽이에요. 여러분! 이건 악몽이라구요!" 경찰서장은 계속 외쳐댔다. "저놈을 보십시오. 이 밤중에 술에 취해 가지고 더러운 계집년과 함께…… 자기 아비의 피가 묻은 손으로……. 아니 이럴 수가! 이게 어디 제정신입니까!"

"미하일 씨, 제발 부탁이니 제발 오늘만큼은 감정을 좀 억제해 주십시오." 검사보는 늙은 경찰서장에게 빠르게 속삭였다. "그렇잖으면 나는 할 수 없이 적절한 조치를 취하는 수밖에……."

그러나 몸집이 작은 예심판사는 그의 말이 끝나기도 전에 미차를 향해 커다란 목소리로 엄숙하게 선언했다.

"예비역 중위 카라마조프 씨, 나는 당신이 간밤에 발생한 당신의 친부(親父) 표도르 카라마조프의 살해 사건의 범인으로 기소되었음을 통보하는 바입니다."

그리고 그는 또 몇 마디를 했다. 검사보도 역시 뭔가 말한 것 같았으나, 미차는 그들의 말을 듣고 있으면서도 무슨 말인지를 알아들을 수가 없었다. 그는 다만 야수 같은 눈초리로 일동을 둘러보고 있을 뿐이었다.

제3부

제9편 | 예심

1. 관리 페르호친의 출세의 시작

우리는 표트르 페르호친이 과부 모조로바가(家)의 굳게 닫힌 대
문을 힘껏 두드리는 대목에서 일단 묘사를 중단했었지만, 물론 그
는 결국 자기의 목적을 달성하고야 말았다. 두 시간 전에 받은 충
격 때문에 아직도 흥분과 '여러 가지 상념'에 사로잡혀 잠자리에
들 생각도 하지 못했던 페냐는, 또다시 요란스럽게 대문을 두드리
는 소리를 듣자 히스테리를 일으킬 정도로 놀라고 말았다. 그녀는
미차가 마차를 타고 떠나는 것을 자기 눈으로 직접 보았음에도 불
구하고, 그가 다시 와서 문을 두드리는 것으로 여겼다. 왜냐하면
그토록 '대담하게' 문을 두드릴 사람은 드미트리 외에는 없었기
때문이다.

페냐는 문지기한테 달려가서 — 그는 벌써 잠자리에 깨어나 소

리 나는 대문 쪽으로 나가는 중이었다 - 제발 부탁이니 문을 열어
주지 말라고 애원했다. 그러나 문지기는 문을 두드리는 사람이 누
구냐고 물어 누구인지 알아본 뒤, 상대방의 '매우 중대한 용건' 때
문에 페냐를 만나보고 싶어 한다는 말을 듣고는 드디어 문을 열어
주기로 했다. 페르호친도 역시 그 부엌으로 안내되었다. 이때 페냐
는 아무래도 마음이 놓이지 않았던지 문지기도 함께 있게 해 달라
고 페르호친의 양해를 얻어 그를 들어오게 했다. 페르호친은 화살
처럼 질문을 퍼부은 끝에, 곧 중요한 핵심을 알아내고야 말았다.
그것은 드미트리가 그루셴카를 찾으러 나갈 때 절구에서 절굿공
이를 집어 들고 갔었는데, 돌아왔을 때는 이미 절굿공이는 보이지
않고 대신 그의 손은 온통 피투성이가 되어 있었다는 사실이었다.

　"그래요. 그때까지도 피가 뚝뚝 떨어지고 있었어요. 피가 철철
흐르고 있더라니까요. 그 두 손에!" 페냐는 이렇게 외쳤다. 아마도
페냐는 그녀 자신의 혼란된 상상 속에서 이 무서운 사실을 무의식
중에 꾸며내고 있는 것이 분명했다. 그러나 페르호친도 피가 '철
철 흐르는 것'은 보지 못했지만, 피투성이가 된 손을 제 눈으로 보
았을 뿐만 아니라, 또 그 손을 씻도록 거들어주기까지 했던 것이
다. 그런데 문제는 피투성이가 된 손이 그토록 빨리 말라붙었다는
게 아니라, 드미트리가 절굿공이를 들고 달려간 곳이 어디였는지,
정말 표도로에게로 달려갔는지, 그렇다면 어떤 근거로 확실한 결
론을 내릴 수 있는가 하는 점이었다. 페르호친은 이 점을 캐물었
다. 그러나 결국 아무것도 추궁해 낼 수는 없었지만, 그래도 어쨌

든 미차가 달려 나갈 곳이라곤 아버지의 집 이외에는 없을 것이라는 점, 따라서 틀림없이 거기서 무슨 일이 생겼을 것임에 틀림없다는, 거의 확신에 가까운 결론을 얻을 수 있었던 것이다.

"그리고 그분이 다시 돌아왔을 때," 페냐는 흥분한 어조로 말을 계속했다. "난 그분에게 죄다 털어놓았어요. 그리고 나서 '표도르 씨, 왜 그렇게 손에 피가 묻었지요?'라고 물었더니, '이건 사람의 피다. 나는 지금 사람을 죽이고 오는 길이다'라고 죄다 고백을 하면서 몹시 후회를 하시더군요. 그러더니 갑자기 미친 사람처럼 뛰어 나가셨답니다. 저는 그 자리에 주저앉아서 생각해 보았죠. '저 사람은 미친 꼴을 하고 지금 어디로 달려갔을까? 그러자 퍼뜩 모크로예 마을로 가서 우리 아씨를 죽일지도 모른다는 생각이 들더군요. 그래서 저는 제발 아씨를 죽이지 말아 달라고 그분에게 애원하러 그의 하숙집을 찾아서 달려갔습니다. 그런데 가다 보니 플로트니코프네 상점 앞에서 그분이 막 출발하려는 것이 보였어요. 그런데 그때는 이미 그 손에 피가 묻어있지 않더군요." 페냐는 이 사실을 눈여겨보았기 때문에 훨씬 뒤에까지 똑똑히 기억하고 있었다. 페냐의 할머니인 식모 노파도 될 수 있는 대로 자기 손녀의 증언을 뒷받침해 주었다. 페르호친은 몇 가지 질문을 더 한 후에, 조금 전에 들어왔을 때보다 더 큰 동요와 혼란을 느끼며 그 집을 나섰다.

이제부터 당장 표도르의 집으로 가서 무슨 일이 일어나지 않았는지 물어 보고, 만일 무슨 일이 있었다면 어떤 일인지 정확히 확인한 다음, 그때 비로소 경찰서장한테 찾아가는 것이 가장 손쉽고 빠른 순서일 것 같았다. 페르호친은 그렇게 하기로 굳게 결심했다. 그러나 밤도 깊은데다가 표도르의 대문은 굳게 잠겨 있었다. 그래서 페르호친은 또다시 문을 요란하게 두드려야만 했다.

그런데 그는 표도르와는 조금 안면이 있을 뿐 그리 잘 아는 사이도 아닌데 만일 요란스럽게 문을 두드려 대문이 열렸을 때 아무 일도 일어나지 않았다면 어떻게 할 것인가. 그렇게 되는 날이면 반드시 남을 비꼬기 좋아하는 표도르는 날이 새기가 무섭게 사방으로 돌아다니며 자기와는 안면도 없는 페르호친이라는 관리가 한밤중에 들이닥쳐서, 자기가 누구한테 살해당하지 않았는가 하고 묻더라는 웃음거리를 온 읍내에 퍼뜨릴 것이 분명했다. 이런 추문(醜聞)이 어디 있겠는가! 페르호친은 이러한 추문을 세상에서 가장 두려워하고 있었다. 그러나 그를 유혹하는 감정의 힘은 너무나도 강렬한 것이었다. 그는 공연히 화가 나서 사뭇 발을 구르며 자기 자신에게 분통을 터뜨리다가, 곧 다른 방향으로 달리기 시작했다. 그의 목표는 표도르의 집이 아니라 호흘라코바 부인의 집이었다.

그는 생각했다 ― '만약 호흘라코바 부인이 드미트리에게 3천 루블을 준 적이 없다고 부정적으로 대답을 할 경우에는 표도르의 집에 들를 필요도 없이 곧장 경찰서장을 찾아가고, 그 반대로 3천 루블을 주었다고 할 경우에는 내일 아침까지 모든 일을 미루고 그냥 집으로 가자' ― 페르호친 같은 젊은 남자가 한밤중에, 그것도 밤 11시가 다 된 이런 시각에 전혀 안면도 없는 상류사회의 귀부인 댁을 찾아가서 이미 잠자리에 들었을지도 모를 그 부인을 깨워 가지고 그 성격상 매우 괴이하기 짝이 없는 질문을 던지겠다고 결심한 것은 표도르의 집을 찾아가는 것 이상으로 나쁜 소문이 퍼질 우려성이 있었다.

그러나 특히 지금과 같은 경우에는 아무리 정확하고 냉철한 인간일지라도 간혹 이런 엉뚱한 결심을 할 때가 있는 것이다. 게다가 이 순간의 페르호친은 결코 냉철한 인간일 수가 없었다! 갈수록 강하게 그의 마음을 사로잡는, 극복하기 힘든 불안은 마침내 고통을 느낄 지경으로 커져서 그의 의지를 거역하면서까지 그를 마구 몰아대는 것이었다. 그는 한평생 이 때의 일을 잊을 수가 없었다. 물론 그는 부인의 집을 찾아가는 자기 자신에게 끊임없이 욕지거리를 퍼부으면서 한편으론 '무슨 일이 있어도 끝까지 밝혀내고야 말겠다!'하고 이를 갈면서 열 번이나 되풀이했다. 그리하여 결국 그는 자신의 결심을 수행하고야 말았던 것이다.

그가 호흘라코바 부인의 집에 들어갔을 때는 정각 11시였다. 마당까지 들어가는 데는 제법 빨리 안내되었다. 그러나 부인께서 벌써 자리에 드셨는지 어떤지를 묻는 말에, 문지기는 대개 이맘때쯤이면 자리에 드신다는 말 외에는 더 정확한 대답을 하지 않았다. "현관으로 올라가서 면회를 요청하시지요. 부인께서 원하시면 만나주실 거고 원하시지 않으시면 거절하실 테죠."

페르호친은 집안으로 올라갔다. 그러나 여기서도 일은 수월치가 않았다. 하인은 손님이 온 것을 좀처럼 알리려 하지 않고 결국

287

젊은 하녀를 불러내주었다. 페르호친은 공손하면서도 강압적인 태도로, 이 고장 관리 페르호친이란 사람이 특별한 용건으로 찾아왔다, 그야말로 중대한 용건이기 때문에 실례를 무릅쓰고 이런 시각에 찾아왔다는 말을 전해 달라고 하녀에게 열심히 부탁했다. 하녀는 안으로 들어갔고 그는 대기실에 남아 기다렸다.

한편 부인은 아까 미차가 다녀간 뒤로 기분이 크게 언짢아져서 이런 때면 찾아들곤 하는 편두통 때문에 밤새도록 고통을 받을 것이라 체념하고 있었다. 부인은 하녀의 전갈을 듣고 크게 놀랐다. 전혀 안면도 없는 '지방 관리'가 이런 밤중에 찾아왔다는 것이 그녀의 호기심을 극도로 자극하지 않은 것은 아니었지만, 그래도 부인은 짜증스런 어조로 거절하도록 하녀에게 분부했다. 그러나 페르호친도 이번만큼은 나귀처럼 완강하게 버텼다. 그는 면회를 사절한다는 말을 듣고 더욱더 끈덕지게 다시 한 번 자기가 찾아온 뜻을 부인에게 전해 달라고 간청했다. "매우 중대한 용건으로 찾아왔습니다. 만약 만나주시지 않으면 나중에 반드시 후회하시게 될 겁니다." 이 말을 그대로 전해 달라고 부탁했다. 이때의 감정에 대해서 그는 "나는 그때 마치 절벽에서 뛰어내리는 것 같은 기분이었다."고 사람들에게 말하곤 했다.

하녀는 몹시 놀란 눈으로 그를 쳐다보고 나서 다시 한 번 말을 전하려고 안으로 들어갔다. 호흘라코바 부인은 놀라면서 잠시 생각에 잠겼다. 그 사람의 외모는 어떻더냐는 물음에 하녀는 '말쑥하게 차려입은 점잖은 젊은 분'이라고 대답했다. 여기서 한 마디

해두지만 페르호친은 꽤 미남이었는데, 이것은 본인도 꽤 의식하는 사실이었다. 호흘라코바 부인은 그를 만나보기로 결심했다. 부인은 이미 가운을 입고 실내화를 신고 있었지만 그 차림 그대로 양어깨에 검은 숄을 걸쳤다. '관리'는 바로 얼마 전에 미차가 들어왔던 바로 그 응접실로 안내되었다. 부인은 뭔가 알아보려는 것 같은 엄한 표정으로 손님한테 다가오더니 앉으란 말도 없이 다짜고짜 이렇게 물었다.

"저에게 무슨 용건이신가요?"

"제가 실례를 무릅쓰고 이렇게 찾아뵙기로 결심한 것은 부인께서도 잘 아시는 드미트리 카라마조프 씨와 관련된 일 때문입니다." 페르호친은 이렇게 입을 열었으나 드미트리의 이름이 입 밖에 나오자마자 부인의 얼굴은 날카로운 짜증의 빛을 드러냈다.

"아아, 나는 언제까지, 도대체 언제까지 그 무시무시한 사람 때문에 고통을 받아야 하는 겁니까?" 부인은 미친 듯이 소리쳤다. "게다가 이런 시각에 안면도 없는 사람 집에 찾아오다니, 정말 이런 실례가 어디 있습니까……, 더욱이 그 용건이라는 것이 세 시간 전에 이 응접실로 찾아와 나를 죽이려던 그 사람의 일이 아니냐 말이에요. 점잖은 집에 왔다가 그렇게 무례하게 자리를 박차고 나가는 사람이 또 어디 있겠어요. 똑똑히 들으세요. 난 당신을 고발하겠습니다. 결코 용서하지 않겠어요! ……자, 지금 당장 나가주세요. 난 자식을 둔 어미예요. 나는……, 나는……."

"죽이려 했다고요? 그럼 그 사람은 당신까지 죽이려 했던가요?"

"어머나, 그럼 그 사람은 벌써 누군가를 죽였단 건가요?" 호흘라코바 부인은 성급히 물었다.

"부인, 제발 30초만 제 말에 귀 기울여 주십시오. 간단히 모든 상황을 설명해드릴 테니까요." 페르호친은 확고한 어조로 대답했다. "오늘 오후 다섯 시경, 드미트리 표도로비치는 저한테 와서 10루블을 빌려 갔습니다. 그래서 저는 그 사람에게 한 푼도 없었다는 걸 확실히 알고 있습니다. 그런데 밤 9시에 나를 찾아왔을 땐 1백 루블짜리 지폐를 한 2, 30장 움켜쥐고 있었습니다. 그리고 두 손이며 얼굴은 온통 피투성이가 되어 있지 않겠습니까. 정말 미친 사람 같더군요. 그래서 어디서 그런 돈을 얻었느냐고 물었더니, 호흘라코바 부인한테 얻었다고 하더군요. 부인께서 금광에 가라는 조건으로 3천 루블을 주었다는 거예요……"

호흘라코바 부인의 얼굴에 갑자기 심한 흥분의 빛이 떠올랐다.

"아아, 큰일이군요! 그 사람은 자기 아버지를 죽인 거예요!" 그녀는 두 손을 마주 잡으며 이렇게 외쳤다. "나는 절대로 그 사람한테 돈을 준 일이 없어요. 절대 없어요! 자, 어서 빨리 달려가세요, 서두르세요. 더 이상 말할 필요도 없어요! 그 노인을 살려 줘야 해요. 어서 그 사람의 아버지에게 달려가세요, 어서요!"

"실례지만 부인, 그러니까 당신은 그 사람한테 돈을 주지 않았단 말씀이시죠? 분명히 기억하시고 계신가요? 그 사람한테 돈을 주지 않았다는 것을?"

"안 줬어요. 절대로 안 주고말고요! 딱 거절해 버렸지요. 그 사람은 돈의 가치를 모르는 사람이에요. 그러자 그 사람은 미친 사람처럼 발을 구르며 뛰어 나가더군요. 게다가 나한테 막 달려드는 걸 나는 얼른 뒤로 물러나 버렸죠. ……이제 와선 하나도 숨기지 않겠어요. 당신이 믿기 어렵겠지만, 그 사람은 내게 침을 뱉으려고 했답니다. 어디 상상이나 할 수 있는 일인가요. 그런 그렇고 우리는 어째서 이렇게 서 있을까요? 자, 앉으세요. 죄송해요. 나는……, 아니, 그보다도 빨리 달려가 보시는 게 낫겠군요. 어서 달려가서 그 가엾은 노인은 무서운 죽음으로부터 구해줘야 해요."

"아아, 정말 어쩌면 좋을까요! 그럼 우린 이제 어찌하면 좋을까요? 무엇을 해야 한다고 생각하시나요?"

이러는 사이에 그녀는 페르호친에게 의자를 권하고 자기도 맞은편에 앉았다. 페르호친은 간단하지만 알아듣기 쉽게 사건의 전말을, 적어도 자기가 목격한 일들을 부인에게 설명하고, 좀 전에 폐냐를 찾아갔던 이야기와 절굿공이에 관한 이야기도 들려주었다. 이러한 상세한 이야기는 그렇지 않아도 흥분에 휩싸여 있던 부인을 극도로 자극시키고 말았다. 부인은 연방 찢는 듯한 비명을 지르는가 하면 두 손으로 얼굴을 가리기도 했다.

"나는 이 모든 것을 처음부터 예감하고 있었답니다. 내게는 원래부터 그런 재능이 있거든요. 내가 예상하는 것은 무엇이든지 사실이 되어 나타난답니다. 나는 그 무서운 사내를 볼 때마다 '이 사람이야말로 나를 죽일 사람이다'하는 생각이 자꾸만 들더군요. 그런데 바로 실현되지 않았느냐 말예요. ……그 사람이 나를 죽이지 않고 자기 아버지를 죽인 건 틀림없이 하느님께서 날 보호해 준 덕분일 거예요. 그리고 그 사람도 나를 죽이는 것을 부끄럽게 여겼을 거예요. 왜냐하면 나는 바로 이 응접실에서 위대한 순교자 성 바르바라의 유물인 성상을 그 사람 목에 걸어 주었으니까요. …… 그러고 보니 정말 난 그때 죽음 바로 옆까지 가 있었군요. 나는 그 사람에게 바짝 다가서 있었고 그 사람은 나한테 목을 길게 내밀고 있었으니까요. 그건 그렇고 표트르 일리치 씨, 실례지만 이름이 표트르 일리치라고 하셨죠? 나는 기적이라는 걸 믿지는 않아요. 그렇지만 그 성상과 나에게 일어난 의심할 여지가 없는 기적에는 나를 완전히 뒤흔들어 놓고 말았습니다. 그래서 나는 또다시 무엇이든지 믿을 수 있을 것 같은 심정이에요. 당신은 조시마 장로의 얘기를 들으셨나요? ……아이쿠, 내가 지금 무슨 말을 하는지 모르겠군요. 하지만 그는 성상을 목에 걸고도 나에게 침을 뱉으려 했어요. 물론 침을 뱉었을 뿐 죽이지는 않았습니다만……, 그러고 나서 그쪽으로 달려간 거예요. 그런데, 우린 지금 어디로 가야 하나요? 어디로 가야 해요! 당신은 어떻게 하실 생각이세요?"

페르호친은 자리에서 일어서더니, 이제부터 경찰서장을 찾아가서 모든 것을 알리고, 그 다음부터는 그에게 맡길 작정이라고 말했다.

"아아, 그분은 정말 훌륭한 분이세요. 나도 그 서장님은 잘 알아요. 반드시 그 사람에게 가야 해요. 페르호친 씨, 어쩌면 그렇게 머리회전이 빠르신가요. 정말 잘 생각해내시는군요. 내가 당신의 입장에 있다면 도저히 그런 생각은 하지 못했을 거예요."

"아닙니다. 그리고 나도 경찰서장과는 절친한 사이입니다." 페르호친은 그대로 서서 이렇게 말했다. 그는 어떻게 해서든지 되도록 빨리 이 수다스러운 부인한테서 빠져나가고 싶은 눈치였으나, 부인은 그에게 작별할 기회를 좀처럼 주지 않았다.

"그리고 말이에요. 그리고……." 그녀는 분명치 않은 어조로 말했다. "당신이 거기서 보고 들은 일을 나한테 와서 모두 알려 줄 수 있을까요? ……무엇이 판명되고…… 어떻게 재판을 받고 어떤 선고를 받을 것인지……. 그런데 우리 러시아에는 사형제도란 게 없다지요? 아무튼 꼭 와 주셔야 해요. 새벽 세 시건 네 시건 네 시 반이건 상관없어요. 만일 내가 일어나지 않거든 하인에게 흔들어서라도 깨우라고 하세요. 아니, 난 오늘 밤 잠이 올 것 같지 않아요. 차라리 나도 당신과 함께 나가는 건 어떨까요?"

"아, 아닙니다. 그보다도 만일의 경우를 위해 당신이 드미트리 씨에게 한 푼도 돈을 빌려 준 일이 없다는 것을 손수 몇 자라도 적어 주시면 혹시 소용이 될지 모르겠네요. 만일의 경우를 위해서 말입니다."

"네, 그럼요!" 호흘라코바 부인은 기쁨에 겨운 표정으로 책상 앞으로 재빨리 달려갔다. "이런 사건을 처리하는 당신의 그 능수능란한 솜씨와 그 재빠른 기지에 정말 놀라지 않을 수 없군요. 난 정말 감동했어요. ……당신은 이 고장에서 일하고 계신다고 들었어요. 당신 같은 분이 여기서 근무하시다니 정말 반가운 일이 아닐 수 없네요……."

　그렇게 말하면서 부인은 편지지 반절에 큼직큼직한 글씨로 다음과 같이 서너 줄을 속필로 적었다.

　본인은 오늘 드미트리 표도로비치 카라마조프라는 불행한 분에게 (어쨌든 그가 불행한 처지에 있는 것이 사실이니까) 절대로 3천 루블이라는 돈을 빌려 준 일이 없을뿐더러 여태까지 한 번도 돈거래를 한 일이 없습니다. 나는 이 세상의 모든 거룩한 이름에 걸고 맹세하는 바입니다.

호흘라코바

　"자, 여기 있습니다." 부인은 페르호친 쪽으로 홱 몸을 돌리며 말했다. "자, 어서 가져서 구해 주세요. 이건 당신을 위해서도 크나큰 공적이 될 겁니다."

　그리고 나서 그에게 세 번의 성호를 그어 주었다. 그녀는 현관까지 나와 그를 전송해 주었다.

　"정말 감사해요! 당신이 나한테 가장 먼저 찾아오신 데 대해 내가 얼마나 감사하고 있는지 당신은 상상도 못 하실 거예요. 어째서 여태까지 당신을 만나 뵙지 못했을까요? 앞으로 자주 우리 집에 들러주신다면 언제라도 환영하겠어요. 당신처럼 빈틈이 없으시고 영리하신 분이 우리 고장에서 일하고 계신다니 얼마나 기쁜지 모르겠어요. 다른 사람들도 당신의 가치를 알고 존경하게 될 거예요.

결국엔 당신을 이해하게 되겠죠. 나도 힘닿는 한 당신을 위해 도와
드릴 용의가 있답니다. 정말이랍니다……. 나는 젊은 분들을 좋아
해요! 나는 젊은이들한테 반했어요. 젊은이들은 오늘날 고난의 길
을 걷고 있는 우리 러시아의 초석이자 희망이지요. 자, 어서 가 보
세요, 가 보세요…….”

그러나 페르호친은 이미 달려가고 있었다. 그러지 않았다면 부
인이 쉽사리 그를 놓아 주지 않았을 것이다. 그러나 어쨌든 호흘라
코바 부인은 그에게 제법 좋은 인상을 주었다. 그리고 그것은 이런
더러운 일에 말려든 데 대한 그의 불안을 어느 정도 덜어주기까지
했다. 누구나 다 아는 사실이지만 인간의 취미는 각양각색이다. 그
는 매우 즐거운 마음으로 이렇게 생각했다. ‘그런데 부인은 그다지
늙어 보이지 않던걸. 오히려 그 부인이 그 집 딸인 줄 알았다니까.’

한편 호흘라코바 부인도 이 청년에게 홀딱 빠져들고 말았다. ‘어
쩌면 그렇게도 명석하고 빈틈이 없을까! 요즘 젊은이들은 아무런
능력이 없다고 하지만 그런 사람들에게 그 청년을 본보기로 한번
보여주고 싶군.’ 이리하여 그녀는 ‘그 무서운 사건’을 거의 잊다시
피 했으나, 잠자리에 들 때에야 비로소 자기가 ‘죽음 바로 옆’에 있
었다는 것을 생각하고 ‘아이, 무서워, 아이, 무서워!’를 연방 되풀
이했다. 그러나 그녀는 곧 달콤한 잠에 빠져들었다. 필자가 이 사
소한 에피소드를 자세히 언급하는 것은 그럴 만한 이유가 있기 때
문이다. 즉 젊은 관리와 아직 늙었다고 볼 수 없는 미망인과의 갑
작스런 만남이 결과적으로 보다 치밀하고 용의주도한 청년의 출

세의 실마리가 되었던 것이다. 이 사실에 대해서 지금도 이 지방 사람들은 놀라움을 금치 못하고 있다. 필자도 카라마조프 형제들에 관한 긴 이야기를 끝내고 나면 어쩌면 이 일을 따로 언급하게 될지도 모른다.

2. 경보

　우리 지방의 경찰서장인 미하일 마카로프는 7등 문관으로 전보된 퇴역 중령인데 홀아비 생활을 하고 있는 호인이었다. 그는 이 지방에 부임해온지 불과 3년밖에 안됐지만, 일반 사람들로부터 좋은 평가를 받고 있었다. 그 주요한 이유는 '사교계를 잘 이끌어나가는 능력을 지니고 있다'는 것 때문이었다. 그의 집에는 손님이 끊이지 않았는데, 그는 손님 없이는 하루도 살아갈 수 없는 것처럼 보였다. 매일처럼 그의 집에는 식사 손님이 없을 때가 없었다. 반드시 한 사람이건 두 사람이건 손님이 없으면 그는 식탁에 앉으려 하지 않았다. 여러 가지 구실, 때로는 당치도 않은 구실을 만들어내어 정식으로 손님을 초대하곤 했다.

　대접하는 음식은 진수성찬이라고까지는 할 수 없어도 꽤 푸짐

했다. 생선 파이도 진미였고, 술도 최고급품은 아니었지만 그 대신 양이 풍부했다. 응접실에는 당구대가 놓여 있었는데 그 장식도 꽤 잘 어울렸다. 즉 독신자의 당구실에는 반드시 있어야 하는 장식으로 되어 있는, 영국산 준마를 그린 검정 테두리의 액자가 방마다 붙어 있었다. 그리고 조그만 탁자가 하나 있었는데, 거기서 매일 밤 카드놀이를 하곤 했다. 그리고 이 지방의 상류 사회 전체가 부인과 딸들을 동반하고 그의 집에 모여 댄스파티를 여는 이도 자주 있었다.

마카로프 서장은 홀아비였지만, 그래도 혼자 살고 있는 것은 아니었다. 그의 집에는 오래 전에 과부가 된 딸이, 이미 학업을 마치고 혼기가 꽉 찬 두 딸을 데리고 와서 함께 살고 있었다. 그녀는 또한 그에게 외손녀가 되는 이 두 아가씨는 이미 성숙해서 학업도 마쳤고 용모도 괜찮은데다 성격도 명랑해서 지참금이라곤 한 푼도 없다는 것을 모두 다 알고 있음에도 불구하고 이 지방의 청년들이 이 집에 뻔질나게 드나들고 있었다.

마카로프는 결코 직무 면에서는 유능한 편은 아니었지만, 맡은바 책임을 수행하는데 있어서는 절대로 어느 누구에게도 뒤떨어지지 않았다. 솔직히 말해서 그는 교육을 거의 받아 보지 못한 사람이었고 또 자기의 행정상 권한까지도 명확히 이해하지 못하고 있을 정도로 경박한 인간이었다. 그는 몇몇 현대에 진행된 개혁에 대해서도 충분히 그 뜻을 파악하지 못했을 뿐만 아니라 어떤 때는 엄청나게 엉뚱하고 그릇되게 해석할 때도 있었다. 이것은 그가 특

별히 무능했기 때문이라기보다는 단지 부주의한 성격에 기인하는
때문이었다. 왜냐하면 그에게는 언제나 사물을 차분히 생각할 수
있는 여유가 없었기 때문이었다.

"여러분, 내 성격은 군대에나 어울리지 문관으론 적합하지 않습
니다." 그는 곧잘 자기 자신을 이렇게 설명하곤 했다. 그는 농노제
개혁의 확실한 근거에 대해서도 확실한 개념을 파악하지 못했다.
다만 한 해 두 해 지나가는 사이에 실제적인 지식을 접하면서 자
연히 그것을 터득함으로써 이해하고자 했을 뿐이다. 그러나 그는
여전히 어엿한 지주 행세를 하고 있었다.

페르호친은 오늘 밤에도 마카로프의 집에서 누군가 손님을 만
나게 될 것이라고 생각했다. 그러나 누구를 만나게 될지는 알 수
없었다. 그런데 마침 이때 경찰서장 집에는 검사가 와 있어서 이
지방의 공의(公醫)인 바르빈스키를 상대로 카드놀이를 하고 있었
다. 이 의사는 최근 페테르부르크 의과 대학을 우수한 성적으로 졸
업한 수재 중의 하나로, 최근 이 지방으로 부인해 온 젊은 신사였
다. 검사라고는 하지만 실제로는 검사보에 지나지 않는 이폴리트
키릴로비치는 좀 색다른 인물이었다.

이제 겨우 서른다섯 살밖에 안된 한창나이였지만 뚜렷한 폐병의
징후가 보였고, 그러면서도 아이를 못 낳는 굉장히 뚱보인 마누라
를 거느리고 있었다. 그는 자존심이 강하고 터무니없이 성을 잘 내
는 사람이었으나, 예리한 분별력이 있었고 마음씨도 착했다. 그의
성격상의 결함은 다른 사람들이 인정하는 진가 이상으로 자기 자

신의 능력을 과대평가 하는데서 오는 듯싶었다. 언제나 그가 침착성이 부족한 듯 보이는 것도 실은 그 때문이었다. 게다가 그는 고상하고도 예술적인 것에 대해서 은밀한 야심을 지니고 있었다. 이를테면 심리안이라든지 인간의 감정에 대한 특별한 지식이라든지 범인이나 범죄를 꿰뚫는 비범한 재능 같은 것을 얻고 싶어 했다.

이런 뜻에서 그는 자기 자신이 직장에서 불우한 처지에 놓여 있으며, 상관들이 자기의 진가를 알아주지 않을뿐더러 자기에게는 적이 많다고 생각하고 있었다. 그리고 기분이 우울할 때면 차라리 형사 소송 전문의 변호사가 되어 버리겠다고 아무도 알아주지 않는 위협을 늘어놓기도 했다. 그러나 뜻밖에 카라마조프의 부친 살해 사건이 발생했을 때, 그는 이것이야말로 '러시아를 뒤흔들어 놓을 대사건'이라고 생각했던 것이다. 그런데 필자는 또다시 이야기를 앞질러 가는 것 같다.

옆방에서는 이 지방의 젊은 예심판사 니콜라이 넬류도프가 이 집 아가씨들과 함께 이야기를 나누고 있었다. 그는 불과 두 달 전에 이 지방으로 부임해 왔다. 나중에 이곳 사람들은 바로 '범죄'가 일어난 그날 밤에 마치 약속이라도 한듯이 경찰서장 집에 이런 인물들이 모여 있었던 사실을 이야기하며 몹시 기이하게 생각했다. 그러나 이것은 지극히 단순하고도 자연스럽게 이루어진 만남이었다. 이폴리트 키릴로비치의 아내는 이틀 전부터 이를 앓고 있었기 때문에 그는 그 신음소리가 들리지 않는 곳으로 도피해야만 했다. 또 의사 바르빈스키는 원래 밤마다 카드놀이를 하지 않고는 못

배기는 성미였다. 예심판사 넬류도프는 벌써 사흘 전부터 경찰서장의 집을 급습하려고 벼르고 있었다.

즉 그는 경찰서장의 큰 외손녀 올가를 깜짝 놀라게 해주려는 심술궂은 속셈을 가지고 있었다. 그는 그녀의 비밀을 알고 있었던 것이다. 이날은 그녀의 생일이었지만 사람들을 무도회에 초대하는 것이 싫은 나머지 그녀는 일부러 이 지방 사교계에 알리지 않기도 마음먹고 있었다. 그리고 또 그녀는 자신의 나이가 알려지는 것을 몹시 두려워하고 있었는데, 그는 지금 그 비밀의 열쇠를 쥐고 있었다. 그것을 내일 모든 사람 앞에 드러내겠노라고 암시하여 한바탕 유쾌하게 놀아보려는 게 그의 속셈이었다.

아직 젊고 애교만점인 이 젊은이는 이런 면에선 남달리 뛰어난 장난꾸러기였다. 그래서 읍내의 귀부인들은 모두 그를 '장난꾸러기'라고 부르고 있었는데, 그 또한 그 별명을 마음에 들어 하는 것처럼 여겨졌다. 그러나 그는 상류사회의 훌륭한 가문에 속해 있어서 훌륭한 교육을 받았고 마음씨도 선량했다. 비록 어느 정도 향락주의적인 데가 없지 않았으나, 언제나 예의바르고 그의 장난도 참으로 순진한 것이었다. 겉보기엔 키가 작고 체격도 허약해보였으며, 가늘고 창백한 손가락에서는 언제나 커다란 반지 몇 개가 반짝이고 있었다.

한편 그는 직무를 수행할 때에는 자기의 사명과 의무를 무슨 신성불가침한 것으로 생각하고 평소와는 딴판으로 점잔을 빼고 근엄한 태도를 취하곤 했다. 특히 평민 출신의 살인범이나 그 밖의 흉악범들을 심문할 때는 난처한 질문을 던져서 상대를 꼼짝없이 궁지로 몰아넣는 재주가 있어서 범인들의 마음속에 존경이라고까지는 할 수 없어도 어쨌든 일종의 경이로움을 불러일으키는 것이었다.

페르호친이 경찰서장의 집에 들어서자마자 그만 어안이 벙벙해졌다. 그 자리에 있는 사람들이 이미 모든 것을 다 알고 있다는 것을 곧 알아챈 것이다. 사실 그들은 카드를 내던지고 모두들 일어서서 의논을 하고 있었다. 예심판사 넬류도프까지 아가씨들을 버려두고 달려와서 전투에 임한 듯 긴장한 표정을 짓고 있었다. 우선 페르호친이 거기서 제일 먼저 들은 소식은, 늙은 표도르 카라마조프가 그날 밤 자택에서 살해되고 돈까지 빼앗겼다는 놀라운 내용이었다. 그것은 그가 이 집으로 달려오기 직전에 다음과 같은 경로를 통해 알려졌던 것이다.

그리고리 노인은 정신을 잃고 울타리 옆에 쓰러져 있었지만 그의 아내 마르파는 자기 침대에 누워 곤히 자고 있었다. 여느 때 같으면 아침까지 내처 잠을 잤겠지만 어쩌다 갑자기 잠이 깨었다. 그녀의 잠을 깨운 것은 인사불성이 된 채 옆방에 누워있던 간질병 환자 스메르쟈코프가 무서운 비명을 질렀기 때문이다. 언제나 발작이 시작될 때는 그 외침 소리가 들렸으므로, 그때마다 마르파는 공포에 질려 거의 병적인 불안에 사로잡혔다. 그녀는 도무지 그 비명 소리에는 익숙해질 수가 없었다.

그래서 마르파는 잠결에 벌떡 일어나자마자 거의 정신없이 스메르자코프의 방으로 달려갔다. 그러나 방안은 캄캄해서 환자가 무섭게 신음하며 꿈틀거리는 소리만 들릴 뿐이었다. 그래서 마르파도 역시 비명을 질러 영감을 부르기 시작했다. 그러나 문득 자기가 나올 때 남편이 침대에 없었던 것을 머리에 떠올렸다. 그녀는 침대 옆으로 다시 달려가 손으로 더듬어보았으나 침대는 정말 텅 빈 채였다. '그럼 밖으로 나간 모양이군, 대체 어디로 간 걸까?' 그녀는 입구의 층계로 달려 나가서 겁먹은 소리로 남편을 불러 보았다. 물론 아무 대답도 없었고 그 대신 밤의 정적 속에서 멀리 떨어진 정원 안쪽 어딘가에서 신음 소리 같은 것이 들려왔다. 그녀는 귀를 기울였다. 신음소리는 또다시 되풀이되었다. 그 소리는 정원 쪽에서 들려오는 것이 분명했다. '아유, 저런! 리자베타 스메르쟈시챠야가 아기를 낳았을 때와 똑같군.' 이런 생각이 그녀의 혼란한 머릿속을 스쳐지나갔다.

그녀가 겁에 질린 채 층계를 내려가서 어둠 속을 살펴보니 정원으로 통하는 문이 활짝 열려 있었다. '아마 영감이 저기 있는 모양이군.' 그녀는 이렇게 생각하고 쪽문으로 다가갔다. 그러자 뜻밖에도 "마르파! 마르파!"하고 자기 이름을 부르는 그리고리의 무서운 신음 소리가 똑똑히 들려왔다. 가냘프게 신음하는 고통스런 목소리였다. "하느님 우리를 재난에서 구해주소서." 마르파는 이렇게 중얼거리며 소리 나는 쪽으로 달려갔다. 그리하여 그녀는 마침내 그리고리를 찾아낸 것이다. 그러나 발견된 장소는 그가 처음 얻어맞고 쓰러졌던 울타리 아래가 아니라 그곳에서 10보 가량 떨어진 곳이었다. 이것은 나중에야 판명된 사실이지만 그리고리는 정신을 차리고 거기까지 기어갔던 것이다. 그녀는 곧 남편이 온통 피투성이가 된 것을 알아보고 목청이 찢어져라 비명을 질렀다.

"죽였어……, 제 아비를 죽였어. 뭘 꽥꽥거리고 있어? 바보 같으니……. 빨리 가서 사람들을 불러와." 그는 가느다란 목소리로 두서없이 중얼거렸다. 그러나 마르파는 계속 외쳐대다가 언뜻 보니, 주인 방의 창문이 열려 있고 거기서 불빛이 흘러나오고 있었다. 그녀는 급히 그쪽으로 달려가서 주인을 부르기 시작했다. 그러나 창문 안을 들여다보았을 때 무서운 광경이 그녀의 눈에 들어왔다. 주인은 마루 위에 쓰러진 채 꼼짝도 않고 있었다. 연한 빛깔의 잠옷과 새하얀 셔츠의 가슴 언저리가 새빨간 피로 물들어 있었다. 테이블 위의 촛불은 미동도 하지 않는 표도르의 죽은 얼굴과 응혈된 피를 환하게 비추고 있었다.

이때 이미 극도의 공포에 질린 마르파는 창문 옆에서 물러나 정원 밖으로 뛰어나갔다. 그러고는 대문의 빗장을 뽑고 뒷길로 해서 이웃에 사는 마리야네로 뛰어들었다. 모녀는 모두 잠들어 있었으나 힘껏 창문을 두드리는 소리와 계속되는 외침소리에 잠이 깨어 창가로 달려 나왔다. 마르파는 목이 찢어져라 외치며 횡설수설했지만, 그래도 요점만은 알아들을 수 있게 전한 다음 빨리 좀 도와달라고 애걸했다.

마침 그날 밤 이 집에는 집 없이 방랑하고 다니는 포마가 묵고 있었다. 그들 모녀는 곧 그를 흔들어 깨워서 범행 현장으로 달려갔다. 도중에 마리야는 그날 저녁 9시경, 온 동네가 떠나갈 정도로 귀청을 찌르는 듯한 무서운 고함소리가 들려왔던 사실을 문득 상기해냈다. 물론 그것은 그리고리가 울타리 위에 올라탄 드미트리의 발을 붙잡고 "살인이야!"이라고 외쳤을 때의 그 목소리였을 것이다. "누군가 외마디 소리를 지르더니 곧 잠잠해지더군요." 마리야는 달리면서 이렇게 말했다.

그리고리가 쓰러져 있는 현장에 닿자, 두 여인은 포마의 도움을 받아 노인을 바깥채로 옮겼다. 불을 켜 보니, 스메르자코프는 아직도 발작을 멈추지 않고 입에서 거품을 흘리며 몸을 뒤틀고 있었다. 그들은 식초를 탄 물로 그리고리의 머리를 씻어 주었다. 노인은 정신이 돌아오자 "주인어른은 살아 계신가"하고 황급히 물었다. 그래서 두 여인과 포마는 주인 방에 가보려고 정원으로 들어갔다. 그러나 이번에는 창문뿐만 아니라 방 안에서 정원으로 통하는 문까지 활짝 열려져 있었다. 이 문은 지난 1주일 동안 주인이 저녁마다 자기 손으로 굳게 잠그고, 그리고리조차도 노크하지 못하도록 엄중히 단속하고 있던 문이었다.

이 문이 활짝 열려 있는 것을 보자, 그들 두 여인과 포마는 갑자기 주인 방에 들어서기가 두려워졌다. '혹시 나중에라도 무슨 시끄러운 일이 생기면 곤란하다'고 생각했기 때문이다. 그들이 다시 돌아오자, 그리고리는 곧 경찰서장에게 달려가서 알리도록 했다. 그리하여 마리아가 달려가서 경찰서장 집에 모여 있던 모든 사람들을 깜짝 놀라게 했던 것이다. 그것은 페르호친이 도착하기 불과

5분 전의 일이었다. 그러나 페르호친은 단지 자기의 상상이나 추측만을 가지고 왔을 뿐만 아니라 명백한 사실의 목격자로서 범인이 누구인가 하는 일동의 추측을 사실적인 이야기로 훌륭히 뒷받침하는 구실을 한 셈이었다. 그러나 그는 마지막 순간까지 마음속으로 이러한 추측을 믿기 어려워했다.

그리하여 일동은 모두 온 힘을 다하여 활동을 개시할 것을 결의했다. 부서장은 곧 네 사람의 증인에 대한 증언을 청취하도록 위촉되었다. 필자는 여기서 수사 과정을 일일이 설명하진 않겠지만, 그들은 일정한 수속 절차를 밟아 표도르의 집에 들어가서 현장검증을 시작했다. 아직 경험이 많지 않아 무슨 일에나 열중하기 좋아하는 공의(公醫)는 자청하다시피 하여 서장, 검사, 예심판사와 동행하게 되었다. 그러나 여기서는 간단한 설명만으로 그치기로 하겠다.

표도르는 두개골이 깨진 채 그 자리에서 즉사하고 말았음이 판명되었다. 거기에 사용된 흉기는 분명 나중에 그리고리를 해친 것과 동일한 흉기였으리라. 그들은 응급조치를 받은 그리고리로부터 토막토막 끊기는 힘없는 목소리이긴 했지만, 그가 피해를 입게 된 경위를 대략 듣고 곧 흉기를 찾기 시작했다. 등불을 들고 울타리 근처를 살펴보니 눈에 잘 띄는 정원 길 위에 놋쇠 절굿공이가 떨어져 있는 것이 발견되었다.

표도르가 쓰러져 있는 방은 별로 난동의 흔적은 없었으나, 병풍 뒤에 있는 침대 가까운 마룻바닥 위에는 보통 관청에서 쓰는 것 같은 두꺼운 종이로 만들어진 커다란 봉투가 하나 떨어져 있었다. 거기에는 '나의 천사 그루셴카에게 주는 선물, 3천 루블! 만약 네가 오기만 한다면.' 이라는 글이 쓰여 있었다. 그 조금 아래에는 '나의 귀여운 병아리에게'라고 씌어 있었는데, 아마 나중에 표도르가 직접 덧붙인 것이리라. 봉투에는 빨간 봉랍으로 세 군데나 커다란 봉인이 찍혀 있었다. 그러나 봉투는 이미 찢겨져서 안은 텅 비어 있었다. 마루 위에는 봉투를 묶었던 가느다란 분홍색 리본도 발견되었다.

페르호친의 증언 중에서 특히 한 가지 사실이 검사와 예심판사에게 강한 인상을 주었다. 그것은 드미트리가 날이 밝기 전에 틀림없이 권총으로 자살할 것이라는 추측이었다. 그의 추측에 따르면, 드미트리 자신이 자살을 결심하고 있다고 직접 말했을 뿐만 아니라 유서를 써서 호주머니에 집어넣기도 했다는 일련의 사실로부터 추측한 것이었다. 그래도 페르호친이 그의 말을 곧이들으려 하지 않고 누군가에게 얘기해서 자살을 방해하겠다고 위협하자, 미차는 히죽히죽 웃으면서 '그렇게는 안 될 거요'라고 대답했다는 것이다. 그렇다면 당장 모크로예 현장으로 달려가서 범인이 자살하기 전에 체포하지 않으면 안 된다.

"그건 틀림없습니다. 틀림없어요!" 검사는 이상할 정도로 흥분하여 이렇게 되풀이했다. "그런 종류의 악한들은 곧잘 그런 짓을 벌이는 법입니다. 어차피 내일은 죽을 테니 죽기 전에 실컷 놀아 보자, 하는 식이지요." 그가 상점에서 술이며 식료품을 사 갔다는 얘기는 더욱더 검사를 흥분시켰다. "여러분, 그 상인 올스피예프를 죽인 그 젊은 놈을 기억하시죠? 그놈은 1천 5백 루블을 강탈하자, 그길로 이발소에 가서 머리를 지진 다음, 그 돈을 감추지도 않고 그냥 손에 움켜쥔 채 곧장 계집애들한테로 달려가지 않았느냐 말입니다."

그러나 표도르의 가택 수색과 그 밖의 필요한 절차가 일동을 지체시켰다. 이 모든 일에 꽤 시간이 걸렸으므로 그들은 우선 주재소 경관 마브리키시 메르초프를 모크로예로 보내기로 했다. 이 사람은 마침 그 전날 아침 봉급을 타러 읍내에 와 있었던 것이다. 마브리키시 메르초프에게 다음과 같은 지시가 내려졌다. 모크로예에 도착하면 조금도 떠들지 말고, 사법 관계자들이 도착할 때까지 끊임없이 범인을 감시하는 동시에, 필요한 증인과 마을의 촌장 등을 미리 소집해 두라는 것이었다. 마브리키시 메르초프는 지시받은 대로 행동했다.

그는 예전부터 잘 아는 사이인 여관 주인 트리폰에게만 비밀의 일부를 알렸을 뿐 모든 것을 비밀리에 행동했다. 미차가 자기를 찾고 있던 여관 주인과 어두운 복도에서 마주쳤을 때, 상대방의 얼굴 표정과 말투에 일종의 변화가 생겼다고 느낀 것은 바로 그 무렵의 일이었다. 그리하여 미차도 또 그 밖의 사람들도 누구 하나 자기들이 감시를 받고 있다고 생각지 못했다. 권총이 든 상자는 이미 트리폰이 훔쳐 내다가 안전한 장소에 감춰 두었다.

이윽고 새벽 네 시가 지나 거의 동이 틀 무렵이 되어서야 경찰서장과 검사, 예심판사 등 수사진 일행이 두 대의 마차에 나누어 타고 모크로예에 도착했다. 의사는 표도르의 집에 그냥 남아 있었는데, 아침에 피해자의 시체를 해부하기 위해서였다. 그러나 그가 남게 된 더 중요한 이유는 그 집 하인인 스메르자코프의 병세에 특별한 흥미를 느꼈기 때문이었다. "48시간이나 계속 되풀이되는, 이처럼 맹렬하고 긴 간질의 발작은 거의 드문 일입니다. 이건 연구할 만한 가치가 충분하지요." 그는 모크로예로 떠나는 자기 동료들에게 흥분한 어조로 말했다. 그들은 웃으면서 그 발견을 축하해 주었다. 그러나 그와 동시에 스메르자코프는 아마 날이 밝기 전에 숨을 거두고 말 것이라고 의사가 자신만만한 어조로 덧붙이던 사실을 검사와 예심판사는 잘 기억하고 있었다. 이것으로 좀 길기는 했지만 필요하다고 생각되는 설명은 모두 끝냈다고 생각하므로 앞서 중단해두었던 이야기의 그 대목으로 돌아가기로 한다.

3. 영혼의 고뇌 속을 걷다 - 첫 번째 수난

그리하여 미차는 자리에 앉은 채 어리둥절한 눈초리로 주위의 사람들은 둘러보고 있었다. 그는 사람들이 자기에게 무슨 말을 하고 있는지 전혀 알아듣지 못하고 있었다. 갑자기 그는 자리를 박차고 일어나 두 손을 쳐들며 큰 소리로 외쳤다.

"나는 죄가 없습니다! 그 피에 대해서는 아무 죄도 없습니다! 아버지의 피에 대해선 죄가 없단 말입니다. ……죽이려고 했습니다만, 죽이진 않았습니다! 그건 내가 아닙니다!"

그런데 미차가 이렇게 외치자마자 휘장 뒤에서 그루셴카가 달려 나오더니 경찰서장 발아래 무릎을 꿇었다.

"그건 나예요. 이 저주받을 년입니다! 죄는 저한테 있습니다!"
온통 눈물에 젖은 그녀는 그들에게 두 손을 내밀로 비통한 목소리로 외쳤다. "저 사람이 살인을 한 것은 나 때문입니다. 제가 저분을 괴롭혔기 때문에 그런 짓을 하게 된 겁니다. 저는 죽은 그 노인네까지도 심술궂게 괴롭혔습니다. 그래서 결국 이런 일이 생긴 겁니다. 제가 나빴습니다! 모든 화근은 내게 있어요! 제가 장본인입니다."

"물론 네가 나쁘지! 네가 이 사건의 주범이야! 이 요사스런 화냥년 같으니. 모든 잘못은 너에게 있는 거란 말이다!" 서장은 한 손으로 그녀를 위협하며 이렇게 소리쳤다. 그러나 동료들이 재빨리 서장을 단호하게 제지했다. 특히 검사는 두 손으로 그를 꽉 껴안기까지 했다.

"이러시면 모두 엉망이 되고 맙니다. 서장님." 하고 검사가 소리쳤다. "당신의 행동은 심리를 정면으로 방해하는 것입니다. 일을 망치실 작정이십니까?" 그는 숨을 헐떡거리다시피 하며 이렇게 말했다.

"단호한, 단호한 조치를 취해야 해요!" 하고 넬류도프 예심판사도 몹시 흥분한 어조로 소리쳤다. "그렇게 하지 않으면 도저히 심문할 수가 없습니다."

"나도 같이 재판해 주세요." 그루센카는 여전히 무릎을 꿇은 채정신없이 소리쳤다. "저도 함께 벌을 주세요. 저 사람과 함께 라면이 분과 함께 전 사형이라도 기꺼이 받겠어요!"

"그루센카, 오오, 나의 생명, 나의 피, 나의 하느님!" 미차는 그루센카 옆에 무릎을 꿇고 그녀를 힘껏 끌어안았다. "여러분, 이 여자의 말을 믿지 마십시오. 이 여자는 아무 잘못도 없습니다. 어떤 피에 대해서도 죄가 없어요. 아무 죄도 없습니다."

그는 몇 사람이 강제로 자기를 여자 옆에서 떼어놓고 그루센카도 급히 어디론가 데리고 가 버린 것을 나중에 가서야 상기할 수 있었다. 그가 제정신으로 돌아왔을 때는 이미 테이블 앞에 끌려와 있었다. 그의 뒤에도 양 옆에도 휘장을 단 사람들이 서 있었다. 테이블 맞은편 소파에는 예심판사 넬류도프가 앉아 있었는데, 그는 테이블 위에 놓인 컵의 물을 좀 마시라고 미차에게 자꾸만 권하고 있었다.

"이걸 마시면 기분이 나아질 겁니다. 마음이 진정되지요. 무서워하거나 불안해할 건 조금도 없습니다." 그는 매우 정중하게 이렇게 덧붙였다.

그러나 미차는 갑자기 판사가 끼고 있는 커다란 반지에 관심이 끌렸다. 하나는 자수정 반지이고 또 하나는 찬란한 광채를 발하는 투명하고 맑은 황색 보석 반지였다. 그는 무서운 진행되는 동안 자기의 처지와는 아무 관계도 없는 그 반지에서 한 시도 눈을 뗄 수 없었다는 사실을 그 후에도 오랫동안 놀라움을 가지고 회상하곤 했다.

간밤에 막시모프가 앉아 있던 왼쪽에는 지금 검사가 앉아 있었다. 그리고 그루센카가 앉아 있던 오른쪽 자리에는 매우 낡아빠진 사냥복 같은 괴상한 옷을 걸친, 볼이 붉은 젊은이가 앉아 있었다. 그 젊은이 앞에는 잉크병과 종이가 놓여 있었다. 그는 예심판사가 데려온 서기였다. 경찰서장은 방 맞은편 창문 가까운 한쪽 구석에서 있었다. 칼가노프도 그 창문 가까이에 있는 의자에 앉아 있었다.

"물을 좀 마십시오!" 판사는 상냥한 어조로 열 번이나 같은 말을 반복하고 있었다.

"마셨습니다. 여러분, 마셨어요……. 아니, 그보다도……. 여러분, 나를 짓이겨 주십시오. 벌을 내려 주십시오. 어서, 내 운명을 결정해주십시오! 무섭게 부릅뜬 눈으로 미차는 예심판사를 노려보며 소리쳤다.

"그럼, 당신은 친부인 표도르 카라마조프의 죽음에 대해서는 무죄라고 단언하시는 겁니까?" 판사는 부드럽기는 하지만 끈질긴 어조로 물었다.

"죄가 없습니다! 다른 피에 대해서, 다른 노인의 피에 대해서는 죄가 있지만, 아버지의 피에 대해서는 죄가 없습니다. 나는 오히려 그 죽음 때문에 울고 있습니다. 나는 죽였습니다. 한 노인을 죽였지요. 때려눕혀 죽였습니다. 그러나 다른 사람의 피, 아무 죄도 없는 아버지의 피에 대해서까지 책임을 질 수는 없습니다. ……이건 너무나 무서운 일입니다. 이마를 한 대 얻어맞은 기분입니다. 그렇지만 대체 아버지를 죽인 건 누굴까요, 누가 죽였을까요? 내가 아니라면 대체 누가 죽였느냐 말입니다! 이상합니다. 말도 안 됩니다. 도저히 있을 수 없는 일이예요!"

"이 경우 그런 살인을 할 수 있는 사람이라면, 즉……" 하고 판사는 입을 열었으나, 검사인(검사보이지만 간단히 검사라고 부르기로 한다) 이폴리트 키릴로비치가 판사에게 눈짓을 교환하고는 미차에게 이렇게 말했다.

"하인 그리고리 노인에 대해서라면 그다지 걱정할 필요가 없습니다. 그는 살아 있습니다. 의식을 회복했어요. 이건 당신의 진술과 노인의 증언에 의거해서 하는 말입니다만, 당신이 입힌 상처는 끔찍한 중상이긴 했어도 적어도 의사의 말을 빌리면 생명에는 별지장이 없다고 합니다."

"살아 있다구요? 아니, 그 노인은 죽지 않았단 말입니까?" 미차는 가볍게 손뼉을 치며 갑자기 소리쳤다. 그의 얼굴이 환하게 빛나기 시작했다. "오오, 하느님, 나 같은 죄 많은 악당의 기도를 들어주시어 위대한 기적을 베풀어 주시니 감사하기 이를 데 없습니다. 그렇습니다. 이건 하느님께서 내 기도를 들어주신 거예요. 나는 밤새껏 빌었거든요." 그는 세 번 성호를 그은 뒤, 가쁜 숨을 몰아쉬었다.

"그런데 바로 그 그리고리로부터 우리는 당신에 대한 아주 중대한 증언을 들었습니다. 그것은 다름 아니라……." 하고 검사는 말을 이으려고 했으나, 이때 갑자기 미차가 벌떡 일어났다.

"잠깐만, 여러분, 잠깐만 기다려 주십시오. 그 여자한테 잠깐만 다녀오겠습니다……."

"무슨 소리를 하는 겁니까? 지금은 절대로 안 됩니다." 예심판사도 거의 비명을 지르듯이 외치며 자기도 의자에서 벌떡 일어났다. 가슴에 휘장을 단 사내들이 사방에서 미차를 붙들려 했다. 그러나 미차는 스스로 의자에 앉았다.

"여러분, 참으로 유감스럽군요! 나는 그저 잠깐 그 여자를 만나

보고 싶었을 뿐입니다. 밤새껏 내 심장을 죄듯이 괴롭혔던 그 피가 깨끗이 씻겨져서 이젠 내가 살인자가 아니라는 것을 그루셴카에게 말해주고 싶었을 뿐이에요. 여러분, 그 여자는 내 약혼자란 말입니다!" 그는 일동을 둘러보며 기쁨에 찬 경건한 표정으로 이렇게 말했다. "아아, 여러분, 여러분께 감사드립니다! 여러분은 나를 다시 소생시켜주셨습니다. 그 노인은, 나를 품 안에 안고 다녔습니다. 세 살밖에 안된 내가 모두에게 버림받았을 때 그 사람은 친아버지처럼 내 몸을 씻어 주기도 하고 나를 친아들처럼 돌봐 주었습니다."

"그래서 당신은……." 판사가 말을 하려고 했다.

"제발, 여러분, 제발 잠시만 더 기다려 주십시오." 미차는 테이블 위에 팔꿈치를 세우고 두 손으로 얼굴을 가리면서 판사의 말을 가로챘다. "조금만 생각할 여유를 주십시오. 여러분, 너무나 뜻밖이어서 정신을 차릴 수가 없군요. 정말입니다……. 뭐니 뭐니 해도 인간은 북의 가죽이 아니니까요, 여러분!"

"그럼, 물이라도 좀……." 판사가 중얼거리듯 말했다.

미차는 얼굴에서 손을 떼더니 킬킬거리며 웃었다. 그의 눈초리는 생생하게 빛났고 눈 깜짝할 사이에 아주 딴 사람으로 변한 것 같았다. 그리고 말투까지 변하고 말았다. 이 자리에 있는 모든 사람, 예전부터 잘 알고 있던 이 사람들과 또다시 대등한 관계로 돌아간 인간이 거기에 있었다. 마치 아무런 일이 일어나지 않았던 그 전날, 어떤 사교적인 모임에서 그들을 만났다 해도 지금의 태도와 조금도 다를 것이 없었으리라. 겸해서 말해두지만, 미차도 이 지방에 처음 왔을 때 경찰서장의 집에서도 따뜻한 환영을 받곤 했다. 그 후, 특히 최근 한 달 동안 미차는 거의 서장의 집을 방문한 일이 없었고, 서장 또한 우연히 길에서 마주쳐도 잔뜩 얼굴을 찌푸리고 그저 예의상 할 수 없이 고개를 끄덕여 보이는 것이 전부였다. 미차도 그것을 잘 알고 있었다.

검사와의 교제는 더욱 거리가 멀었지만, 신경질적이면서도 공상적인 그 부인에게는 이따금 놀러간 일도 있었다. 물론 그것은 어디까지나 예의범절을 깍듯이 갖춘 방문이었다. 그러면서도 도무지 무엇 때문에 놀러 가는지 자기 자신도 분명히 모르고 있었다. 그래도 검사 부인은 언제나 친절하게 미차를 맞아 주곤 했다. 어째서인지 몰라도 그녀는 최근까지도 미차에게 흥미를 느끼고 있었다. 판사와는 아직 사귈 기회가 없었으나 한두 번 만나서 이야기를 주고받은 일은 있었다. 그것도 두 번 다 여자에 대한 화제였다.

"저, 넬류도프 씨, 내가 보기에 당신은 매우 노련한 판사인 것 같습니다." 미차는 갑자기 유쾌한 웃음을 지었다. "이번엔 내가 한번 당신을 도와드리기로 하지요. 아아, 여러분, 나는 정말 새 생명을 얻은 기분입니다. ……이렇게 소탈하게 허물없이 대한다고 해서 나무라진 말아 주십시오. 게다가 솔직히 말씀드려서 나는 조금 취해 있으니까요. 넬류도프 씨, 나는 당신을…… 내 친척인 미우소프의 집에서 만나 뵐 수 있는 영광을 누렸습니다. 여러분, 여러분, 나는 결코 대등한 입장에 있다고 생각하고 있는 건 아닙니다. 나도 물론 당신들 앞에 어떤 인간으로 앉아 있는지 잘 알고 있으니까요. 만일 그리고리가 나에 대해서 그렇게 증언했다면…… 내게는…… 아아, 내게는 무서운 혐의가 걸려 있습니다! 무서운 일입니다. 정말 무서운 일이에요. ……나도 그만한 것쯤은 잘 알고 있습니다. 그러나 여러분, 나는 이 사건에 대해서 얼마든지 해명할 마음의 각오가 잡혀 있습니다. 우린 이제라도 당장 해결해버릴 수 있습니다. 그 이유는 이렇습니다. 여러분, 내 말에 귀 기울여 주십시오. 나 자신이 분명히 무죄라는 것을 알고 있다면, 우린 당장 이 문제를 해결할 수 있으니까요! 어때요, 그렇지 않습니까!"

미차는 상대방은 마치 자기의 가까운 친구라고 생각하는 듯이 성급하게 신경질적으로 자신의 감정을 드러낸 채 수다스럽게 지껄이기 시작했다.

"그렇다면 우선 그렇게 기록해 두겠습니다. 당신은 자기에게 걸려 있는 혐의를 극력 부인하신다고요." 넬류도프는 당당한 목소리로 이렇게 말하고는 서기 쪽을 돌아보면서 기록할 사항을 낮은 목소리로 일러 주었다.

"기록한다구요? 당신들은 그런 걸 다 기록해 두고 싶습니까? 좋습니다. 전적으로 동의합니다. 여러분……, 그런데 잠시만 기다려 주십시오. 기왕이면 이렇게 적어 주시죠. '그는 폭행죄를 가했다는 점에서는 유죄, 가엾은 노인에게 중상을 입혔다는 점에서 죄인이다'라고요. 그리고 한 가지, 나는 내 마음 속에 죄가 있다는 것을 인정하고 있습니다. 그러나 이것은 적어둘 필요가 없겠지요." 그는 별안간 서기 쪽을 돌아보았다. "이건 내 사생활 문제이기 때문에 여러분과는 관계없는 일입니다. 즉 이건 내 마음 속 깊은 곳의 문제니까요……. 그러나 나는 늙은 아버지의 살해 사건에 관해서는 아무 죄도 없습니다. 그건 터무니없는 추측입니다. 정말 터무니없는 것이지요! 곧 증거를 확인하면 당신들도 사실을 알게 될 겁니다. 그땐 아마 당신들도 웃어버리고 말 겁니다. 나에 대해 혐의를 건 여러분 스스로가 우스워질 거란 말입니다!"

"좀 진정하세요, 카라마조프 씨." 예심판사는 자신의 냉정한 태도로 흥분에 들뜬 미차를 압도라도 하려는 듯이 이렇게 주의를 주었다. "나는 심문을 계속하기에 앞서, 만일 당신이 동의하신다면, 다음 사실을 인정하는지 어떤지 물어보고자 합니다. 다름이 아니라 당신은 돌아가신 아버지 표도르 카라마조프 씨와 사이가 좋지 않았다더군요. 그래서 늘 싸움만 했다면서요. ……바로 여기서 당신이 약 15분 전에 그 사람을 죽이고 싶었다고 말한 것을 나는 기억하고 있습니다. '죽이지는 않았지만 죽이고 싶었다'고 큰소리로 말하셨죠?"

"내가 그런 말을 했던가요? 아아, 여러분, 어쩌면 그랬는지도 모르겠습니다. 불행히도 나는 아버지를 죽이고 싶었습니다. 여러번 그런 생각을 했지요. ……불행한 일이지만 이건 사실입니다!"

"그렇게 생각했단 말이죠? 그럼 대체 무슨 이유로 당신은 자기 아버지에 대해서 그런 증오를 품게 되었는지 그 점을 설명해 주실 수 있겠습니까"

"여러분, 설명할 게 무엇입니까?" 미차는 눈을 내리깔고 언짢은 표정으로 어깨를 살짝 들먹였다. "나는 나 자신의 감정을 숨긴 적이 없기 때문에 그 사실은 온 읍내 사람은 모두 알고 있지요. 술집에 드나드는 친구들도 다 알고 있구요. 그리고 최근 조시마 장로의 암자에서 나는 분명히 그런 말을 한 기억이 있습니다. 또 그날밤엔 아버지를 초죽음이 되도록 두들겨 패 주고는 다시 와서 죽여 버리고 말겠다고 사람들이 듣는 앞에서 큰 소리로 맹세했습니다. ……오오, 그런 증인이라면 얼마든지 있습니다. 거의 한 달 동안을 그렇게 외치고 다녔으니 누구나가 다 증인이 되겠지요. 사실은 엄연히 존재하니까요. 사실은 큰 소리로 말하고 있지요. 그렇지만 여러분, 감정은, 감정은 전혀 다른 겁니다. 그러니까 여러분," 미차는 얼굴을 찌푸렸다. "여러분이 내 감정에 대해서까지 심문할 권리는 없다고 생각합니다. 설사 당신네들에게 그런 권리가 있다고 하더라도 이건 나 자신이 잘 알고 있습니다만, 어디까지나 나 자신의 문제입니다. 이건 내 마음 속의 비밀입니다. 그러나…… 나는 예전에도 내 감정을 숨긴 적이 없습니다……. 이를테면 술집 같은 데서도 상대가 누구든 닥치는 대로 털어놓곤 했으니까 지금도…… 구태여 그걸 비밀로 하고 싶지 않습니다. 여러분, 이번 경우 나는 아버지를 죽인다고 공공연히 말하고 다녔지요. 그런데 갑자기 아버지가 살해되었습니다. 이렇게 되고 보면 내게 혐의가 걸리는 건 당연하지요! 하, 하! 나는 당신네들을 탓하려는 것은 아니에요. 여러분, 그건 당연한 일이니까요. 나 자신도 소름 끼칠 정도로 놀랐으니까요. 그도 그럴 것이 만일 내가 죽이지 않았다면, 이 경우 도대체 누가 죽였을까요? 그렇지 않습니까? 대체 누가 죽였을까요, 여러분!" 그는 버럭 소리를 질렀다. "나는 알고 싶습니다. 아니 여러분에게 설명을 듣고자 합니다. 여러분, 아버지는 대체 어디서 살해되었습니까? 아버지를 살해한 흉기는 무엇이었나요? 그걸 좀 설명해 주십시오." 그는 검사와 판사를 둘러보며 빠른 어조로 이렇게 물었다.

"우리가 가보니, 부친께서는 머리가 깨진 채 서재 마룻바닥 위에 쓰러져 계셨습니다." 검사가 말했다.

"아아, 무서운 일입니다, 여러분!" 미차는 갑자기 몸을 떨더니 테이블 위에 팔꿈치를 올려놓고 오른손으로 얼굴을 가렸다.

"그럼 다시 심문을 계속하겠습니다." 넬류도프가 말을 가로챘다. "그때 당신에게 그런 증오감을 불러일으킨 원인은 무엇이었습니까? 당신은 질투 때문이라고 공언하고 다닌 건 알고 있습니다만."

"그래요. 질투 때문이었지요. 그러나 결코 그것 때문만은 아닙니다."

"금전상의 다툼이었습니까?"

"그렇습니다. 그것도 원인이 있었습니다."

"그 다툼은 3천 루블의 유산을 당신한테 넘겨주지 않았기 때문이었다고 들었는데요."

"3천 루블 정도가 아니라, 훨씬 더 많습니다." 미차는 소리쳤다. "6천 루블 이상, 아니 1만 루블이 넘을지도 몰라요. 나는 모든 사람들에게 그렇게 외치고 다녔습니다. 그렇지만 나는 3천 루블만 주면 그걸로 타협하려고 결심했습니다. 내게는 3천 루블이라는 돈이 꼭 필요했기 때문이지요. 그래서 아버지가 그루센카에게 주려고 베개 밑에 준비해 두었던 그 3천 루블이라는 돈뭉치는 나한테서 훔친 돈이나 마찬가지라고 확신하고 있었습니다. 나는 그 돈이 거기 있다는 걸 잘 알고 있었습니다. 정말이에요. 여러분, 나는 그 돈을 내 것이라고 생각했습니다. 내 것과 다름없다고 여겼으니까요."

검사는 의미심장하게 판사에게 눈짓을 하고 미차가 눈치채지 못하게 살짝 눈을 껌뻑여 보였다.

"그 문제는 이따가 다시 말하기로 하고." 판사는 곧 이렇게 말했다. "우선 다음과 같은 사실에 유의하시고 그 점을 기록하는 데 동의하시기 바랍니다. 즉 당신은 그 봉투에 들었던 돈을 자기 것이나 다름없다고 생각했었다는 점 말입니다."

"어서 계속하십시오. 여러분, 그것 역시 내게 불리한 증거가 된다는 것은 나 스스로도 압니다. 그러나 나는 그 증거를 두려워하지 않습니다. 나는 나 자신에게 불리한 증언도 사양하지 않겠습니다. 내 입으로 스스로 말하겠습니다! 여러분, 당신네들은 나를 실제의 나와는 전혀 다른 인간으로 여기고 계신 것 같군요." 그는 갑자기 침울하고 슬픈 어조로 이렇게 덧붙였다. "지금 당신네들이 말하고 있는 이 사람은 명예를 아는 인간입니다. 참으로 명예를 아는 인간입니다. 무엇보다 중요한 것은 – 제발 이 점을 중요하게 여겨 주시기 바랍니다 – 지금까지 수없이 추악한 행위를 해왔습니다만, 언제나 마음속으로는 더없이 고결한 인간이었다는 사실입니다. 마음속으로는, 마음속 깊은 곳에서는…… 그러니까 한 마디로 말해서, 아니 말로는 표현할 방법을 모르겠군요. 아무튼 나는 고결함을 갈망해서 지금까지 한평생 고통 속을 살아왔습니다. 이른바 고결한 순교자, 등불을 켜든, 디오게네스의 등불을 든 고결의 탐구자라고나 할까요. 그러면서도 나는 다른 모든 사람들과 마찬가지로 지금까지 비열한 짓만을 일삼았습니다. 아니, 나만 그렇다는 겁니다. 여러분, 모든 사람이 아니라 이건 나 혼자만의 이야기입니다. 내가 말을 잘못했군요. 오직 나 혼자만……. 여러분, 난 지금 머리가 아픕니다." 그는 몹시 고통스러운 듯 미간을 찌푸렸다. "그런데 여러분, 나는 아버지의 얼굴이 몹시 싫었습니다. 그 파렴치한 오만성, 온갖 성스러운 것을 무시하는 그 뻔뻔스러운 표정, 조소와 불신이 뒤얽힌 그 추악한 얼굴. 그보다 추악한 것이 어디 있겠습니까! 그러나 이제는 그 아버지가 죽고 나니, 나도 생각이 달라지는군요."

"아니, 어떻게 달라졌다는 말씀입니까?"

"아니, 아주 달라졌다는 게 아니라 그처럼 아버지를 미워하지 말 것을 그랬다는 생각이 드는군요."

"그럼, 후회하신다는 겁니까?"

"아니에요. 후회하고는 다릅니다. 그런 건 기록하지 마십시오. 이렇게 말하는 나 자신도 그렇게 훌륭한 인간은 못 되니까요. 여러분, 나도 그리 보기 좋은 얼굴을 하고 있는 건 아니니까. 그러니까 아버지의 얼굴이 추악하다느니 뭐니 말할 권리는 없다는 그런 정도의 말입니다. 이건 사실입니다! 원한다면 이 말은 적으셔도 좋습니다."

이렇게 말한 미챠는 갑자기 매우 침통한 얼굴이 되었다. 이미 아까부터 판사의 질문에 대답해 가면서 그의 얼굴은 점차 어둡고 우울한 표정으로 바뀌어 가고 있었던 것이다.

그런데 바로 이 순간 또 다시 예기치 않았던 장면이 벌어졌다. 그루센카는 아까 딴 곳으로 딴 곳으로 격리되었을 때 그리 먼 곳으로 끌려 간 것은 아니었다. 지금 심문이 진행되고 있는 하늘색 방에서 바로 세 번째 방이었다. 그것은 어젯밤 춤을 추면서 온 세상이 뒤집힐 듯이 떠들어댄 그 큰 방 뒤에 붙은, 창문이 하나밖에 없는 조그만 방이었다. 그녀는 그 방에 앉아 있었는데, 함께 있었던 사람은 막시모프 혼자뿐이었다. 막시모프는 너무나 충격을 받은 나머지 몹시 겁에 질려 구원을 얻기라도 하듯이 그녀 옆에 꼭 붙어 있었다. 그 방문 앞에는 가슴에 휘장을 단 농부 한 사람이 지키고 있었다.

그루센카는 슬픔에 잠겨 있었다. 그러나 갑자기 참을 수 없는 설움이 가슴속에 북받쳐 올라 벌떡 자리에 일어났다. 그러고는 두 손을 탁 치며 가슴이 찢어지는 것 같은 목소리로 "아아, 이 슬픔! 견딜 수가 없어!" 라고 외치고는, 느닷없이 방을 뛰쳐나가 미챠가 있는 곳으로 달려갔다. 그것은 너무나도 돌발적인 일이었기 때문에 아무도 그녀를 제지할 겨를이 없었다. 미챠는 그녀의 비명 소리를 듣자 몸부림을 치며 벌떡 일어나 자기도 소리를 지르며 정신없이 그녀 쪽으로 달려 나갔다. 그러나 두 사람은 서로의 얼굴을 보기만 했을 뿐, 이번에도 서로 얼싸안는 것은 허락되지 않았다. 미차는 양쪽 팔을 꽉 붙들려 있었다. 미차가 너무나도 세차게 몸부림을 치면서 빠져나가려 했기 때문에, 그를 제지하는 데 서너 사람이 달려들어야만 했다. 그루센카도 역시 붙잡혔다. 그녀가 끌려 나갈 때 뭐라고 외치면서 자기 쪽으로 두 손을 내미는 것을 미차는 똑똑히 보았다. 이 소동이 끝나고 다시 제정신으로 돌아와 보니, 그는 또다시 테이블을 사이에 두고 예심판사와 마주 앉아 있었다. 미차는 그들에게 고래고래 소리치기 시작했다.

"당신네들은 저 여자에게 어떻게 하겠다는 겁니까? 왜 저 여자를 괴롭히는 거요? 그 여자에겐 죄가 없어요. 아무 죄가 없다구요 ...."

검사와 판사는 그를 달래기 시작했다. 이렇게 시간이 10 분가량 흘렀다. 이윽고 잠시 자리를 비웠던 마카로프 서장이 헐떡거리며 방안으로 들어오더니, 흥분을 감추지 못하고 큰소리로 검사에게 말했다.

"여자를 좀 멀리 격리시켜 놓았습니다. 지금은 아래층으로 내려갔어요. 그런데 여러분, 이 불행한 사나이한테 단 한 마디만 하고 싶은데 허락해 주시겠습니까? 여러분들 앞에서도 상관없습니다."

"그렇게 하십시오. 마카로프 서장님. 이젠 우리도 그것을 반대하지 않겠습니다."

"이봐, 드미트리 군. 내 말을 잘 듣게나." 마카로프는 미차를 바라보며 말을 시작했다. 그 흥분한 얼굴에는 아버지가 불행한 자식을 대하는 것과 같은 뜨거운 동정의 빛이 서려 있었다. "나는 지금 자네의 아그라페나를 아래층으로 데리고 가서 이 집 딸들에게 잠시 맡겨 두고 왔다네. 그 여자 옆엔 막시모프 노인이 한시도 떨어지지 않고 붙어 있지. 나는 그 여자를 타일렀어, 알겠나? 잘 설득해서 진정시켜놓았단 말일세. 자네는 자신의 무죄를 증명해야 하는 처지에 있는 만큼 자네를 방해하거나 슬프게 해서는 안 된다. 그렇지 않으면 자네 머리가 혼란해져서 불리한 증언을 하게 될지도 모른다, 이렇게 타일렀지. 자네 알겠나? 그래, 한마디로 말해서 이렇게 정리해주었더니 그 여자도 내 말을 이해하더란 말일세. 여보게, 그 여자는 참 영리한 사람이야, 착한 여자야. 그 여자는 나 같은 늙은 손에 키스까지 하면서 자네 일을 잘 부탁하지 뭔가. 그러고는 나를 이쪽으로 보내면서 제발 자기 걱정은 하지 말라고 자네에게 전해달라고 했어. 그래서 나는 이제 그 여자한테 가서 자네가 마음을 진정시키고 그 여자에 대해서도 마음을 쓰지 않고 있다는 걸 말해줘야겠네. 그러니 자네도 마음을 다스려야 해. 알겠나? 나는 그 여자를 잘못 보았던 거야. 그 여자야말로 그리스도교 신자다운 마음을 갖고 있어. 그래요, 여러분, 그 여자는 죄와는 거리가 먼 여자예요. 그래, 드미트리 군, 내가 그 여자한테 가서 뭐라고 말하지? 자네 얌전히 앉아 있을 수 있겠나?"

워낙 호인인 경찰서장은 쓸데없는 이야기까지 장황하게 늘어놓긴 했지만, 그루센카의 슬픔, 인간적인 슬픔은 그의 선량한 마음을 파고들었는지 그 눈에는 눈물까지 괴어 있었다. 미차는 벌떡 일어나 그에게 달려갔다.

"용서하십시오, 여러분, 부디, 용서하십시오!" 하고 그는 외쳤다. "당신은 정말 천사와 같은 마음씨를 갖고 계십니다. 마카로프 씨, 그 여자를 대신해서 감사드립니다. 네, 마음을 차분히 가라앉히겠습니다. 가라앉히겠어요. 쾌활해지겠습니다. 당신의 그 끝없는 호의를 믿고 부탁드리겠습니다. 내가 아주 쾌활해졌다고, 당신과 같은 수호신이 그 여자 옆에 있다는 걸 알았기 때문에 금방 웃음을 되찾을 정도로 기분이 좋아졌다고 전해 주십시오. 이제 곧 모든 문제를 결말짓고 자유로운 몸이 되면 그녀 곁으로 달려가겠습니다. 이제 곧 만날 테니까 조금만 더 기다려 달라고 해주십시오, 여러분!" 그는 갑자기 검사와 판사를 향해 말을 이었다.

"이제부터 내 마음속을 모조리 털어놓겠습니다. 무엇이든 숨김없이 말씀드리겠습니다. 이런 문제는 눈 깜짝할 사이에 해결 지어버릴 수 있습니다. 아주 유쾌하게 결말을 낼 수 있을 겁니다 - 그래서 결국 웃음으로 마무리 지을 수 있겠지요. 안 그렇습니까? 그러나 여러분, 그 여자는 내 마음의 여왕입니다! 아아, 제발 이렇게 말하게 해주십시오. 나는 이 모든 것을 숨김없이 털어놓겠습니다. 더없이 고결한 분들과 자리를 함께 하고 있다는 것을 나도 알고 있으니까요. 그녀는 나의 빛입니다. 나의 여신에요. 아아, 당신네들이 이것을 알아주신다면! '당신과 함께라면 사형이라도 기꺼이 받겠어요!'라고 외친 것을 당신들도 들으셨겠지요. 그런데 나는 그녀에게 무엇을 주었을까요? 나는 거지와 다름없는 알몸뚱이입니다. 그런데 왜 그녀는 나 같은 남자에게 그런 사랑을 바치는 걸까요? 이토록 추악하고 더럽고 못난 놈이 과연 그런 사랑을 받을 만한 가치가 있을까요. 더욱이 그 여자는 나하고 라면 유형지까지도 함께 가겠다고 서슴지 않고 말하지 않습니까. 아까 그 여자는 나를 위해 당신들 발아래 무릎을 꿇었습니다. 그처럼 자존심 강하고 또 아무 죄도 없는 그 여자가 말입니다. 그러니 어떻게 그 여자를 존경하지 않을 수 있겠습니까. 어찌 내가 소리 높여 외치지 않을 수 있으며, 어찌 내가 그 여자한테 달려가지 않을 수 있겠습니까. 아아, 여러분, 용서하십시오! 그러나 이젠 나도 안심할 수 있습니다."

이렇게 말하고, 미차는 의자에 쓰러져서 두 손으로 얼굴을 가린 채 흐느껴 울기 시작했다. 늙은 서장은 매우 만족스런 표정이었다. 법관들도 역시 만족한 듯 보였다. 그들은 심문이 곧 새로운 단계로 접어들 것이라고 예상했던 것이다. 경찰서장을 내보낸 후 미차는 정말로 기분이 좋아진 것 같았다.

"자, 여러분, 이제는 당신들의 처분대로 따르겠습니다. 시키는 대로 하지요. 아까처럼 쓸데없는 소리만 빼 버린다면 우리는 곧 일을 끝마칠 수 있을 겁니다. 아니, 내가 또 쓸데없는 소리를 지껄였군요. 물론 나는 여러분의 처분에 순종하겠습니다만, 그러나 여러분, 여기서 필요한 것은 상호간의 신뢰입니다. ─ 당신들은 나를, 또 나는 당신들을 믿어야 합니다. ─ 그렇지 않고는 이 일은 끝나지 않을 겁니다. 이건 여러분을 위해서 드리는 말씀입니다. 자, 그럼 본론으로 들어갑시다. 여러분, 본론으로. 그렇지만 특히 당부해 둘 것이 있습니다. 너무 내 마음을 파헤치지는 말아 주십시오. 사소한 일을 가지고 나를 괴롭히지 말아 달라는 부탁입니다. 이 사건과 관계되는 사실만 물어 주십시오. 그렇게 하면 나도 곧 당신네들이 만족할 만한 대답을 해드리겠습니다. 사소한 질문은 딱 질색입니다!"

미차는 이렇게 외쳤다. 다시 심문이 시작되었다.

4. 두 번째 수난

"카라마조프 씨. 당신은 곧이듣지 않으실지 모르지만, 당신이
기꺼이 협조해주시겠다니 우리도 한결 기운이 나는군요." 예심판
사가 활기를 띠고 말했다. 그는 심한 근시였는데, 방금 안경을 벗
어 버린, 툭 불거져 나온 커다란 연회색 눈에는 만족의 빛이 뚜렷
이 드러났다. "당신은 지금 상호간의 신뢰라고 말씀하셨는데, 그
건 정말 옳은 말씀입니다. 그런 상호간의 신뢰가 없이는 이런 중대
한 사건의 경우에는 심리가 불가능할 수도 있으니까요. 즉 피의자
가 실제로 자기의 무죄를 바라고 그것을 밝혀낼 것을 희망하고 그
목적을 달성할 수 있을 때를 두고 하는 말입니다만, 그래서 우리도
우리의 힘이 닿는 데까지 모든 방법을 다 강구해 보겠습니다. 우리
가 이 사건을 어떻게 처리하고 있는지는 당신도 잘 보아서 아시리

라 믿습니다. 그렇지 않습니까, 이폴리트 씨?"

그는 갑자기 검사 쪽을 돌아보며 이렇게 물었다.

"예, 그럼요." 하고 검사는 동의했으나, 그의 어조는 예심판사의 감동적인 어조에 비해 다소 차가운 느낌을 주는 어조였다.

여기서 마지막으로 한 마디 더 말해 두지만, 최근 우리 마을로 부임해온 니콜라이 넬류도프 예심판사는 여기서 활동을 시작했을 때부터 이폴리트 검사에 대해 상당히 존경을 느끼고 있어서 거의 마음의 친구처럼 따르고 있었다. 그는 '근무 분야에서 냉대를 받고 있는' 이폴리트 검사의 비상한 심리 분석과 뛰어난 말솜씨를 무조건 인정하고 있었다. 그는 페테르크부르크에 있을 때부터 이 검사에 대한 소문을 듣고 있었다. 그러나 대신 '냉대를 받고 있는' 검사가 마음속으로 사랑하는 사람도 이 넓은 세상에서 젊은 니콜라이 판사 한 사람 뿐이었다. 모크로예로 오는 도중 그들은 당면한 사건에 대해서 미리 서로 의논하여 협의하여 둔 바가 있었으므로, 지금 이렇게 테이블 앞에 마주 앉아 있으면서도 넬류도프의 민첩한 두뇌는 자기 선배의 얼굴에 나타나는 온갖 표정의 변화며 신호를 미처 끝맺지 못한 말이나 시선이나 그 눈짓에 의해서 상대가 지시하려는 것을 대번이 알아차리고 파악할 수 있었던 것이다.

"여러분, 제발 나 혼자만 말하게 해주십시오. 사소한 질문으로 말을 중단시키지 말아 주시기 바랍니다. 그럼 단숨에 모든 걸 말씀 드리겠습니다." 하고 미차가 흥분한 어조로 말했다.

"좋습니다. 어서 그렇게 해주십시오. 그러나 당신의 진술을 듣기에 앞서 우리에게 흥미가 있는 한 가지 사실을 확인해 주셨으면 합니다. 다름 아니라 어제 다섯 시경, 당신이 친구인 페르호친 씨에게 권총을 저당 잡히고 10루블을 빌린 사실 말입니다."

"사실입니다. 여러분, 10루블에 권총을 저당 잡혔어요. 그게 어쨌다는 겁니까. 어디 좀 다녀와서 읍내로 돌아오는 길에 곧 저당 잡혔습니다."

"아니, 읍내로 돌아오셨다구요? 그럼 당신은 마을 밖으로 나가셨단 말입니까?"

"예, 여행을 좀 했습니다. 40킬로미터쯤 떨어진 곳을 다녀왔지요. 당신들은 모르셨나요?"

검사와 예심판사는 서로 눈짓을 나누었다.

"그럼, 어디 한번 어제 아침부터 있었던 일을 순서대로 조리 있게 말씀해주시겠습니까? 예를 들면 왜 읍내를 떠났으며, 언제 출발해서 언제 돌아왔는지……. 그런 사실들을 죄다 말입니다."

"그럼 처음부터 말해주었으면 좋았을 텐데." 하고 미차는 큰소리로 웃었다. "그렇다면 어제 아침부터가 아니라 그저께 아침부터 시작하지 않으면 안 됩니다. 그렇게 해야만 내가 어디에 어떻게 어떤 목적으로 갔는지 아실 수 있을 겁니다. 여러분, 나는 그저께 아침에 이 고장 상인인 삼소노프의 집에 방문했습니다. 확실한 저당을 잡히고 3천 루블을 빌리려는 생각에서였지요. 갑자기 돈이 필요해서요. 갑자기 필요한 일이……."

"이야기하는 도중에 미안합니다만," 검사가 정중하게 말을 가로

막았다. "왜 갑자기 그렇게 많은 돈이, 3천 루블이나 되는 돈이 필
요하게 된 건가요?"

"아아, 여러분, 제발 그런 사소한 질문은 집어치우십시오! 언제,
어떻게, 왜, 무엇 때문에 일일이 설명하다간 끝이 없습니다. 그런
걸 일일이 기록하려면 세 권의 책으로도 모자랄 겁니다. 게다가 에
필로그까지 붙여야 할 테니까요!"

미차는 진실을 그대로 남김없이 털어놓으려는 더없이 선량한
마음씨로 가득 찬 인간 특유의 순박하면서도 성급한 어조로 이렇
게 말했다.

"여러분," 그는 갑자기 뭔가 생각난 듯이 말했다. "제발 나의 이
못된 고집을 용서해 주십시오. 거듭 부탁드립니다. 그리고 내가 여
러분을 그지없이 존경하고 있으며 또 지금 나 자신의 처지를 충분
히 이해하고 있다는 것을 다시 한 번 믿어 주십시오. 내가 술에 취
했다고 여기시면 곤란합니다. 난 지금 완전히 제정신을 찾았습니
다. 하기는 나라는 인간이 설사 취했다고 해도 아무 상관은 없습
니다만……, 나라는 인간은 바로 이런 모습이니까요. '술에 깨어
서 지혜가 작동하면 - 바보가 되고, 술이 취해서 지혜가 잠들면 -
영리해지나니' 하, 하! 그러나 여러분, 내가 아직도 누명을 벗지 못
한 처지에서 이런 농담을 하는 것을 실례가 된다는 것쯤은 나도
잘 알고 있습니다. 제발 나 자신의 품위라는 것을 지키게 도와주십
시오. 물론 나는 지금 당신들과 다른 처지에 놓여 있다는 건 잘 압
니다. 어쨌든 나는 당신들 앞에 범죄자로서 앉아 있으니까요. 따라

서 여러분과는 하늘과 땅만큼이나 차이가 나지요. 여러분은 나를 심문할 임무를 띠고 있는 만큼 내가 그리고리 노인에게 저지른 일을 칭찬하며 내 머리를 쓰다듬어 줄 일은 없겠지요. 사실 말이지, 노인의 머리를 박살내 놓았는데 벌을 받지 않을 수는 없으니까요. 여러분은 그 노인을 대신해서 나를 재판하고, 비록 모든 권리까지는 박탈하지 않더라도 반년 내지 1년 동안 감옥에 나를 집어넣을 테죠, 검사님? 그러니까 여러분, 나도 처지가 다르다는 건 잘 압니다. ……하지만 생각해 보십시오. 당신네들처럼 어디를 갔느냐, 뭣하러 갔느냐, 언제 갔느냐, 어디로 들어갔느냐 하는 식으로 질문 공세를 퍼붓는다면 아마 하느님도 정신이 없으실 겁니다. 그러니까 내가 혼란을 일으키는 건 당연한 일이지요. 게다가 당신네들은 이런 식으로 질문하고 그런 사소한 일들을 들추어내 가지고 일일이 적고 계시니 대체 그것을 무엇에 쓰실 겁니까. 그건 아무 소용도 없습니다. 하지만 일단 되지도 않은 소리를 지껄이기 시작했으니 끝까지 다 말해 버리겠습니다. 당신들은 고등교육을 받은 훌륭한 분들이니까 부디 내 수다를 용서해주시기 바랍니다. 끝으로 한 가지만 부탁드리고 얘기를 마치겠습니다. 다름이 아니라 제발 상투적인 심문 방법은 잊어 달라는 겁니다. 즉 처음에는 어떻게 일어났느냐, 무엇을 먹었느냐, 어떻게 침을 뱉었느냐 하는 식으로 아주 보잘것없이 시시한 것으로부터 시작하여 '범인의 주의를 딴 데로 돌려놓은 다음' 느닷없이 '누구를 죽였지, 누구 물건을 훔쳤지?' 하고 들이대는 방식 말입니다. 하, 하! 바로 이것이 당신네들의 상투적인 수법이지요. 이게 어디서나 사용하는 당신들의 원칙입니다. 그러나 이런 교활한 수법으로는 농부들의 얼을 뺄 수 있을지는 모르지만 나는 안 될 겁니다. 나는 그런 수법쯤은 뻔히 알고 있으니까요. 하, 하, 하! 여러분, 화를 내지는 말아주십시오. 나의 무례한 언사를 용서해주시겠지요." 그는 놀랄 만큼 선량한 태도로 그들을 바라보여 이렇게 외쳤다. "미차 카라마조프가 한 말이니 용서해 줄 수 있을 겁니다. 현명한 사람이 말했다면 묵과할 수 없으시겠지만 이 미차가 한 말이니 용서해 주실 테죠. 하, 하!"

이 말을 듣고 판사 넬류도프도 함께 웃었다. 검사는 웃지는 않지만 한 시도 눈을 떼지 않고 뚫어질 듯이 미차의 얼굴을 노려보고 있었다. 그것은 마치 아무리 사소한 말이라도, 아무리 사소한 몸짓이라도, 아무리 사소한 안면 근육의 움직임이라도 놓치지 않으려고 애쓰고 있는 듯 보였다.

"그러나 우리가 처음부터 당신을 그렇게 대하지는 않았을 텐데요." 판사는 여전히 웃는 얼굴로 이렇게 말했다. "아침에 어떻게 일어났느냐, 무엇을 먹었느냐 하는 따위의 질문으로 당신을 괴롭히지는 않았습니다. 우린 오히려 사건의 가장 본질적인 문제부터 시작했지요."

"그건 나도 압니다. 그래서 감사하고 있습니다. 그리고 또 지금 나한테 베풀어 주시는 당신네들의 호의, 그지없이 고결하고 훌륭하신 그 마음씨에 대해서는 더욱더 감사해마지 않습니다. 여기 모인 우리 세 사람은 모두 고결한 신사들입니다. 그런 만큼 우리는 신사의 품위와 명예를 지닌 상류사회의 교양 있는 사람으로서 서로 신뢰를 기초로 하여 모든 일을 처리해 나가야 할 겁니다. 아무튼 내 생애에서의 바로 이 순간! 내 명예가 손상된 이 순간에도 당신들을 나의 가장 훌륭한 벗으로 생각할 수 있게 해주십시오. 이런 말을 해도 별로 실례가 되지는 않겠지요. 여러분, 안 그렇습니까?"

"천만에요. 당신이 하신 말씀은 참으로 훌륭합니다. 카라마조프 씨." 예비 판사는 위엄 있게 동의했다.

"그러니까 여러분, 이젠 속임수를 쓰는 것 같은 그런 자질구레한 질문들은 다 집어치웁시다." 미차는 열광적으로 외쳤다. "그렇지 않으면 나중에 어떤 결과가 될지도 모르니까요. 안 그렇습니까?"

"당신의 현명한 충고를 충분히 고려하겠습니다." 하고 검사는 미차를 향해 말을 걸었다. "그렇지만 우리로서는 그 질문을 철회할 수는 없습니다. 즉 무엇 때문에 당신에게 그런 거금이, 3천 루블이라는 큰돈이 필요했는지 그것만은 꼭 알아야겠습니다."

"무엇 때문에 필요했느냐구요? 그건, 다시 말해……. 빚을 갚기 위해서였습니다."

"누구한테 진 빚이죠?"

"거기에 대서는 절대 대답할 수 없습니다. 여러분! 아시겠습니까? 나는 그것이 이야기할 수 없는 것도 아니고, 또 두려워하는 것도 아닙니다. 왜냐하면 모두가 하찮은 일, 그야말로 사소한 일이기 때문입니다. 그것을 말하지 않는 것은 나의 신념 때문입니다. 이건 어디까지나 나의 사생활이니까 나는 내 사생활까지 간섭을 받고 싶지는 않습니다. 당신들의 질문은 이번 사건과는 아무 관계가 없습니다. 사건과 관계가 없는 것은 모두 나의 사생활입니다! 나는 빚을 갚으려 했던 겁니다. 명예의 빚 말입니다. 그러나 그 상대방만은 절대로 밝힐 수 없습니다.

"실례지만 그걸 좀 기록해 두겠지만." 검사는 말했다.

"좋을 대로 하십시오. 어서 쓰세요 - 절대로 말할 수 없다고요. 그리고 이렇게 기록하세요 - 그런 말을 하는 것조차 수치스럽게 여긴다고요. 정말이지 당신들은 어지간히도 시간이 많은가 보군요. 그런 걸 일일이 다 적는 걸 보니!"

"실례지만 당신에게 다시 한 번 주의를 환기시켜 드리고 싶습니다. 혹시라도 당신이 모르고 계실까 해서." 검사는 유난히 엄한 태도로 타이르듯이 말했다.

"다름이 아니라 당신은 지금 우리가 하는 지문에 대해 답변을 거부할 충분한 권리를 가지고 있습니다. 그러나 반대로 우리는 당신이 무슨 이유에서든 답변을 거부할 경우, 당신에게 답변을 강요한 권리는 조금도 없습니다. 그것은 전적으로 당신 자신의 판단에 달린 문제지요. 그러니까 지금과 같은 경우 우리가 할 일은 당신이 어떤 종류의 진술을 거부함으로써 자기 자신이 어떤 불리한 입장에 몰아넣고 있는가를 납득이 가도록 잘 설명해 드리는 겁니다. 자, 그럼 그 다음 이야기를 계속해 주십시오."

"여러분, 나는 화를 내고 있는 게 아닙니다. ……나는…….." 미차는 검사의 경고에 조금 당황하여 이렇게 중얼거렸다. "그래서 말입니다, 여러분, 나는 그때 삼소노프를 찾아갔었는데……."

물론 필자는 독자 여러분이 이미 다 알고 있는 그의 이야기를 새삼스럽게 다시 설명하지는 않겠다. 미차는 지극히 사소한 점에 이르기까지 죄다 말함으로써 한시바삐 이 모든 문제를 끝내 버리려고 초조하게 서두르는 눈치였다. 그러나 검사측은 그의 진술을 그대로 기록하기 시작했으므로 자연히 그의 진술은 이따금 중단되지 않을 수 없었다. 미차는 그것에 대해 항의했으나 그래도 참고 순응했다. 그는 기분이 상하기는 했으나 아직은 호의적인 태도를 잃지 않고 있었다. 하기는 이따금 "여러분, 이건 하느님이라도 화를 내고 말 겁니다"라든지 "여러분, 이건 공연히 내 감정을 자극할 뿐이라는 걸 모르시오?"라고 외칠 때도 있었지만, 그러면서도 여전히 모든 것을 털어놓으려는 호의적인 태도를 그대로 유지하고 있었다.

그리하여 그는 그저께 삼소노프 노인에게 '골탕 먹은' 얘기를 죄다 털어놓았다. 그때 그는 이미 자기가 속아 넘어갔다는 것을 똑똑히 깨닫고 있었던 것이다. 그가 여비를 장만하기 위해 시계를 6루블에 팔았다는 사실은 판사와 검사에겐 금시초문이었기 때문에 대번에 그들의 비상한 관심을 불러일으켰다. 그들은 미차가 사건 전날에 무일푼이었다는 것에 대한 제2의 증거로서 이 사실을 자세히 기록해 둘 필요가 있다고 판단했다. 미차는 극도로 분개하여 점점 기분이 불쾌해졌다. 그 다음에 그는 랴가브이한테 갔던 일이며, 탄산가스가 가득한 오두막에서 하룻밤을 보낸 일이며, 그리고 읍내로 돌아왔을 때까지의 이야기를 진술했다.

검사 측에서는 묻지도 않았는데도 그는 그루센카에 대한 질투의 고뇌를 상세히 설명하기 시작했다. 검사 측에서는 말없이 귀를 기울이고만 있었으나, 미차가 오래전부터 마리아의 집 뒤뜰 덤불 속에 표도르와 그루센카를 감시하기 위한 장소를 마련해 두었다는 것과 스메르자코프가 그에게 여러 가지 정보를 제공하고 있었다는 사실에 각별한 주의를 기울였다. 그들은 이 사실을 중대시하고 낱낱이 기록으로 남겼다.

미차는 자기의 질투에 대해서 소상하게 설명했다. 그는 자기 마음속에 깊이 간직했던 감정을 '세상의 웃음거리'가 되도록 모조리 폭로해 버린 것을 마음속으로 수치스럽게 생각하면서도 자기의 결백을 밝히기 위해 그 수치를 감수하고 있는 것이 분명했다. 그가 얘기를 하고 있는 동안 골똘히 이쪽을 바라보고 있던 예심판사와 특히 검사의 눈길, 특히 검사의 냉담하고 엄격한 표정은 마침내 그의 마음을 세차게 동요시키고 말았다. '요 며칠 전만 해도 나와 함께 쓸데없는 계집 얘기나 늘어놓던 이 애송이 판사나 저 폐병쟁이 검사 따위가 나를 심문할 자격이 있을까. 이건 치욕이야!' 이런 슬픈 생각이 미차의 마음속에서 떠올랐다. 그러나 그는 '참아라, 진정하라, 잠잠하라'라는 시의 한 구절을 떠올리며 자기의 마음을 억제시키고 다시금 기운을 내서 얘기를 계속하기로 했다.

호흘라코바 부인의 얘기로 넘어가자 그는 또다시 흥분하여 이번 사건과는 아무 관련도 없는 최근에 일어나 그 부인의 일화까지 거론하려고 했다. 그러나 판사는 그를 제지하고 정중한 어조로 '좀 더 근본적인 문제'로 넘어가 달라고 부탁했다. 끝으로 미차가 자기의 절망을 이야기하고 호흘라코바 부인의 집을 나왔을 때 '누구를 죽이는 한이 있더라도 3천 루블을 꼭 손에 넣어야겠다'고 생각했다는 순간을 이야기하자, 검사 측은 또다시 그를 제지하고 '죽이려고 생각했다'는 대목을 기록했다. 미차는 아무 말하지 않고 적고 싶은 대로 적으라고 내버려 두었다. 그리고 다음 이야기로 넘어가서 마침내 그루센카가 밤중까지 삼소노프의 집에 있겠다고 속여 놓고 자기가 바래다주자마자 곧 노인의 집에서 빠져나왔다는 걸 알게 된 데까지 이야기를 마치고는 "여러분, 내가 그때 페냐를 죽이지 않은 것은 다만 그럴 시간이 없었기 때문입니다"라는 말을 불쑥 내뱉고 말았다. 이 말 역시 그대로 기록되었다. 미차는 침울한 표정으로 기록이 끝나기를 기다렸다. 이윽고 아버지의 집 정원으로 달려갔는지 설명하려고 하자, 예심판사가 갑자기 그를 제지하고 옆의 소파 위에 놓아두었던 커다란 가방을 열더니 그 안에서 조그만 놋공이를 끄집어냈다.

"당신은 이 물건에 대해 알고 있습니까?" 판사는 절굿공이를 미차에게 보여주었다.

"아, 물론입니다!" 미차는 음침하게 히죽 웃었다. "알다 뿐이겠습니까! 어디 좀 보여주십시오. 에잇, 빌어먹을, 그럴 필요 없습니다."

"당신은 이 물건에 대한 이야기를 깜빡한 모양이군요" 하고 예심판사는 말했다.

"제기랄, 난 당신들에게 숨기려 했던 건 아닙니다. 어차피 그 말을 하지 않고 그냥 넘어갈 수는 없는 것 아닙니까. 나는 그저 깜빡 잊었던 것뿐입니다."

"미안하지만, 어떻게 이 물건을 손에 넣게 되었는지 자세히 말씀해주시겠습니까?"

"네, 하고말고요."

미차는 그 절굿공이를 집어 들고 달려갔을 때의 상황을 낱낱이 설명했다.

"그런데 당신은 어떤 목적으로 이런 흉기를 집어 들고 간 겁니까?"

"어떤 목적이라뇨? 아무런 목적은 없었습니다! 그저 집어 들고 달려갔을 뿐입니다."

"목적이 없었다면 도대체 무엇 때문에?"

미차는 화가 치밀어 견딜 수가 없었다. 그는 이 '애송이'판사를 바라보며 음울한 표정으로 소리 없이 웃었다. 그는 그토록 성실하게 진심을 토로하며 자기 질투의 내력을 '그따위 녀석들'한테 털어놓은 것이 더욱 더 부끄럽게 여겨졌다.

"그까짓 절굿공이는 아무려면 어떻습니까!" 그의 입에서 불쑥 이런 말이 나왔다.

"그렇지만……."

"좋아요. 혹시 개가 덤비면 쫓으려고 가져갔소. 그리고 밤이 어두워서……. 만일의 경우를 대비해서 갖고 갔지요."

"그렇게 어둠을 두려워하신다면 이전에도 밤에 나다닐 때 그런 흉기를 들고 나가셨나요?"

"에잇, 제기랄! 당신들과는 정말 말할 수가 없군요!" 미차는 극도로 화를 내며 외쳤다. 그리고 분노로 빨개진 얼굴을 서기 쪽으로 돌리더니 미친 듯이 격앙된 목소리로 말했다.

"자, 빨리 적게, 빨리…… '자기 아버지…… 표도르 카라마조프의 머리를 깨부수기 위해 절굿공이를 들고 달려갔다!'고 말이야. 자, 여러분, 이제 만족하십니까? 시원하시나요?" 그는 도전적인 눈초리로 검사와 판사를 노려보았다.

"당신이 지금 그렇게 진술을 하신 것은 우리가 한 질문에 화가 나서 그랬다는 건 우리도 잘 알고 있습니다. 당신은 우리의 질문을 쓸데없는 것이라고 짜증을 느끼겠죠. 그렇지만 이것이 가장 근본적인 문제입니다." 검사는 싸늘한 어조로 말했다.

"아니, 내 말 좀 들어보세요. 여러분! 내가 공이를 집어 든 건 사실입니다. 그러나 그런 경우 무언가를 집어 들 때 반드시 어떤 이유가 있기 때문일까요? 천만에요. 나는 그것이 무엇 때문이었는지 모릅니다. 그저 그걸 집어 들고 달렸을 뿐이에요. 여러분? 이 얘기는 이제 그만합시다. 그러지 않으면 나도 더 이상 얘기하지 않겠습니다!"

그는 테이블 위에 팔꿈치를 세우고 한 손으로 머리를 괴었다. 그는 상대를 외면하고 앉은 채 마음속의 불쾌감을 억누르며 벽을 바라보고 있었다. 사실 그는 당장이라도 자리를 박차고 일어나서

'비록 사형대에 끌려가는 한이 있더라도 다시는 한 마디도 하지 않을 테니 두고 보라'고 말하고 싶어 죽을 지경이었다.

"자, 여러분." 가까스로 그는 자신을 억누르며 갑자기 말을 시작했다. "당신네들이 하는 말을 듣고 있으니 이런 생각이 드는군요. 나는 이따금 어떤 꿈을 꾸곤 합니다. 언제나 똑같은 꿈인데 자주 꾸게 된단 말입니다. 다름 아니라 어떤 사람이 나를 뒤쫓아 오는 꿈입니다. 내가 지독히 두려워하는 사람인데 그 사람이 캄캄한 밤에 뒤쫓아 와서 나를 찾는 겁니다. 나는 겁을 집어먹은 채 들키지 않으려고 문 뒤나 찬장 뒤에 숨지요. 아주 비굴하게 말입니다. 그러면서도 그 녀석은 일부러 내가 있는 곳을 모르는 척하면서 조금이라도 오래 나를 괴롭혀서 내가 무서워하는 것을 보고 즐기려고 합니다. 지금 여러분이 그 사람과 똑같은 짓을 하고 있는 겁니다! 어쩌면 그렇게도 흡사한지 모르겠군요."

"아니, 당신은 그런 꿈을 꾸신단 말입니까?" 검사가 물었다.

"네, 그런 꿈을 곧잘 꾸곤 하지요. 그 사실도 기록해 두고 싶지 않으신가요?" 미차는 야유하듯 웃었다.

"예, 적을 필요는 없습니다. 하지만 무척 인상적인 꿈이군요."

"그렇지만 지금은 이미 꿈이 아니라 현실입니다. 여러분, 현실 생활의 리얼리즘이란 말입니다! 나는 늑대고 당신들은 사냥꾼이지요. 자, 어서 늑대를 몰아 보십시오!"

"공연히 잘못된 비유를 하시는군요." 매우 부드러운 목소리로 예심판사가 말했다.

"잘못된 비유가 아닙니다. 여러분, 뭐가 잘못됐다는 겁니까!" 미차는 또다시 흥분하며 소리쳤다. 그러나 갑작스런 분노의 배출이 그의 마음을 한결 가볍게 해주었는지, 그의 한 마디 한 마디에는 다시 호의적인 감정이 섞이기 시작했다. "당신네들은 피의자의 말을, 당신네들의 심문으로 고통받고 있는 피고의 말을 믿지 않아도 되겠지요. 그렇지만, 여러분, 고결한 인간의 말은, 영혼의 고결한 부르짖음은 – 나는 감히 이렇게 외칩니다 – 결코 믿지 않을 수 없습니다! 당신네들도 반드시 믿어야만 합니다. 여러분은 믿지 않을 권리가 없으니까요. ……그러나 –

참아라, 마음이여
참아라, 진정하라, 잠잠하라!

자, 어떻습니까! 다시 이야기를 계속 할까요?" 그는 침울한 표정으로 갑자기 입을 다물었다.

"네, 물론 부탁드립니다." 예심판사가 대답했다.

5. 세 번째 시련

미차의 어조는 비록 무뚝뚝했으나, 그래도 자기가 진술하는 사건과 관련된 사소한 사실 하나라도 빠뜨리거나 잊어버리지 않으려고 전보다 더 한층 애를 쓰는 모습이 역력했다. 그는 어떻게 울타리를 뛰어넘어 아버지의 집 정원으로 들어갔는지, 창문 옆으로 다가갔던 일, 그리고 마지막으로 창문 밑에서 있었던 일을 상세하게 들려주었다. 그는 그루셴카가 아버지한테 와 있는지 아닌지를 무척 알고 싶은 나머지 정원에서 가슴 졸이던 그 순간의 여러 가지 감정들을 눈앞에서 보듯이 상세하게 그리고 똑똑히 설명해 주었다.

그런데 이상하게도 이번엔 검사도 예심판사도 왜 그런지 매우 경원하는 듯한 표정으로 그의 말에 귀를 기울이며 매우 냉담하게 그

344

를 바라보고 있었다. 질문의 횟수도 훨씬 줄어들었다. 미차는 그들의 얼굴 표정만으로는 도저히 그들의 의중을 파악할 수가 없었다.

'모욕을 느껴 화를 내고 있는 모양이군' 하고 그는 생각했다. '제기랄! 될 대로 되라지!' 마침내 그루셴카가 왔다는 '신호'를 해서 아버지로 하여금 창문을 열게 하려고 결심했다는 대목을 이야기했을 때도 검사와 예심판사는 신호라는 말에 아무런 주의를 돌리지 않았다. 여기서 이 말이 어떤 뜻을 지니고 있는지조차 전혀 깨닫지 못하고 있는 듯 보였다. 미차도 그렇게 느낄 정도였다. 마침내 창문을 얼굴을 내민 아버지를 보자 불현듯 증오심이 치밀어 올라, 자기도 모르게 호주머니에서 절굿공이를 끄집어낸 순간까지의 이야기를 하고는 미차는 일부러 그러는 것처럼 갑자기 말을 중단했다. 그는 여전히 벽 쪽을 바라보고 있었으나, 사람들의 눈이 뚫어지게 자기를 응시하고 있다는 것을 의식하고 있었다.

"그래서요," 예심판사가 재촉했다. "당신은 흉기를 꺼내 들고, 그 다음엔 어떻게 되었나요?"

"그 다음 말입니까? 그 다음엔 죽였습니다. ……아버지의 머리를 내리쳐서 두개골을 박살내고 말았습니다. 당신네들은 이렇게 되었을 거라 생각하실 테죠?" 그의 눈이 갑자기 번쩍번쩍 빛나기 시작했다. 꺼져 가던 분노의 불길이 또다시 맹렬하게 그의 가슴 속에서 불타올랐다.

"우리 생각으로는 그렇습니다만." 예심판사 넬류도프가 말을 받았다. "그럼 당신 얘기로는?"

"내 얘기는, 여러분, 내 얘기는 이렇습니다." 그는 조용히 말하기 시작했다. "그 누구의 눈물 덕분인지! 돌아가신 우리 어머니가 하느님께 기도를 드렸기 때문인지, 아니면 천사가 그 순간에 키스를 했기 때문인지 아무튼 그건 잘 모르겠습니다만, 어쨌든 악마는 정복당하고 말았습니다. 나는 급히 창문에서 물러나 울타리 쪽으로 달려갔습니다. ⋯⋯아버지는 깜짝 놀라 그때 처음으로 나를 알아보고 큰 소리를 지르며 창가에서 물러났습니다. 나는 그 순간을 똑똑히 기억합니다. 나는 정원을 가로질러 울타리를 향해 달려갔습니다. 그리고 내가 울타리를 타고 넘으려던 바로 그 순간 그리고리가 나를 쫓아와서 붙잡았습니다."

여기까지 말하고 미차는 비로소 눈을 들어 상대방을 쳐다보았다. 그들은 아주 냉랭한 표정으로 그를 노려보고 있는 것 같았다. 어떤 경련과도 같은 분노가 미차의 가슴 속을 스쳐 갔다.

"여러분은 지금 나를 비웃고 있군요!" 그는 갑자기 이렇게 말했다.

"왜 그렇게 생각하시는 건가요?"

"그건 여러분이 내 말을 한 마디도 믿으려 들지 않기 때문입니다. 물론 나도 내 이야기가 가장 중요한 대목에까지 이르렀다는 것을 압니다. 노인은 지금 머리가 깨져 거기 쓰러져 있습니다. 그런데 나는 그 노인을 죽이려고 절굿공이를 꺼내 든 비극적인 장면을 연출하고는 갑자기 창문에서 물러나 도망쳐버렸다고 이야기하고 있으니 말입니다. 이건 제법 멋진 소설 같지 않습니까. 시 속에나 나올 이야기가 아니겠습니까? 그런 애송이나 하는 이야기를 누가 믿어 주겠습니까! 하, 하! 여러분, 당신네들은 냉소적인 분들이시군요."

이렇게 말하고 그는 의자에 앉은 채 몸을 홱 돌려 외면해 버렸다. 의자가 삐걱거리는 소리가 날 정도였다.

"그럼 당신은 보지 못했습니까?" 마치 미차의 흥분 따위엔 아랑곳없다는 듯이 갑자기 검사가 물었다.

"창문 밑에서 도망칠 때 정원으로 들어가는 문이 열려 있는지 어땠는지를 보지 못했습니까?"

"아니, 문은 열려 있지 않았습니다."

"열려 있지 않았어요?"

"오히려 그 반대로 꼭 닫혀 있었습니다. 그리고 또 누가 그 문을 열 수 있겠습니까? 가만 있자, 문이라…… 잠깐만!" 그는 갑자기 제정신이 든 듯 몸을 바르르 떨었다. "그럼 당신네들이 보았을 땐 그 문이 열려 있었다는 겁니까?"

"네, 열려 있었습니다."

"당신네들이 직접 열지 않았다면 도대체 누가 그 문을 열었을까요?" 미차는 소스라치게 놀라서 외쳤다.

"문은 열려 있었습니다. 당신 부친을 죽인 범인은 그 문으로 들어온 것이 틀림없습니다. 그리고 범행을 저지르고는 그 문으로 다시 빠져나갔을 겁니다." 검사는 강조하기라도 하는 듯 한 마디씩 끊어가며 천천히 말했다. "이건 아주 명백한 사실입니다. 범행

이 일어난 장소는 방안이지 결코 창문 너머로는 아닙니다. 이건 현장 검증의 결과로 보나 시체의 위치 혹은 그 밖의 상황으로 봐서 명백한 사실입니다. 이 점에 대해서는 추호도 의심할 여지가 없습니다."

미차의 놀라움은 말로 형용하기 어려웠다.

"하지만 여러분! 그건 있을 수 없는 일입니다!" 그는 완전히 당황하여 외쳤다. "나는…… 나는 들어가지 않았습니다. ……나는 확실히 단언합니다. 내가 정원에 있을 때는 물론이고 정원에서 도망쳐 나왔을 때도 그 문은 처음부터 닫혀 있었습니다. 나는 단지 창 밑에 서서 창 너머로 아버지를 보았을 뿐입니다. 그저 그것뿐입니다. 나는 그 후의 순간까지 분명히 기억하고 있습니다. 설사 기억을 못한다 하더라도 어차피 마찬가지입니다. 왜냐하면 그 신호를 알고 있는 것은 스메르자코프와 죽은 아버지뿐이니까요. 그 신호가 없이는 이 세상의 누가 와도 아버지는 절대로 문을 열어 주지 않았을 겁니다!"

"신호라뇨? 그 신호라는 건 대체 뭐죠?" 검사는 거의 히스테리에 가까운 호기심을 나타내며 이렇게 물었다. 그는 지금까지 유지하던 위엄 있고 신중한 태도를 일시에 잃고 말았다. 그는 조심조심 다가드는 듯한 비굴한 어조로 물었다. 그는 아직도 자기가 모르는 어떤 중대한 사실이 있음을 알고, 그와 동시에 그 사실을 미차가 죄다 털어놓지 않았는지도 모른다는 커다란 공포에 사로잡혔던 것이다.

"그럼 당신네들은 아직 그것을 모르고 있었군요." 미차는 조소 섞인 능글맞은 미소를 띠며 검사에게 윙크했다. "만약 내가 말하지 않는다면 그걸 누구한테서 알아내죠? 신호를 알고 있는 건 돌아가신 아버지와 나 그리고 스메르자코프, 이 세 사람뿐입니다. 아참, 하느님도 그걸 알고 있겠지요. 그렇지만 하느님께서 당신들에게 알려주지 않을 겁니다. 아무튼 흥미진진한 사실이어서, 이걸 기초로 한다면 당신들은 얼마든지 그럴듯한 추리를 해낼 수 있을 겁니다. 하, 하! 그러나 걱정하지 마세요. 당신들은 내가 어떤 사람이라는 걸 모르고 있군요. 당신들이 지금이 상대하고 있는 인간은 스스로 자기 자신을 고백해서 자신을 불리한 입장으로 몰아넣는, 그런 위인이란 말입니다. 왜냐하면 나는 명예를 소중히 지키는 기사이기 때문이죠. 그렇지만 당신들은 그렇지가 않습니다!"

검사는 미차가 뭐라고 하든 잠자코 듣고만 있었다. 그는 그저 새로운 사실을 알고 싶어 조바심하고 있을 뿐이었다. 미차는 아버지가 스메르자코프를 위해 고안해 낸 신호를 사실대로 정확히 설명해주었다. 그는 테이블을 두드려 이 신호를 설명해 보이기까지 하면서 창문을 노크하는 하나하나의 소리가 어떤 의미를 가지고 있는지 말해 주었다. 그리고 또 미차가 아버지 방 창문을 두드리며 '그루센카가 왔다'는 신호를 했느냐고 묻는 예심판사의 물음에 대해서 그는 확실히 그 신호를 했었노라고 단언했다.

"자, 이제 다 얘기했으니 당신들이 그럴듯하게 추리를 해 보십시오." 미차는 여기서 말을 끊고 나서 퉁명스런 태도로 외면해 버렸다.

"그럼 그 신호를 알고 있는 것은 돌아가신 부친과 당신, 하인인 스메르자코프 외에 아무도 없단 말이죠? 그 밖에 더 아는 사람은 없습니까?" 예심판사는 다짐하듯 재차 물었다.

"그렇습니다. 하인 스메르자코프, 그리고 하느님이 계시지요. 하느님도 알고 계신다는 것도 기록하시죠. 그것도 소용이 없는 것은 아닐 테니까요. 그리고 당신네들 자신에게도 필요할지 또 압니까?"

물론 미차의 증언은 기록되고 있었지만 그동안, 문득 새로운 생각이 떠오르기라도 한 것처럼 느닷없이 검사가 불쑥 말을 꺼냈다.

"만약에 그 신호를 스메르자코프가 알고 있고, 또 당신이 부친의 죽음에 대한 혐의를 한사코 부인하는 경우, 미리 약속된 신호로 부친에게 문을 열게 한 뒤 그 범행을 저지른 것은 스메르자코프라고 할 수 있지 않을까요?"

미차는 자못 조소를 담은, 그리고 무서운 증오가 깃들인 눈초리로 검사를 바라보았다. 그의 말없는 응시가 너무나 오래 지속되자, 검사는 눈을 깜박거렸다.

"또 여우 한 마리를 잡았군요!" 미차는 마침내 입을 열었다. "악당의 꼬리를 붙들었군요. 헤, 헤! 검사님, 나는 당신의 뱃속을 빤히 들여다 볼 수 있어요! 당신은 내가 벌떡 뛰어 일어나 당신의 조언에 매달려 '예, 그건 스메르자코프의 짓입니다. 그놈이 범인입니다!' 하고 목청을 돋워 소리칠 줄 아셨죠? 고백하세요, 그렇게 생각하지 않았습니까? 솔직히 고백하시면 나도 얘기를 계속하겠습니다."

그러나 검사는 자인하지 않은 채 묵묵히 기다리고 있었다.

"당신은 잘못 짚으셨어요. 난 스메르자코프가 범인이라고 하진 않겠어요!" 하고 미차는 말했다.

"그럼 그 사람을 전혀 의심하지 않는단 말입니까?"

"당신들은 의심합니까?"

"일단 그 사람에게도 혐의는 두고 있습니다."

미차는 꼼짝 않고 방바닥만 내려다보고 있었다.

"농담은 그만하시고," 미차는 우울한 어조로 말했다. "여러분! 나는 애초부터, 아까 저 커튼 뒤에서 이 앞으로 나올 때부터 '스메르자코프다!' 하는 생각을 떠올렸습니다. 이 테이블 옆에 앉아서 그 피를 흘리게 한 것은 내가 아니라고 외치면서도 나는 줄곧 마음속으로는 '스메르자코프다'라고 쉴 새 없이 외쳤지요. 스메르자코프가 머릿속에서 한 시도 떠나질 않았던 것입니다. 그리고 지금도 문득 스메르자코프라고 생각했지요. 그러나 그것은 한순간이고 곧 이렇게 생각했어요. '아니, 그건 스메르자코프가 아니야!' 여러분, 이건 절대로 그놈의 짓이 아닙니다!"

"그렇다면 그 밖에 또 의심할 만한 사람이 있습니까?" 예심판사는 조심스럽게 물었다.

"도대체 누구인지, 어떤 인물인지, 하늘의 손인지, 아니면 악마의 손인지 나는 도무지 아 수가 없습니다. 그러나…… 스메르자코프만은 아닙니다!" 미차는 딱 잘라 단언했다.

"그렇지만 당신은 왜 그토록 완강히, 그토록 끈덕지게 그 사람

351

이 아니라고 부인하십니까?"

"그렇게 믿고 있기 때문입니다. 인상입니다. 왜냐하면 스메르자코프는 천한 천성을 가진 인간인데다 겁쟁이기 때문입니다. 아니, 겁쟁이 정도가 아니라 두 발로 걸어 다니는 이 세상의 겁쟁이란 겁쟁이는 다 모아다 뭉친 겁덩어리라 할 수 있습니다. 그 녀석은 암탉에게서 태어났습니다. 나하고 말할 때도 내가 손을 쳐들지도 않는데 맞아 죽지나 않을까 해서 언제나 벌벌 떨곤 합니다. 그 녀석은 내 발밑에 엎드려 울면서 문자 그대로 내 장화에 입을 맞추고는 '제발 겁을 주진 마십쇼' 하고 애걸복걸합니다. 여러분 '제발 겁을 주지 말라.'니 도대체 이건 무슨 말입니까? 그렇지만 나는 그놈에게 은혜를 베풀어주기도 했어요. 그 녀석은 간질병에 걸린 저능아입니다. 병든 암탉이에요. 여덟 살 먹은 애라도 넉넉히 그놈쯤은 때려눕힐 수 있을 겁니다. 그는 도무지 온전한 인간이라 할 수 없습니다. 그러니까 여러분, 절대 스메르자코프는 아닙니다. 더욱이 그 녀석은 돈을 별로 좋아하지 않습니다. 내가 돈을 주어도 받은 적이 없다니까요……. 그런데 무엇 때문에 그 녀석이 아버지를 죽였겠습니까? 게다가 그 녀석도 아버지의 아들, 사생아인 것 같은데 말입니다. 당신네들도 그건 아시죠?"

"우리도 오래 전에 그런 얘기를 들은 적이 있습니다. 그렇지만 당신도 그 아버지의 아들이 아닙니까. 그런데도 당신은 모든 사람 앞에서 아버지를 죽이겠다고 공언하고 다니지 않았느냐 말입니다."

"반격을 가하시는군요! 그러나 더럽고 천박한 반격입니다. 난

꿈쩍도 하지 않습니다. 그런데, 여러분 내 앞에서 그런 말을 하는 것은 너무 비열하지 않습니까. 왜냐하면 그건 내가 내 입으로 여러분에게 한 말이니까요. 나는 아버지를 죽이려고 생각했을 뿐만 아니라 죽일 수도 있었고, 또 하마터면 죽일 뻔했다고 솔직히 말하지 않았느냐 말입니다. 그렇지만 나는 죽이지 않았습니다. 나의 수호천사가 나를 구해준 겁니다! -당신네들은 이 점을 고려해 볼 생각조차 하지 않고 있군요 ……그래서 나는 당신네들이 비열하다는 겁니다. 왜냐하면 나는 죽이지 않았으니까요, 죽이지 않았어요, 절대로 죽이지 않았어요! 알겠습니까, 검사님? 나는 죽이지 않았단 말입니다!"

그는 거의 숨이 막힐 지경이었다. 그가 이렇게 흥분한 것은 오랜 심문동안 한 번도 없었던 일이었다.

"그런데 여러분, 그 스메르자코프는 당신들에게 뭐라고 말했습니까?" 잠시 말이 없다가 그는 갑자기 물었다. "그걸 당신들에게 물어도 될까요?"

"무엇이든 물으셔도 괜찮습니다." 검사는 냉정하고도 위엄 있는 표정으로 대답했다. "실제적인 사건에 관련된 것이라면 어떤 것이라도 좋습니다. 거듭 말씀드립니다만, 우리는 당신한테서 어떤 질문을 받더라도 거기에 대해 만족할 만하게 대답을 해드릴 의무가 있습니다. 지금 물으신 스메르자코프라는 하인을 발견했을 때, 그는 열 번이나 계속해서 되풀이되었다는 격렬한 간질 발작 때문에 의식을 잃고 침대에 누워 있더군요. 우리와 함께 검증한 의사는 환자를 진찰하더니 어쩌면 아침까지도 버티지 못할 거라고 말하더군요."

"흠, 그렇다면 아버지를 죽인 건 악마로군!" 미차는 갑자기 차갑게 뇌까렸다. 그는 이 순간까지도 '스메르자코프일까, 아닐까?' 하고 쉴 새 없이 스스로에게 묻고 있었던 것이다.

"이 문제는 뒤로 다시 미루기로 하고," 넬류도프 예심판사는 이렇게 결정을 내렸다. "자, 이젠 당신의 진술을 계속해 주십시오."

미차는 잠시 휴식을 청했다. 심문관들은 정중하게 그의 요구를 받아들였다. 잠깐 숨을 돌리고 나서 그는 다시 진술을 계속했다. 그러나 그는 몹시 괴로운 표정이었다. 그는 정신적인 고통과 모욕을 느꼈고 또 강한 충격에서 빠져나오지 못하고 있었다. 게다가 검사도 이번엔 일부러 그러는 것처럼 '사소한 일들'을 가지고 미차를 끊임없이 자극하기 시작했다. 미차가 울타리 위에 앉아 자기의 왼쪽 발을 붙잡고 늘어지는 그리고리의 머리를 절굿공이로 내리치고는 곧 쓰러진 늙은이 옆으로 뛰어내렸다는 얘기를 하자마자 검사는 갑자기 미차의 말을 가로막고는 울타리 위에 올라앉았을 때의 상황을 좀 더 자세하게 설명해 달라고 말했다. 미차는 어이가 없었다.

"뭐, 난 그저 이렇게 앉아 있었지요. 말을 탔을 때처럼 한쪽 다리는 이쪽으로 또 한쪽 다리는 저쪽으로 하고……."

"그럼, 절굿공이는?"

"그건 손에 들고 있었습니다."

"주머니 속이 아니었나요? 당신은 그것을 자세히 기억하고 있습니까? 그래 당신은 얼마나 세게 내리쳤나요?"

"아마 있는 힘껏 내리쳤을 겁니다. 그런데 그런 건 왜 묻습니까?"

"당신이 그때 울타리 위에서 올라앉았던 것처럼 그 의자에 앉아서 어느 쪽으로 어떻게 손을 내리쳤는지 한눈에 볼 수 있도록 한 번 해 보여 줄 수는 없겠습니까?"

"당신네들은 지금 나를 조롱하는 겁니까?" 미차는 경멸하는 눈으로 심문자들을 노려보며 이렇게 물었다. 그러나 상대방은 눈도 깜짝하지 않았다. 미차는 홱 몸을 돌려 의자를 타고 앉았더니 한쪽 팔을 휘둘렀다.

"자, 이렇게 내리쳤습니다! 이렇게 죽였어요! 또 무엇을 원하십니까?"

"감사합니다. 그럼 수고스럽겠지만 한 가지만 더 설명해주십시오 – 도대체 무엇 때문에 울타리 아래로 뛰어내렸습니까? 즉 어떤 목적으로, 무엇을 하려고 그렇게 뛰어내렸지요?"

"제기랄……, 그저 난 상대가 쓰러졌기에 뛰어내린 겁니다. ……나도 몰라요. 무슨 목적이었는지!"

"그렇게 흥분해 있었으면서도요? 게다가 도망을 치는 도중이었는데도 말입니까?"

"그 노인을 구하려는 생각에서였습니까?"

"구하긴 뭘 구해요. ……아니, 어쩌면 구하려고 했는지도 모르지요. 잘 기억이 나지 않습니다."

"그럼 당신은 그때 제정신이 아니었습니까? 즉 일종의 무의식 상태였군요."

"아니, 천만에요. 결코 무의식 상태 같은 건 아니었습니다. 나는 세세한 점을 다 기억합니다. 뛰어내려서 상태를 살피려고 내려갔던 겁니다. 그리고 손수건으로 피를 닦아 주었지요."

"우리도 당신의 손수건을 보았습니다. 그럼 당신은 자신이 쓰러뜨린 상대를 살리고 싶었던 것인가요?"

"그건 나도 잘 모르겠습니다. 그저 난 살아 있는지 죽었는지를 확인하고 싶었을 뿐입니다."

"아, 확인하고 싶었다구요. 좋습니다. 그랬더니 어떻던가요?"

"나는 의사가 아니니까 살았는지 죽었는지 단정을 내릴 수가 없었습니다. 그래서 죽은 줄 알고 달아났습니다. 그런데 그는 살아난 겁니다."

"좋습니다." 하고 검사는 일단 말을 맺었다. "감사합니다. 내가 알고 싶었던 건 바로 그 점입니다. 자, 그럼 다시 그 다음을 계속해 주십시오."

아아, 미차는 그때 불쌍한 마음에서 뛰어내려 쓰러져 있는 노인 옆에서 재수 없게 걸려든 영감에 대한 연민의 말을 던진 것까지 기억하면서도 이 자리에서 그런 말을 하고 싶은 생각은 전혀 없었다. 그러나 검사는 또 검사대로 다음과 같은 결론을 내렸다 — 즉 이 사나이가 그런 순간에, 그토록 흥분하고 있었음에도 일부러 뛰어내린 것은 자기 범죄의 유일한 목격자가 살아 있는지 어떤지를 정확히 알아보기 위한 데 지나지 않았다. 그런 순간에도 그러했으니 이 사나이의 힘과 결단력과 냉철한 사고력은 짐작하고도 남음이 있다 등등. 검사는 병적인 인간을 사소한 일로 자극시켜 스스로 입을 열게 만든 데 지극히 만족을 느끼고 있었다.

미차는 고통스런 심정으로 진술을 이어갔다. 그러나 곧 다시 예심판사가 그의 말을 제지했다.

"당신은 그렇게 피투성이가 된 손으로, 또 나중에 들으니 얼굴까지 피투성이였는데, 그런 꼴을 해 가지고 어떻게 하녀에게 달려갈 수 있었나요?"

"하지만 그때는 내가 피투성이인 것을 몰랐습니다!" 미차가 대답했다.

"아마 그렇겠지요. 그런 일은 흔하니까요." 검사는 이렇게 말하고 넬류도프 예심판사에게 눈짓을 했다.

"전혀 몰랐습니다. 검사님의 말이 맞습니다." 미차도 얼른 동의했다. 이야기가 다시 계속되어 '자기가 양보'하여 '행복한 두 사람에게 길을 비켜 주자'고 갑자기 결심한 대목까지 이르렀다. 그러자 이미 미차는 아까처럼 또다시 자기 마음을 털어놓고 '마음의 여왕'에 대해 이야기할 수는 없었다. 그는 '빈대처럼 자기에게 달라붙은' 이 냉혹한 인간들을 상대한다는 것이 말할 수 없이 역겨웠다. 그래서 그는 되풀이되는 질문에 매우 간단하고 무뚝뚝하게 대답했다.

"그래서 나는 자살하기로 결심한 겁니다. 무엇 때문에 살아남을 필요가 있는가 하는 의문이 저절로 떠오르더군요. 그 여자의 첫사랑, 틀림없는 첫사랑의 사내가 나타났으니 말입니다. 여자를 배반했던 사내이긴 하지만 5년이 지난 지금 정식 결혼으로 속죄를 하고 사랑을 바치려고 찾아왔던 것입니다. 그래서 나는 이제 모든 것이 끝났음을 깨달았습니다. ……게다가 등 뒤에서는 오욕이, 그 피가, 그리고리의 피가 도사리고 있었습니다. 무엇 때문에 내가 더 살아야 할 필요가 있을까. 그래서 나는 저당 잡힌 권총을 찾으러 갔습니다. 거기서 권총에 총알을 재어 동이 틀 무렵에 내 머리에 대고 쏘아 버릴 작정이었지요."

"그래서 밤에 굉장한 파티를 벌인 거군요?"

"네, 한바탕 파티를 벌인 거죠. 에잇, 제기랄, 그런 질문은 좀 작작하세요. 아무튼 자살하려 했던 것은 틀림없습니다. 여기와 가까운 마을 어귀에서 새벽 다섯 시에 결말을 지으려고 유서까지 준비해두었습니다. 페르호친의 집에서 총알을 잴 때 써 둔 겁니다. 자, 바로 이게 그 유서이니 읽어보십시오. 그렇지만 이건 당신네들을 위한 말은 아닙니다."

그는 경멸에 찬 어조로 갑자기 이렇게 덧붙이고 조끼주머니에서 유서를 꺼내 테이블 위에 내동댕이쳤다. 두 법관은 호기심을 드러내며 그것을 읽어 보고는 언제나 그렇듯이 서류 속에 첨부했다.

"당신은 페르호친 씨 댁에 가서도 역시 손을 씻을 생각을 하지 않았다던데? 그렇다면 당신은 혐의를 두려워하지 않았단 말씀인가요?"

"무슨 혐의 말인가요? 혐의를 받건 받지 않건 어차피 마찬가지지요. 이곳에 달려와서 새벽 다섯 시에 자살해 버리면 속수무책 아니냐 말입니다. 만약에 아버지 사건만 없었다면 당신네들은 아무것도 몰랐을 것이고, 또 이곳으로 오지도 않았을 게 아닙니까. 아아, 그건 악마의 짓입니다. 악마가 아버지를 죽인 겁니다. 당신네들도 악마 덕분에 이렇게 빨리 오셨지요! 아니, 정말 어떻게 이렇게 빨리 오게 된 거죠? 놀라운 일입니다. 마치 꿈만 같군요!"

"페르호친 씨가 전하는 바에 의하면, 당신은 그의 집에 갔을 때 손에…… 피투성이가 된 손에…… 당신이 돈을…… 거액의 돈을…… 1백 루블짜리 지폐 뭉치를 들고 있었다더군요. 이건 그 집에서 일하는 심부름하는 아이도 보았다던데!"

"그렇습니다. 여러분, 나도 기억합니다."

"그렇다면 여기서 한 가지 의문이 생깁니다. 그걸 좀 설명해주실까요?" 예심판사가 매우 부드러운 목소리로 입을 열었다. "도대체 당신은 어디서 그런 거액을 갑자기 손에 넣게 된 겁니까? 실제로 시간을 따져 보더라도 당신은 집에 들를 여유라곤 없었을 텐데 말입니다."

검사는 이 노골적인 질문에 다소 얼굴을 찌푸렸으나 그의 말을 가로채지는 않았다.

"그렇습니다. 집에 들르지 않았습니다." 미차는 매우 침착한 어조로 대답했으나, 눈은 마루를 향해 내리깔고 있었다.

"그렇다면 다시 한 번 질문을 하겠습니다." 넬류도프는 미차의 기분을 맞추려는 듯 차분하게 질문을 계속했다. "도대체 어디서 그런 거금을 한꺼번에 손에 넣을 수가 있었습니까? 당신 자신의 자백에 따르면 어제 오후 5시까지도……."

"단돈 10루블도 없어서 페르호친에게 권총을 저당잡혔느니, 그 다음엔 다시 호흘라코바 부인한테 3천 루블을 꾸러 갔다가 보기 좋게 거절당했다느니 어쩌니 하는 이런 쓸데없는 말들을 늘어놓으려는 거죠?" 미차는 날카롭게 상대방의 말을 가로챘다. "여러분, 돈이 없었던 것은 사실입니다. 그런데 갑자기 수천 루블의 돈이 굴러 들어온 겁니다. 어떻습니까? 그건 그렇고, 여러분, 당신네들은 내가 돈의 출처를 얘기하지 않을까 봐 전전긍긍하고 있는 것 같군요. 맞습니다. 나는 말하지 않겠습니다. 여러분이 추측하신 대로 나는 절대 말하지 않겠습니다." 미차는 단호한 태도로 딱 잘라 말했다. 심문관들은 잠시 말이 없었다.

"그렇지만 카라마조프 씨, 우리는 그것을 꼭 알아내야만 합니다." 예심판사가 부드러운 어조로 말했다.

"그건 나도 알지만 역시 말하지 않겠어요."

검사가 끼어들며 다시 한 번 주의를 환기시켰다. ─ 심문을 받는 자는 그쪽이 자기에게 유리하다고 생각되면 물론 묵비권을 행사할 수 있다. 그러나 그러한 경우 피의자는 그 침묵으로 말미암아 뜻하지 않은 커다란 손해를 입게 될 수도 있는데 특히 중요한 사건의 경우에는 더욱 그러하다고.

"들어보나 마나 그렇고 그렇다는 말이죠! 그만해두세요. 이제 그런 설교는 진력이 났습니다. 그런 건 조금 전에도 들었으니까요." 미차는 다시금 말을 가로챘다. "그것이 얼마나 중대한가는 나도 잘 압니다. 그것이 가장 근본적인 요점이라는 것도 알고 있어요. 그렇지만 나는 역시 말하지 않겠습니다."

"그렇다고 우리에겐 조금도 문제될 것이 없습니다. 이건 우리의 문제가 아니라 당신의 문제니까요. 결국 당신 자신이 불리해 질 뿐이지요." 예심판사가 신경질적인 어조로 말했다.

"여러분, 이제 농담은 그만합시다." 하고 미차는 눈을 들어 두 사람을 뚫어지게 노려보았다. "내가 맨 처음 진술을 시작했을 때는 모든 것이 안개속에 가려져 흐리멍덩하기만 했습니다. 그래서 나는 어디까지나 솔직하게 '우리 서로간의 신뢰'를 제안하기까지 했던 것입니다. 그러나 이제 와선 그런 신뢰란 불가능하다는 것을 깨달았습니다. 왜냐하면 우리는 어차피 이 저주스러운 벽에 부딪치지 않으면 안 되기 때문입니다. 그리고 우리는 드디어 부딪치고만 겁니다! 이젠 어쩔 수 없는 일입니다. 모든 것은 끝나고 만 겁니다! 그러나 나는 당신네들을 탓하지는 않습니다. 당신네들 역시 내 말만 믿을 수는 없으실 테죠. 그 점은 나도 충분히 이해하고 있습니다." 그는 어두운 표정으로 입을 다물었다.

"그렇다면 가장 중대한 점에 대해 침묵을 시키겠다는 당신의 결심을 고수한다 쳐도, 이렇게 위험천만한 상황에 처해있으면서도 그토록 침묵을 지켜야만 하는 그 강력한 동기가 도대체 무엇인지 약간의 암시라도 줄 수는 없습니까?"

미챠는 생각에 잠긴 표정으로 왠지 서글픈 미소를 지었다.

"여러분, 나는 당신네들이 생각하는 것보다 훨씬 선량한 사람입니다. 그 이유를 말씀드리죠. 암시를 드리겠습니다. 하긴 당신네들에겐 그것을 들을 가치조차 없지만 말입니다. 여러분, 내가 침묵을 지키는 것은 그것이 내 명예와 관련된 일이기 때문입니다. 내가 돈을 어디서 손에 넣었는지 답변 속에는 설사 내가 아버지를 죽이고 그 돈을 강탈했다 할지라도 그 살인이나 강도와도 비교가 되지 않을 정도로 중대한 문제가 포함되어 있습니다. 그래서 말하지 못하는 겁니다. 치욕 때문에 말할 수 없단 말입니다. 여러분, 이것도 기록하시겠습니까?"

"물론 기록해야지요." 예심판사가 중얼거리듯 말했다.

"그렇지만 그 말만은, '치욕'이라는 단어는 기록하지 않는 게 좋을 것 같군요. 내가 이 말을 한 것은 사람이 좋기 때문입니다. 얼마든지 말하지 않을 수도 있었으니까요. 말하자면 당신들에게 선심을 쓴 거지요. 그런데도 당신들은 말이 떨어지기 무섭게 일일이 기록하느라 야단들이니. 아니, 좋습니다. 마음대로 적으십시오. 어서 맘대로 기록하세요." 그는 경멸스러운 어조로 말했다. "나는 당신들을 무서워하지 않아요. 나에게도 자부심은 있으니까요."

"그럼, 그 치욕이란 어떤 성지의 것인지 말씀해 주실 수 없겠습니까?" 예심판사가 더듬거리며 물었다. 검사는 몹시 얼굴을 찌푸렸다.

"안됩니다. 안 돼요. c'est fini (이것으로 끝장입니다). 공연한 수고는 마십시오. 게다가 나도 더 이상 나 자신을 수치스럽게 할 생각은 없습니다. 그러잖아도 나는 당신네들을 상대로 나 자신을 너무 깊이 드러냈어요. 당신네들은 그걸 들을 자격이 없어요. 아니, 비단 당신네들뿐만 아니라 어느 누구도……. 자, 여러분, 이제 그만둡시다. 난 더 이상 말하지 않겠습니다."

미차의 어조는 너무나 단호했다. 넬류도프도 더 이상 추궁하지 않았다. 그러나 검사의 눈을 보자 그가 아직도 미련을 버리지 않고 있다는 것을 곧 알아차릴 수 있었다.

"그럼, 이것만은 가능하겠지요. 당신이 페르호친 씨 댁에 갔을 때 수중에 있던 돈이 얼마나 되나요? 정확히 말해 몇 루블을 가지고 있었습니까?"

"그것도 말할 수 없습니다."

"당신은 호흘라코바 부인에게 3천 루블을 받았다고 페르호친 씨에게 말했다던데요."

"아마 그렇게 말했을지도 모릅니다. 하지만 여러분, 그만 합시다. 나는 그 액수를 말하지 않겠습니다."

"그럼 수고스럽지만 당신이 여길 어떻게 왔으며 또 여기 와서 무엇을 했는지 순서대로 자세히 말씀해 주실 수 없습니까?"

"아, 그거라면 여기 사람들한테 물어 보십시오. 하지만 그건 내가 얘기할 수도 있습니다."

그는 진술을 시작했다. 그러나 그의 이야기를 새삼 되풀이하지 않겠다. 그는 무뚝뚝한 어조로 얘기했다. 자기의 사랑의 기쁨에 대해서는 한 마디도 언급하지 않았다. 그러나 자살을 하려던 결심을 '어떤 새로운 사실로 인해' 포기했다는 것만은 얘기했다. 그는 동기의 설명이나 그 밖의 상세한 설명은 피하면서 대강 줄거리만 설명했다. 그리고 이번엔 심문관들도 그다지 그를 괴롭히지 않았다. 지금 그들에게 중요한 문제는 그런 점이 아니라는 것은 너무나 명백한 것이었다.

"그런 건 나중에 확인하기로 합시다. 어차피 증인들을 심문할 때 또다시 그 문제로 돌아가야 할 테니까요. 물론 증인 심문은 당신의 참관 하에 진행될 것입니다." 넬류도프는 심문을 마쳤다. "그런데 또 한 가지 당신에게 부탁이 있군요. 이 테이블 위에 당신이 가지고 있는 모든 소지품, 특히 지금 갖고 계시는 돈을 모두 내놓아 주십시오."

"돈 말입니까? 네, 알겠습니다. 나도 그렇게 할 필요가 있다는 것을 이해합니다. 좀 더 빨리 그렇게 하지 않은 게 이상할 지경이군요. 하긴 나는 아무데도 안 가고 이렇게 당신들 눈앞에 앉아 있었으니 걱정할 건 없겠지만, 자, 여기 돈이 있습니다. 손에 들고 세어 보십시오. 이게 전부일 겁니다."

그는 모든 호주머니에서 잔돈까지 모두 털어놓았다. 조끼에 달린 주머니에서도 20코페이카짜리 은전을 두 개 끄집어냈다. 세어 보니 모두 합해 836백 루블 40코페이카였다.

"이게 전부입니까?" 예심판사는 물었다.

"네, 전부입니다."

"당신은 조금 전에 증언에서 플로트니코프 상점에서 3백 루블을 쓰셨다고 하셨지요. 페르호친에게 10루블을 갚고 마부에게 20루블을 주고 카드놀이에서 200루블을 잃고, 그 다음에……."

넬류도프는 하나도 빠뜨리지 않고 죄다 따지기 시작했다. 미차도 자진해서 그것에 협조했다. 그들은 기억은 더듬어서 1코페이카도 빠뜨리지 않고 계산에 넣었다. 넬류도프가 대강 합계를 잡아 보았다.

"그러니까 여기 있는 800루블을 합하면 처음에 모두 1천 5백 루블 정도 가지고 있었던 것이 되는군요?"

"아마, 그쯤 될 겁니다." 미차는 퉁명스럽게 대답했다.

"그런데 모두들 훨씬 더 많았다고 주장하니 그건 왜일까요?"

"맘대로 말하라지요."

"그렇지만 당신 자신도 그렇게 말씀하시지 않았느냐 말입니다."

"나도 그렇게 말했지요."

"그럼 아직 심문을 받지 않은 다른 사람들의 증언을 듣고 다시 한 번 확인해 보기로 합시다. 당신의 돈에 대해서는 걱정하지 마십시오. 이 돈은 규정에 따라 보관해 두었다가, 당신이 이 돈에 대해서 확실한 권리가 있다는 것이 판명되면, 요컨대 모든 것이 증명되면…… 이 사건이…… 다 해결된 후에 당신에게 돌려주겠습니다. 자, 그럼 다음엔……." 넬류도프가 갑자기 자리에서 일어나더니 "당신의 의복과 그 밖의 모든 물건에 대해서 정밀한 검사를 할 필요가 있습니다. 이건 우리의 의무니까 하는 수 없습니다." 하고 단호하게 선언했다.

"자, 하십시오. 여러분. 원하신다면 주머니 속까지도 뒤집어 보이겠습니다." 그리고 미차는 실제로 자기 주머니를 뒤집기 시작했다.

"옷도 벗어 주어야겠습니다."

"뭐요? 옷을 벗으라구요? 아니, 그런 법이 어디 있습니까! 이대로 검사하세요! 그래선 안 됩니까?"

"드미트리 카라마조프 씨, 절대로 그럴 수는 없습니다. 옷을 벗어 주십시오."

"마음대로들 하십시오." 미차는 어두운 얼굴로 동의했다. "하지만 여기서가 아니라 저 커튼 뒤에서 해주십시오. 검사는 누가 합니까?"

"물론 커튼 뒤에서 합니다." 넬류도프는 동의한다는 뜻으로 고개를 끄덕였다. 그 조그만 얼굴에는 일종의 독특한 엄숙의 표정이 드러나 있었다.

6. 검사가 미차를 꼼짝 못하게 하다

미차에게는 전혀 뜻밖의 놀라운 사태가 시작되었다. 조금 전, 아니 바로 1분 전만 해도 미차 카라마조프한테, 즉 자기한테 이런 행동을 할 수 있으리라고는 상상도 하지 못했었다! 무엇보다도 그것은 굴욕적이었다. 심문관들은 '너무나도 사람을 멸시하는 거만한' 태도로 미차를 대했다. 프록코트를 벗는 정도라면 그래도 참을 수 있겠지만 그들은 아랫도리까지 벗어 달라고 요청했다. 게다가 그것은 요구가 아니라 명령이었다. 미차는 이 사실을 뼈저리게 느꼈다. 그는 자존심과 그들에 대한 멸시감 때문에 묵묵히 이에 복종했다. 커튼 뒤로 검사와 예심판사 그리고 몇 사람의 농군들도 따라 들어왔다. '물론 완력이 필요할 때는 대비하는 거겠지.'하고 미차는 생각했다. '그리고 그 밖의 다른 이유가 있을지도 몰라.'

'그럼 속옷도 벗는 겁니까?' 하고 미차는 매몰차게 물었으나, 예심판사는 대답하지 않았다. 그는 검사와 둘이서 프록코트, 바지, 조끼, 모자 등의 검사에 열중해 있었다. 아무래도 두 사람은 이 수색에 비상한 흥미를 느끼는 모양이었다. '도대체 예의고 뭐고 없는 자들이로군.' 그의 머리에 이런 생각이 떠올랐다. '기본적인 예의조차 무시하고 달려들다니.'

"다시 한 번 묻겠습니다. 속옷도 벗어야 합니까?" 그는 더욱 날카롭고 짜증스런 목소리로 이렇게 물었다.

"염려하지 마십시오. 필요하면 우리가 말씀드릴 테니까요." 예심판사는 왜 그런지 거드름을 피우는 어조로 대답했다. 적어도 미차에게는 그렇게 생각이 되었다. 그러는 사이에 예심판사와 검사는 나지막한 목소리로 무언가 열심히 논의하기 시작했다. 프록코트 뒤 왼쪽 옷자락에 커다랗게 피 묻은 흔적이 있었던 것이다. 이젠 다 말라서 뻣뻣했으나 그래도 아직 그다지 구겨져 있진 않았다. 바지 역시 핏자국이 있긴 마찬가지였다.

예심판사는 참관인들 앞에서 저고리의 깃이며 소맷부리며 바지 솔기를 손가락으로 훑어 내려갔다. 무언가를 찾고 있는 것이 분명했다. 물론 돈이었다. 무엇보다도 괘씸한 것은 미차가 옷 속에 돈을 꿰매어 두었는지도 모른다, 그런 짓을 충분히 할 수 있는 녀석이니까 하는 의혹을 감추려고도 하지 않는다는 사실이었다. '이건 그야말로 나를 도둑놈으로 취급하는 거지, 장교 대접은 고사하고' 하고 미차는 속으로 투덜거렸다.

심문관들은 이상하리만큼 노골적인 태도로 미차에 관한 의견을 주고받고 있었다. 예를 들어 커튼 뒤로 들어와 부산을 떨며 시중을 들고 있던 서기는 이미 조사를 끝낸 미차의 모자에 넬류도프의 주의를 환기시켰다.

"그리젠코라는 서기를 기억하시지요?" 서기는 말했다. "지난여름에 관청 전체의 봉급을 대신 타러 갔다가 돌아온 것까지는 좋은데, 술에 취한 나머지 돈을 잃어버렸다고 보고했었지요. 그런데 그 돈이 어디서 나온 줄 아십니까? 바로 이런 모자 테두리의 리본 밑에 1백 루블짜리 지폐를 둘둘 말아 감추지 않았겠습니까. 그 테두리에 꿰매 넣었던 거죠." 그리젠코 사건은 예심판사도 잘 기억하고 있었다. 그래서 그들은 미차의 모자를 옆에 밀어 놓고 나중에 다시 자세히 검사해 보기로 결심했다. 옷도 모두 한 번 더 검사하기로 했다.

"아니, 이건?" 미차가 입고 있는 셔츠의 오른쪽 소맷부리에 피가 잔뜩 묻어 있는 것을 발견하고 예심판사가 소리쳤다. "아니, 이건 뭡니까, 피가 아닙니까?"

"핍니다." 미차는 퉁명스럽게 대답했다.

"도대체 이게 무슨 피입니까? ……그리고 소매가 왜 안으로 접혀 있지요?"

미차는 그리고리를 보살펴주다가 소매에 피가 묻어서, 페르호친의 집에서 손을 씻을 때 소매를 안으로 접어 넣었다고 설명했다.

"그렇다면 당신의 셔츠도 역시 압수해야겠습니다. 이건 증거물로서 아주 중요한 겁니다."

미차는 홍당무처럼 빨개지며 분격했다.

"그럼, 난 벌거벗고 있으란 말이오!" 하고 그는 소리쳤다.

"염려하지 마십시오. 어떻게든 우리가 마련해 드릴테니. 이젠 그 양말도 벗어 주서야겠습니다."

"농담을 하시는 겁니까? 아니, 정말 그렇게 해야한단 말입니까?" 미차의 눈이 번쩍 빛을 발했다.

"우리는 지금 농담할 처지가 아닙니다." 넬류도프는 엄격하게 미차를 타일렀다.

"꼭 그래야 한다면 할 수 없죠…… 다만……." 미차는 이렇게 중얼거리고 침대에 걸터앉아 양말을 벗기 시작했다. 모든 사람이 다 옷을 입고 있는데 자기만 벌거숭이가 되자 그는 참을 수 없을 정도로 부끄러운 생각이 들었다. 그리고 이상하게도 옷을 벗고 나니 그는 정말로 이 사람들한테 무슨 죄를 저지른 것 같은 느낌이 들었다. 정말 그들보다 저열한 인간이 되어 버려서 이제는 자기를 멸시할 충분한 권리를 그들이 가지고 있다고 그 자신도 거의 동의하고 싶은 기분마저 들었다. '만일 모두가 옷을 다 벗고 있다면 아무것도 부끄러울 게 없겠지만 나 혼자만 벌거벗은 꼴을 보이며 사람들의 구경거리가 되다니 이런 수치가 어디 있담.' 그의 머리에는 자꾸만 이런 생각이 떠올랐다. '정말 꿈만 같군. 나는 가끔 이런 창피한 꿈을 꾸곤 했지.'

그러나 양말은 벗는다는 것은 보통 고통스러운 일이 아니었다.

양말은 더럽기 짝이 없었고 속옷 또한 마찬가지였다. 그것을 지금 모든 사람에게 드러내야 하는 것이다. 그러나 그보다 더 괴로운 것은 그 자신이 자기 발을 좋아하지 않는다는 사실이었다. 그는 언제나 자기 발의 커다란 두 엄지발가락을 볼 때마다 어째서인지 못생겼다는 느낌을 받곤 했다. 특히 이상하게도 아래로 꼬부라진, 넓적하고 투박한 발톱 하나가 참을 수 없이 징그럽게 여겨졌다. 이제 그걸 모든 사람에게 보여야 하는 것이다. 그는 참을 수 없는 수치감 때문에 일부러 난폭하게 굴었다. 그는 자진하여 셔츠를 벗어 던졌다.

"어디 또 뒤져보고 싶은 데가 있습니까? 당신들은 수치라는 걸 모르니."

"아니, 그럴 필요는 없습니다."

"그럼, 난 이렇게 벌거숭이로 있으란 말이오?" 그는 험악한 어조로 덧붙였다.

"그렇습니다. 당분간은 별 도리가 없군요. ……미안하지만 여기 잠깐 앉아서 침대의 담요라도 두르고 계십시오. 나는…… 곧 이 물건들을 조사할 테니까요."

그들은 모든 물건을 일일이 증인들에게 보이고 조사 기록을 작성했다. 마침내 예심판사가 나가고 뒤이어 의복도 가져가 버렸다. 검사 이폴리트도 나갔다. 미챠의 옆에는 몇몇의 농부들만 남아서, 그에게서 눈을 떼지 않은 채 말없이 서 있었다. 미챠는 몸에 담요를 둘렀다. 추위를 느꼈던 것이다. 벌거숭이 두 발이 밖으로 드러났지만 아무리 애를 써도 담요로 그 발을 가릴 수가 없었다. 넬류도프 판사는 왜 그런지 오랫동안, '참을 수 없을 만큼 오랫동안' 돌아오지 않았다. '사람을 강아지만도 못하게 취급하는군.' 미차는 이를 갈며 생각했다. '그 빌어먹을 검사 녀석까지 나가 버린 걸 보면, 나를 경멸하고 있는 게 틀림없어. 아마도 벌거숭이를 보고 있자니 메스꺼워진 모양이지.' 그래도 미차는 검사를 마치면 옷을 다시 돌려주리라 믿고 있었다. 그런데 예심판사는 전혀 다른 옷을 농부에게 들려가지고 방안으로 돌아왔다. 미차의 분노는 극에 달해 있었다.

"자, 여기 입을 옷을 가져왔습니다." 판사는 천연덕스럽게 말했다. 그는 자기 일을 성공적으로 끝낸 데 대해 무척 만족스러운 모습이었다. "이건 칼가노프 씨가 이 뜻하지 않은 사건을 위해 기부하신 겁니다. 깨끗한 셔츠도 당신에게 주신다더군요. 마침 이런 것들이 그 사람의 가방 속에 있어서 정말 다행입니다. 그리고 속옷과 양말은 당신 것을 그냥 쓰셔도 좋습니다."

미차는 화가 머리끝까지 솟구쳤다.

"남의 옷은 싫소!" 그는 위협적인 기세로 소리쳤다. "내 옷을 갖다 주시오."

"그건 곤란합니다."

"내 것을 주시오. 칼가노프인지 뭔지 그 작자 옷은 악마에게나 줘 버려!"

사람들은 오랫동안 그를 설득한 끝에 그럭저럭 간신히 그의 마음을 진정시켰다. 그의 옷엔 피가 묻어 있으므로 '증거물'로 삼아야 하며, 또 이 사건이 어떻게 종결될지 알 수 없기 때문에 지금은 심문관인 자기 자신들도 그에게 그곳을 입게 할 '권리가 없다'고 설명했다. 미차도 마침내 이것을 이해했다. 그는 말없이 침울한 표정으로 옷을 입기 시작했다. 그는 옷을 입으면서 이건 자기의 옷보다 고급이기 때문에 '덕을 보기는' 싫다고 중얼거렸다. "이건 굴욕적인 정도로 품이 좁군. 그래, 이런 옷을 입고 광대놀음이라도 하란 말이오. 당신들의 여흥을 위해?"

사람들은 다시 그에게 '그건 너무 과장된 말이다. 칼가노프의 키가 좀 크긴 하지만 조금밖에 크지 않으므로 바지가 좀 길어 보일 뿐이다'고 다시 그를 달래기 시작했다. 그러나 프록코트의 어깨는 분명히 좁았다.

"제기랄, 단추도 제대로 채울 수 없군." 미차는 다시 불만을 터뜨렸다. "자, 한 가지 부탁이 있소. 지금 칼가노프 씨에게 전해주시오. 내가 부탁해서 옷을 빌린 것이 아니라 당신네들이 들러붙어 나를 어릿광대로 만들었다고 말이오."

"그 분도 그걸 잘 알고 매우 유감스럽게 생각하고 있습니다. ……자기 옷에 대해서 유감스러워하는 게 아니라, 이번 일 자체를 유감스럽게 생각한단 말입니다." 넬류도프는 입 속으로 중얼거렸다.

"그따위 동정 같은 건 집어치워요! 자, 이제부터 어디로 가는 겁니까? 계속 이대로 내처 앉아 있어야 합니까?"

그들은 다시 '저쪽 방'으로 가주면 좋겠다고 미차에게 부탁했다.

그는 증오로 얼굴을 찌푸리고 되도록 아무도 보지 않으려고 애쓰며 밖으로 나왔다. 남의 옷을 입은 그는 농부들에게나 트리폰에 대해서도 참을 수 없는 굴욕감을 느꼈다. 트리폰은 무엇 때문인지 잠시 문간에 얼굴을 내밀었다가 황급히 사라졌다. '저놈은 내 꼴을 보러 왔었군' 하고 미차는 생각했다. 그는 먼젓번 의자에 걸터앉았다. 무언가 악몽과 같은 생각이 자꾸 떠올라서 그는 제정신이 아닌 것만 같았다.

"자, 이젠 다음은 뭡니까. 매질이라도 하려는 겁니까? 이젠 그것밖에 남은 게 없는 것 같은데." 그는 이를 갈며 검사를 향해 말했다. 그는 마치 판사의 얼굴을 상대할 가치도 없다는 듯 쳐다보려고도 하지 않았다. '저 녀석은 내 양말을 필요 이상으로 세밀히 조사했을 뿐만 아니라 부하에게 명령해서 그걸 뒤집어 보이기까지 했어. 저 녀석은 일부러 그런 거야 – 내가 얼마나 더러운 것을 걸치고 다니는지 모두에게 보여주기 위해서.'

"그럼 이제부터 증인 심문으로 들어가겠습니다." 예심판사는 미차의 질문에 대답이라도 하듯이 이렇게 말했다.

"그렇군요." 검사는 뭔가 생각에 잠긴 듯한 표정으로 말했다.

"드미트리 카라마조프 씨, 우리는 당신의 이익을 위해 할 수 있는 일을 다 했습니다." 예심판사가 말을 이었다. "그러나 당신의 소지하신 돈의 출처를 밝힐 것을 그처럼 완강히 거부하셨기 때문에 우리는……."

"그런데 당신의 그 반지는 무슨 보석입니까?" 미차는 마치 깊은

374

명상에서 깨어나기라도 하듯 예심판사의 오른손을 장식하고 있는 세 개의 큼직한 반지 중 하나를 가리키며 갑자기 이렇게 물었다.

"반지요?" 판사는 깜짝놀라 되물었다.

"네, 그 반지 말입니다. 가운데 손가락에 낀, 가느다란 줄무늬가 많은 그 보석은 무엇입니까?" 미차는 마치 고집 센 어린애처럼 따져 물었다.

"이건 황옥(黃玉)입니다." 예심판사는 빙긋 웃었다. "원하신다면 빼서 보여드리죠……."

"아니, 빼지 마십시오!" 미차는 갑자기 제정신으로 돌아와 자기 자신에게 화를 내며 거칠게 외쳐댔다. "빼지 마십시오. 그럴 필요는 없습니다. ……제기랄, 여러분, 당신들은 내 마음을 아주 더럽히고 말았습니다! 설혹 내가 아버지를 죽였다고 해도 내가 그걸 당신들에게 숨기거나 속이거나 도망칠 그런 인간인 줄 아시오? 아니에요. 이 드미트리 카라마조프는 그런 일을 태연히 해치울 수 있는 인간이 아니란 말입니다. 만일 내가 죄를 지었다면 구태여 당신네들이 여기 올 때까지 기다리지도 않았을 겁니다. 그리고 당초에 예정했던 새벽녘이 되기 전에 벌써 자살해 버리고 말았을 겁니다! 나는 지금 와서 그걸 뼈저리게 통감하고 있습니다. 나는 지난 20년 동안에 배운 것보다 훨씬 많은 것을 이 저주받을 하룻밤 사이에 깨달았습니다. ……그리고 또 내가 정말 아버지를 죽였다면 어떻게 오늘 밤, 지금 이 순간 당신들과 세상을 대할 수 있겠습니까! 어떻게 이처럼 태연히 당신들과 세상을 대할 수 있느냐 말입니다.

그리고리를 실수로 죽였다는 생각만으로도 밤새도록 불안스러워 견딜 수가 없었습니다. 그러나 그것은 두려웠기 때문이 아닙니다. 절대로 당신네들의 형벌이 두려웠기 때문이 아니에요. 그건 오로지 치욕 때문입니다! 그런데도 당신네들은 또 하나의 새로운 비굴한 행위를, 또 하나의 새로운 치욕을 고백하라고 요구하고 있습니다. 그러나 비록 그걸 말함으로써 혐의가 풀린다고 해도 당신네들처럼 아무것도 볼 수 없고 아무것도 믿을 수 없는, 눈먼 두더지 같은 그런 몰인정인 사람들에게는 절대로 말하고 싶지 않습니다. 차라리 징역을 살게 해 주십시오! 아버지로 하여금 문을 열게 하고 그 문으로 들어간 자가 아버지를 죽이고 돈을 훔친 겁니다. 하지만 그자가 누구냐 하는 데 대해선 나도 갈피를 잡을 수 없고 고통스러울 뿐입니다. 그러나 그것은 적어도 드리트리 카라마조프가 아닌 것은 확실합니다. 이 점을 명심해 주십시오. 내가 당신들한테 말할 수 있는 건 이것뿐입니다. 자, 이젠 됐습니다. 더 이상 나를 귀찮게 하지 말아 주십시오. ……유형을 보내든 사형에 처하든 맘대로 하십시오. 하지만 더 이상 내 마음을 자극하지 말아 주십시오. 나는 이제부터 묵비권을 행사하겠습니다. 이제 당신들의 증인이나 부르시지요."

미차는 더 이상 입을 열지 않겠다고 단단히 결심이라도 한 듯이 느닷없이 이런 독백을 토해냈다. 줄곧 그를 주시하고 있던 검사는 그가 입을 다물자, 매우 냉정하면서도 침착한 태도로, 극히 평범한 이야기라도 하는 듯이 갑자기 말을 꺼냈다.

"당신은 방금 문을 열고 들어간 자라고 말했습니다만, 말이 났으니 한 가지 당신한테 알려드릴 게 있습니다. 이것은 매우 흥미로운 것으로 당신에게나 우리들에게나 지극히 중대한 의미를 갖는 것입니다. 그것은 다름 아니라 당신한테 부상을 입은 그리고리 노인의 증언입니다. 그때 노인은 현관으로 나오자 정원 쪽에서 이상한 소리가 들려 열려 있는 쪽문을 통해 정원으로 들어가기로 결심했다고 하더군요. 그런데 바로 그때 그는 ─ 당신이 말한 대로 ─ 당신이 부친의 모습을 보았다는 열린 창문에서 물러나 어둠 속으로 도망치고 있는 당신의 모습을 보았다고 합니다. 그런데 그 순간 그리고리가 왼쪽을 바라보니 그 창문뿐만 아니라 그 창문보다 훨씬 앞쪽에 있는 출입문이 활짝 열려 있더라는 겁니다. 노인은 의식을 회복했을 때 우리의 질문에 대해 분명히 이렇게 단언했습니다. 당신은 정원에 들어가 있는 동안 처음부터 끝까지 출입문은 닫혀 있다고 진술하셨지요. 그러나 나는 숨기지 않고 말씀드립니다만 그리고리 자신이 분명히 단언하고 증언한 바에 의하면 당신은 그 출입문을 통해서 도망쳤을 것이 분명합니다. 물론 당신이 도망치는 것을 직접 눈으로 보지는 못 했습니다. 당신을 처음 본 것은 당신 멀리 떨어져 있는 정원 속을 울타리를 향해 달려갈 때였으니까요."

미차는 그의 말이 채 끝나기도 전에 의자에서 벌떡 일어났다.

"말도 안 돼요!" 그는 격분하여 소리쳤다. "그것은 뻔뻔스러운 거짓말입니다! 그 노인이 문이 열려 있는 것을 보았을 리가 없어요. 왜냐하면 그때는 분명히 닫혀 있었으니까……. 노인이 거짓말을 한 겁니다."

"내 의무로 알고 다시 한 번 되풀이합니다만, 노인의 증언은 확고한 것이었습니다. 애매모호한 점이라곤 전혀 없었습니다. 그는 완강하게 자기 진술을 주장했습니다. 우리는 여러번 되풀이해서 물어 보았습니다만, 노인은 끝까지 자기 진술을 고수했습니다."

"맞습니다. 나도 몇 번이나 되풀이해서 확인한 걸요!" 예심판사도 흥분한 어조로 맞장구를 쳤다.

"아닙니다. 거짓말입니다! 그건 나에 대한 모함이 아니면 미친 사람의 착각입니다." 미차는 계속해서 외쳤다. "그야말로 그건 헛소리입니다. 피를 흘리고 상처를 입었기 때문에 제정신으로 돌아왔을 때 그렇게 생각되었을 뿐일 겁니다. ……그렇습니다. 그 노인은 헛소리를 한 겁니다."

"알겠습니다. 그러나 노인이 문이 열린 것을 본 건 정신을 잃었다가 제 정신을 되찾았을 때가 아니라 그보다 훨씬 전 바깥채에서 정원으로 들어섰을 때였습니다."

"아니오. 그건 터무니없는 거짓말이오. 거짓말이에요! 절대로 그럴 리가 없습니다. 그건 노인이 나를 증오한 나머지 모함하는 겁니다. 그걸 노인이 보았을 리가 없습니다. 나는 그 문으로 도망치지 않았단 말입니다." 미차는 숨을 헐떡거리며 이렇게 말했다.

검사는 예심판사를 돌아다보고, 의미심장한 어조로 말했다.

"그걸 보여주시죠."

"이 물건을 알아보시겠습니까?"

갑자기 판사는 두꺼운 종이로 만든 커다란 사무용 봉투를 꺼내어 테이블 위에 놓았다. 봉투에는 아직도 세 개의 봉인이 그대로 남아 있었다. 속이 텅 비어 있었고 한쪽 귀퉁이가 찢어져 있었다. 미차는 눈이 휘둥그레져서 바라보았다.

"그건…… 아버지의 봉투 같군요." 하고 그는 중얼거렸다. "3천 루블이 들어 있던 봉투일 겁니다. ……거기 수취인의 이름이 적혀 있다면…… 좀 보여주십시오. '내 귀여운 병아리에게' 역시 그렇군요. 3천 루블입니다!"

그는 소리쳤다. "3천 루블, 아시겠습니까?"

"물론 알고말고요. 그러나 돈은 이미 들어 있지 않았습니다. 봉투는 속이 빈 채로 마룻바닥에 뒹굴고 있었습니다. 침대 옆 병풍 뒤에 떨어져 있었어요."

몇 초 동안 미차는 잠시 어리둥절한 얼굴로 서 있었다.

"여러분, 그건 스메르자코프의 짓입니다!" 갑자기 그는 있는 힘을 다해 소리쳤다. "그놈이 죽인 겁니다. 우리 아버지를 죽이고 돈을 훔친 건 그놈입니다. 아버지의 봉투가 어디에 숨겨져 있는지 아는 건 그놈뿐입니다. ……바로 그 놈입니다. 이젠 명백합니다!"

"그렇지만 당신도 그 봉투에 대해 알고 있었고 또 그 봉투가 베개 밑에 있다는 걸 알지 않았습니까?"

"아니, 난 전혀 몰랐습니다. 나는 지금까지 한 번도 그 봉투를 본 일이 없습니다. 나는 지금 처음으로 본 겁니다. 난 스메르자코프한테서 그 말을 들었을 뿐입니다. ……아버지가 어디다 감추어 두는지 아는 건 그놈뿐입니다. 나는 전혀 몰랐습니다." 미차는 거의 숨이 막힐 지경이었다.

"하지만 당신은 아까 진술하실 때 그 봉투가 돌아가신 부친의 베개 밑에 있었다고 우리에게 말하지 않았습니까. 당신이 베개 밑이라고 말한 걸 보면 당신은 봉투의 소재를 알고 있었다고 볼 수밖에 없지 않느냔 말입니다."

"여기 우리 조서에 그렇게 적혀 있습니다." 예심판사가 맞장구를 쳤다.

"그건 그냥 한 말입니다. 헛소리예요! 나는 베개 밑에 있었다는 걸 전혀 모르고 있었습니다. 그리고 어쩌면 베개 밑이 아니었을지도 모릅니다…… 나는 그저 되는 대로 베개 밑이라고 지껄였을 뿐이에요. ……스메르자코프는 뭐라고 하던가요? 그게 무엇보다 중요한 것입니다. 나는 일부러 거짓말을 한 겁니다. ……나는 잘 생각해보지도 않고 되는 대로 말했던 겁니다. 그런데 당신들은 지금……, 여러분, 어쩌다 아무뜻도 없이 허튼소리를 지껄이게 될 때가 가끔 있지 않습니까. 그걸 알고 있었던 건 스메르자코프 혼자뿐입니다. 그놈은 내게도 그게 어디 있는지 알려주지 않았으니까요. 아무튼 그놈이에요. 그놈이에요. 틀림없이 그놈이 죽였습니다. 이젠 모든 것이 명백해졌습니다!"

극도로 흥분한 미차는 격앙된 어조로 두서없는 말을 자꾸 되풀이하는 것이었다. "이젠 내 말을 아셨지요? 그러니 그놈을 빨리 체포하십시오. 빨리요! ……내가 도망치고 그리고리가 정신을 잃고 쓰러져 있을 때 그놈이 죽인 게 틀림없습니다. 이건 이제 분명합니다. 그놈이 신호를 해서 아버지에게 문을 열게 한 겁니다. ……왜냐하면 신호를 알고 있는 건 그놈밖에 없으니까요. 신호가 없이는 아버지는 누가와도 절대로 문을 열어 줄 리가 없으니까요."

"그러나 당신은 그때의 상황을 하나 잊고 계신 게 있습니다." 여전히 자기 자신을 억제하는 듯 하는 태도이기는 했으나 어딘가 승리감에 도취된 듯한 어조로 검사가 이렇게 지적했다. "만약에 당신이 거기 정원에 계실 때 이미 문이 열려 있었다면 구태여 신호를 할 필요가 없지 않습니까?"

"그 문이라, 그 문……." 미차는 이렇게 중얼거리더니 말없이 검사를 바라보았다. 그는 맥없이 다시 의자에 주저앉았다. 아무도 입을 열지 않았다.

"아아, 그 문…… 그건 망령이야. 하느님도 나를 버리시다니!" 그는 이미 사고력을 잃은 채 멍청히 앞을 바라보며 이렇게 외쳤다.

"자, 바로 그거예요. 드미트리 카라마조프 씨." 검사는 점잔을 빼는 듯이 말했다. "한번 잘 판단해 보십시오. 한쪽에서는 출입문이 분명히 열려 있었고 당신이 그 문으로 도망쳐 나갔다는 증언이 있는가 하면, 또 한편으로는 갑자기 당신 손에 들어온 돈의 출처에 대해 당신은 이상하리만큼 완강하게, 거의 광적인 태도로 입을 봉하고 있습니다. 그런데 당신 자신의 진술에 따르면 그 돈이 생기기 불과 3시간 전만 해도 당신은 단돈 10루블이 없어서 권총을 저당 잡히지 않았느냐 말입니다. 이러한 사정을 염두에 두고 어디 한번 당신 스스로 잘 생각해 보십시오. 도대체 우리는 무엇을 믿어야 합니까? 어디다 근거를 두어야 하겠습니까? 당신의 고결한 마음의 외침을 믿지 못하는 '냉소적이고 남을 조롱하기를 좋아하는 인간들'이라고 우리를 나무라지 마십시오. ……도리어 우리의 처지도 좀 생각해 주셔야죠…….'

미차는 형용할 수 없는 흥분에 사로잡혀 있었다. 그의 얼굴은 새파랗게 질려 있었다.

"좋습니다!" 그는 갑자기 외쳤다. "여러분에게 내 비밀을 말씀드리겠습니다. 내가 어디에서 돈을 손에 넣었는지 털어놓겠습니다! ……나중에라도 당신들이 나 자신을 비난하는 일이 없도록, 나의 치욕을 털어놓겠습니다."

"그리고 우리를 믿으셔야 합니다. 카라마조프 씨." 예심판사가 감격에 찬 기쁜 어조로 말을 받았다. "특히 지금과 같은 순간에 성의에 찬 모든 고백을 해주신다면 후에 당신의 운명의 짐을 덜어 주는 데에도 적지 않은 영향을 미치게 될 것입니다. 뿐만 아니라……."

그러나 이때 검사가 테이블 밑으로 손을 넣어 그를 가볍게 찔렀다. 그래서 그는 적당한 대목에서 말을 멈출 수가 있었다. 물론 미차는 그의 말 같은 것은 귀담아듣고 있지도 않았다.

7. 미차의 크나큰 비밀, 조소를 받다

"여러분," 그는 여전히 흥분한 어조로 말하기 시작했다. "그 돈은…… 나는 솔직히 고백하겠습니다만……, 그 돈은 내 것이었습니다." 검사와 예심판사의 얼굴에 실망의 빛이 생생하게 피어올랐다. 그들의 예상과는 전혀 딴판인 대답이었기 때문이다.

"당신 거라니, 어째서 당신 돈이란 말입니까." 넬류도프 예심판사가 중얼거렸다. "당신 자신의 진술에 의하여 같은 날 5시쯤에는……."

"빌어먹을, 같은 날 5시니 뭐니, 내 진술이니 하는 말을 다 집어치우세요. 지금은 그런 건 문제가 아닙니다! 그건 내 돈입니다. 아니, 내가 훔친 돈입니다. ……내 것이 아니죠. 내가 훔친 돈이니까요. 내가 훔친 돈입니다. 그건 1천 5백 루블이었습니다. 나는 그 돈은 언제나 몸에 지니고 다녔습니다."

"그럼, 당신은 그 돈은 어디서 훔친 건가요?"

"내 목에서요. 여러분, 내 목에서 꺼낸 겁니다. 바로 이 목에서 말입니다. ……돈은 여기, 내 목에 걸려 있었습니다. 그 돈을 헝겊에 꿰매서 목에다 걸고 다녔지요. 이미 오래전, 벌써 한 달 동안 수치와 오욕을 목에 걸고 다녔단 말입니다!"

"그렇다면 당신은 누구한테도 그 돈을…… 손에 넣게 된 거죠?"

"당신은 '훔쳤느냐?'고 묻고 싶었겠지요. 제발 좀 더 솔직하게 말씀하세요. 사실 그 돈은 훔친 거나 다름없다고 나는 생각합니다. 그렇지만 원하신다면 '손에 넣었다'고 해도 할 수 있습니다. 그러나 내 생각으로는 '훔쳤다'고 하는 편이 맞는 것 같군요. 그런데 어젯저녁 나는 드디어 그 돈을 완전히 훔치고 말았습니다."

"어젯저녁이라뇨? 당신은 방금 그 돈을 손에 넣은 것이 한 달 전이라고 하지 않았습니까?"

"네, 그렇지만 아버지한테서 훔친 돈은 절대로 아닙니다. 아버지의 돈은 아니란 말입니다. 아버지한테서 훔친 돈이 아니니 걱정하실 건 없습니다. 그건 그 여자의 돈입니다. 제발 내 말을 중단하지 말고 끝까지 들어 주십시오. 나로서는 정말 괴로운 일이니까요. 실은 한 달 전에 내 약혼녀였던 카체리나 베르호프체바가 나를 불렀습니다. ……당신들도 그 여자를 아시지요."

"물론 알고 있습니다."

"나도 그럴 줄 알고 있었습니다. 그 여자는 그지없이 고결한 여성입니다. 고결한 여성 중에서도 가장 고결합니다만, 벌써 오래전부터 나를 미워하고 있습니다. 그렇습니다, 오래전부터……. 하기는 나를 미워할 이유가 있습니다. 당연하고 말구요!"

"카체리나 씨가요? 판사는 깜짝 놀라서 되물었다. 검사 역시 눈이 휘둥그레져 바라보았다.

"아아, 그 여자의 이름을 함부로 부르지 말아 주십시오! 내가 이런 일에 그 여자의 이름을 끼워 넣는 건 비열한 짓입니다. 그러나 나는 그 여자가 나를 미워하고 있다는 것을 알고 있었습니다. ……훨씬 오래전부터…… 맨 처음부터, 내 하숙으로 처음 찾아왔던 그날부터…… 이런 얘기는 그만둡시다. 당신네들은 이런 얘기를 알 필요가 없으니까요. 이건 전혀 필요 없는 얘기예요. 다만 여기서 말씀드려야 할 것은 약 한 달 전에 그 여자가 나를 불러 3천 루블을 주면서, 그것을 모스크바에 있는 자기 언니와 또 한 사람의 친척에게 보내달라고 부탁했습니다. 이 정도 얘기면 충분하겠군요. 마치 자기는 그걸 보낼 수 없다는 듯한 태도였습니다. 그런데 난……. 그때가 바로 내 일생을 좌우할 운명적인 순간이었습니다. 나는……. 아니, 한 마디로 말해서 내가 다른 여자를 사랑하기 시작했을 때였습니다. 지금의 그 여자, 지금 아래층에 앉아 있는 그루셴카 말입니다. ……그때 나는 그루셴카를 데리고 모크로예로 와서 이틀 동안 그 저주받을 3천 루블의 절반을, 즉 1천 5백 루블을 다 탕진해버리고, 그 나머지 절반은 그대로 남겨 두었습니다. 나는 그 절반을 부적처럼 언제나 목에 걸고 다니다가 어제 드디어

385

그것을 끌러서 다 써버렸습니다. 니콜라이 넬류도프 씨, 지금 당신 손에 있는 8백 루블은 그 잔액입니다. 그 1천 5백 루블에서 남은 돈입니다."

"실례지만 당신이 그때, 그러니까 한 달 전에 여기서 쓰신 돈은 1천 5백 루블이 아니라 3천 루블이 아닙니까? 그건 누구나 다 아는 사실 아닙니까?"

"그걸 누가 안단 말입니까? 누가 그걸 계산해 봤나요? 내가 누구한테 계산이라도 시켜보았다는 겁니까?"

"하지만 당신 스스로가 그때 꼭 3천 루블을 썼다고 모든 사람에게 공언하고 다니지 않았습니까?"

"그건 사실입니다. 내가 온 읍내 사람들에게 그렇게 지껄였습니다. 온 읍내 사람들도 그렇게 생각하고 있습니다. 그런 어쨌든 내가 실제로 쓴 돈은 1천 5백 루블이지 3천 루블이 아니었습니다. 나는 그 나머지 1천 5백 루블을 헝겊에 꿰매서 간수해두었지요. 일은 바로 그렇게 된 겁니다. 자, 여러분, 이젠 내가 어제 쓴 돈의 출처를 아셨겠지요."

"이건 정말 기적 같은 얘기로군요……." 예심판사가 중얼거렸다.

"그렇다면 한 가지 더 묻겠습니다." 마침내 검사가 이렇게 말했다. "당신은 그때, 그러니까 한 달 전에 그 사실에 대해서 누구한테든 말한 적이 있습니까? 그 1천 5백 루블이 남아 있다고 누구에게 말한 적이 있습니까?"

"아무에게도 말한 적이 없습니다."

"참으로 이상하군요. 그래 정말 당신은 전혀 아무에게도 얘기한 적이 없단 말이지요?"

　"전혀 아무한테도 말하지 않았습니다."

　"그런데 왜 그렇게 침묵을 지키고 있었나요? 무슨 이유로 그렇게까지 비밀로 하셨습니까? 좀 더 정확히 설명한다면 당신은 결국 우리한테 비밀을 고백했습니다. 그것은 당신의 말에 의하면 '치욕적'인 것이라고 하셨지만 실제로는 물론 상대적인 얘기입니다만 그 행위, 즉 남의 돈 3천 루블을 착복했다는 행위는, 적어도 내 견해로 보자면 그저 분별없는 행위에 지나지 않습니다. 뿐만 아니라 당신의 성격을 염두해 볼 때, 그것은 결코 그렇게까지 수치스러운 행위는 아닙니다. 그야 물론 정말 한심한 행위라는 데는 나도 동의하는 바입니다만, 그러나 불명예스러운 행위가 반드시 수치스러운 행위인 것은 아닙니다. ……요컨대 내가 하고 싶은 말은 당신이 써버린 그 3천 루블의 돈이 카체리나 양에게서 나왔다는 것은 이미 지난 한 달 동안 많은 사람들이 알고 있었던 사실이었으므로, 이렇게 말하는 나 자신도 당신의 고백을 듣기 전에 그 소문을 듣고 있었다는 점입니다. 예를 들면 경찰서장 마카로프 씨도 이미 그 소문을 알고 있으니까요. 그래서 결국 나중에는 소문이라기보다 온 읍내 전체에 쫙 퍼지고 만 겁니다. 게다가 당신 자신도 이 사실을, 즉 그 돈이 카체리나 양에게서 나왔다는 것을 어떤 사람에게 토로한 증거가 있습니다. 그러므로 당신이 지금까지, 이 순간까지 따로 남겨 두었다는 그 1천 5백 루블을 굉장한 비밀로 취급하고 있을 뿐만 아니라 그 비밀에 일종의 공포감까지 결부시키고 있다는 데 대해서는 지극히 놀라지 않을 수 없습니다. 그런 비밀의 고백이 당신한테 그렇게 고통을 준다는 것은 도저히 믿을 수가 없군요. 당신은 아까 그것을 고백하기보다는 차라리 시베리아로 징역을 가는 편이 낫다고 외치지 않았느냐 말입니다…….”

검사는 거기서 입을 다물었다. 그는 몹시 흥분해서 거의 증오에 가까운 분노를 숨기려 하지도 않고 말의 수식에도 관심이 없이 가슴속의 울분을 말이 되는대로 죄다 내뱉고 말았다.

“그러나 내가 수치스럽게 생각하는 것은 1천 5백 루블을 탕진했다는 사실이 아니라 그 1천 5백 루블을 따로 떼어놓았다는 데 있는 것입니다.” 미차는 확고한 어조로 말했다.

“아니, 어째서 그렇습니까!” 검사는 짜증스럽게 웃었다. “당신은 이미 비난을 받을 만한 방법으로, 원하신다면 수치스러운 방법이라고 해도 좋습니다만, 그 수치스러운 방법으로 착복한 3천 루블에서 자기 생각대로 반을 따로 떼어둔 게 어째서 수치스러운 일이라는 것입니까? 중요한 것은 이미 당신이 3천 루블을 착복했다는 사실이지 그것을 어떻게 썼는가 하는 것은 아닙니다. 말이 나온 김에 묻겠습니다만, 당신은 왜 그런 식으로 돈을 처분했습니까. 다시 말해서 왜 그 반액을 따로 떼어 두었느냔 말입니다. 무엇 때문에, 무슨 목적에서 그랬는지 설명해주실 수 없습니까?”

“아아, 여러분, 바로 그 목적에 모든 것이 포함되어 있는 겁니다.” 미차는 소리쳤다. “비열한 동기에서 그 돈을 따로 떼어 두었던 겁니다. 즉 미리 계산하고 있었던 거지요. 왜냐하면 이런 경우 미리 계산해둔다는 것 자체가 비열한 행위니까요. ……게다가 이 비열한 행위는 만 한 달이나 계속되고 있었던 겁니다!"

"이해할 수 없군요."

"거 참, 어이가 없군요. 하지만 정말로 못 알아들으셨는지도 모르니까 다시 한 번 설명해드리지요. 자, 내 말을 잘 들어주십시오. 만약에 나의 성실함을 믿고 맡긴 3천 루블을 착복하여 썼다고 합시다. 그리고 그 돈을 다 탕진하고 나서 이튿날 그 여자에게 가서 '카차, 내가 잘못했고, 난 당신의 그 3천 루블을 죄다 써버리고 말았소'라고 말한다면 어떨까요. 과연 이게 잘하는 일이겠습니까? 아니, 이건 결코 잘하는 일이 아닙니다. 비굴하고 천박한 행위지요. 짐승과도 같은 짓입니다. 짐승과 다름없이 자기를 억제할 줄 모르는 인간입니다. 그렇잖습니까, 당연하죠? 그렇지만 아직 도둑놈은 아니겠지요? 진짜 도둑놈하곤 다르지 않느냐 말입니다. 안 그렇습니까? 남의 돈을 써 버리긴 했지만 도둑질은 안 했으니까요! 그런데 여기 두 번째 방법, 좀 더 좋은 방법이 있습니다. 잘 들어 주십시오. 그렇지 않으면 또 뒤죽박죽이 되어 버릴 테니까요. - 왜 그런지 머리가 빙글빙글 도는 것 같군요. - 그런데 여기에 두 번째 방법이 있습니다. 다름 아니라 그 3루블 중에서 1천 5백 루블, 즉 절반만 쓴단 말입니다. 그리고 다음 날 여자에게 가서 나머지 반을 내놓으면서 '카차, 이 경솔하고 더럽고 비열한 놈한테서 이 절반이라도 받아 주구려. 나는 그 절반을 쓰고 말았소. 아무래도 이 나머지 반도 써버릴 것 같으니 제발 더 이상 죄를 짓지 않도록 지켜주오!'라고 말하는 겁니까. 어떻습니까. 이 방법은? 짐승이라 불러도 좋고 악당이라 불러도 좋습니다. 그렇지만 도둑놈은 아닙니다. 정말로 도둑놈이라면 나머지 절반도 돌려주지 않고 착복해버렸을 테니까요. 그런데 만일 그 절반을 돌려주면 나머지 절반도, 즉 이미 써 버린 절반도 언젠가는 갚아주겠지, 그 돈을 마련하기 위해 한평생 열심히 일하여 언젠가는 반드시 돌려줄 것이라고 생각할 거란 말입니다. 그러니 난 비열한 인간이기는 하지만, 도둑놈은 아니란 말입니다. 누가 뭐라 해도 도둑놈은 아니에요."

"얼마쯤 차이는 있다고 하더라도," 검사는 냉랭하게 웃었다. "그렇지만 당신이 거기서 그처럼 결정적인 차이를 발견하신다니 참으로 기묘한 일이군요."

"예, 나는 거기서 결정적인 차이를 인정합니다! 누구나 다 비열한 인간이 될 수 있습니다. 아니, 어쩌면 모두가 비열한인지도 모르지요. 그러나 누구나가 다 도둑이 될 수는 없습니다. 비열한 중에서도 비열한만이 도둑이 될 수 있는 것입니다. 아아, 이 미묘한 차이를 나는 제대로 설명할 수가 없군요. ……어쨌든 도둑은 비열한 인간보다도 몇 배나 더 비열합니다. 이건 나의 신념입니다. 아시겠습니까! 나는 그 돈을 만 한 달 동안이나 몸에 지니고 다녔습니다. 마음만 먹으면 내일이라도 당장 그 돈을 돌려줄 수 있습니다. 그렇게 하면 나는 이미 비열한은 아닙니다. 그러나 나는 끝내 그것을 결행할 수 없었습니다. 날마다 결심을 하면서도 - 날마다

'어서 결행해라, 이 비열한 놈아!' 나 자신을 재촉하면서도 한 달이나 미루어 왔단 말입니다. 어떻습니까, 당신네들 생각으론 이게 잘한 일일까요?"

"그다지 잘한 일은 못 된다 하더라도 심정만은 충분히 헤아릴 수 있습니다. 거기에 대해서는 나도 이의가 없습니다." 검사는 신중하게 대답했다. "그러나 어쨌든 그런 미묘한 차이에 대한 논의는 다음으로 미루고 다시 본래의 문제로 돌아가는 것이 어떨까요? 그 문제란 다름 아니라 왜 당신은 처음에 그 3천 루블을 둘로 나누었는가, 다시 말해 왜 반만 쓰고 반은 따로 떼어두었는가 하는 점입니다. 아까 당신에게 물었지만 아직 설명하지 않았으므로 다시 묻는 겁니다. 도대체 왜 감추었지요? 그 나머지 1천 5백 루블은 어디다 쓸 생각이었습니까? 드미트리 카라마조프 씨, 나는 그걸 꼭 듣고 싶습니다."

"아, 참, 물론이지요!" 미차는 자기 이마를 탁 치며 이렇게 외쳤다. "용서하십시오. 나는 당신네들을 괴롭히기만 하고 가장 중요한 점은 설명하지 않았군요. 그것을 설명했더라면 당신들도 당장 깨달을 수 있었을 텐데요. 왜냐하면 바로 그 목적 속에 치욕이 있기 때문입니다! 자, 생각해 보세요. 그 노인이, 돌아가신 아버지가 늘 그루센카를 현혹시키고 있었습니다. 그래서 나는 질투를 했지요. 그 여자는 나와 아버지 중에서 어느 쪽을 택할까 망설이고 있다고 나는 그렇게 생각했습니다. 그리고 또 날마다 이런 생각도 했지요 – 만약에 그 여자가 갑자기 결심을 하여 나를 괴롭히지 않기로 결심하고 '난 그 노인을 사랑하지 않아요. 내가 사랑하는 건 당신이에요. 자, 나를 세상 끝으로 데려가 줘요.'하고 내게 말하면 어떻게 할까? 그러나 나는 20코페이카 은화 두 닢밖에 없었으니 어떻게 그 여자를 데리고 갈 수 있단 말인가. 그땐 파멸이 있을 뿐이다. 그때만 해도 나는 그 여자를 잘 몰랐고 제대로 이해하지 못했던 겁니다. 그 여자는 돈이 없으면 살 수 없을 테니까 내게 돈이 없으면 곧 싫증을 낼 거라고 생각했었죠. 그래서 나는 교활하게도 3천 루블 중에서 절반을 떼어놓고 태연히 바늘로 꿰맸습니다. 그런 속셈으로 꿰매 둔 것이지요. 술 마시러 떠나기 전에 꿰매 두고 나서 나머지 절반으로 술을 마시러 떠난 겁니다! 아, 이런 비열한 짓이 또 어디 있겠습니까. 자, 이젠 이해가 되셨습니까?"

검사는 껄껄 소리 내며 웃었다. 예심판사도 따라서 웃었다.

"내 생각으로는 당신이 자신을 억제하여 그 돈을 다 낭비하지 않았던 것은 오히려 현명하고도 도덕적인 처사였다고 보는데요." 판사는 키득거리며 웃었다. "그걸로 인해 큰 잘못이라고 생각할 필요는 없지 않습니까?"

"그렇지만 그 돈을 훔친 것은 사실이죠! 아니, 정말 그렇게도 이해가 안 되십니까! 나는 1천 5백 루블을 꿰맨 돈주머니를 목에 걸고 다니는 동안 매일 같이, 아니 매 시간마다 나 자신에게 '너는 도둑이다. 너는 도둑이다.' 말했습니다. 내가 지난 한 달 동안 난폭한 짓만 하고 다닌 것도, 술집에서 싸움을 한 것도, 아버지를 때린 것도 내가 도둑놈이라는 생각이 머리에서 떠나지 않았기 때문입니다. 나는 동생 알료샤에게까지 그 돈에 대해서만은 감히 고백할 용기가 나지 않았습니다. 그렇게까지 나 자신을 비열한 사기꾼이라 여겼던 겁니다. 그런데 말입니다. 나는 그걸 몸에 지니고 다니면서도 그와 동시에 매일 같이, 매 시간마다 나 자신에게 '아니다. 드미트리. 넌 아직 도둑이 아닐지도 모른다.' 라고 말하곤 했습니다. 왜 그랬을까요? 그건 다름 아니라 내일이라도 카차를 찾아가서 1천 5백 루블을 돌려줄 수 있다고 여겼기 때문입니다. 그런데 어제 폐냐한테 들렀다가 페르호친의 집으로 가는 도중 처음으로 그 주머니를 뜯어내기로 결심했습니다. 그때까지는 도저히 엄두를 내지 못했지만, 마침내 주머니를 열어버리는 동시에 카체리나한테 가서 난 비열한 놈이기는 하지만 도둑은 아니라고 말하려던 꿈을 짓밟아버리고 말았으니까요. 자, 이젠 아셨지요? 이젠 이해가 갑니까!"

"하필이면 어젯밤에 그런 결심을 하시게 된 겁니까?" 예심판사가 말을 가로챘다.

"왜냐구요? 그건 참 우스운 질문이군요! 왜냐하면 나는 오늘 아침 5시, 동이 틀 무렵에 여기서 죽어버리기로 나 자신에게 선고를 내렸으니까요. '비열한 인간으로 죽든 고결한 인간으로 죽든, 어차피 죽는 건 마찬가지가 아니냐.' 생각했기 때문입니다. 그런데 그게 아니었습니다. 마찬가지가 아니라는 것이 판명된 겁니다! 여러분은 곧이듣지 않을지도 모르지만, 어젯밤 무엇보다 나를 괴롭힌 것은 내가 늙은 하인을 죽였다는 사실도 아니고 그 결과 시베리아로 유형당할지도 모른다는 불안감도 아니었습니다. 드디어 내 사랑이 결실을 보아 바야흐로 천국이 열리려는 그 찰나에도 말입니다! 물론 그런 생각이 날 괴롭히긴 했지만 그리 대단하진 않았습니다. '마침내 그 저주받을 돈을 목에서 끌러내어 죄다 탕진하고 말았으니 나는 이제 진짜 도둑이 되었구나!' 견딜 수 없는 자각에 비하면 아무것도 아니었습니다! 아아, 여러분, 진심으로 되풀이합니다만, 나는 이 하룻밤 사이에 많은 것을 깨달았습니다. 인간은 비열한 인간으로서 살아갈 수 없을뿐더러, 비열한 인간으로 죽는 것 역시 불가능하다는 것을 나는 분명히 깨달았습니다. ……그렇습니다. 여러분, 인간은 죽을 때조차 성실하게 죽어야만 하는 겁니다!"

미차는 얼굴이 창백했다. 극도로 흥분해 있었음에도 불구하고 그 얼굴에는 피로와 고통의 빛이 서려 있었다.

"카라마조프 씨, 당신의 심정을 이해할 수 있을 것 같습니다." 검사는 부드러운, 동정에 가까운 어조로 차분히 말했다. "그렇지만 내가 보기에는 그것은 단지 당신의 병적인 신경이라고 할까요? 틀림없이 그럴 겁니다. 이를테면 말입니다. 거의 한 달 동안에 걸친 그처럼 격심한 고통으로부터 탈피하기 위해 당신은 왜 그 아가씨한테 가서 1천 5백 루블을 돌려주지 않은 겁니까? 그리고 당신의 말에 따르면 당신의 처지가 그토록 비참한 것이었다면, 어째서 그 아가씨와 잘 의논하여 누구의 머리에나 자연히 떠오를 수 있는 그런 방법을 강구하지 않았습니까? 즉 아가씨에게 솔직히 과오를 고백하고 나서 필요한 돈을 빌려 달라고 요청하지 못했느냔 말입니다. 만약 당신의 곤란한 형편을 알았다면 관대한 마음씨를 지닌 그 아가씨는 틀림없이 거절하지 않았을 겁니다. 무슨 증서를 써 준다거나 아니면 상인 삼소노프나 호흘라코바 부인에게 제공했던 그런 담보를 내 주었다면 더욱 문제가 없었을 겁니다. 당신은 지금도 그 담보물을 가치 있는 것으로 여기겠지요?"

미차의 얼굴이 확 붉어졌다.

"아니, 당신은 나를 그렇게까지, 비열한 놈으로 생각한단 말입니까? 설마 그걸 진심으로 말하는 것은 아니겠지요?" 그는 검사를 정면으로 바라보며 믿을 수 없다는 듯 불만스런 어조로 말했다.

"물론입니다. 이건 진담입니다. 당신은 왜 내가 농담을 하고 있다고 생각하시죠?" 오히려 검사가 놀라는 눈치였다.

"오, 그런 비열한 짓이 또 어디 있습니까! 여러분, 당신들 때문에 내가 얼마나 고통받고 있는지 여러분은 모르고 있습니다! 내 말을 끝까지 들어 주십시오. 난 이제부터 내 마음속의 지옥을 당신들에게 죄다 털어놓겠습니다. 그렇지만 이것은 당신들에게 수치를 깨우쳐 주기 위해섭니다. 인간의 복합된 감정이 어느 정도까지 비열해질 수 있는가를 알게 되면 당신들도 깜짝 놀라실 겁니다. 실은 말입니다. 검사님, 나도 방금 당신이 말씀하신 그런 계획을 세워본 적이 있습니다. 여러분, 나도 한 달 동안 그런 생각을 품고 있었습니다. 그래서 하마터면 카체리나를 찾아가려고 결심할 뻔했지요. 그렇지만 그 여자에게 가서 나의 변심을 고백하고, 그 변심 때문에, 그 변심을 실행에 옮기는 데 필요한 돈을 그 여자한테, 즉 카체리나한테 구걸해 가지고 – 구걸하는 겁니다. 구걸이에요 – 그 여자의 경쟁자와 함께 그녀를 미워하고 모욕한 바로 그 계집과 함께 줄행랑을 치다니 – 과연 이게 가능한 일입니까. 당신은 아무래도 머리가 좀 이상해진 것 같군요, 검사님!"

"머리가 이상해진 건지는 잘 모르지만, 내가 좀 흥분해서 말이 헛나갔군요. ……바로 여자의 질투심에 관한 거라면…… 당신이 지금 말씀하신 것 같은 질투가 끼어들어 있다면…… 사실 거기에는 그와 비슷한 뭔가가 있을 겁니다." 검사는 히죽 웃었다.

"그건 어쨌든 비열한 짓입니다." 미차는 주먹으로 테이블을 쾅 내리쳤다. "뭐라고 형용할 수 없을 만큼 추악한 짓입니다! 물론 그 여자는 나한테 그 돈을 줄 겁니다. 틀림없이 줄 겁니다. 그러나 그 것은 나에 대한 복수심 때문에, 복수의 기분을 즐기기 위해, 나에 대한 경멸을 표시하기 위해서 주는 겁니다. 왜냐하면 그 여자 역시 분노에 불탈 수 있는 악마 같은 일면을 마음속에 지니고 있으니까요! 그리고 나 또한 그 돈을 받았을 겁니다. 틀림없이 받을 겁니다! 그러나 그 대신 한 평생…… 나는 구원받지 못할 겁니다. 여러분, 미안합니다. 지금 내가 이렇게 소리친 것은 바로 얼마 전까지 내가 그런 생각을 품었기 때문입니다. 그건 바로 내가 랴가브이를 상대로 떠들어대던 그날 밤의 일입니다. 그러고 나서 어제도 하루 종일 마찬가지였습니다. 지금도 기억하고 있지만 그 사건이 일어나기 바로 직전까지……."

"무슨 사건 말입니까?" 예심판사가 호기심에 찬 어조로 물었다. 그러나 미차는 그 말을 듣지 못했다.

"나는 당신들에게 무서운 고백을 했습니다." 미차는 침통한 표정으로 말을 맺었다. "자, 그러니 여러분, 그 고백을 인정해 주십시오. 아니, 인정으로는 부족해요. 오히려 그것을 존중해주십시오. 만일 존중해 주시지 않는다면, 이 고백조차 당신네들의 마음이 감동을 받지 않는다면, 그건 곧 당신네들이 나를 전혀 존경하지 않는 증거라고 나는 단언합니다. 나는 당신네들 같은 사람에게 그것을 고백한 것이 부끄러워 차라리 죽고 싶습니다! 자살하고 싶은 심정입니다! 그렇지만 나는 잘 압니다. 당신네들이 내 말을 믿고 있지 않는다는 것을! 아니, 당신네들은 이런 것까지도 적어두려는 겁니까?" 그는 깜짝놀라 소리쳤다.

"그렇지만 당신은 방금 이런 말을 하셨지요?" 오히려 이해할 수 없다는 표정으로 예심판사는 그를 바라보았다. "다름 아니라 당신은 마지막 순간까지 카체리나 양한테 가서 그 돈을 빌릴 생각을 하고 있었다고 말했지요. 사실 이건 우리에게 매우 중요한 진술입니다. 카라마조프 씨. 즉 사건 전체에 관해서…… 특히 당신을 위해, 당신 자신을 위해 매우 중요한 진술입니다."

"여러분, 제발 그러지 마십시오." 미차는 손을 맞잡으며 애원했다. "제발 그것만은 기록하지 마십시오. 당신들은 정말 부끄럽지도 않나요? 난 당신들 앞에서 내 가슴을 둘로 갈라 보인 거와 다름없습니다. 그런데 당신들은 그것을 이용해서 그 틈새에 손가락을 넣어 쑤시고 있으니 말입니다. ……이 무슨 잔인한 짓입니까!"

"과히 염려하지 마십시오. 카라마조프 씨." 검사는 말했다. "지금 기록한 것은 나중에 당신 말대로 수정하겠습니다. 그런데 여기서 한 가지 더 물어볼 게 있습니다. 벌써 세 번이나 되풀이해 묻습니다만, 당신이 그 돈을 주머니 속에 넣고 꿰맸다는 얘기를 당신한테 들은 사람이 아무도 없습니까? 솔직히 말씀드려서 이건 거의 믿을 수 없는 얘기인 것 같아서 말입니다."

"아무도 없습니다. 아무도 없다고 말했잖아요! 당신들은 내가 하는 말은 전혀 이해하지 못하는군요. 더 이상 나를 귀찮게 하지 마십시오!"

"그럼, 좋습니다. 그렇지만 이 점만은 꼭 밝혀 두어야겠습니다. 아직도 시간의 여유는 충분합니다만, 그동안 한번 생각해 보십시오. 그때 3천 루블을 썼다는 이야기는 당신 자신이 퍼뜨리고 다닌 겁니다. 당신은 가는 곳마다 그렇게 떠들고 다니지 않았느냔 말입니다. 그것에 대한 증인은 수십 명은 될 겁니다. 당신이 말한 금액은 3천 루블이지 1천 5백 루블이 아닙니다. 그리고 이번에도 갑자기 돈이 생기자, 또 3천 루블을 가져왔다고 수십 명의 사람 앞에서 떠들지 않았느냔 말입니다."

"수십이 아니라 몇 백 명은 될 겁니다. 그런 말을 들은 사람은 2백 명, 아니 천 명은 될 겁니다." 미차가 외쳤다.

"그것 보시오. 모든 사람이 그렇게 증언하고 있습니다. 그렇다면 이 '모두'라는 말은 나름대로 어떤 의미를 가지고 있는 게 아닐까요?"

"아무 의미도 없습니다. 내가 허튼소리를 하니까, 모두들 그저 따라 했을 뿐이지요."

"그렇지만 당신의 표현을 빌린다면 허튼소리를 해야 할 필요가 있었습니까?"

"그걸 누가 압니까. 어쩌면 자랑삼아 그랬는지도 모르지요…….
즉 나는 이렇게 많은 돈을 뿌리고 다녔다고 말입니다. 아니면 꿰매 두었던 돈을 잊고 싶었기 때문에……. 그렇습니다. 아마 그것 때문이었을 겁니다. 제기랄. 당신들은 대체 몇 번이나 그걸 묻는 겁니까? 그저 허튼소리를 했을 뿐이에요. 한번 허튼소리를 하니까 새삼스럽게 그걸 정정하고 싶지 않았을 뿐입니다. 인간이란 간혹 아무런 동기도 없이 거짓말을 하는 수가 있지 않습니까?"

"카라마조프 씨, 인간이 어떤 동기에서 거짓말을 하는지 그걸 쉽게 해명할 수는 없는 겁니다." 검사는 타이르듯이 말했다. "그보다도 당신이 목에 걸고 다녔다는 그 주머니는 큰 것이었습니까?"

"아니오. 별로 크지 않았습니다."

"예를 들어, 어느 정도의 크기였나요?"

"1백 루블짜리 지폐를 반으로 접은 정도였습니다."

"그럼 그 주머니를 보여주실 수 없을까요? 어딘가 그걸 가지고 있을 테죠."

"……에잇, 제기랄! 그런 바보 같은 소리를 작작 하세요. ……그게 어디 있는지 내가 알 게 뭡니까?"

"그러나 다시 묻겠습니다만, 당신은 언제 어디서 그걸 목에서 뗐습니까? 당신의 진술에 의하면 집에는 들르지 않으신 모양인데."

"페냐의 집을 나와서 페르호친의 집으로 가는 도중 목에서 돈을 꺼냈습니다."

"어둠 속에서요?"

"촛불이라도 필요했다 그 말인가요? 그런 건 손가락으로도 순식간에 해치울 수 있습니다."

"길거리에서 가위도 없이 말입니까?"

"광장이었다고 생각합니다. 가위는 써서 뭐합니까. 낡은 헝겊이라 금세 찢어지고 말더군요."

"그래서 그 헝겊을 어떻게 했습니까?"

"그 자리에서 버렸습니다."

"정확하게 그게 어딥니까?"

"광장이라고 하지 않았소. 광장에서 버렸습니다! 광장의 어디쯤인지 그걸 어찌 압니까! 도대체 그걸 알아서 뭐하려는 거죠?"

"그건 매우 중요한 일입니다. 카라마조프 씨. 당신을 위해 유리한 물적 증거니까요. 왜 당신은 이 점을 이해하지 못하십니까? 한 달 전에 그걸 꿰맬 때 누가 당신을 도와주었습니까?"

"아무도 도와주지 않았습니다. 내가 혼자서 꿰맸으니까요."

"당신은 바느질을 할 줄 아시나요?"

"군인은 누구나 바느질을 할 줄 알아야 합니다. 그러나 그게 무슨 바느질이라고 할 수 있겠습니까."

"그럼, 그 재료, 주머니를 만든 헝겊을 어디서 구했습니까?"

"설마, 당신은 나를 놀리시는 겁니까?"

"천만에요. 지금이 어디 누구를 놀릴 땝니까, 카라마조프 씨."

"어디서 구했는지 모르겠습니다. 기억이 나지 않아요. 아무튼 어디선가 구했겠죠."

"그런 것쯤은 기억하고 계실텐데요."

"정말 기억이 안 납니다. 아마 속옷 같은 데서 찢어 냈을지도 모르죠."

"거 참 흥미롭군요. 내일 당신 하숙집에 가서 찾아보기로 합시다. 헝겊을 찢어낸 셔츠 같은 게 나올지도 모르니까요. 그 헝겊은 어떤 천이었지요? 두꺼운 겁니까? 얇은 겁니까?"

"어떤 천인지 알게 뭡니까. 아니, 잠깐만…… 다른 천에서 찢어 낸 것은 아니었습니다. 그건 옥양목 조각이었습니다. 하숙집 안주인의 모자로 꿰맸던 것 같습니다."

"안주인의 모자요?"

"네, 안주인한테서 가져온 겁니다."

"어떻게 가져왔지요?"

"실은 언젠가 걸레를 만들려고, 아마 펜을 닦으려고 했는지도 모르지만, 어쨌든 물어보지도 않고 모자를 가져온 일이 있습니다. 슬쩍 집어온 거지요. 아무짝에도 쓸모없는 누더기였으니까요. 그런데 마침 그 1천 5백 루블의 보관에 문제가 있었기 때문에 거기다 꿰매 넣었던 겁니다. 수없이 빨아서 낡을 대로 낡은 옥양목 조각이었지요."

"그건 확실히 기억하신단 말씀이죠?"

"확실한지 어떤지는 잘 모르겠지만, 아무튼 모자였던 것 같습니다. 하지만 그게 무슨 상관입니까?"

"그렇다면 적어도 안주인은 그런 물건이 없어진 것을 기억할 수 있겠지요?"

"아니, 전혀 기억하지 못할 겁니다. 지금 말한 것처럼 더 쓸래야 쓸 수도 없는 낡아빠진 누더기였으니까요."

"그럼 바늘은 어디서 구했습니까? 그리고 실은?"

"그만두겠습니다. 더 이상 말하고 싶지 않습니다. 이젠 됐어요!" 미차는 마침내 화를 내고 말았다.

"그러나 어쨌든 이상하군요. 당신이 광장 어느 지점에서 그…… 주머니를 버렸는지 전혀 기억하지 못한다는 건 아무래도 이상하군요."

"그럼, 내일이라도 광장을 죄다 쓸어보게끔 명령해 보시지요. 그러면 혹시 찾을지도 모르니까요." 미차는 쓴웃음을 지었다. "자, 이제 됐습니다. 여러분, 이젠 됐어요!" 그는 기진맥진한 목소리로 딱잘라 말했다. "당신들이 나를 믿지 않는다는 걸 이젠 똑똑히 알았습니다. 당신들은 눈곱만큼도 믿어 주지 않는군요! 이건 내 잘못이지 당신의 잘못은 아닙니다. 공연히 그렇게 지껄일 필요가 없었던 거예요. 무엇 때문에 내 비밀을 당신들에게 털어놓고 내가 왜 자기혐오에 빠져야 하는지 모르겠군요. 당신들에게는 내가 웃음거리로밖엔 보이지 않겠죠. 그 눈만 봐도 잘 알 수 있어요. 검사님,

나는 당신의 수법에 넘어간 겁니다. 자, 어서 승리의 찬가를 불러 보시지요. 그렇게 원하신다면…… 당신네들은 영원히 저주받을 고문자들이오!"

그는 고개를 숙이고 두 손으로 얼굴을 가렸다. 검사와 예심판사 는 말이 없었다. 이윽고 미차는 고개를 쳐들고 멍청히 그들을 바 라보았다. 그 얼굴에는 이미 돌이킬 수 없는 극도의 절망이 나타 나 있었다. 그는 입을 다문 채 무슨 일이 일어나고 있는지 아무것 도 의식하지 못한 사람처럼 의자에 앉아 있었다. 그러나 어쨌든 일 은 끝내야만 했다. 곧 증인 심문으로 들어가야 했던 것이다. 어느 새 아침 8시가 되어 촛불도 이미 오래전에 꺼져 있었다. 심문이 계 속되는 동안 쉴 새 없이 방안을 드나들던 미하일 마카로프와 칼가 노프가 이때 다시 함께 방에서 나갔다. 검사도 판사도 몹시 피로해 보였다. 날은 밝았지만 음산한 아침이었다. 하늘은 온통 구름으로 덮이고 비가 억수같이 퍼붓고 있었다. 미차는 멍하니 창문을 바라 보고 있었다.

"창밖을 내다봐도 괜찮겠습니까?" 그는 갑자기 예심판사에게 물었다.

"예, 그거야 얼마든지." 판사가 대답했다.

미차는 일어나서 창가로 다가갔다. 빗줄기는 푸른빛이 도는 조 그만 유리 창문을 사정없이 내리치고 있었다. 창문 바로 밑에는 진 창이 된 길이 보이고 좀 더 앞에는 짙은 안개 속에 초라하게 볼품 없는, 오두막들이 늘어서 있었는데, 비 때문에 더욱 초라하게 음침하게 보였다. 미차는 '금발의 아폴로'가 생각났다. 그 첫 햇살과 더불어 자살해 버리려 했던 것이다. '그렇지만 오히려 이런 아침이 더 좋았을지도 모르지' 미차는 미소를 지었다. 그러고는 갑자기 한 손을 획 내리며 '고문자'들 쪽으로 몸을 돌렸다.

"여러분!" 그는 외쳤다. "난 나 자신이 미리 파멸했다는 걸 잘 압니다만, 그러나 그 여자는? 제발 부탁이니 그 여자에 대해서 알려주십시오. 그 여자도 나와 함께 파멸해야만 합니까? 그 여자는 아무런 죄도 없습니다. 어제 그 여자가 '모든 것은 내 잘못'이라고 외친 건 제정신에서 한 말이 아닙니다. 그 여자에겐 아무런 죄도 없습니다. 정말 털끝만큼도 죄가 없습니다. 난 당신들과 마주앉아 있으면서도 밤새껏 그 여자가 걱정되어 견딜 수가 없었습니다. 앞으로 그 여자를 어떻게 하실 작정인지 그걸 지금 내게 말해줄 수 없습니까?"

"카라마조프 씨, 그 문제에 대선 조금도 걱정하실 필요가 없습니다." 검사가 매우 서두르는 어조로 황급히 대답했다. "당신이 그토록 깊은 관심을 표하고 있는 그 부인에게까지 어떤 괴로움을 끼쳐야 할 이유는 아직 발견되지 않았습니다. 앞으로의 수사가 진전된다 하더라도 역시 마찬가지일 거라고 생각합니다. 그리고 또 그러기를 바라구요. 우리로서는 이 점에 대해서 가능한 노력을 다하겠으니 절대 안심하십시오."

"여러분, 감사합니다. 여러 가지 일들이 있기는 했습니다만, 그래도 역시 당신들은 성실하고 결백한 분들입니다. 여러분은 내 마음의 무거운 짐을 덜어주셨습니다. 자, 이제부터 또 무엇을 합니까? 나는 모든 준비가 돼 있습니다."

"글쎄요, 아무튼 서둘러야겠지요. 곧 증인 심문으로 들어가야겠군요. 이것도 역시 당신의 동석 하에서 진행되어야 하므로……."

"그러나 우선 차라도 마시는 게 어떻겠습니까?" 예심판사가 말을 가로챘다. "그럭저럭 꽤 많은 일을 했으니 이제 좀 쉬어도 좋을 것 같군요."

만약 아래층에 차가 준비되어 있다면 – 마카로프 서장이 나간 것은 차를 한 잔 마시러 나간 것이 분명하므로 – 우선 차를 한 잔 마시고 나서 다시 계속하기로 결정했다. 그리고 정식 차와 '가벼운 식사'는 좀 더 시간의 여유가 생길 때까지 미루기로 했다. 과연 아래층에는 차가 준비되어 있어서 곧 2층으로 운반되었다. 미차는 처음에는 예심판사가 친절히 권하는 차를 사양했으나, 나중에는 자진해서 그 차를 맛있게 마셨다. 그러나 전체적으로 보아 그는 기진맥진한 것 같이 보였다. 원래 영웅담에 나오는 호걸 같은 체력의 소유자인 만큼, 아무리 강한 충격을 받았다하더라도 하룻밤쯤 새우며 술을 마시는 정도로는 끄덕도 없을 것 같은데도 그는 의자에 앉아 있는 것조차 힘에 겨울 정도였다. 그리고 이따금 눈앞에 있는 모든 물건이 뱅뱅 돌며 춤을 추는 것 같은 착각이 느껴지기도 했다. '조금만 더 있으면 헛소리를 하게 될지도 모르겠군.' 그는 마음속으로 중얼거렸다.

8. 증인심문, 그리고 '아귀'

   증인들의 심문이 시작되었다. 그러나 필자는 지금까지처럼 자세하게 이야기를 계속하지는 않겠다. 그러므로 소환된 증인 하나하나에게 진실과 양심에 따라 진술을 해야 한다느니, 나중에 선서를 한 후 다시 그 진술을 되풀이해야 한다느니 등의 주의를 준 얘기는 생략하기로 하겠다. 또 맨 나중에 증인 한 사람 한 사람에게 자기 진술서에 서명을 요구한 사실도 그냥 생략하기로 한다.

   그러나 여기서 유의해 두어야 할 것이 있다. 그것은 다름 아니라 심문관들이 가장 관심을 기울인 점은 여전히 그 3천 루블에 관한 문제였다는 사실이다. 즉 처음에, 한 달 전 이 모크로예에서 드미트리가 첫 주연을 벌였을 때 탕진한 돈이 3천 루블이냐 1천 5백 루블이냐, 그리고 또 어제 두 번째의 주연에서 쓴 돈이 3천이냐 1

천 5백이냐 하는 문제였다. 그러나 슬프게도 모든 사람들의 증언은 한결같이 미차에게 불리한 것뿐이었다. 그 중에 어떤 이는 깜짝 놀랄 만큼 새로운 증거를 제시하여 미차의 증언을 송두리째 뒤엎는 사람까지 있었다.

가장 먼저 심문을 받은 사람은 여관 주인 트리폰이었다. 그는 심문관들 앞에 나와서도 조금도 겁내는 기색이 없었을 뿐 아니라, 오히려 피고에 대하여 준엄한 분노의 빛을 노골적으로 나타냄으로써 자기의 증언을 의심할 여지없는 가장 정당한 것으로 보이게 하고 자기 자신에게도 일종의 위엄을 첨가해 주었다. 그는 신중한 태도로 말수도 적었고, 심문관의 질문을 잘 듣고 신중하고 정확하게 대답했다. 그는 조금도 주저하지 않고 확고한 어조로 한 달 전에 쓴 돈은 3천 루블보다 적지는 않을 것이다, 이 고장 농부들도 모두 본인한테서 3천 루블이라는 말을 들었다고 증언한 것임에 틀림없다고 딱 잘라 대답했다. "집시 계집애들에게도 돈을 얼마나 뿌렸는지 몰라요. 그것들의 주머니에 간 돈만 해도 아마 1천 루블은 될 겁니다."

"난 5백 루블도 안 된 것 같은데." 미차는 그 말에 대해 어두운 얼굴로 이렇게 반박했다. "하긴 내가 그때 돈을 세어 보진 않았으니 유감이군. 취해 있었으니까……."

이때 미차는 커튼을 등지고 데이블 곁에 비스듬히 앉아 암담한 표정으로 듣고 있었다. '그래, 제멋대로 지껄여 보라지, 이젠 어차피 마찬가지니까!' 하는 듯한, 지치고 서글픈 표정이었다.

"그것들한테 준 것만 해도 1천 루블은 훨씬 넘는다니까요. 카라마조프 씨." 트리폰은 자기 주장을 굽히지 않았다. "당신이 마구 뿌리시면 그것들이 앞을 다투어 주워 가곤 했지요. 그놈들은 도둑놈들인 데다가 사기꾼들이라 이제는 다 추방을 당해서 여기 없습니다만, 만일 그것들이 여기 있었더라면 당신한테서 얼마나 거둬들였는지 증언했을 겁니다. 저도 그때 당신 손에 많은 돈이 쥐어져 있는 걸 직접 보았습니다. 물론 세어본 것은 아니지만요. 어디 세어 보게 해주었어야 말이죠. 하여튼 얼핏 보기에도 1천 5백 루블보다 훨씬 많았던 걸로 기억합니다. ……1천 5백 루블이 뭡니까! 저도 액수가 많은 돈을 여러 번 봐왔기 때문에 그만한 눈짐작은 있습니다……."

한편 어제의 그 돈에 대해서도 그는, 드미트리가 마차에서 내리자마자 이번에도 3천 루블을 가져왔다며 자기한테 말했다고 증언했다.

"그만 해두게, 트리폰. 내가 정말 그렇게 말했나?" 미차는 항변했다. "그래 내가 정말 3천 루블을 가져왔다고 분명히 말했단 말이지?"

"말하시구말구요, 드미트리 나리. 안드레이가 있는 데서 그렇게 말하셨어요. 아, 저기 안드레이가 아직도 돌아가지 않았으니 불러서 물어보세요. 그리고 당신은 저기 홀에서 합창대에게 먹을 것을 주었을 때도 여기서 6천 루블을 뿌리고 간다고 큰소리로 외치지 않았습니까. 즉 그전 것과 합해서 6천이라는 뜻이었겠죠. 스체판과 세온도 다 들었습니다. 그리고 칼가노프 씨도 있었으니까 그 말을 기억하고 있을 겁니다…….”

6천 루블이라는 증언은 심문관들에게 특히 강한 인상을 남겼다. 이 새로운 표현이 그들 마음에 든 것이다. 3천에 3천을 더하면 6천, 즉 3천 루블은 지난번에 쓴 돈이고 이번에 쓴 돈 3천, 그래서 6천 루블, 이 이상 명백한 계산이 어디 있겠는가.

트리폰이 지명한 농부들, 즉 스체판과 세몬, 마부 안드레이, 그리고 칼가노프까지 모두 심문을 받았다. 농부들도 마부도 주저하지 않고 트리폰의 증언을 입증해주었다. 뿐만 아니라 안드레이의 증언 중에서 그가 이리로 오는 도중 미차와 주고받은 대화는 특별한 관심 속에 기록되었다. 그것은 다름 아니라 ‘도대체 나는 어디로 가게 될까, 천당일까, 지옥일까, 그리고 저승에 가면 용서를 받을 수 있을까, 없을까’ 하는 말이었다. 심리학자는 이폴리트 검사는 줄곧 야릇한 미소를 띤 채 그 모든 증언에 귀를 기울이고 있었다. 그리고 마지막에 드미트리가 어디로 갈 것인가에 대한 이 증언도 ‘사건 기록에 첨부하도록’ 제의했다.

칼가노프는 자기가 심문받을 차례가 되자 못마땅하다는 얼굴로 들어왔다. 그는 검사나 예심판사와는 오래 전부터 잘 아는 사이였는데도 불구하고 마치 생전 처음 만난 것 같은 말투를 사용했다. 그는 처음부터 “나는 이 사건에 대해 아무것도 모릅니다. 또 알고 싶지도 않습니다.”라고 잘라 말했다. 그러나 6천 루블에 대한 말은 자기도 들었다고 시인했다. 그리고 그때 자기가 미차 옆에 있었던 것도 인정했다. 그도 미차가 돈을 쥐고 있는 것을 보긴 했으나 금액이 얼마인지는 모르겠다고 증언했다. 폴란드인들이 카드놀이에서 속였다는 데 대해서는 그도 확실히 그렇다고 증언했다. 그리고 끈덕지게 되풀이되는 질문에 대하여 그는 폴란드인들이 쫓겨 나간 후 미차와 그루센카 양의 사이가 원만해졌고, 그녀도 미차를 사랑한다는 말을 했다고 진술했다.

그는 그루센카 양에 관해 말할 때, 마치 상류사회의 귀부인 얘기를 하는 것처럼 공손하고 조심스런 말투를 썼다. 그리고 한번도 '그루센카'라고 낮추어 부르지 않았다. 젊은 칼가노프가 노골적으로 증언하기를 꺼리고 있다는 것을 잘 알면서도 이폴리트 검사는 오랫동안 심문을 계속했다. 그리하여 그날 밤에 있었던 이른바 미차의 로맨스가 어떤 것이었나 하는 것도 그의 입을 통해 비로소 상세히 알아낼 수 있었다. 미차는 한 번도 칼가노프의 말을 제지하려 하지 않았다. 이윽고 퇴장을 허락받은 칼가노프는 노골적인 분노를 표출하며 방에서 나갔다.

두 폴란드인도 심문을 받았다. 그들은 자기 방에서 잠자리에 누워 있었으나 밤새도록 잠을 이룰 수가 없었다. 그러는 사이 관리들이 왔으므로, 자기들도 반드시 호출될 것이라 생각하여 급히 옷을 갈아입고 대기하고 있었다. 그들은 다소 겁을 집어먹고 있었지만, 그래도 아주 위엄 있는 태도로 방안에 나타났다. 우두머리 격인 몸집이 작은 폴란드인은 퇴직한 2등관으로 시베리아에서 수의사로 일했다는 것이 판명되었다. 성은 무샤로비치였다. 브루블레프스키는 개인적으로 개업하고 있는 치과의사였다. 두 사람은 방에 들어오자, 넬류도프 예심판사가 심문을 하고 있음에도 불구하고 옆에 있는 마카로프 서장을 향해 답변하기 시작했다. 사정을 잘 몰랐기 때문에 그들은 이 서장이 가장 높은 상관인 줄 오인한 모양이었다. 그들은 말끝마다 'pane pulkovniku(대령님)'이라고 불렀다. 그러나 몇 차례 주의를 듣고 나서야 그들도 예심판사에게 대답해야 한다는 것을 깨달았다. 그들은 간혹 발음이 조금 이상할 뿐 러시아 말을 아주 정확하게 할 줄 안다는 것이 드러났다. 무샤로비치는 그루셴카의 과거와 현재의 관계에 대해 오만하고 열띤 어조로 말하기 시작했다. 그러자 미차는 금세 화를 내며 '네놈 같은 비겁자들이 내 앞에서 그런 말을 하는 것을 용서할 수 없다.'고 소리쳤다. 무샤로비치는 곧 '비겁자'라는 말에 주의를 돌리며 조서에 그것을 기입해 달라고 말했다.

"그래 비겁자다, 비겁자! 자, 어서 써 주시오. 조서에 관계없이 난 언제나 비겁자라고 부를 테니까 이것도 역시 적어 주시죠!"

예심판사는 이 말도 조서에 기입했으나 이런 불쾌한 장면에서도 칭찬을 받기에 충분한 수완과 사무적 재능을 발휘했다. 그는 엄하게 미차를 나이른 다음 사건의 소설적인 면에 관한 심문을 일절 중지하고 곧 핵심문제로 들어갔다. 핵심문제에 관한 폴란드 신사들의 증언 중에서도 특히 한 가지가 심문관들이 비상한 관심을 끌었다. 그것은 미차가 그 구석방에서 무샤로비치를 매수하려고 3천 루블을 주겠다고 약속한 사실이었다. 그는 그때 7백 루블은 지금

411

당장 주겠지만, 나머지 2천 3백 루블은 '내일 아침 읍내에 돌아가서' 주겠다, 이 모크로예에는 그런 거금이 없지만 읍내에 가면 돈이 있다고 장담했다는 것이다. 미차는 벌컥 화를 내며 내일 읍내에서 돈을 주겠다고 약속한 기억은 없다고 변명했지만, 브루블레프스키가 자기 친구의 진술을 입증하자 미차도 잠시 생각해 보고는 그들의 말이 맞는지도 모르겠다, 워낙 그때는 흥분하고 있었기 때문에 실제로 그런 말을 했을지도 모른다고 찌푸린 얼굴로 시인했다.

검사는 정신을 바짝 차리고 이 진술에 비상한 관심을 기울였다. 그리하여 미차가 손에 넣은 3천 루블의 절반 내지 그 일부분을 실제로 읍내 어딘가에, 아니 어쩌면 이 모크로예 어딘가에 감추어 두었는지도 모른다는 의심이 명백해진 것이다. - 나중에 검찰은 정말 그렇게 단정하고 말았다 - 따라서 미차가 8백 루블밖에 가지고 있지 않았다는, 검찰 측으로서는 다소 애매했던 점도 이것으로 해명이 된 셈이었다.

이것은 보잘것없는 증거이긴 했지만, 그래도 미차를 위해 그나마 유리했던 단 하나의 유리한 사실이었다. 그러나 이젠 그에게 이로운 그 유일한 증거마저도 무너지려 하고 있었다. 모두 합해 1천 5백 루블 밖에 없다고 스스로 단언해 놓고, 폴란드 신사에겐 내일 나머지 2천 3백 루블을 꼭 주겠다고 약속했다면, 그 2천 3백 루블은 대체 어디서 가져올 작정이었느냐는 검사의 질문에 대해 미차는 내일 '폴란드 녀석'에게 주려던 것은 현금이 아니라 체르마시나에 있는 토지 소유권에 대한 증서였다고 딱 잘라 말했다. 그것은 삼소노프와 호흘라코바 부인에게 제공하려던 것과 똑같은 권리였다. 검사는 이 '순진한 변명'을 듣고 쓴웃음을 짓기까지 했다.

"그럼, 당신은 상대방이 현금 2천 3백 루블 대신 그 '권리'를 수락할 것이라 생각했습니까?"

"틀림없습니다." 미차는 열띤 어조로 말을 가로챘다. "생각해 보십시오. 거기서 나올 수 있는 돈은 2천 루블 정도가 아니라 4천 내지 6천 루블은 될 테니까요! 저 녀석은 당장 같은 족속의 폴란드인이며 유태인이며 변호사들을 모두 동원해가지고 3천 루블이 아니라 체르마시냐의 땅 전부를 아버지한테서 빼앗아 버리고 말 겁니다."

물론 무샤로비치의 증언은 매우 상세히 조서에 기록되었다. 그렇게 폴란드 신사들도 방면되었다. 그들은 카드놀이에서 속임수를 썼다는 데 대해서는 거의 한 마디도 심문당하지 않았다. 예심판사는 그들의 증언에 매우 감사하고 있었으므로, 사소한 일로 그들을 괴롭히고 싶지 않았던 것이다. 더욱이 그것은 취중에 카드놀이를 하다가 일어나 사소한 충돌에 지나지 않을 뿐이었고, 또 그날밤 그런 난장판 속에서 추잡한 짓이 어디 그것뿐이었겠는가 하는 것이 그의 생각이었다. 그리하여 2백 루블의 돈은 폴란드 신사의 호주머니 속에 그대로 남게 되었다.

다음에는 막시모프 노인이 호출되었다. 그는 겁에 질린 채 종종걸음으로 다가왔다. 매우 심란하고 침울한 표정을 짓고 있었다. 그

413

는 지금까지 아래층에서 그루셴카 옆에 말없이 앉아 있었던 것이다. "금방이라도 그루셴카에게 기대서 울음을 떨어뜨린 것처럼, 푸른 체크무늬 손수건으로 연방 눈 언저리를 닦고 있더군요." 후에 마카로프 서장은 그때 일을 이렇게 말했다. 그래서 오히려 그루셴카 쪽에서 그를 달래는 형편이었다. 노인은 곧 눈물을 흘리며 '가난한 죄로 10루블이라는 돈'을 드미트리로부터 빌린 것은 자기의 잘못이며, 그 돈은 언제든지 꼭 갚을 생각이라고 말했다. 드미트리한테서 돈을 빌릴 때, 그 돈이 얼마쯤 되어 보이더냐고 묻는 예심판사의 질문에 막시모프는 단호한 어조로 '2만 루블'이라고 대답했다.

"당신은 과거에 2만 루블이나 되는 거금을 본 적이 있습니까?" 예심판사는 웃으며 물었다.

"예, 보고말고요. 하지만 2만 루블이 아니라 7천 루블이었습니다. 그것은 마누라가 내 소유의 영지를 저당 잡혔을 때의 일이지요. 마누라는 멀찌감치 떨어져서 나한테 보이며 자랑을 했습니다만, 돈뭉치가 꽤 두툼하고 죄다 무지갯빛이었습니다. 드미트리 씨의 돈도 모두 무지갯빛이더군요."

그는 곧 심문을 마쳤다. 드디어 그루셴카의 차례가 되었다. 심문관들은 그녀의 등장이 드미트리에게 심한 충격을 주지나 않을까 우려하는 눈치였다. 예심판사는 드미트리에게 몇 마디 훈계조로 말하기도 했다. 그러나 미차는 대답 대신 묵묵히 고개를 숙였다. 그것은 '아무 문제없을 것'이라는 암묵적인 표시였다. 마카로프 서장이 그루센카를 데리고 들어왔다. 그녀는 몹시 침울하고 딱딱한 표정으로 들어왔으나 겉보기에는 매우 침착해보였다. 그녀는 권하는 대로 예심판사 맞은편 의자에 앉았다.

그녀의 얼굴은 매우 창백했다. 추위를 느끼는지 아름다운 검은 숄로 목을 감싸고 있었다. 사실 그녀는 가벼운 오한을 느끼기 시작했던 것이다. 그것은 이날 밤부터 오랫동안 그녀를 괴롭힌 무서운 질환의 첫 징조였다. 그녀의 엄숙한 표정과 앞을 정시하는 진지한 눈초리, 그리고 침착한 거동은 심문관들에게 무척 좋은 인상을 남겼다. 예심판사는 한눈에 거의 '매혹'당하기까지 했다. 후에 여기저기서 그 당시의 얘기가 나오면 그는 그 여자를 정말 '아름답다'고 느낀 것은 그때가 처음이었다고 고백했다. 그전에도 여러 번 그녀를 본 적이 있었지만 언제나 '시골 매춘부' 쯤으로 여기고 있었던 것이다.

"그런데 그 여자의 태도는 상류 사회의 일류 귀부인 같았다니까요." 언젠가 그는 부인네들이 모인 자리에서 감격적인 어조로 이렇게 말한 적이 있었다. 그때 부인네들은 아주 불만스런 표정으로 그의 말을 듣고 있다가, 곧 그 벌로써 그에게 '살살이'라는 별명을 붙여 주었다. 그러나 그는 그것을 만족스럽게 여겼다.

방에 들어오면서 그루센카는 흘끔 미차를 훔쳐보았다. 그러자 미차도 불안스런 눈길로 그녀를 바라보았다. 그러나 그녀의 태도는 곧 미차를 안심시켰다. 우선 필요한 질문과 주의가 끝나자 예심판사는 조금 말을 더듬기는 했으나 지극히 정중한 태도로, "퇴역

415

중위 드미트리 카라마조프와 어떤 관계였습니까?"라고 물었다. 이 질문에 대해 그루센카는 조용하면서도 또렷하게 답변했다.

"그냥 아는 사이였습니다. 지난 한 달 동안 서로 아는 사이로 지난달부터 저희 집에 놀러오곤 했습니다."

뒤이어 던져진 호기심 넘치는 질문에 대해서도 그녀는 조금도 숨김없이 솔직하게 털어놓았다. – 이따금씩 그 사람이 마음에 든 적이 있었지만 결코 사랑하지는 않았다. 그때 그를 가까이한 것은 단지 '짓궂은 생각'에서였을 뿐이다. 즉 영감님에 대한 태도와 다를 바 없었다. 미차가 자기 때문에 아버지 표도르를 비롯하여 그 밖에 여러 사람을 질투하는 것도 알고 있었지만 자기는 오히려 그것을 재미있게 여기고 있었다고 솔직히 말했다. 또한 표도르와 결혼하려는 생각은 조금도 없었고 그저 그를 조롱했던 것뿐이었다고 했다. "사실 지난달에는 두 사람을 생각할 여유도 없었어요. 실은 제게 야속한 짓을 한, 다른 남자를 기다리고 있었던 거죠. …… 그러나 당신네들도 그런 일에 호기심을 가질 필요가 전혀 없고 저도 그런 문제에 대해서 대답할 필요는 없다고 생각해요. 이것은 어디까지나 저 자신의 문제니까요." 하고 그녀는 말을 맺었다.

그래서 예심판사는 그녀의 말에 따르기로 했다. 그는 또다시 소설적인 점에서는 더 이상 캐묻지 않기로 하고 직접적인 문제, 즉 3천 루블에 관한 문제로 옮겨 갔다. 그루센카는 미차가 한 달 전에 모크로예에서 3천 루블을 탕진했으며, 물론 자기가 직접 돈을 세어 본 것은 아니지만 미차한테서 3천 루블을 썼다는 말을 들었다고 증언했다.

"당신과 단둘이 있을 때 그렇게 말했습니까, 아니면 다른 사람이 있는데도 그런 말을 했습니까, 아니면 당신이 있는 앞에서 딴사람에게 그런 말을 하는 걸 들으셨나요?" 검사가 옆에서 끼어들었다.

이 물음에 대해 그루셴카는 딴 사람이 있는 데서도 들었고, 딴사람한테 말하는 것도 들었고, 또 단둘이 있을 때도 들은 적이 있다고 단언했다.

"단둘이 있을 때 들은 것은 한 번뿐입니까, 아니면 여러 번입니까?" 검사는 다시 이렇게 묻고 여러 번이었다는 증언을 얻었다. 검사는 이런 증언에 대해 몹시 만족했다. 심문이 진전됨에 따라 그루셴카가 그 돈의 출처, 즉 미차가 카체리나의 돈을 착복했다는 사실을 알고 있었다는 것이 밝혀졌다.

"그런데 한 달 전에 쓴 돈이 3천 루블보다 훨씬 적었고 또 드미트리가 그 중의 절반을 자기 자신을 위해 감추어 두었다는 말을 한 번이라도 들은 적이 있습니까?"

"아뇨, 한 번도 그런 말을 들은 적이 없습니다." 그루셴카는 대답했다. 뿐만 아니라 미차는 지난 한 달 동안 한 푼도 가진 게 없다고 자주 말해온 사실까지 판명되었다. "언제나 아버지한테서 돈을 받게 되길 기다리고 있었어요."하고 그루셴카는 말을 맺었다.

"당신 앞에서…… 어쩌다 아니면 우연히…… 홧김에라도…….'하고 예심판사는 갑자기 그루셴카의 말을 가로채며 물었다. "자기 아버지를 죽일 생각이라고 말한 적은 없습니까?"

"네, 있었습니다!" 그루센카는 한숨을 내쉬었다.

"한 번입니까, 여러 번이었습니까?"

"여러 번이었어요. 화가 날 때마다 언제나 그랬으니까요."

"그러면 당신은 피고가 그것을 행동에 옮길 것이라 믿었습니까?"

"아뇨, 전 한 번도 믿은 적이 없어요!" 하고 그녀는 딱 잘라 말했다. "전 그분의 결백한 마음을 믿고 있으니까요."

"여러분," 갑자기 미차가 외쳤다. "제발 부탁이니 여러분 앞에서라도 좋으니 아그라페나에게 한 마디만 하도록 허락해 주십시오."

"좋습니다." 예심판사가 허락했다.

"그루센카," 미차는 의자에서 엉거주춤 의자에서 일어나면서 말했다. "하느님과 나를 믿어 줘! 아버지의 살해 사건에 대해서 난 결백해!"

"주여, 당신에게 영광이 있기를!" 그녀는 감동적인 열렬한 목소리로 이렇게 말하고는 의자에 다시 앉기 전에 예심판사를 향해 이렇게 말했다. "지금 저이가 한 말을 믿어 주세요. 저는 저 사람을 잘 알아요. 저 사람은 실없는 소리를 할 때도 가끔 있습니다만, 그건 재미로 하는 말이거나 아니면 공연히 고집을 부려보느라고 그러는 것뿐입니다. 그렇지만 이이는 양심에 벗어나는 거짓말은 절대로 하지 않아요. 저이는 지금 사실 있는 그대로 말하고 있는 거니까, 그 말을 믿어 주세요!"

"고마워, 그루센카. 덕택에 나도 새로운 용기가 돋는 것 같아."

미차는 떨리는 목소리로 말했다.

어제 미차가 가지고 온 돈이 얼마였느냐 하는 질문에 대해서 그루센카는 정확히 얼마였는지는 모르지만, 어쨌든 다른 사람들에게 3천 루블을 가져왔다고 여러 번 말하는 것을 들었다고 증언했다. 또 그 돈의 출처에 대해서는 다음과 같이 설명했다. 미차는 카체리나한테서 훔쳐왔다고 자기에게 고백했지만, 자기는 그 말에 대해서 그건 결코 훔친 것이 아니니 내일이라도 돈을 돌려주면 되지 않느냐고 대답했다는 것이다. 카체리나한테서 훔쳐왔다는 것은 어느 돈을 말하는 거냐, 어제의 돈이냐, 아니면 한 달 전에 여기서 쓴 돈이냐 하는 검사의 집요한 질문에 대해 그녀는 한 달 전에 쓴 돈을 가리켜 말한 것으로 생각한다고 대답했다.

드디어 그루센카에 대한 심문도 끝났다. 예심판사는 유달리 성의 있는 어조로 그녀에게 지금 당장이라도 읍내로 돌아가도 좋다고 말했다. 그리고 자기가 만약 힘이 될 수 있는 일이 있다면, 예를 들어 마차를 주선한다든가 아니면 바래다 줄 사람이 필요하다면 자기가 알아봐 주겠다고 말했다.

"감사합니다." 그루센카는 그에게 인사를 했다. "저는 막시모프 노인과 함께 가겠습니다. 제가 그 노인을 읍내까지 모시고 가겠어요. 그리고 허락해 주신다면 카라마조프 씨의 문제가 일단락될 때까지 아래층에서 기다리고 싶습니다."

그루센카는 방에서 나갔다. 미차는 마음이 침착해졌을 뿐만 아니라 완전히 원기를 되찾은 것 같이 보였다. 그러나 그것은 일순간

에 지나지 않았다. 시간이 지남에 따라 일종의 기묘한 육체적 무력
감이 그의 온몸을 사로잡기 시작했다. 피로 때문에 눈꺼풀이 자꾸
만 감겨졌다. 마침내 증인 심문이 끝나고 심문관들은 조서의 마지
막 정리에 박차를 가했다. 미차는 의자에서 일어나 구석의 커튼 쪽
으로 가서 양탄자를 씌워 놓은 커다란 궤짝 위에 누워 그대로 잠
에 빠져들고 말았다. 그는 이상한 꿈을 꾸었다. 그것은 지금 있는
장소와 시간과는 너무나도 동떨어진 꿈이었다.

  그는 지금 어딘지 모를 초원을 달리고 있는 것 같았다. 그곳은
이미 오래 전에 그가 근무한 지방이었다. 어느 농부 한 사람이 그
를 두 마리의 말이 이끄는 마차에 태우고 진눈깨비가 휘날리는 진
흙길을 달리고 있었다. 11월 초순이었다. 미차는 몹시 추위를 느
꼈다. 솜 덩어리 같은 눈이 펑펑 쏟아지고 있었으나 땅에 닿자마
자 녹아 버리고 말았다. 농부는 능숙하게 채찍을 휘두르며 힘차게
말을 몰았다. 굉장히 긴 아마빛 턱수염을 기르고 있었는데, 나이
는 쉰 살이 채 안돼 보이는 사내였다. 그는 잿빛 윗도리를 입고 있
었다. 바로 가까운 곳에 작은 마을이 있고, 검고 초라한 농가 몇 채
가 보였다. 그러나 농가의 태반은 불에 타 버려서 타다 남은 기둥
들만이 우뚝 우뚝 서 있었다. 그들이 마을로 들어가려니 길 양쪽에
수많은 아낙네들이 줄지어 서 있었다. 굉장히 많은 아낙네들이 줄
을 지어 늘어서 있는데 거의가 다 비쩍 말라빠져 창백하고 푸석푸
석한 얼굴들을 하고 있었다. 그중에서도 특히 가장자리에 서 있는
한 여자는 키가 크고 뼈가 앙상한 40 안팎의 아낙네였는데, 어떻

게 보면 스무 살 정도로 보이기도 했다. 그녀는 쭈그러진 긴 얼굴에 울고 있는 젖먹이를 팔에 안고 있었다. 유방은 이미 말라버려서 젖이라곤 한 방울도 나오지 않는 것 같았다. 젖먹이는 추위에 얼어 자줏빛이 된 앙상한 조그만 주먹을 내두르며 악을 쓰고 울어대는 것이었다.

"왜 저렇게 울고 있지? 왜 저렇게 울고 있을까?" 그들 옆을 쏜살같이 지나가며 미차는 이렇게 물었다.

"아귀(餓鬼)예요." 마부는 대답했다. "아귀가 울어대고 있는 겁니다." 마부가 어린애라고 하지 않고 농부들의 말투대로 '아귀'라고 한 것이 미차의 마음을 찔렀다. 그리고 마부가 '아귀'라고 불렀기 때문에 한결 더 애처롭게 느껴져서 더욱 그 말이 마음에 와 닿았다.

"그런데 어째서 아귀가 저렇게 울고 있지?" 미차는 바보처럼 똑같은 질문을 반복했다. "왜 저렇게 맨살을 드러내 놓고 있지? 왜 담요로 감싸주지 않는거야?"

"아귀는 꽁꽁 얼었어요. 옷도 얼어서 몸을 녹여줄 수가 없거든요."

"아니 왜 그렇게 되었지? 왜 그렇게 되었을까?" 미차는 어리석은 질문을 그치지 않는다.

"가난한데다 집까지 불타 버린 사람들이라 먹을 것이 있어야죠. 그래서 집을 다시 짓겠다고 구걸하고 있는 거랍니다."

"아니야! 아니야," 미차는 여전히 납득이 가지 않는다는 표정으로 말을 이었다. "왜 집을 불태운 어머니들이 저렇게 서 있는지? 왜 인간은 가난하지? 왜 아귀는 저토록 불행할까? 왜 이렇게 벌판은 벌거숭이인지, 왜 저 여자들은 서로 포옹하며 키스하지 않는 거지? 왜 저들은 기쁨에 겨운 노래를 부르지 않는 거지? 왜 저들은 어두운 불행으로 얼굴이 저렇게 까매졌지? 왜 저들은 아귀에게 젖을 먹이지 않는거지?"

그러면서 그는 마음속으로 이렇게 생각했다.

'지금 나는 멍청하고 미치광이 같은 질문을 반복하고 있다, 그러나 나는 꼭 이렇게 묻고 싶다, 꼭 이렇게 물어야만 한다.'

그는 예전에는 한 번도 겪어보지 못한 감동이 마음속에서 솟아오르는 것을 느끼며 금방이라도 울음을 터트릴 것 같았다.

지금부터는 아귀가 울지 않을 수 있게, 젖이 완전히 말라 버린 어머니들이 다시 울지 않게 해주고 싶었다. 이제부터는 어느 누구도 울지 않도록, 어떤 장애물이 가로막더라도 한시도 주저하지 않고 카라마조프 식의 막무가내로, 지금 즉시, 지금 즉시, 사력을 다해서 대책을 마련해 주고 싶었다.

"내가 당신 곁에 있어요. 지금부터 당신은 혼자가 아니에요. 평생 당신과 함께 할게요."

다정한 그루센카의 부드러운 목소리가 미차의 귓가에 들렸다.

그러자 갑자기 그의 마음은 순식간에 불타올라서 미지의 빛을 향해 달려가기 시작했다. 살고 싶다, 어떤 일이 있어도 살고 싶다. 그 어디를 향해 걷고 싶다. 자신을 손짓하는 것 같은 새로운 세상을 향해 걷고 싶다, 어서, 빨리, 지금, 즉시!

"뭐야? 어딜 가려고?"

이렇게 외치며 미챠는 갑자기 잠에서 깼다. 그는 궤짝 위에서 일어나 앉았다. 흡사 기절이라도 했다가 다시 일어난 사람 같았지만 그는 밝게 미소 짓고 있었다.

예심판사가 그의 곁에서 그를 내려다보며 서 있었다. 조서를 읽을 테니 잘 듣고 서명을 하라고 했다. 미챠는 자신이 한 시간, 어쩌면 그보다 더 많이 잠을 잔 것이라고 생각했지만, 예심판사가 하는 말은 귀에 잘 들어오지 않았다. 그는 아까 너무 지쳐서 궤짝 위에 드러누웠을 때는 없었던 베개가 지금 자신의 머리 밑에 받쳐져 있는 것을 알고 크게 놀랐다.

"누가 내게 이 베개를 주었나요? 누가 그렇게 친절하신가요?"

그는 큰 은혜라도 입은 것처럼 기쁨과 감사에 넘쳐서 울먹이며 외쳤다.

그 친절한 사람이 누구인지는 결국 알지 못했다. 아마 농부 중의 한 명이거나, 예심판사의 서기가 그를 가엾게 여겨서 베개를 주었겠지만, 어쨌든 그의 마음은 눈물에 젖어 떨려 왔다. 그는 테이블 곁으로 다가가서 뭐든 다 서명하겠다고 했다.

"여러분, 나는 진정 좋은 꿈을 꾸었습니다."

마치 다른 사람이 된 것 같은 그의 얼굴을 기쁨의 빛이 밝게 비추는 듯 했다.

9. 미차 호송되다

조서에 서명을 하자, 넬류도프 예심판사는 피고를 향해서 다음과 같은 뜻의 '구류장'을 엄숙하게 읽었다.

"몇 년 몇 월 며칠, 어디에서, 모모 지방 법원 판사는 아무개(미차)를, 이러이러한 사건의 피고로(죄상은 자세하게 기록되어 있었다) 심문한 결과, 피고는 자신의 혐의를 부인하면서도, 자신의 무죄를 입증한 증거를 제시하지 못했다. 그러나 모든 증인(누구누구)이나 모든 상황(이런저런)이 피고의 유죄를 충분히 증명하므로, 형법 제 몇 조 몇 조에 의해 다음과 같이 결정한다. 즉 피고가 사건의 심리와 재판을 회피하지 않도록 그를 모모 형무소에 구금하고, 이를 본인에게 알리는 동시에 이 구류장의 사본을 검사보에게 제출한다."

다시 말하면 미차는 지금부터 죄수가 되어 곧 읍내로 연행되어 아주 기분 나쁜 장소에 수감된다는 것을 통보받은 것이다. 미차는 귀 기울여 이 판결문을 읽어 주는 걸 들은 뒤, 어깨를 살짝 으쓱하며 말했다.

　"어쩔 수 없군요. 여러분, 난 당신들을 원망하지 않겠습니다. 난 이미 각오했어요. 당신들도 별 수 없었다는 걸 충분히 압니다."

　예심판사는 때마침 이곳에 온 경사(警査) 마브리키가 곧 그를 호송할 것이라고 미차에게 부드러운 목소리로 전했다.

　"잠시만." 미차는 갑자기 말을 가로막았다. 그리고 억누를 수 없는 감정에 휩싸여, 방안에 있는 모든 사람들을 향해서 이렇게 말했다. "여러분, 우리는 모두 잔인하고 야비합니다. 우리는 모든 사람을, 세상의 어머니와 젖먹이 아기까지 울린 겁니다. 그러나 그 중에서도 내가 - 이제는 이런 낙인을 찍으셔도 됩니다 - 그 중에서도 내가 가장 야비한 악당입니다! 이제는 낙인이 찍혀도 관계없습니다! 나는 이제까지 날마다 가슴을 치며 회개할 것이라고 맹세하면서도 날마다 똑같이 야비한 행위만 반복했습니다. 그러나 이제 나는, 나 같은 인간에게는 채찍이, 운명의 채찍이 필요하다고 깨달았습니다. 나 같은 인간은 새끼로 매어서 외부의 힘으로 묶어두어야 합니다. 나 혼자서는 영원히 사람 노릇을 못했을 겁니다!

　그러나 이제 결국 벼락을 맞았습니다. 나는 당신들의 꾸짖음을, 그리고 일반사회의 멸시의 고통을 달게 받겠습니다. 난 고통을 맛보려고 합니다. 고통을 통해 나는 정화될 겁니다! 여러분, 그렇게 되면 내가 진실로 정화될 수도 있지 않겠습니까? 그러나 마지막으로 한마디만 더하겠습니다. 난 아버지의 피에 대해 무죄입니다. 내가 형벌을 받는 것은 아버지를 죽여서가 아니라 죽이려는 마음을 가졌기 때문입니다. 사실은, 죽이고야 말았을 수도 있으니까요. 그러나 난 아직 당신들과 싸울 것입니다. 당신들에게 미리 경고해 두지만, 나는 마지막까지 당신들과 싸울 것입니다. 그 다음은 하느님께서 결정하실 테니까요. 여러분, 용서하십시오. 내가 심문을 받는 동안 당신들에게 소리 질렀다고 화내지 마세요. 아, 그때 나는 아직 바보였으니까요. 1분 뒤에 나는 죄수가 됩니다. 그렇지만 이제 끝으로, 드미트리 카라마조프는 아직 자유로운 인간으로서 당신들에게 손을 내밀겠습니다. 여러분과 헤어짐으로써 나는 모든 인간과 작별하는 바입니다!"

그의 목소리는 떨렸다. 그는 정말 손을 내밀었지만, 어쩐 일인지 가장 가까이 있던 넬류도프도, 거의 반사적으로 기이하게 손을 등 뒤로 감추었다. 미차는 이 사실을 빨리 눈치채고 몸을 떨었다. 그는 내밀었던 손을 재빨리 아래로 내렸다.

"심리는 아직 끝난 게 아닙니다." 예심판사가 조금 당황해서 우물쭈물 중얼거렸다. "읍내로 돌아가서 다시 계속할 것입니다. 물론 나는 당신의 성공을…… 당신이 무죄로 판명되기를…… 바랍니다. 실은 나는, 카라마조프 씨, 나는 당신을 범죄자라고 생각하기보다…… 뭐라고 해야 할지…… 오히려 불행한 인간이라 간주했습니다. 여기 있는 우리 전부, 전부를 대표해서 감히 말씀 드리자면, 우리는 모두 당신을 근본적으로는 순결한 젊은이라고 인정하는 것을 주저하지 않습니다. 그러나 안타깝게도 당신은 어떤 열정에 지나칠 정도로 열중해 있었습니다."

예심판사의 작은 체구는 말이 끝날 무렵, 위엄 있는 모습이었다. 그 순간 미차의 머릿속에는, '젖비린내 나는 애송이'가 곧 자신의 팔을 끌고 방 한구석으로 데려가서, 얼마 전 두 사람이 나눈 '아가씨들'에 대한 얘기라도 다시 하지 않을까 하는 생각이 들었다. 어쩌면 처형장으로 끌려가는 죄수의 뇌리에도, 때로 사건과는 전혀 상관없는, 그 장소의 상황과는 어울리지 않는 엉뚱한 생각이 갑자기 떠오를 수 있으니 말이다.

"여러분, 당신들은 착하고 인간적입니다. 마지막으로 한번만 더 그루센카를 만나서 작별 인사를 하면 안 될까요?"

"물론이지요. 하지만 사람들이 많아서…… 말하자면 지금은 참관인이 없으면 아무것도……."

"그렇다면 옆에 계셔도 좋아요!"

그루센카가 불려 들어왔지만, 오가는 대화도 별로 없는 정말 짧은 작별 인사였다. 그것이 예심판사는 매우 불만스러운 것 같았다. 그루센카는 미차에게 허리를 깊이 숙여 인사했다.

"나는 당신의 것이라고 말한 이상, 언제까지나 당신의 것이에요. 당신이 어디로 보내지든 나는 영원히 당신을 따르겠어요. 그럼 안녕. 당신은 무죄예요. 당신은 정말 억울한 누명을 쓴 거예요!"

그루센카의 입술은 떨렸고 눈물이 뚝뚝 흘렸다.

"그루센카, 당신을 사랑한 걸 용서해 줘. 내 사랑을 용서해. 내 사랑 때문에 당신도 파멸로 몰아넣고 말았구나."

미차는 더 하고 싶은 말이 있는 것 같았지만, 문득 말을 멈추고 나갔다. 그를 지켜보던 사람들이 곧장 그를 에워쌌다.

그가 어제 안드레이의 삼두마차를 당당하게 몰고 왔던 아래층 현관 계단에는 준비를 마친 마차 두 대가 기다리는 중이었다. 얼굴이 푸석하고 몸매가 옹골찬 마브리키 경사는 갑자기 생긴 어떤 착오 때문에 몹시 화가 나서 쉬지 않고 고함을 질렀다. 그는 무슨 이유 때문인지 몹시 준엄하게 미차에게 마차에 오르라고 지시했다.

'이 녀석도 예전에 내가 술집에서 술을 사 줄 때와는 전혀 다른 얼굴이네.'

마차에 오르며 미차는 이렇게 생각했다. 현관문 옆에는 많은 사람들이 있었는데, 농부들과 아낙네, 마부들이 무리지어 있었다. 트리폰도 현관 층계 아래로 내려왔다. 모두들 미차를 바라보았다.

"여러분, 모두 날 용서해 주십시오."

미차는 문득 마차 안에서 그들에게 외쳤다.

"저희도 용서하세요."

몇몇이 이렇게 외치는 소리가 들렸다.

"트리폰, 자네도 날 용서하게!"

그러나 트리폰은 아예 쳐다보지도 않았다. 아주 바빠서였기 때문이었는지, 그도 여기저기 뛰어다니며 외치고 있었다. 마브리키를 수행할 마을 농부 두 명이 탈 두 번째 마차는 아직 준비가 되지 않은 것 같았다. 두 번째 마차에 탈 농부는 외투를 끌어당기며, 읍내로 가야 할 사람은 자신이 아니라 아킴이라고 고집을 부리는 중이었다. 그러나 아킴은 없었다. 사람들이 그를 찾으러 달려갔다. 농부는 여전히 완강하게 고집을 부리며 조금만 더 기다려 달라고 부탁했다.

"마브리키 나리, 이놈들은 원래 창피한 걸 모른답니다!" 트리폰이 외쳤다. "이봐, 너는 어제 아킴에게 25코페이카를 받아서 전부 술을 마셔놓고 이제 와서 그게 무슨 수작이야! 마브리키 나리, 이런 놈들을 상대하는 당신의 선량함에 정말 놀랄 뿐입니다. 이 말을 꼭 하고 싶었어요."

"그런데 마차가 두 대씩이나 왜 필요한 거지?" 미차가 참견했다. "마브리키, 한 대만으로 충분해. 난 절대로 자네들에게 반항하거나 도망가지 않을 테니, 나를 호송할 필요는 없다네."

"이보세요, 아직 모르시면 죄송하지만, 우리에게 쓰는 말투나 좀 배우세요. 난 당신에게 '자네'라고 불릴 이유가 없어요. 그러니까 제발 그 '자네'라는 말은 그만두시오. 그리고 지금 같은 충고는 나중에 하시오."

마브리키는 가슴속에 응어리진 울분을 토할 기회가 온 것을 기뻐하는 듯이, 갑자기 미차의 말을 냉혹하게 가로막았다.

미차는 얼굴이 붉어져서 입을 다물었다. 그러자 문득 무척 춥다고 느껴졌다. 비는 멈췄지만 흐린 하늘에는 여전히 구름이 많았고, 살을 에는 듯한 바람이 정면으로 불어왔다. '감기에 걸린 모양이야.' 미차는 어깨를 움츠리며 이렇게 생각했다. 마침내 마브리키가 마차에 탔다. 그는 시치미를 떼고 미차의 몸을 구석으로 밀치고는 넓게 자리를 잡았다. 사실 그는 자신이 맡은 이 일이 죽을 만큼 싫어서 몹시 기분이 나빴다.

"잘 지내게, 트리폰!"

미차는 다시 한 번 외쳤지만, 이번엔 선한 마음이 아니라 증오에서 비롯된 감정이 자신도 모르는 사이 터져 나와 외친 것임을 스스로도 느꼈다.

그러나 트리폰은 뒷짐을 진 채 미차를 똑바로 바라보며 거만하게 서 있었다. 그는 몹시 화난 표정으로 미차를 노려보며 아무 말이 없었다.

"안녕히 가세요, 드미트리 씨, 안녕히 가세요!"

갑자기 어디서 튀어나왔는지 칼가노프의 목소리가 들렸다. 그는 모자도 쓰지 않고 마차 옆으로 달려와서 미차에게 악수를 청했다. 미차는 그의 손을 겨우 잡고 악수를 했다.

"잘 지내시오, 칼가노프. 당신의 너그러운 마음을 나는 결코 잊지 않겠소!"

그는 열정적인 목소리로 소리쳤다.

마차가 덜커덩거리며 출발하자, 두 사람의 잡은 손이 떨어졌다. 방울이 울리고 마침내 미차는 호송되었다. 현관으로 달려 들어온 칼가노프는 한쪽에 주저앉아서, 고개를 숙이고 두 손으로 얼굴을 가린 채 울었다. 오랫동안 그렇게 울었다. 스무 살 젊은이가 아닌,

아직 어린 소년 같은 모습이었다.

그렇다, 그는 미차의 무죄를 거의 확신했다.

"아, 사람들이 어떻게 이럴 수 있지? 그런 짓을 하고 인간이라고 할 수 있을까!"

그는 절망에 가까운 씁쓸한 우수에 빠져 두서없이 말했다. 그는 그 순간, 살아야 할 의욕을 전부 잃었다.

"살 가치가 있을까? 그럴만한 가치가 정말 있을까!"

젊은이는 슬프게 외쳤다.

(4권 계속)

옮긴이 장한

한국외국어대학교에서 체호프 연구로 문학 석사, 박사 학위를 받았다. 현재 한국외국어대학교에서 러시아어와 러시아 문학을 강의하며 초빙 연구원으로 활동 중이다. 주요 논문으로 〈안톤 체홉의 '초 원' 연구〉(1994) 〈체호프의 심리묘사 연구〉(1999) 〈체홉 산문에 나오는 깨달음의 테마〉(2000) 〈체 홉의 문학과 생태공경 사상〉(2000) 〈체홉 소설에 나타난 자연과 자연관 연구〉(2000) 〈체홉의 롯실 드의 바이얼린 연구〉(2001) 〈불가코프의 거장과 마르가리타: 풍자와 알레고리의 환상소설〉(2006) 이 있다. 번역서로는 《톨스토이의 세 가지 질문》 《신의 입맞춤, 도스토옙스키 소설 번역집》 《초원, 체홉 소설 번역 선집》, 저서로는 《러시아문학사》 《러시아어, 이제 동사로 표현하자》가 있다.

카라마조프가의 형제들 3

초판 1쇄 펴낸 날 2018년 12월 7일
초판 2쇄 펴낸 날 2021년 1월 10일

지 은 이   표도르 도스토옙스키
옮 긴 이   장한
펴 낸 이   장영재
펴 낸 곳   (주)미르북컴퍼니
자 회 사   더클래식
전   화   02)3141-4421
팩   스   02)3141-4428
등   록   2012년 3월 16일(제313-2012-81호)
주   소   서울시 마포구 성미산로32길 12, 2층 (우 03983)
E-mail   sanhonjinju@naver.com
카   페   cafe.naver.com/mirbookcompany

* (주)미르북컴퍼니는 독자 여러분의 의견에 항상 귀 기울이고 있습니다.
* 파본은 책을 구입하신 서점에서 교환해 드립니다.

더클래식
—
세계문학
컬렉션

*더클래식 세계문학 컬렉션은 계속 출간될 예정입니다.